KB216821

BUTTERMILK GRAFFITI

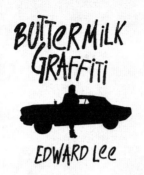

EDWARD Lee

BUTTER MILK GRAFFITI

버터밀크
그래피티

음식과 사람,
인생의 비밀을
찾아 떠난
이균의
미국 횡단기

EDWARD LEE

위즈덤하우스

이 불타오르는 나날에
사랑해야 하노니

- 레베카 게일 하월Rebecca Gayle Howell,
"타오르는 나날의 기록A Calendar of Blazing Days" 중에서

내게 힘을 주고 내 심장을 뛰게 하며
내게 마법을 부리는 다이앤에게,

내게 이 세상 최고의 이야기를 속삭여주는 아덴에게,

그리고 바다를 건너와 씨앗을 심은 모든 이에게
이 책을 바칩니다.

TO KOREAN READERS

한국 독자들에게

오래전부터 저에게 음식은 제가 가진 두 가지 정체성, 즉 미국인과 한국인으로서의 정체성을 탐험하는 도구였습니다. 저는 이러한 정체성을 장해물이 아닌, 특별하고 고유한 특징으로 여기려 노력했지요. 영감의 원천으로 양쪽 세계를 모두 누릴 수 있다는 것은 큰 행운입니다. 제 안에서 호소하는 목소리, 제 정체성을 알려주는 목소리가 두 가지나 된다는 뜻이니까요. 가끔은 스스로 한국인보다 미국인에 가깝다고 느낍니다. 또 가끔은 미국인보다 한국인에 가깝다고 느끼지요. 때로는 지치고 혼란스럽기도 합니다. 제 어머니는 미국에서 50여 년을 살았습니다. 한국보다 미국에서 더 오래 살았지만 어머니는 자신의 정체성을 조금도 의심하지 않습니다. 뼛속까지 한국인이라고 생각하지요. 우리 딸은 켄터키에서 태어나 평생 미국에서 살았습니다. 우리는 한국 문화를 존중하지만 딸은 100% 미국인이고 앞으로도 그렇게 살아갈 겁니다.

이민자의 삶을 둘러보면 두 정체성 사이에서 혼란을 겪는 건 대개 중간 세대입니다. 저는 미국인이지만 내면에서 한국인의 정체성이 꿈틀거릴 만큼 한국 문화를 많이 접하면서 자랐습니다. 지금처럼 창의적인 요리를 할 수 있게 된 것은 바로 이 내면에서 일어난 갈등 덕분입니다. 정체성에 끊임없이 의문을 품지 않았더라면 지금 같은 셰프가 될 수 없었을지도 모릅니다. 가끔 주방에서 저도 모르게 무의식적으로 움직일 때가 있는데, 그럴 때면 무언가에 홀린 느낌이 듭니다. 마치 선조들의 손이 제 손을 움직이는 것 같달까요? 저는 전통적인 한국 음식의 맛을 알고 있고 제가 태어나기 전부터 존재한 맛과 역사에 연결되어 있다고 느낍니다. 하지만 온전히 한국 요리사는 아니기 때문에 친숙한 것, 이를테면 햄버거나 매시트포테이토, 아이스크림, 스테이크 같은 음식에서 위안을 찾지요. 자주 있는 일은 아니지만 저를 이루는 두 세계가 조화롭게 융합되어 새로운 무언가가 탄생하는 기적 같은 순간이 있습니다. 한국 요리도 아니고 미국 요리라 할 수도 없지만 두 가지가 조금씩 담겨 있는 멋진 요리가 탄생할 때 최고의 환희를 느낀답니다. 그리고 그럴 때 제 정체성의 의미를 발견하지요.

한국에서 시간을 보낼 때면 제가 이곳과 무한히 연결되어 있음을 느낍니다. 한국말이 서툴고 지리나 지하철 노선도 익숙지 않지만 어렵지 않게 돌아다닌답니다. 현지인처럼 편안하게 골목을 누비며 식당 메뉴를 훑어보고 길거리 음식도 자주 먹습니다. 한국 음식을 다 알지는 못하지만 새로운 요리를 먹을 때에도 제 입맛에는 친숙하게 느껴집니다. 처음 경험하는 맛에 깊은 만족을 느끼면서도 DNA의 무언가가 자극되는 느낌이랄까요. 한국에 오면 정체성의 수수께끼가 풀리면서 내면 깊은 곳에 잠들어 있던 제 혈통의 기운이 깨어나는 듯합니다. 깊고 내밀한 느낌이라 말로 설명하기는 어렵지만요.

서울에서 가끔 카페에 앉아 창밖을 내다보며 부모님이 젊었을 때는 이곳이 어떤 모습이었을까 상상해봅니다. 전통 가옥과 흙길이 가득하고 삶의 방식이 좀 더 단순하던 시절이었겠지요. 두 분이 더 나은 삶을 찾아 사랑하는 조국을 떠나기로 결심하는 모습도 그려봅니다. 가족을 이끌고 언어도 통하지 않는 낯선 나라로 가기 위해 얼마나 큰 두려움을 감수하고 용기를 냈을까요? 어릴 때 부모님이 미국에서 자리를 잡으려 안간힘을 쓰던 모습을 기억합니다. 제가 기억하는 부모님의 모습은 그게 전부입니다. 젊을 때 한국에서 살던 모습은 전혀 모르지요. 아마 지금과는 전혀 달랐을 겁니다. 제가 미국에서 살아온 삶의 순간순간을 부모님과 조부모님이 한국에서 살던 과거의 삶과 연결시키는 것, 그것은 저의 오랜 꿈이었습니다. 제가 꾸준히 한국을 방문하고 뿌리를 찾으려 노력하는 것은 이 꿈을 실현하기 위해서입니다.

부모님이 살아온 삶의 여정을 보면 미국에 정착하기 위해 한국에서 가져온 많은 것을 포기해야 했습니다. 전부 다는 아니지만 미국의 정체성을 받아들일 공간을 마련해야 했지요. 하지만 그 가운데 무엇을 포기할지는 누가 결정하는 걸까요? 또 그것을 어떻게 선택할까요? 때로는 굳이 선택하지 않아도 저절로 잃게 되는 것이 있습니다. 예를 들면 언어가 그렇지요. 아마도 우리는 언어를 가장 먼저 잃을 겁니다. 저는 한국어를 놓지 않으려 노력하지만 계속 조금씩 잊어버리는 건 어쩔 수가 없더군요. 우리 가족은 전통을 지키려 노력했습니다. 하지만 과거와 역사를 가르치기는 훨씬 더 어려웠지요. 전통 의식과 먼 친척, 가져온 물건도 하나둘 잃어갔습니다. 이야기도 마찬가지고요. 하지만 음식만큼은 온 힘을 다해 붙들었답니다.

저는 어릴 때 집에서 한국 음식을 참 많이 먹었습니다. 할머니는 된장과 고추장을 손수 담그셨어요. 할머니가 담근 깍두기와 김치 맛은 누구도 따라올 수 없었고요. 평소 우리는 미역국과 장조림, 찌개를 먹었습니다. 제가 아플 때는 죽을 먹였고 가끔은 특식으로 갈비를 굽기도 했습니다. 특별한 일이 있거나 중요한 손님이 오면 한인타운에 가서 한국 음식을 푸짐하게 먹었지요.

제가 물려받은 한국의 유산 가운데 지금까지도 가장 중요한 것은 바로 음식입니다. 한국 음식이 쌓아준 맛의 토대가 오늘날까지 제 밑거름이 되어주고 있습니다. 어릴 때는 학교에 함께 다니는 미국인 친구들의 삶이 저와는 너무도 달라서 혼란스러웠던 기억이 납니다. 우리는 학교에서 피자나 햄버거, 샌드위치를 먹었습니다. 미국인 친구들은 집에 돌아가 저녁에도 비슷한 음식을 먹었지만 저는 집에 와서 게장과 김치찌개를 먹었지요. 커서 셰프가 돼서야 다양한 문화권에서 온 사람들을 만나기 시작했고, 그들 역시 음식에 관한 한 저와 비슷한 삶을 살았다는 사실을 깨달았습니다. 미국 식당의 주방은 아주 다양한 문화를 접할 수 있는 놀라운 곳입니다. 초창기 시절 저는 뉴욕의 몇몇 식당에서 멕시코와 캄보디아, 자메이카, 러시아, 베트남 출신의 셰프들과 함께 일했습니다. 그중 누군가가 고국의 음식을 가져오면 그것을 함께 먹으며 그 훌륭한 맛에 감탄하곤 했지요. 그때부터 미국 각지를 돌며 이민자의 음식을 찾아 먹고 다니는 여행에 매료된 겁니다.

멕시코계 미국인이나 베트남계 미국인, 그 밖에 다른 많은 이민자 집단도 한국계 미국인인 저와 비슷한 경험을 했습니다. 물론, 이민자의 경험은 저마다 고유하고 독특했지만 미국 음식을 포용하면서도 고국 음식을 갈망한다는 점에서는 모두가 똑같았습니다. 그들의 삶을 둘러보면서 대체 그럼 '미국 음식'은 무엇일까 하는 의문이 들었지요. 얼핏 단순해 보이지만 간단하게 답할 수 없는 문제입니다. 만약 제가 여러분에게 "한국 음식은 무엇입니까?"라고 묻는다면, 특정 재료가 들어온 시기나 역사에 대해서는 논쟁이 있겠지만 대체로 비슷한 정의를 내릴 겁니다. 미국 음식은 좀 더 복잡합니다. 핫도그와 햄버거라고 간단히 정의할 수도 있겠지만, 이건 지나치게 단순한 대답입니다. 저는 미국 음식의 정의가 이보다 훨씬 복합적이고, 미국 땅을 밟은 모든 이민자가 여기에 영향을 미쳤다고 생각합니다. 그 이야기가 기록되지 않았을 뿐입니다. 그런 이민자들의 이야기를 들려주기 위해 이 책을 썼습니다. 많은 이민자의 이야기, 그들의 음식이 수천 킬로미터를 건너와 미국의 모든 가정으로 흘러든 이야기를 기록하고 싶었습니다. 유럽에서 건너온 초기 이주민의 음식에서부터 아프리카에서 넘어온 노예들의 음식, 세계 각국에서 여러 번 이민의 물살에 휩쓸려 온 음식에 이르기까지, 미국 음식의 이야기는 결국 이민자의 이야기이니까요. 다양한 문화의 이민자들이 모두 미국 문화에 기여했고 그 덕분에 독특하고 귀한 문화가 탄생한 겁니다.

그리고 이제 한국의 음식과 문화도 미국 문화에 자취를 남기고 있습니다. 이 역시 매력적인 이야기지요. 이 이야기가 만들어지기까지 온전히 한 세대가 걸렸습니다. 미국인 친구들에게 집에서 먹는 한국 음식을 숨기려 했던 저는 이제 제 식당에 오는 모든 미국인에게 자랑스럽게 한국 음식을 대접하고 있습니다. 한 사람의 일생에서 이렇게 커다란 도약이 일어나다니 믿기 어려운 일입니다. 음식은 서로 다른 문화를 잇는 다리가 되기도 합니다. 넷플릭스 프로그램 〈흑백요리사〉에 출연 제의를 받았을 때만 해도 제가 어떤 요리를 하고 싶은지, 어떤 이야기를 들려주고 싶은지 잘 몰랐습니다. 시간이 가고 한 계단 한 계단 도전에 성공하면서 내면 깊은 곳에서 저의 이야기를 들려주고픈 갈망이 꿈틀거리는 것을 느꼈습니다. 고국과의 연결 고리를 찾고 싶은 한국계 미국인의 이야기 말입니다. 저의 이야기에 그토록 많은 사람이 호응할 줄은 몰랐습니다. 저는 늘 자랑스러운 미국인과 자랑스러운 한국인의 두 정체성 사이에 큰 간극이 있다고 느꼈고 음식으로 이 둘을 잇고 싶었을 뿐입니다.

이 책에는 많은 이민자의 이야기, 그들이 미국인이 되는 과정에서 겪은 독특한 사연이 담겨 있습니다. 미국에는 수많은 이민자 집단이 있으니 끊임없이 이야기를 수집하면 100가지쯤 더 넣을 수도 있었겠지요. 하지만 이 책은 그런 의도로 쓴 것이 아닙니다. 이 책은 미국 음식의 정의를 찾기 위한 제 사적인 여정의 기록이자 특정 시점의 미국 풍경을 담은 스냅사진입니다. 결국 저의 이야기지요. 한국 음식을 어떻게 이야기하고 요리하고 쓸지 알아내기 위해 이런 여정을 거쳐 이 책을 써야 했습니다. 이 책을 쓰지 않았더라면 〈흑백 요리사〉에서 보여준 저의 모습은 없었을 겁니다. 이 책 덕분에 제 안에 있는 한국인의 정체성을 발견하고 거기에 자부심을 느낄 수 있었으니까요. 부디 재밌게 읽어주기를, 이 책을 통해 미국 풍토를 조금이나마 엿볼 수 있기를 바랍니다.

2025년 4월
에드워드 균 리

CONTENTS

차례

INTRODUCTION

들어가며

내가 소장한 요리책 가운데 가장 매력적인 것은 1937년 버지니아 주 렉싱턴에서 출판된 『인기 남부 요리 모음집Favorite Southern Recipes』이다. 서문도, 장별 구분도, 저자 이름도 없이 레시피만 모아 스프링으로 제본한 작은 책자다. 레시피는 간결한 서술형에, 주방에 관해 어느 정도 실무적인 지식이 있는 독자를 대상으로 삼은 듯 매우 효율적이고 딱딱한 어조로 쓰였다. 크럼 푸딩뿐 아니라 치즈 토스트나 우유에 익힌 수란처럼 신기하면서도 맛있는 아침 식사까지 온갖 종류의 요리가 담겨 있다. 목차 밑에는 이런 문구가 적혀 있다. "이 책에 실린 요리의 일부는 로버트 E. 리Robert Edward Lee 부인이 손으로 쓴 요리 모음집에서 가져왔다."

메리 애나 커스티스 리Mary Anna Custis Lee[1]가 뛰어난 요리사였음을 의심할 생각은 없지만 그녀의 주방에는 틀림없이 다른 일손도 많았을 것이다. 그러나 그녀의 사후에 출간된 『인기 남부 요리 모음집』에는 리 부인을 제외하고는 다른 출처가 언급되어 있지 않다. 이 책에 실린 많은 요리들의 출처로 짐작할 만한 힌트라고는 표지에 있는 하

[1]   1807~1873, 남북 전쟁에서 남부군 총사령관을 맡은 로버트 E. 리 장군의 부인.

인 복장을 한 나이 많은 흑인 여인의 작은 흑백 사진뿐이다. 이 여인은 어두운 깃이 달린 셔츠를 입고 허리에는 하얀 앞치마를 둘렀으며 머리에는 모브 캡[1]을 쓴 채 하얀 말뚝 울타리 앞에 뻣뻣하게 서 있다. 어째서인지 공허한 얼굴이 내 마음에서 쉬이 지워지지 않는다. 그녀는 미소 짓고 있지 않다. 이 여인이 누구이며 왜 표지에 실렸는지는 책자 어디에도 설명되어 있지 않다.

나는 이름 모를 이 여인에 대해 많이 생각했다. 그녀는 우리에게 어떤 이야기를 들려줄 수 있을까? 만약 이 요리책이 그녀의 목소리로 쓰였다면? 이 책에 실린 많은 요리가 이 여인의 것이며, 이를 통해 자신의 이야기를 들려줄 수 있었다면 어땠을까? 그랬다면 이 책은 단순한 요리책이 아니라 한 노예의 삶을 엿볼 수 있는 귀중한 사료가 되었으리라. 나는 이따금 이 책을 들춰보며 그 여인의 삶을 엿보곤 한다. 책 속 옥수수빵 레시피에서 절구로 빻은 옥수숫가루에 찬물을 섞어 손으로 반죽하라는 지시를 읽으면 메리 애나 커티스 리가 아닌 '이 여인'의 손으로 반죽하는 광경이 그려진다. 뜨거운 기름이나 라드를 넣은 팬에 옥수수빵 반죽을 타원형으로 조금씩(그녀는 너무 바빠서 계량 같은 건 하지 않았을 테니까) 떼어 넣고 튀기라고 지시하는 '이 여인'의 목소리가 들리기도 한다. 화구 위에서 뭉근히 끓고 있는 오크라[2] 토마토 스튜와 남부식 콜라드찜collard greens[3] 냄비도 보인다. 찬장에서 식어가는 파이와 병에 담긴 피클도 그려본다. 자녀는 있었을까? 그들이 부엌일을 도와주었을까? 팬에서 튀겨지

---

1 테두리에 프릴이나 러플이 달린 보닛 형태의 실내용 모자.

2 속씨 식물의 일종으로 씨앗이 들어 있는 줄기 부분을 다양하게 조리해서 먹는다.

3 콜라드는 케일과 비슷한 채소의 일종으로, 원래 이름은 '콜라드 잎'이라는 뜻이지만 이 잎을 고기와 함께 양념해서 찐 남부식 요리를 일컫는다.

는 둥근 옥수수빵이 들려주는 그녀의 삶, 애처롭지만 마음 따뜻해지는 그 상상의 삶이 눈앞에 그려진다.

오늘날의 요리책은 이 얇은 소책자와는 매우 다르다. 저자 이름이 떡하니 찍혀 있을 뿐 아니라 저자의 이야기를 조명하는 경우도 많다. 이는 우리 문화의 현주소에 대해 많은 것을 시사한다. 이제 우리는 요리를 만들어낸 사람에게 관심을 쏟는다. 요리 못지않게 그것을 만든 사람에 관해서도 알아야 하는 문화가 된 것이다. 요리책은 살아 있는 전통 그 자체다. 개인으로서뿐 아니라 하나의 문화로서 우리의 정체성을 반영한다. "당신이 어떤 음식을 먹는지 알려주면 당신이 어떤 사람인지 말해주겠다." 이 말은 프랑스 미식가 장 앙텔름 브리야사바랭Jean Anthelme Brillat-Savarin이 처음 썼다. 나는 이 말을 지금 시대에 맞게 바꾸고 싶다. "당신이 어떤 음식을 만드는지 알려주면 당신이 어떤 사람인지 말해주겠다"라고 말이다.

나는 2013년 첫 요리책 『스모크&피클스Smoke & Pickles』를 쓸 때도 이에 관해 많은 생각을 했다. 그 책을 쓰는 데는 꼬박 2년이 걸렸다. 자료 조사를 위해 『아피키우스Apicius』[1]에서부터 『비턴 부인의 가정관리서Mrs. Beeton's Book of Household Management』, 에드나 루이스Edna Lewis의 『시골 요리의 맛The Taste of Country Cooking』에 이르기까지 요리책을 수백 권 읽었다. 가정에서 만들 수 있는 요리를 소개하되 브루클린에서 한국인 이민자의 자녀로 자란 내가 어떻게 켄터키 주의 남부 요리 셰프가 되었는지도 들려줘야 한다고 느꼈다. 그것은 흔치 않은 이야기일 뿐 아니라, 내가 소개하는 요리들이 어떻게 시작되었는

---

1 역사에 기록된 최초의 요리책 중 하나로, 1세기 로마의 부유한 미식가 마르쿠스 가비우스 아피키우스Marcus Gavius Apicius의 이름을 따서 제목을 붙였다.

지 설명하는 데 빼놓을 수 없는 요소라고 생각했기 때문이다. 브루클린에서 한국인 이민자로 보낸 어린 시절과 내가 배우고 사랑하게 된 남부 요리의 전통, 이 둘 중 어느 하나의 영향이 없었더라면 나는 지금과 같은 요리사가 되지 못했을 것이다. 브루클린의 커나시에서부터 켄터키까지 흘러온 유별난 내 삶의 여정이 한국 요리와 남부 요리의 조합이라는 기이한 결과로 이어졌기에, 또 다른 뜻밖의 조합, 미국의 삶에 관한 이야기가 담긴 조합에 흥미를 느끼지 않을 수 없다.

이 책의 제목 '버터밀크 그래피티'는 내 삶을 시적으로 함축한 표현이다. 버터밀크[1]는 미국 남부 요리의 상징적인 재료다. 나는 이 재료를 요리에 활용하는 법을 배운 뒤로 심히 사랑하게 되었다. 그래피티는 내 정체성을 형성하는 데 처음 영향을 미친 예술로, 1980년대 브루클린에서 보낸 어린 시절의 기억을 떠올리게 한다. 둘 다 내게는 큰 의미가 있지만 따로 떼어놓으면 그저 일차원적인 개념에 지나지 않는다. 그러나 둘을 합치면 나의 정체성을 온전히 함축하는 상징이 된다. 내 요리는 둘 중 어느 한쪽만 담겨 있었다 해도 나쁘지 않았을 테지만 지금처럼 여러 층위로 이뤄진 독특한 형태에 이르지는 못했을 것이다.

『스모크&피클스』가 출간되었을 때 나는 홍보를 위해 여러 도시를 돌았다. 난생처음 빽빽한 일정으로 도시를 옮겨 다니며 미국 방방곡곡을 경험했다. 어제는 밀워키, 오늘은 뉴올리언스, 날마다 도시를 옮겨가면서 다양한 미국 문화가 눈앞에 펼쳐지는 것을 목격했

---

1   크림에서 버터를 뽑아내고 남은 유청 성분으로, 독특한 풍미 때문에 요리에 자주 사용한다.

다. 전에 없던 시각을 갖게 해준 새로운 경험이었다. 혼자 공항 바에 앉아 있거나 낯선 거리를 걸으며 숱한 밤을 보낸 그 여행에서 이 책의 씨앗이 싹을 틔웠다. 어디에 가서든 훌륭한 요리를 맛보았고 그와 함께 다양한 삶을 살아온 이들의 기막히고 아름다운 이야기를 들었다. 음식에 관한 이야기도 있었지만 내가 먹고 있는 음식을 더 큰 문화적 맥락에 비춰보게 해주는 이야기도 많았다. 예를 들어 매사추세츠 주 로웰에서는 캄보디아 이주민들이 이 도시의 문화와 음식에 지속적인 영향을 미치고 있다. 그곳의 이야기는 미국 전역의 소도시에서 불쑥불쑥 생겨나는 새로운 미국 음식과 아메리칸드림을 보여주는 매력적인 사례 가운데 하나다. 그러나 캄보디아 이주민의 이야기를 완성하는 중요한 요소는 가난한 공동주택 단지에서 자랐음에도 결국 지역의 전설이자 로웰에서 가장 멋진 바의 주인이 된 아일랜드계 복싱 선수의 삶이다. 연관성이 전혀 없어 보이는 이 두 이야기는 사실상 떼려야 뗄 수 없는 관계에 있다. 이런 이야기들은 미국의 특정한 시간과 장소에 질감을 더하며, 그 안에서 우리는 하나의 문화가 다른 문화에 서서히 자리를 내주는 과정을 보게 된다. 내 삶이 그래피티에서 뜬금없이 버터밀크로 옮겨 갔듯이 로웰 같은 도시의 영혼은 복싱 선수뿐 아니라 캄보디아 음식을 만드는 셰프와도 연결되어 있다. 이러한 연결은 얼핏 보기에는 확연하게 드러나지 않지만 깊이 들여다보면 실제로 존재하며 앞으로도 영원히 로웰의 역사를 모양 지을 것이다.

나는 음식을 먹을 때마다 그 음식을 누가 만들었으며 그 사람은 어떤 이야기를 간직하고 있을지 궁금해진다. 훌륭한 요리를 발견하는 것은 시작에 불과하다. 그것을 누가, 어떻게, 왜 만들었는지 알아보는 일이 내게는 더 흥미롭다. 다른 요리를 하려다가 마침 필요한 재료가 없어서 다른 재료를 넣었을까? 어린 시절에 먹던 음식을 응용했을까? 모든 음식은 도마 위의 재료를 뛰어넘는 이야기를 지니고 있다. 나는 그런 이야기들이 미국의 새로운 음식 문화, 전국 곳곳에서 다양하게 발전하고 진화하는 음식 문화의 중요한 구성 요소가 된다고 믿는다.

나는 이민자들의 요리를 좋아한다. 맛있기도 하지만 대개는 그 안에 내가 요리에서 찾는 요소들, 즉 단순함과 융통성, 절약 정신 등이 담겨 있기 때문이다. 그러나 그런 음식을 만드는 사람들은 주목받지 못한다. 나는 음식의 세계를 여행하면서 많은 이민자를 만났다. 그들은 저마다 들려줄 이야기를 갖고 있었다. 그중에는 비교적 최근에 이민 온 사람도 있고 수백 년 전 이주한 이들의 후손도 있다. 어느 쪽이든 모두가 끊임없이 진화하는 미국 음식 문화의 이야기에 이바지하고 있다.

이 책은 미국 음식의 이야기다. 다양한 사람과 장소를 소개하지만 그 모든 것이 결국에는 미국 음식이 어디에서 기원했으며 어떻게 진화하고 있는지를 보여준다. 우리가 생각하는 "전통적인" 미국 음식의 개념이 흔들리고 있다. 음식의 지형은 끊임없이 변화하고 있으며, 이러한 변화가 누군가에게는 짜릿한 일이겠지만 다른 누군가에게는 불편한 일이 되기도 한다. 바로 그런 지점, 서로 완전히 다른 두 문화의 충돌에서 새로운 무언가가 탄생하는 그런 지점이 내게는 무척 흥미롭게 다가온다.

미국 음식의 이야기는 대체로 '변신'의 이야기라 하겠다. 어떤 나라의 음식이든 미국 해안에 상륙하는 순간 변화한다. 예를 들어 우리 가족은 한국에서 미국으로 건너왔고, 우리 부모님은 낯설고 혼란스러운 세계에서 한국 음식을 지키고자 부단히 노력했다. 그러나 한편으로는 손쉽게 구할 수 있는 낯선 재료, 즉 토마토나 가지, 처음 보는 품종의 배추와 양념 등으로 없는 재료를 대체해야 했다. 나는 이 원초적인 보존 본능에 매력을 느낀다. 모국에서 부모님의 음식이 어떠했는지도 궁금하지만 그보다 흥미로운 것은 그런 음식을 브루클린으로 가져온 뒤 다른 여러 문화의 음식과 섞였을 때 어떻게 변화했는가에 있다. 한국 고춧가루 대신 자메이카 칠리 파우더로 담근 김치는 우리가 아는 전통적인 김치와 어떻게 달라졌을까?

음식과 문화의 교류는 기이하고 아름다운 방식으로 일어난다. 이 책에는 미시시피 주 클라크스데일에서 가발을 팔며 양배추 롤을 만드는 두 레바논계 여인과 금지된 위스키를 파는 나이트클럽 주인의 이야기가 나온다. 서로 접점이 있으리라고는 생각지 못한 두 세계가 이 미시시피 델타의 도시에 공존하고 있다.

뉴저지 주 패터슨에서는 페루 음식이 얼마나 다층적인지 알게 되었고 그와 동시에 은퇴한 축구선수들의 흔적도 만나보았다. 앨라배마 주 몽고메리에서는 소울 푸드soul food[1] 식당을 운영하는 자매들에게 난생처음 한국 음식을 먹이기도 했다.

'정통authenticity'과 '전통tradition'은 음식의 세계에서 자주 논의되는 개념이다. '정통'은 주로 편협한 시각을 옹호하는 데 사용되며, 따라서 장해물이자 배제와 역사 왜곡의 수단이 되기 쉽다. "미국 남부 요리 정통 레시피"라는 부제가 붙은 요리책을 보면 이런 의문이 든다.

---

1 미국으로 건너온 아프리카 노예들의 토속 음식을 일컫는 말에서 미국 남부 음식을 뜻하는 말로 확대되었다.

어떤 남부를 말하는 걸까? 식민지 시대 이전의 남부? 대농장 시대의 남부? 식민지 이후의 남부? 인권 운동 이후의 남부? 혹시 폴라 딘 Paula Deen[1]의 남부 요리일까? 아니면 이민자들의 남부 요리? 사실은 이 모든 것이 복잡한 남부 역사의 일부다. 그중 어느 하나만 정통이라고 주장할 수는 없다. 따라서 나는 정통이라는 말은 좀처럼 쓰지 않으며 절대 신뢰하지 않는다. 반면 '전통'은 향수를 묘사하는 말이다. '정통'의 자매라 할 수 있지만 이 둘은 완전히 다르다. 전통이 없다면 우리는 아무것도 아니다. 그것은 우리의 정체성을 이루는 일부이다. 나는 우리 가족이 따르는 전통의 미덕에 대해 한 번도 마음속으로 갈등한 적이 없다. 새해 첫날 한국식 떡국을 먹는 것은 어릴 때부터 우리 집안의 전통이었고 나는 여전히 그 전통을 따르고 있다. 동시에 나는 추수감사절 만찬도 사랑한다. 그리고 이 두 가지 전통을 모두 내 딸에게 전수해야 한다고 생각한다.

그러나 전통에 권위가 더해지면 위험해진다. 이 경우 전통은 "정통"을 주장하게 되고 '진정한', '순수한', '참된' 같은 수식어가 끼어들기도 한다. 이런 어휘는 신성한 느낌을 주지만 나는 그런 신성함이 음식의 세계와는 어울린다고 생각하지 않는다. 내가 만든 김치 볼로냐 샌드위치와 다른 사람이 만든 모차렐라 무풀레타muffuletta[2]를 놓고 어느 쪽이 더 맛있는지 가늠할 수는 없다. 때로는 당신이 토스카나 출신의 시어머니 음식을 응용해서 만든 두부 카차토레cacciatore[3]가 원조 카차토레 못지않게 훌륭할 수도 있다. 미국 음식의 역사는

---

1 1947~, 조지아 주 서배나에서 식당을 운영하는 유명한 셰프 겸 요리책 저자.
2 시칠리아 이민자들이 뉴올리언스에서 대중화시킨 샌드위치로, 시칠리아 지역의 둥근 참깨 빵을 지칭하는 이름에서 발전했다.
3 원래는 닭고기나 토끼 고기 등에 양념을 곁들여 만드는 이탈리아 요리.

짧지만 놀랍도록 풍부하다. 우리는 저마다 그 역사의 한 페이지를 써 내려가고 있다. 물론, 우리는 대중적인 것, 문화를 지배하는 것에 자연스레 끌린다. 그러나 나는 그 사이의 공백을 채색하고 싶다. 세상에 나오지 못한 이야기들을 들려주고 싶다.

이렇게 숨어 있는 이야기 가운데 음식과는 무관하지만 내가 한 사람의 인간으로, 그리고 결국 셰프로 성장하는 데 큰 영향을 미친 이야기가 있다. 뉴욕 시에서 10년 동안 법을 피해 다니며 활동한 그래피티 아티스트 스미스Smith의 이야기다. 처음에 그는 형제인 데이비드 스미스David Smith와 2인조로 활동했다. 데이비드는 '세인Sane'이라는 이름을 썼으므로 두 사람은 세인 스미스로 통했다. 이들의 흔적은 1980년대 뉴욕 시 어디서나 찾아볼 수 있었다. 뱅크시Banksy나 셰퍼드 페어리Shepard Fairey 이전에, 세인 스미스가 있었다. 두 형제는 마치 페스트처럼 뉴욕 전역을 휩쓸었다. 처음에는 딱히 눈에 띄지 않았다. 그저 뉴욕의 벽면마다 페인트를 투척하는 수천 명의 아티스트 중 하나일 뿐이었다. 그러다 이 둘이 서로 겨루기를 시작했다. 취미로 시작한 일이었겠지만, 어느 시점부터 두 형제는 경쟁적으로 영역을 확장해 나갔다. 세인은 점차 자기 이름을 예술적이고 복잡한 형태로 만드는 데 주력한 반면, 스미스는 뉴욕 시의 다섯 개 자치구 전역에 자기 이름을 남기는 것을 "예술"적 사명으로 삼은 듯했다. 스미스가 한 사람이 아니라 여러 사람으로 이뤄진 군단이라는 소문이 돌기 시작했다. 한꺼번에 그렇게 많은 곳에 출몰하는 것이 불가능해 보였기 때문이다. 출근하느라 바쁜 뉴욕 시민들은 잘 알아차리지 못했지만 도시 곳곳에 스미스의 이름이 있었다. 공원 벤치나 지하철 통로, 공동주택 지붕, 심지어 브루클린교의 높은 비계에도 있었다. 그의 메시지는 분명했다. 그래피티의 핵심은 최고의 작품이 아니라 압도하는 지배력이라는 것이다. 다른 아티스트들이 기가 꺾여 한숨을 쉬며 페인트 통을 내던지게 하는 것이 그의 목적이었다.

이렇다 할 목표도 없이 청소년기를 보내던 나는 꽤 강박적으로 스미스를 따라다니며 그처럼 그래피티로 흔적을 남겨보려 했다. 나는 그의 끈기를 동경했다. 그의 세계가 어떻게 돌아가는지 직접 듣고 싶었다. 그러나 끝내 그를 찾지 못했다. 춥고 눅눅한 밤에 깨끗한 벽에 낙서를 하는 그를 한 번도 만나지 못했다. 그러다 세인이 의문의 지하철 사고로 사망했다. 뉴욕 시는 그래피티 단속을 강화했고 스미스는 종적을 감췄다. 나는 페인트 통을 내던지고 주방 칼 세트를 집어 들었다. 그 두 가지는 도구만 달라졌을 뿐 내게 똑같이 느껴졌다. 주방 역시 익명으로 그림을 그리는 곳이었으니까. 자기만의 독특한 그래피티 속에 정체를 숨기는 것과 유행을 따르는 식당의 주방에서 예쁜 접시에 소스를 뿌리는 이름 없고 얼굴 없는 요리사가 되는 것이 뭐가 다르단 말인가. 이름도 얼굴도 알려지지 않은 이런 요리사는 내 책장에 꽂힌 남부 요리책의 표지를 장식한 이름 모를 하녀와도 다르지 않다. 하지만 이 이름 없는 여인도 누구 못지않게 요리를 사랑했을 것이다.

두 그래피티 아티스트와 요리책 표지에 있는 남부 요리사 사이의 연결, 그것이 지금의 나를 만들었다. 그리하여 나는 현재 켄터키 주 루이빌에 살면서 이 길고 굽이진 남부 요리의 서사에서 내가 어디쯤 속해 있는지 끊임없이 자문하고 있다.

요리는 음식 문화를 넘어 문화 전반과 연관된다. 폴란드 출신 할머니의 양배추 롤이 맛있는 이유는 거기에 양배추 롤과는 상관없는 그녀만의 이야기가 담겨 있기 때문일 것이고, 그녀가 '자신의' 할머니에게서 그 요리를 배웠다면 그녀의 손자는 다섯 세대에 걸친 끈끈한 연결을 느낄 것이리라. 나는 우리 할머니의 방법으로 갈비찜을 만들 때마다 불 위에서 뭉근히 끓으며 온 집 안에 퍼지던 달콤하고 짭조름한 냄새와 그사이 내 구멍 난 양말을 꿰매던 할머니의 손을 떠올린다. 식재료는 한정되어 있지만 만들 수 있는 요리의 종류는 끝이 없다. 그리고 모든 요리는 저마다의 이야기를 갖고 있다. 그 이면에는 역사와 가족, 시간과 장소에 얽힌 복잡한 서사가 숨어 있다.

종이 한 장을 꺼내 현재 자신이 가장 좋아하는 음식을 적어보자. 대여섯 개쯤 떠오를 것이다. 이제 눈을 감고 오래전에 먹은 음식, 어린 시절의 음식을 떠올려보자. 그런 다음 배우자나 친구, 동료, 혹은 여행을 통해 좋아하게 된 음식을 적어보자. 목록이 점점 길어질 것이다. 다시 앞으로 돌아가 각 음식에 얽힌 이야기를 하나씩 떠올려보자. 브루스게타를 보면 첫 로마 여행의 추억이 떠오르지 않나? 핫도그를 보면 아버지와 함께 야구 경기장에 간 일이 생각나지 않는가?

바로 그런 이야기 속에 개개인의 정체성을 말해주는 풍미와 질감이 들어 있고, 거기에서 자신의 이야기를 찾을 수 있다. '누군가를 진정으로 알고 싶다면 그 사람이 먹은 음식을 먹어야 한다.' 좋아하는 음식들의 이야기를 모아놓으면 그저 이름 없는 요리책이 아니라 한편의 회고록이 될 수 있다. 그리고 그런 이야기들은 더 큰 이야기의 일부가 된다. 우리 모두가 가스 불 위에 냄비를 올릴 때마다 조금씩 채워가는 이야기, 바로 미국 음식의 이야기다.

이 책의 레시피들에 대해

이 책에 실린 레시피에는 일부러 사진을 넣지 않았다.[1] 독자여, 부디 자신의 직감을 믿고 따르길 바란다. 여러분은 충분히 할 수 있다. 레시피에 사진이 실리기 시작한 것은 비교적 최근의 일이다. 우리는 수백 년 동안 사진 없이 글만으로 요리를 배웠다. 정해진 이미지가 없으면 자유롭게 상상하며 자신만의 결과물을 낼 수 있다. 사진은 훌륭한 길잡이이고 바람직한 목표를 제시하기도 하지만 한편으로는 부정적인 효과를 내기도 한다. 완성한 요리가 사진과 다르면 실패했다고 느낄 테니 말이다. 나는 그런 것을 원치 않는다. 이 책에 실린 레시피들은 식당에서 팔기 위한 요리가 아니다. 모양새보다 중요한 것은 맛이다. 향과 풍미, 질감, 입안에 퍼지는 느낌에 집중하기 바란다. 꼭 잡지 표지처럼 근사한 요리가 나오지 않아도 걱정하지 마라. 맛있다면 성공한 거니까.

---

1 그래도 이미지가 궁금하다면 chefedwardlee.com 또는 인스타그램 @chefedwardlee에서 찾아보시라.

CHAPTER 01

PILGRIMAGE FOR A BEIGNET

도넛 순례

엄격한 도덕적 압박에 시달리는 현대 사회에서 뉴올리언스는 유혹과 죄, 구원이 골고루 배합된 삶의 방식을 가르쳐준다. 이곳에서는 과잉이 일상이다. 방종이라는 습한 공기가 폐부를 가득 메운다.

뉴올리언스는 프랑스인들이 세우고 스페인인들이 통치했으며 이후 미국인들이 사들인 항구 도시다. 게다가 서아프리카와 아프리카계 카리브해인의 후손들, 독일과 시칠리아, 아일랜드 문화의 영향을 골고루 받았다. 미국에서 인종과 문화가 가장 다양하게 섞여 있는 이 도시는 다소 결함이 있으나 동시에 치명적인 매력을 지닌 낙원과도 같다. 내가 만약 뉴올리언스에 산다면 금세 무너지고 말 것이다. 내게는 유혹이 너무도 많은 곳이니까. 오늘날에도 뉴올리언스는 관광객뿐 아니라 온갖 부류의 한량과, 쾌락과 방종을 찾아 미시시피강으로 몰려오는 모든 젊은이를 유혹한다. 프렌치쿼터의 환락은 비교적 예측 가능하고 얌전한 편이지만 여기에도 어두운 이면이 있다. 늦게까지 깨어 있는 곳, 대학생들이 허리케인[1]을 게우고 귀가한 뒤에도 새벽까지 오래도록 깨어 있는 곳 말이다. 내가 잘 아는

뉴올리언스는 그런 곳이다. 나는 결국 비앙빌 가의 싸구려 단골집까지 가곤 한다. 지저벨이 바를 맡고 있다면 제대로 된 술을 내줄 것이다. 뉴올리언스에는 아직 지도에서 찾을 수 없는 곳들이 있다. 그런 곳에 가면 음란한 소굴에 있는 듯한 긴장감이 느껴진다.

나는 1년에 한두 번 정도 자선 행사 때문에 뉴올리언스에 간다. 이곳은 내가 가장 좋아하는 도시 중 하나다. 나는 이 도시가 카트리나[2] 이후 사람들의 예상을 뒤엎고 계속해서 번영해가는 모습을 감탄하며 지켜보고 있다. 프렌치쿼터에는 관광객이 붐벼서 피하는 곳도 있지만 뉴올리언스의 좋은 점은 관광객에게 바가지를 씌우는 곳조차도 훌륭하다는 것이다. 갈라투아르Galatoire's와 앙투안Antoine's은 맛있는 점심을 먹기에 좋다. 애크미 오이스터 하우스Acme Oyster House는 아무리 많은 관광객이 앞을 막고 있어도 꼭 들른다. 사실 이곳은 뉴올리언스에서 가장 혼잡한 식당 중 하나이고, 나는 관광객이 많이 몰리는 곳에는 좀처럼 가지 않는다. 한 예로, 내가 타임스 스퀘어에서 먹다가 죽은 채로 발견되는 일은 절대 없을 것이다. 시카고의 명물인 두꺼운 피자도 딱히 좋아하지 않는다. 그럼에도 뉴올리언스에서 관광객이 가장 많이 몰리는 곳인 카페 뒤 몽드Café du Monde에서는 베네를 먹기 위해 기꺼이 줄을 선다.

카페 뒤 몽드는 한쪽에 실내 카페가 있고 밖에는 초록색과 흰색 줄무늬의 커다란 차양이 쳐진 시끌벅적한 야외 테라스가 있다. 이곳은 하루 종일 북적거린다. 줄은 주문 창구에서부터 테라스를 빙 돌아 바깥 거리까지 이어진다. 긴 줄을 피하려면 문 여는 시간에 맞

---

1   뉴올리언스의 유명한 칵테일.
2   2005년 미국 남동부를 강타해 2000명 이상의 인명 피해를 낸 대형 허리케인으로, 뉴올리언스가 가장 큰 피해를 입었다.

쳐 가야 한다. 나는 열두 번도 넘게 갔지만 늘 베네와 치커리 커피만 주문하기 때문에 그것 말고 다른 메뉴는 모른다. 카페 안이 너무 시끄러우면 잭슨 광장을 한 바퀴 걷기도 한다. 대개는 미시시피강으로 가서 멍하니 물 구경을 한다.

카페 뒤 몽드에서 걸어서 5분도 안 걸리는 곳에는 윌리엄 포크너 William Faulkner가 젊은 시절 잠시 머물렀던 집이 있다. 머문 기간은 겨우 1년 반이지만 그 시기는 그에게 평생 영향을 미쳤다. 훗날 포크너는 자신이 나고 자란 미시시피의 시골 문화를 배경으로 가장 칭송 받는 20세기 남부 고딕 소설을 쓰게 되지만, 문학 멘토인 셔우드 앤더슨Sherwood Anderson을 만난 것은 바로 이곳이었다. 포크너는 파이리츠 가 624번지[1]에 살면서 첫 소설 『병사의 보수Soldiers' Pay』를 썼다. 훗날 저술한 책에서 그는 뉴올리언스를 "원숙한 이들을 손아귀에 꽉 잡고 있으면서도 젊은이들까지 매혹하는 고급 매춘부" 같은 도시라고 회상했다. 뉴올리언스는 젊고 어리석을 때 꼭 가야 하는 도시이자 더 현명해져서 여전히 꿈을 좇을 때에도 다시금 들러야 하는 도시다.

포크너는 남부 시골의 삶을 생생하게 묘사한 작품들로 유명하지만, 나는 문학사에서 그의 가장 훌륭한 업적으로 시간의 개념을 독특하게 비트는 방식을 꼽고 싶다. 그의 소설들은 연대순이나 논리의 규칙을 거부하고 기억과 갈망을 뒤섞는다. 독자는 줄거리를 파악하기에 급급한 나머지, 파티가 끝난 뒤 현관 앞에 어지럽게 흩뿌려진 수박씨처럼 책장 여기저기 흩어져 있는 장황한 문장들이 만들어내는 절묘함을 음미하지 못한다. 한 번 읽어서는 이해하기 어려

---

1 현재 이곳은 포크너 하우스 북스Faulkner House Books라는 이름의 서점이다.

워도 인상적인 스토리텔링 방식이다. 너무도 비극적인 이야기, 수 세대에 걸친 수치와 역사와 거짓을 담은 이야기는 인습적인 방식으로는 풀어낼 수 없는 법이다.

요리에도 그런 것이 있다. 나이 지긋한 여성에게 크리올[1] 요리를 알려달라고 하면 모호한 대답이 돌아올 것이다. 아예 시간을 내주지 않을 수도 있다. 나는 수년 동안 훌륭한 베녜 레시피를 찾아다녔지만 여기서 조금, 저기서 조금 주워들었을 뿐 명확한 답을 얻지 못했다. 모든 레시피의 재료는 대체로 같다. 밀가루와 기름, 이스트, 튀김 도구다. 차이는 기법에서 나온다. 내가 물어본 사람은 모두 자신만의 기법이 있었다. 누구의 것이 더 낫다고 할 수도 없다. 나는 대여섯 가지를 시험해보았는데 모든 결과물이 대체로 비슷한 맛을 냈다. 만드는 법은 간단하다. 60초 안에 설명할 수도 있다. 그러나 훌륭한 이야기가 모두 그렇듯 중요한 것은 결말이 아니라 거기에 도달하는 과정이다. 베녜에 얽힌 이야기는 사람마다 조금씩 다르다. 그런 이야기가 흡족한 맛을 더한다. 대개는 추억과 사랑, 그리고 과장 한 꼬집이 들어 있다.

나의 베녜 이야기는 윌리엄 포크너와 얽혀 있다. 나는 뉴욕대학교 졸업반 시절에 헤밍웨이와 포크너에 관한 수업을 들었다. 그리고 과제를 위해 뉴올리언스로 여행을 떠났다. 운좋게 마르디 그라 Mardi Gras[2]가 코앞이었다. 버지니아 주 이남으로 내려가본 것도, 그렇게 긴 자동차 여행을 시도한 것도 처음이었다. 한 친구를 설득해 나의 파이리츠 가 순례에 끌어들였다. 포크너 하우스에서 마주한 전

---

1 미국 남부에 정착한 프랑스나 스페인 이주민의 후예 또는 그들의 문화를 일컫는 말.
2 사순절이 시작되기 전날인 참회 화요일을 뜻하는 말로, 뉴올리언스에서 미국 최대 규모의 축제가 열린다.

시물, 즉 책상에 놓인 타자기에는 별다른 감흥이 일지 않았다. 포크너는 그 책상에서 술에 취해 이웃들을 괴롭힌 모양이었다. 점원이 기념품 책갈피를 주었다. 포크너 순례는 그렇게 끝났다. 친구와 나는 토요일에 도착해 두 여자를 만났고(일요일까지 함께 보내면서 가진 돈을 그들에게 다 썼다.) 월요일이 되자 빈털터리가 되었다. 우리는 뚱뚱 화요일Fat Tuesday[1] 아침에 떠날 계획이었다. 간신히 집에 갈 연료비만 남아 있었음에도 떠나기 전에 나는 카페 뒤 몽드에 들러 생애 첫 베네를 먹고야 말았다. 알코올 냄새가 진동하는 땀을 흘리며 관광객들의 줄에 합류했다. 친구는 운전석 핸들 위에 엎드려 있었다. 그는 뉴올리언스에 아주 질려버린 터였다. 돈을 몽땅 쓰게 한 여자들을 만난 게 나 때문이라 생각했으므로 나와 말도 섞지 않고 있었다. 이윽고 내가 차에 오르자 그는 출발했다. 나는 가슴에 슈거 파우더를 흘리며 천천히 베네 한 봉지를 다 먹었다. 애틀랜타가 가까워질 때까지 우리는 한마디도 하지 않았다. 어차피 상관없었다. 나는 내내 브랜디를 생각하고 있었으니까.

브랜디를 만난 건 1992년 뉴욕에서였다. 뉴욕대학교에 들어간 나는 등록금을 마련하기 위해 매디슨 애비뉴와 28번가 모퉁이에 있던 식당 빅 애플 다이너Big Apple Diner에서 일했다. 부엌일에 능숙한 내게 식당 일은 쉬운 돈벌이였다. 일할 수 있는 시간은 아침뿐이었다. 어쨌든 학교에 다녀야 했으니 말이다. 매일 새벽 4시 30분쯤 출근해 불을 지피고 팬케이크 반죽과 머핀 반죽을 만들었다. 그런 뒤 전날 밤

---

1 부활절까지 40일의 금식 기간에 앞서 기름과 설탕, 과일 등을 다 소진한다는 의미로 붙은 이름.

에 썰어 물에 담가놓은 감자를 건지고 함께 볶을 채소를 썰었다. 배송된 빵과 베이글을 받은 뒤 달걀을 실온에 꺼내놓았다. 정확히 아침 6시 15분부터 손님들이 몰려오기 시작했다. 일이 끝나면 마가린과 블루베리 머핀 믹스가 얼룩덜룩하게 묻은 티셔츠를 입고 라틴어 수업에 들어갔다. 수강생은 대부분 사립 고등학교를 졸업하고 로스쿨 진학을 준비하는 학생들이었다. 나는 동사 활용형을 읊으면서 동시에 동정과 혐오가 어린 학우들의 눈총을 견뎠다. 그러다 결국 깨끗한 옥스퍼드 셔츠를 따로 준비해 갈아입고 수업에 들어가기 시작했다.

빅 애플 다이너는 아침 시간 요리사들이 금세 그만두곤 했다. 나는 곧 그 이유를 깨달았다. 물론 모든 준비를 혼자 했지만 아주 고된 일은 아니었다. 문제는 주변 지역이었다. 오늘날 노매드[1]라고 불리는 이곳은 고급 레스토랑과 부티크 호텔이 모여 있는 지역으로 유명하지만, 과거에는 경찰도 순찰을 포기할 만큼 지독한 우범지대였다. 수십 년 동안 그릴리 스퀘어 공원[2]과 매디슨 스퀘어 공원 사이의 일대는 폐업한 호화 호텔이 즐비한 무법 지대였다. 귀를 쫑긋 세우면 자부심 넘치는 최후의 벨보이 유령이 너덜거리는 제복 호주머니에 반짝이는 동전을 넣는 소리가 들리는 듯했다. 20세기 초 이곳은 호화로운 극장가였고 화려한 호텔들은 지역의 명물이었다. 극장가가 좀 더 북쪽으로 옮겨가면서 허덕이기 시작한 호텔들은 1970년대가 되자 대부분 파산하고 빈 건물만 남겨놓았다. 이후 뉴욕 시는 이런 건물을 노숙자와 정신질환자를 위한 저소득층 주거지로 전용

---

1 매디슨 스퀘어 공원 북부의 줄임말. 남북으로는 25번가부터 29 또는 30번가, 동서로는 매디슨 애비뉴 또는 렉싱턴 애비뉴부터 6번 애비뉴까지를 지칭한다.
2 웨스트 33번가와 32번가 사이, 6번 애비뉴와 맞물려 있는 작은 도심 공원.

하는 기막힌 발상을 내놓았다. 그때부터 이런 호텔은 '복지 호텔'로 불렸다. 한때 체르케스산 월넛 웨인스코팅과 금빛 태피스트리 벽널을 자랑하던 마르티니크 호텔은 쥐와 바퀴벌레가 득실거리는 마약 밀매와 매춘의 온상이 되었다. 마약상과 포주, 조직 폭력배가 일대를 장악하면서 노숙자 가족들은 불결한 환경과 두려움을 감수하며 살아야 했다. 프린스 조지, 레이섬, 카터처럼 번드르르한 이름의 호텔도 있었다. 뉴욕에 사는 사람은 누구나 이 파멸의 구덩이를 피해 다녔다. 뉴욕 시는 수십 년 동안 이 문제를 외면했고 그사이 유린당한 거주자들은 짐승처럼 고통받았다.

낮에는 그리 나쁘지 않았다. 사무직 종사자들이 꽤 많이 돌아다니는 곳이라 얼핏 평범한 거리처럼 보이기도 했다. 그러나 동이 트기 전에는 위험하고 예측 불가한 무법천지로 변했다. 나 역시 그 식당에서 일한 지 이삼 주 됐을 쯤 출근길에 강도를 만나 죽을 뻔했다. 누군가가 뱉은 침을 맞기도 하고, 의족으로 위협을 당하기도 했다. 식당 안은 비교적 안전했지만 창문에 벽돌을 던지거나 가게 앞에 배달된 빵을 훔쳐가려는 사람도 있었다.

나는 아침을 먹으러 오는 많은 성 노동자와 친해졌다. 당시에는 '매춘부'라고 불렀다. 그들은 새벽 5시쯤 식당에 들어와 달걀 샌드위치나 설탕을 한 움큼 넣은 뜨거운 커피를 주문했다. 우리는 아침 일찍 문을 열었지만 이 여자들이 온갖 말썽을 피우는 바람에 결국 문 여는 시간을 늦췄다. 마약에 절어 있거나 도둑질을 하거나 심지어 화장실에서 매춘을 시도하는 이들 때문이었다. 그런 일이 있은 뒤로는 주황빛 먼동이 터오며 여자들이 집으로 돌아가는 아침 6시까지 문을 잠가놓았다. 하지만 좋은 사람도 몇몇 있었다. 대개는 빨리 돈을 모아서 더 나은 곳으로 가려 하는 어린 엄마들이었다. 가게가 한산할 때면 나는 그들에게 커피를 사주거나 몰래 샌드위치에 베이컨을 넣어주었다. 주방이 개방된 구조라 식당 앞에 누가 오는지 보였고 아는 얼굴이면 들여보내주는 식이었다. 주인들은 7시 전에는 출근하지 않았으므로 그때까지는 비교적 자유로웠다.

브랜디는 괜찮은 여자였다. 늘 음식 값을 제대로 냈고 한 번도 말썽을 피운 적이 없었다. 그녀의 몸에서는 플라스틱 카네이션과 풍선껌 냄새가 났다. 말투는 영화 〈바람과 함께 사라지다Gone with the Wind〉와 〈뉴 잭 시티New Jack City[1]〉를 섞어놓은 듯했다. 항상 머리카락을 한쪽으로 땋아 내렸고, 그래서 무척 어려 보였다. 스물한 살쯤 됐을까? 당시 나도 스물한 살이었다. 나는 대학생인데 그녀는 힘들게 아이를 키우고 있다는 점이 안타까웠다.

브랜디는 늘 직장인들이 아침을 먹으러 몰려오기 전에 떠났다. 언제나 달걀 샌드위치를 주문했지만 나는 달걀 두 개와 치즈, 베이컨까지 넣은 특급 샌드위치를 만들어주었다. 가끔은 치즈 대니시 페이스트리 하나를 가방에 슬쩍 넣어주기도 했다. 같은 시간에 근무하는 웨이트리스는 내가 음식을 빼돌리고 있음을 아는 듯했지만 상관하지 않았다. 어차피 아침에 일하려는 사람이 없었으므로 쉽사리 해고될 것 같지 않았다.

내가 아침을 준비하는 동안 브랜디는 주방 앞의 바 자리에 앉아 있곤 했다. 딱히 공통의 화제가 없었으므로 우리는 영화배우나 날씨 같은 시시콜콜한 주제로 얘기를 나눴다. 어느 날 내가 그녀의 달걀 샌드위치를 싸고 있을 때 그녀가 내게 숫총각이냐고 물었다. 그건 아니었지만 너무도 저돌적인 질문에 얼굴이 화끈거렸다. "동정

---

1 뉴욕을 배경으로 한 마리오 반 피블스 감독의 1991년 범죄 영화.

일 줄 알았다니까." 그녀는 이렇게 말했다. 그 뒤로 그녀는 나를 숫총각이라고 불렀다. 놀리는 말이었지만 재미있었다. 그녀가 그렇게 부를 때마다 무언의 초대를 느꼈다. 어쨌든 나는 그녀의 직업을 알고 있었으니까.

브랜디는 떠나기 전 항상 내가 건넨 봉투에 무엇이 들어 있는지 확인하곤 했다. 그러고는 한쪽 눈을 찡긋하며 손을 흔들었다. 나는 그런 모습이 좋았다. 총각이라고 불러도 내버려두었다. 그럴 때마다 그저 장난치며 유혹하는 평범한 여자아이의 모습이 보였다. 그때마다 마음 한 구석이 아팠다.

 그 무렵 나는 주방에서 새로운 시도를 하기 시작했다. 대단한 요리를 만든 것은 아니지만 그저 기계적으로 일하는 것을 피하고 싶었다. 예를 들어 나는 그 식당에서 쓰는 인스턴트 팬케이크 믹스 대신 내가 직접 만든 팬케이크 반죽을 써보았다. 레몬 양귀비 씨 빵과 바나나 호두 빵도 만들었다. 내가 만든 것들이 잘 팔리자 자진해서 아침 메뉴를 늘렸다. 어느 날 아침 신선한 도넛을 만들고 있을 때 브랜디가 나타났다. 나는 그녀에게 튀김기에서 막 꺼낸, 울퉁불퉁한 모양의 도넛 하나를 내주었다. 그녀의 눈이 반짝거렸다.
 "맛있다. 뉴올리언스에 온 것 같아요." 그녀가 말했다.
 "거기가 고향이에요?"
 "네. 거기서 베네를 먹어보지 않았으면 인생을 논할 자격이 없다니까요."
 "베…… 뭐라고요?" 내가 되물었다.
 "베네."
 "그게 뭐예요?"

"이거랑 비슷해요." 그녀는 내가 준 도넛을 들어 올리며 말을 이었다. "하지만 좀 더 달고 더 따뜻하고 더 맛있어요."

"뉴올리언스에만 있어요?"

"네."

"다음에 만들어줄게요."

"총각은 못 만들걸요. 거기에만 있다니까요. 얼마나 맛있는지 몰라요. 카페 뒤 몽드에 가서 꼭 먹어봐야 해요."

"이름이 뭐라고요?"

"베녜."

"철자가 어떻게 돼요?"

"나야 모르죠. 자기가 대학생이면서."

"다시 말해봐요."

"베녜."

"베…… 뭐라고요?"

"아, 씨, 베-녜. 귀가 먹었어요?"

브랜디는 어느 날부턴가 오지 않았다. 작별 인사도 없었다. 흔히 있는 일이었다. 성 노동자들은 한곳에 오래 머물지 않는다. 때는 1993년, 연쇄살인범 조엘 리프킨Joel Rifkin이 마침내 체포되었고 뉴욕 시는 거리 정화 압박에 시달리고 있었다. 복지 호텔들조차도 문을 닫기 시작했다. 그래도 나는 브랜디와 내가 작별 인사 정도는 할 만큼 친해졌다고 생각했다. 어쩌면 브랜디에게는 내가 그리 중요한 사람이 아니었을지도 모른다. 나쁜 일이 일어난 건 아니라고 확신했다. 꽤 영리한 여자였으니까. 그저 형편이 좀 더 나아져서 떠난 게 분명했다. 그래도 귀띔해줬더라면 걱정하지 않았을 텐데. 하지만 다시 생각해보면 작별 인사를 한다고 한들 뭐가 달라졌을까 싶다. 연락처를 주고받고 계속 연락했을까? 어쩌면 브랜디는 그저 공짜 음식을 먹기 위해 내게 잘해준 것인지도 모른다. 그래도 나는 그녀가 그리웠다. 그리고 브랜디의 조언대로 언젠가 뉴올리언스에 가서 진짜 베녜를 먹어보겠노라 결심했다.

나는 카페 뒤 몽드에 갈 때마다 브랜디를 떠올린다. 한 번쯤은 그녀를 마주칠지도 모른다는 터무니없는 생각도 한다. 나는 숨이 턱턱 막히는 후텁지근한 날에도 밖에 앉는 것을 좋아한다. 오늘은 호텔에서부터 프렌치쿼터까지 바나나 나무를 따라 걸으며 거리에 흩뿌려진 오줌 냄새를 음미할 생각이다. 현지 사람들은 모닝콜 커피 스탠드Morning Call Coffee Stand에서 커피를 마시라고 하지만 관광객이 몰리기 전 이른 아침에 프렌치쿼터에 가고 싶다. 오늘은 조금 늦었다. 도착하니 아침 9시밖에 안 됐는데 벌써 거리까지 줄이 길게 늘어섰다. 텅 빈 두개골 안에서 작은 콩알 하나가 이리저리 튕기기라도 하듯 머리가 울리고 강에서는 악취가 풍겨 온다. 맛있는 베녜 하나를 입에 넣고 싶은 마음이 간절하다.

프렌치쿼터에는 베녜를 파는 곳이 많지만 카페 뒤 몽드만큼 맛있는 베녜를 파는 곳은 없다. 한 입 베어 무는 순간 그 안에 푹신하게 담긴 뜨거운 공기가 훅 나오는 그런 베녜 말이다. 속이 너무 비어 있어도 안 되고 구멍이 너무 많아도 안 된다. 슈거 파우더는 윗입술을 온통 뒤덮을 만큼 듬뿍 묻어 있어야 한다. 한 입 베어 물다 실수로 숨을 들이마시면 콧속으로 훅 들어가 기침하게 만들 만큼. 나는 경험 없는 사람을 괴롭히는 음식이 좋다.

베녜의 역사를 물어보면 사람에 따라 다른 대답이 나온다. 그러나 어쨌든 역사를 파헤치기 시작하면 어김없이 한때 훨씬 유명했던 베네의 사촌 '컬라^{cala}'를 만나게 된다. '베네 드 리^{beignet de riz}'라고도 불리는 이 컬라의 기원은 아프리카에서 찾을 수 있다. 가나에서는 '토그베이^{togbei}', 나이지리아에서는 '퍼프 퍼프^{puff puff}', 콩고에서는 '미카테^{mikate}'라고 부르며, 재료를 물어보면 쌀에서부터 카사바까지 저마다 다른 대답을 내놓는다. 이 컬라가 점차 뉴올리언스로 넘어오면서 크리올 여성들이 거리에서 파는 흔한 간식이 되었다. 뉴올리언스에서 음식에 관한 글을 쓰고 라디오를 진행하는 포피 투커 Poppy Tooker는 20세기 초에 성 노동자들이 카니발 복장을 하고 집집마다 돌아다니며 컬라를 얻었다는 이야기를 들려준다. 그 후 점차 정제 밀가루와 프랑스의 영향을 받아 컬라는 오늘날 우리가 사랑하는 대중적인 베네로 변형되었다.

카페 뒤 몽드의 종업원은 거의 모두 베트남계다. 의외의 지점에서 두 역사와 문화가 교차하는 또 하나의 사례로써 뉴올리언스 어디서나 흔하게 볼 수 있다. 베트남 사람들이 뉴올리언스에 살기 시작한 것은 베트남 전쟁 이후부터다. 나는 그들이 테이블을 돌아다니며 주문을 받고 커피를 만드는 모습을 지켜본다. 현지인 대부분은 그들이 아주 오래전부터 이곳에서 일했다고 기억한다. 소문에 따르면 40여 년 전에 들어온 웨이트리스가 베트남계 직원의 시초였다. 젊은 웨이트리스 중 한 명이 머리가 희고 분홍 립스틱을 바른 조그만 여자를 가리키며 그 첫 베트남 직원이 여전히 일하고 있다고 일러준다. 나이 지긋한 여인은 몸집에 비해 너무 커 보이는 흰색 유니폼을 입었다. 바빠서 나를 상대할 수도 없을 뿐더러 어차피 영어도 잘 못한다고 젊은 웨이트리스가 귀띔한다. 나이 많은 여인의 이름을 물으니 "애니"라고 하는데 어째서인지 믿기지 않는다. 젊은 웨이트리스는 내게 베네를 사려고 기다리는 거냐고 물어본다.

"네. 줄 서서 마냥 기다리고 싶지 않아서요."

"그럼 여기서 잠깐 기다리세요."

2분 뒤 젊은 여자는 커다란 베녜 한 봉지를 들고 돌아온다. 내가 얼마냐고 묻자 대답 대신 윙크를 한다. 20달러 지폐 한 장을 건네자 그녀는 고맙다고 하더니 얼른 안으로 사라져서 돌아오지 않는다. 나는 디케이터 가를 걸으며 이 따뜻한 튀김을 입안으로 밀어넣는다.

뉴올리언스에서 컬라를 만드는 곳은 한 군데밖에 모른다. 그곳의 컬라는 조밀하고 고집스럽다. 폭신한 베녜를 다 먹은 뒤 나는 컬라가 달라졌는지 보러 그리로 향한다. 작고 컴컴한 동굴 같은 홀에 자리를 잡고 앉자 웨이트리스가 어둡고 묵직한 튀김 한 접시를 갖다준다. 이곳의 컬라는 쌀가루가 아니라 밥을 지어 만들기 때문에 썩 구미가 당기지 않는다.

나는 아시아 디저트의 역사를 생각해본다. 밀가루가 들어오기 전까지 아시아에서는 쌀가루가 모든 간식의 근간이었다. 한국의 호떡은 말하자면 쌀가루로 만든 도넛이다. 포슬포슬한 베녜보다 밀도가 높지만 그래도 맛있다. 위에 그래뉴당을 뿌려 뜨거울 때 먹는 게 가장 좋으며 서울 길거리 어디서나 쉽게 볼 수 있다. 호떡은 맛있지만 세련된 간식은 아니다.

주문한 컬라는 도저히 다 먹을 수가 없다. 과거의 컬라는 라이스 푸딩을 빚어 튀긴 것 같은 이 괴상한 요리보다 한국의 호떡과 비슷하지 않았을까 싶다.

오늘날 한국의 디저트는 유럽식 케이크와 페이스트리를 애호하는 일본의 문화를 따라가고 있다. 한국과 일본 어디서나 티라미수와 치즈케이크, 롤케이크, 달콤한 커스터드가 들어간 간식을 쉽게 접할 수 있으니 말이다. 이런 디저트는 정제 밀가루와 정제당으로 만들지만, 둘 다 두 문화의 전통적인 재료는 아니다. 그러나 한국과 일본 모두 애용하는 특이한 방법이 하나 있다. 바로 온갖 달콤한 디저트에 녹차 가루를 뿌리는 것이다. 말차라고도 부르는 가루 녹차는 최상급 녹차에 속한다. 말차를 만드는 과정은 고대부터 이어져 온 신비로운 방식을 따른다. 그늘에서 재배한 최상의 찻잎을 따서 색과 맛을 보존하기 위해 증기로 찐 뒤 햇볕에 말려 곱게 분쇄하는 것이다. 다도를 따르자면 말차는 끓는점에 못 미치는 뜨거운 물을 붓고 잘 저어서 마셔야 한다. 11세기 일본의 에사이 선사禪師가 차에 관한 이야기로 책을 쓴 뒤부터 일본에는 지금까지 차를 숭배하다시피 하는 문화가 발달했다.

내가 언제부터 말차와 사랑에 빠졌는지는 정확히 기억나지 않는다. 그러나 어릴 때부터 내게 말차는 특별한 간식 리스트에서 빠질 수 없는 재료였다. 녹차 아이스크림에서 시작한 나의 말차 사랑은 녹차 모찌와 녹차 케이크, 녹차 커스터드로 이어졌다. 나는 체스 파이chess pie[1]부터 너터 버터 쿠키Nutter Butter cookies[2]까지 온갖 간식에 말차를 뿌려 먹는다. (여러분도 꼭 해보길 바란다.) 그리고 지난 수년 사이 미국에서 모호한 일본 식재료였던 녹차 가루는 셰프뿐 아니라 집에서 요리를 하는 사람에게도 꼭 갖춰야 할 인기 품목이 되었다. 나는 달콤한 디저트와 녹차 가루의 조화를, 특히 베녜처럼 소박하고 불완전한 디저트와 고급 말차 가루의 조화를 사랑한다.

나는 대학을 졸업하면서 그 식당을 그만두었다. 당시 나는 뉴욕 이

---

1 밀가루와 버터, 설탕, 달걀 등으로 만든 소를 넣은 남부식 디저트.
2 미국의 샌드위치 쿠키 상표명.

스트빌리지의 C 애비뉴에 살았고 활달한 일본인 여자친구가 있었다. 그녀는 내게 일본 음식에 대한 많은 것을 가르쳐주었다. 일본 여자와 살았다고 해서 일본 음식을 전부 다 배웠다고 말할 수는 없지만 나만큼이나 음식을 사랑하는 사람과 1년을 함께 보낸 것은 특별한 경험이었다. 그녀는 내게 맨해튼에 있는 일본 제과점을 모두 소개해주었다. 말차를 제대로 만드는 법도 가르쳐주었다.

우리는 조그만 정원이 달린 작은 아파트에서 함께 살며 한동안 행복하게 지냈다. 어느 날 그녀는 미국에 계속 머물기 위해 결혼을 하고 싶다고 솔직하게 털어놓았다. 나는 그녀와 결혼하지 않았다. 대신 신용카드 몇 개와 친구에게 빌린 돈으로 식당을 차렸다. 그 후 우리는 냉장고 문에 차가운 메모를 붙이며 소통을 대신했다. 나는 새벽 3시가 돼서야 돼지고기와 맥주 냄새, 누군가의 향수 냄새를 풍기며 집에 들어왔다. 이 관계에서 세련되지 못한 쪽은 나였다.

그녀의 아버지가 일본에서 유명한 작가이고 꽤 부유하다는 사실은 이미 알고 있었다. 그러나 얼마 후 그녀의 집안이 부유한 정도가 아니라 굉장한 부자라는 사실을 알게 되었다. 그녀가 말차라면 나는 못생긴 밀가루 튀김 정도였을까. 그 뒤로 나는 그녀를 더 멀리했다. 우리는 너무도 달랐다. 그녀는 인스턴트 라면에 김과 표고버섯, 연어 알을 곁들여 먹었고 나는 짭짤한 크래커와 마요네즈를 곁들여 먹었다. 우리가 잘될 수 있다고 생각하는 그녀가 순진해 보였다. 오래전 브랜디도 나에 대해 똑같이 느꼈으리라. 그때 우리가 작별 인사를 했다고 한들 뭐가 달라졌을까? 어차피 우리는 친구가 되지 못했을 것이다. 때로는 너무나 동떨어져서 결코 만날 수 없는 세계가 있는 법이니까.

하지만 음식은 그렇지 않다. 음식은 다리가 될 수 있다. 서로 다른 두 세계가 만날 때 가장 훌륭하고 흥미로운 음식이 탄생하기도 한다. 나는 기억도 나지 않을 만큼 오래전부터 베네를 내 방식으로 변형해 만들었다. 나의 베네는 가볍고 폭신하며 향긋하다. 언제나 과일을 곁들이는데, 겨울에는 앙주 배를, 여름에는 잘 익은 살구나 복숭아를 시도한다. 유자를 섞은 가당연유도 살짝 뿌린다. 조금 과해 보일 수도 있지만 아주 가끔은 접시에 누텔라를 살짝 덜어놓기도 한다. 그리고 당연히, 나의 베네에는 항상 말차를 뿌린다.

소박함과 우아함이 충돌하는 디저트다. 일본인 여자친구와 나의 관계와는 달리, 다양하고 이질적인 재료가 한 접시에서 아름답게 어우러진다. 내가 만난 여자들과 해결하지 못한 다름을 이 디저트는 조화롭게 승화한다.

호떡

KOREAN DOUGHNUTS(HOEDDUCK)

호떡과 뉴올리언스의 베녜는 먼 친척뻘이다. 둘의 목적은 똑같다. 입에 넣자마자 미소짓게 하는 것. 여기서 소개하는 호떡은 반죽에 쌀가루를 많이 넣어서 미국식 도넛보다 겉면이 바삭하다. 속 재료도 다르다. 캐슈너트는 향긋하고 참깨는 달콤한 소에 쌉쌀한 맛을 더한다. 서울에서는 찬바람 부는 가을밤에 동네를 어슬렁 걷다 보면 호떡 파는 노점상을 쉽게 볼 수 있다. 팬에 구워 바삭하고 따뜻할 때 바로 먹어야 가장 맛있다.

호떡 12개 분량

반죽	소
그래뉴당 1/4컵 + 3큰술	잘게 썬 캐슈너트 1컵
식물성 오일 2큰술	검은깨 1/4컵
미온수(약 44도) 2컵	부드러운 상태의 무염 버터 5큰술
중력분 3과 1/4컵 + 반죽할 때 사용할 여분	흑설탕 5큰술
쌀가루 1과 1/4컵	시나몬 파우더 1작은술
활성 드라이이스트 4작은술	금방 간 검은 후추 1/2작은술
코셔 소금[1] 2작은술	
	꿀 1/4컵
	식물성 오일 6큰술

먼저 반죽을 만들자. 중간 크기 볼에 물과 그래뉴당 1/4컵, 이스트, 소금, 식물성 오일을 넣고 잘 저으며 섞는다. 기포가 올라올 때까지 약 10분간 둔다.

큰 볼에 중력분과 쌀가루, 그래뉴당 3큰술을 체 쳐서 넣는다. 이스트 혼합물을 넣고 주걱이나 나무 숟가락으로 잘 섞는다. 볼에 비닐 랩을 씌우고 반죽의 크기가 두 배로 부풀 때까지 약 1시간 동안 따뜻한 곳에 둔다.

---

1 요오드를 넣지 않은 거친 소금으로, 일반 소금보다 덜 짜고 덜 자극적이다.

작업대에 밀가루를 뿌리고 반죽을 올린다. 이때 반죽이 질어도 괜찮다. 손에 반죽이 들러붙지 않을 만큼만 중력분을 뿌린다. 반죽을 12등분한 뒤 손으로 둥글려 빚는다. 베이킹 팬에 밀가루를 살짝 뿌리고 빚은 반죽을 옮기고 소를 만드는 동안 잠시 둔다.

이제 소를 만든다. 중간 크기의 볼에 캐슈너트와 흑설탕, 검은깨, 후추, 시나몬 파우더를 넣고 잘 섞는다. 버터를 넣고 포크로 살살 으깨가며 완전히 섞는다.

손에 밀가루를 묻히고 둥글린 반죽 하나를 손으로 살짝 눌러 납작하게 만든다. 반죽 한가운데 소를 2큰술 정도 올리고 가장자리를 오므려 감싼 뒤 이음새 부분을 손가락으로 잘 눌러 붙인다. 베이킹 팬에 이음새 부분이 아래로 가도록 반죽을 올린다. 손에 반죽이 달라붙지 않도록 밀가루를 묻혀가며 나머지 반죽도 같은 과정을 반복한다.

식힘망에 키친타월을 깐다. 큰 코팅 팬을 중간 불에 달군 뒤 식물성 오일 1큰술을 두르고 뜨겁게 달군다. 반죽 하나를 팬에 올리고 노릇한 갈색이 될 때까지 2분간 굽는다. 뒤집개로 뒤집은 다음, 뒤집개 뒷면으로 반죽을 살살 눌러 납작하게 만들면서 반대쪽도 2분간 굽는다. 한 번 더 뒤집어 윗면이 갈색이 될 때까지 약 1분간 더 익힌다. 팬에서 꺼내 키친타월을 깐 식힘망에 올린다. 팬에 필요한 만큼 오일을 추가하며 나머지 반죽도 똑같이 굽는다. 접시에 옮겨 담고 위에 꿀을 살짝 뿌려 따뜻하게 낸다.

녹차 베녜

GREEN TEA BEIGNETS

원래 베녜는 슈거 파우더만 뿌려서 내지만 나는 고급스러운 쌉싸름함을 즐기기 위해 슈거 파우더에 녹차 가루를 살짝 섞고 반죽에도 조금 넣는다. 이 베녜는 폭신하고 가벼우며 녹차 가루가 달콤한 반죽에 쌉쌀한 맛을 더해주어 한층 매력적이다. 말차의 등급은 여러 가지인데, 여기에는 아주 소량만 들어가니 가급적 고품질의 말차를 사용하도록 하자.

이 레시피대로 만들면 베녜가 꽤 많이 나온다. 양을 반으로 줄여도 되지만 그건 추천하지 않는다. 반죽이 적어지면 잘 부풀지 않는다. 많이 만들어서 친구들을 초대해 함께 즐기자.

베녜 30개 분량

튀김용 카놀라 오일 약 4컵
버터밀크 3/4컵
따뜻한(약 44도) 우유(전유) 1/3컵
강력분 5컵
인스턴트 이스트 4작은술
베이킹소다 1/2작은술
설탕 3큰술
코셔 소금 3/4작은술
말차(녹차 가루) 1과 1/2작은술

고명
껍질을 까고 씨를 제거한 뒤 얇게 저민
잘 익은 배 1개
슬리버드 아몬드 1과 1/8컵
가당연유 2큰술
말차(녹차 가루) 2작은술
슈거 파우더 1큰술

작은 볼에 따뜻한 우유와 버터밀크, 설탕을 넣고 섞는다. 이스트를 넣고 다시 잘 섞은 뒤 기포가 올라올 때까지 10분간 둔다.

큰 볼에 밀가루와 베이킹소다, 소금, 말차를 넣고 잘 섞는다.

이스트 혼합물을 밀가루 혼합물에 넣고 매끈한 반죽이 될 때까지 섞는다. 오일을 살짝 바른 큰 볼에 반죽을 옮겨 담고 랩을 씌운 뒤 반죽이 두 배로 부풀 때까지 2~3시간 동안 따뜻한 곳에 둔다.

밀가루를 뿌린 작업대에 반죽을 옮긴다. 밀방망이로 반죽을 밀어 약 1.3cm 두께로 만든다. 반죽을 약 2.5×5cm 크기의 직사각형 모양으로 자른다. 베이킹팬 두 개에 2.5cm쯤 간격을 두고 배치한 뒤 30분 동안 냉장고에 넣어둔다.

작은 양수 냄비에 오일을 붓고 약 180도로 가열한다. 베녜를 한 번에 두세 개씩 넣고 모든 면이 황금빛으로 변하고 가운데가 불룩해질 때까지 2~3분간 튀긴다. 키친타월을 깐 접시로 옮겨 기름기를 뺀다.

베녜를 큰 접시에 놓고 얇게 썬 배와 슬리버드 아몬드를 흩뿌리듯 장식한 뒤 연유를 뿌린다. 마지막으로 베녜 위에 말차와 슈거 파우더를 뿌린다. 이때 말차보다 슈거 파우더의 양이 더 많아야 한다. 따뜻할 때 낸다.

CHAPTER 02

THE PUGILIST
AND THE COOK

권투 선수와 요리사

●

권투 선수는 가장 먼저 다리로 패배의 조짐을 보인다. 발바닥 전체를 바닥에 딛고 발을 끌기 시작한다. 균형이 흔들린다. 턱없이 느린 펀치도 재빨리 피하지 못한다. 공격에 취약해지지만 그것을 숨기려 애쓴다. 아직 포기하지 않았음을 보여주려고 마지못해 두세 번 잽을 날린다. 권투는 테크닉도 중요하지만 그에 못지않게 블러핑도 중요하다. 권투 선수는 발놀림이 둔해지면 곧 머리가 깨진다. 내기해도 좋다. 손놀림도 금세 발을 따라간다. 턱을 미처 방어하지 못하게 된다. 몸이 둔해지면서 가드가 내려간다. 턱에 정확한 펀치가 꽂히고 시합은 끝난다. 권투는 주먹으로 하는 스포츠지만 기술과 반응 속도, 정신 상태를 좌우하는 것은 발놀림이다. 그러나 누가 발놀림에 관해 쓰겠는가? 그런 얘기는 멋있지도 섹시하지도 않다. 그래서 사람들은 치명적인 라이트 훅 얘기만 되풀이한다.

●

매사추세츠 주 로웰을 이해하려면 먼저 권투를 이해해야 한다. 지난번 이곳에 왔을 때 나는 아일랜드인 잭 브래디^{Jack Brady}가 운영하는 게일릭 클럽^{Gaelic Club}(현재 폐업)이라는 바에서 오래전 그의 권투 선수 시절 이야기를 들으며 저녁을 보냈다. 로웰은 훌륭한 권투 선수를 많이 배출했지만 그중에서도 잭 브래디는 전설로 꼽힌다. 단골손님들은 모두 가게를 나설 때 그에게 인사를 건넨다. 내가 갔을 때도 사람들은 나가면서 그가 로웰에서 최고라고 귀띔해주었다.

뭐가 최고예요? 내가 물었다.

어쨌든 최고라니까요.

오늘 밤 나는 잭을 다시 만나고 싶다. 오는 길에 여러 번 가게에 연락해 메시지를 남겼지만 회신은 오지 않았다. 나는 렌트한 쉐보레에 올라타고 차가 몰리는 퇴근 시간 전에 서둘러 보스턴을 빠져나온다. 나는 이 근처에 올 때마다 로웰에 들른다. 차가 막히지 않으면 보스턴에서 북서쪽으로 한 시간쯤 달리면 된다. 허나 이곳은 볼거리가 많지 않다. 지역민들은 이렇게 물어볼 것이다. "여긴 왜 왔어요?" 공격적인 투가 아닌 도무지 이해할 수 없다는 투로 말이다. 매사추세츠 주에서 네 번째로 큰 도시인 로웰은 오래된 공장지대라 공장과 투박한 벽돌 건물이 많다. 아일랜드계와 이탈리아계, 폴란드계 주민이 자랑스럽게 살아가는 도시이고, 드센 할아버지와 더욱 드센 할머니가 많다. 프로 권투 선수인 아일랜드계 미국인 이부형제 미키 워드Micky Ward와 디키 에클런드Dicky Eklund의 삶을 다룬 영화 〈파이터The Fighter〉를 촬영한 곳이기도 하다. 디키는 "로웰의 자부심"이라는 애칭으로 불린다.

실제 두 형제의 훈련 장소인 (그리고 영화의 일부를 촬영하기도 한) 러말로 웨스트엔드 체육관Ramalho's West End Gym도 아직 남아 있다. 마룻널이 삐걱거리고 사무실 벽에는 로웰의 풍부한 권투 역사를 보여주는 흑백 사진들이 테이프로 붙여져 있는 구식 체육관이다. 나는 이런 곳을 보면 사족을 못 쓰는 소위 구제불능 낭만주의자다.

내가 사는 켄터키 주 루이빌은 무하마드 알리Muhammad Ali를 배출한 도시이지만 나는 그보다 한 세대 뒤에 태어나 그의 경기를 누리지 못했다. 그래도 다행히 슈거 레이 레너드Sugar Ray Leonard나 토머스 헌즈Thomas Hearns, 마블러스 마빈 헤글러Marvelous Marvin Hagler가 활약하던 쇼맨십 복싱의 황금기에 어린 시절을 보낼 수 있었다. 브루클린의 글리슨 체육관이 권투계의 중심이었던 시절을 기억하기에, 러말로 체육관에 들어서자 그 시절이 떠오른다. 나는 떨리는 샌드백 소리, 매트 위에서 삐걱거리는 발소리를 음미한다. 멍든 가죽 냄새와 족히 수십 년은 묵었을 땀 냄새를 들이마신다. 이곳이 불러일으키는 향수는 온전히 내 것이 아닌데도 금세 전염된다. 그 아련한 그리움에 소름이 돋는다. 한쪽 벽에는 커다란 아일랜드 국기가 걸려 있다. 그러나 오늘날 이곳에서 훈련하는 이들은 대부분 흑인과 라틴계다. 권투는 가장 절박한 청년들을 유혹하는 피의 스포츠다. 아일랜드계 미국인 청년은 대부분 다른 삶으로 옮겨 갔거나 로웰을 떠났지만 노인들은 남아서 체육관을 운영하며 그들의 도시를 지키고 있다.

잭 브래디는 그가 운영하는 게일릭 클럽에 가면 대개는 만날 수 있다. 나는 초인종을 누르고 문이 열리기를 기다린다. 깨끗한 흰색 셔츠를 입고 아일랜드 국기가 수놓아진 초록색 모자를 쓴 잭이 바 앞에 서 있다. 5달러를 내면 게일릭 클럽의 회원이 되어 딱딱한 초록색 회원 카드를 받게 된다. 이곳은 프라이빗 클럽이라 원하는 것은 무엇이든 할 수 있다. 담배를 피워도 되고 음담패설도 할 수 있으며 아일랜드 음악을 제멋대로 틀어도 아무도 뭐라고 하지 않는다. 잭 브래디의 규칙을 깨지만 않으면 된다. 그가 서 있는 바의 뒷벽에는 그의 선수 시절 흑백 사진이 줄줄이 걸려 있다. "다 우리 딸이 걸어놓은 거라니까." 그는 이렇게 주장한다. "나? 난 신경도 안 쓰지. 링을 떠난 뒤로는 시합 한 번 본 적이 없어요."

잭 브래디는 로웰이 배출한 최고의 선수는 아니지만 꽤 출중한 선수였다. 그는 여덟 살 때 실버 미튼스Silver Mittens[1]에 출전했다. 그가 자란 에이커는 로웰에서도 가장 미천한 일을 하며 열심히 사는 노동자 계층 이민자, 특히 아일랜드계 이민자가 사는 거친 동네였다. 그의 삼촌과 할아버지도 권투 선수였다. 열다섯 살 때 그는 나이를 속이고 골든 글러브스에 출전하기도 했다. 그는 내게 초창기 시합에서 있었던 일을 들려준다. 당시 그는 어렸고 나이에 비해 몸집도 작았지만 자기보다 열 살쯤 많은 사내들과 겨뤘다. 어느 날 저녁 그가 시합 전에 신발 끈을 묶고 있을 때 상대 선수인 디키 고티에Dickey Gauthier가 다가오더니 멸시하는 투로 그를 완전히 박살내겠다고 으름장을 놓았더랬다. 마침 신발을 한쪽만 신고 있던 잭은 남은 신발 한쪽으로 디키의 얼굴을 여러 번 후려쳤다. 결국 사람들이 와서 둘을 떼어놓았다. 그 얘기를 듣고 있자니 입이 다물어지지 않는다.

"시합은 어떻게 됐어요?" 내가 묻는다.

"2라운드에서 내가 그 자식을 완전히 날려버렸지." 잭은 웃으면서 대답한다.

그는 항상 시합에서 이기다가 스물네 살에 처음 패했다. 전날 밤에 과음한 것도 아니었다. 그저 싸울 마음이 없어져서였다. "싸우는 게 지겨워졌어요. 아직 기술은 그대로였지만 마음이 나지 않았지."

나는 저녁 내내 그 말을 꽤 여러 번 듣는다. '마음.' 그는 마음이 있는 사람을 보면 알 수 있다고 한다.

"종이 울리면 링에는 두 선수뿐이에요. 아무도 도와주지 않지요.

1 　미국의 연례 아마추어 복싱 대회인 골든 글러브스Golden Gloves에서 파생한 유소년 복싱 대회.

온전히 혼자가 됩니다. 죽도록 싸우거나 얻어터지거나 둘 중 하나예요. 선수가 처음 머리를 맞으면 마음이 있는지 없는지 알 수 있어요. 마음이 없으면 쓰러져서 일어나지 않거든. 다시 일어나서 싸우면 그게 마음이지. 수년 동안 아무도 나를 쓰러뜨리지 못했어요. 내턱은 시멘트처럼 단단했지요. 마음도 있었고."

이제 그는 예순여덟 살이다. 사진 속에 있는 멋진 근육질 사내가 지금 내 옆자리 바 스툴에 올라앉아 있는 구부정한 노인과 같은 사람이라는 게 믿기지 않는다. 하지만 그는 평생 주먹을 쓴 사람처럼 말한다. 나지막이 속삭이는 목소리에는 언제든 나를 공격할 수 있다는 위협의 기운이 배어 있다. 그가 얘기하다가 뭔가 강조하기 위해 내 목덜미와 어깨 사이를 꼬집을 때면 자동으로 움찔한다. 그의 몸은 세월에 유린당했지만 커다란 손에는 과거의 흔적이 남아 있다. 손가락 근육에 남은 폭력의 기억 때문인지 그의 악력은 여전히 청년처럼 세다. 어깨 부상만 아니었다면 지금도 막강한 펀치를 날릴 수 있을 것이다.

내 위스키 잔에 든 얼음이 빠르게 녹고 있지만 상관하지 않는다. 나는 그가 내 목덜미에 손을 얹고 들려주는 이야기에 귀를 기울인다. 주크박스에서는 보노Bono의 노래가 울려 퍼지고 텔레비전에서는 레드 삭스 경기가 나오고 있다. 나는 잭의 담배에 불을 붙여준다. 그가 연기를 내뿜자 색을 넣은 창으로 들어오는 오후의 마지막 햇살에 연기 기둥이 드리우며 옛 흑백 영화의 한 장면이 연출된다. 지금 그의 모습을 사진으로 남기고 싶지만 참는다.

내가 로월에 온 것은 그저 권투 이야기를 들으며 이 도시의 아련하고도 영광스러운 과거를 회고하기 위해서가 아니다. 나는 평생 기억에 남을 최고의 캄보디아 만찬을 즐기러 왔다. 미국에서 캄보디아 요리는 지금껏 빛을 보지 못했고 앞으로도 그러지 못할 가능성이 높다. 동쪽에는 베트남, 서쪽에는 태국을 두고 그 사이에 끼여 있는 캄보디아는 (그리고 그곳의 요리는) 오랫동안 미국인의 머릿속에서 좀 더 우세한 양쪽 문화에 가려져 있었다. 미국인들은 할리우드 로맨스로 문화를 듬뿍 맛본 뒤에야 그 문화의 음식을 접하곤 한다. 그러나 캄보디아에 대해서는 딱히 로맨틱하거나 유쾌한 기억이 만들어지지 않았다. 우리가 캄보디아에 대해 조금이라도 아는 게 있다면 1970년대에 폴 포트[Pol Pot]가 이끈 크메르루주[1]가 집단 학살과 기근을 일으켰다는 정도다. 한 세대가 거의 다 학살되었고 온 나라가 불탔으며 아직도 다 회복되지 않았다. 오늘날 미국에 사는 캄보디아인은 대부분 그 시기에 탈출한 난민이다. 그들은 여전히 슬픔에 빠져 있다. 샘과 데니스도 그런 부류에 속한다. 두 사람은 로웰에서 심플리 크메르[Simply Khmer]라는 식당을 운영하고 있다. 나는 두 사람을 금세 사랑하게 되었다.

　로웰은 식도락가의 레이더망에는 좀처럼 잡히지 않는 도시지만, 이곳에서는 이민을 통한 여러 문화의 융합을 볼 수 있다. 현재 이 도시의 인구는 약 5만 명이고 그 가운데 약 40%가 캄보디아인이다. 로웰에 있는 캄보디아 식당은 뉴욕 시 전체에 있는 캄보디아 식당을 합친 것보다 더 많을 뿐 아니라 모두 훌륭하다. 센모노롬[Senmonorom]을 비롯한 일부 캄보디아 식당은 중국 음식이나 베트남 음식과 합쳐진 퓨전 요리를 원하는 사람들의 입맛을 폭넓게 충족시킨다. 그러나 심플리 크메르의 샘은 캄보디아와 태국, 미국 북동부에

1　캄보디아의 급진적인 좌익 무장 단체.

서 자란 경험을 캄보디아 요리에 녹여내는 독보적인 셰프다.

샘은 50대 중반임에도 장난기 가득한 소년 같은 얼굴을 하고 있다. 그는 이렇게 말한다. "저는 크메르인이지만 캄보디아에서의 삶은 워낙 빨리 지나갔어요. 어릴 때 그곳을 떠났으니 저를 지금의 셰프로 만든 것은 이곳 로웰에서 보낸 시간일 겁니다."

우리는 그가 바쁜 저녁 시간을 준비하기 전에 짧게 얘기를 나눈다. 내가 그의 식당에 온 것은 이번이 세 번째다. 나는 손에 수첩을 들고 앉아 있다. 음식 얘기도 하고 싶지만 그의 삶에 대해서도 궁금한 게 너무도 많다.

대부분의 식당은 두 부류로 나뉜다. 음식을 만드는 사람의 정체성이 그리 중요하지 않은 식당과 이미 셰프의 이야기가 잘 알려져 있어서 메뉴를 들출 필요도 없는 식당이다. 샘의 식당은 어느 쪽에도 속하지 않는다. 굳이 분류하자면, 김이 모락모락 나는 수프 한 그릇을 맛볼 때마다 셰프의 이야기를 듣지 않을 수 없는 곳이랄까. 그가 살아온 삶의 이야기를 모르면 그의 음식에 관해 쓸 수 없다. 이 부분에서 나는 오로지 접시에 담긴 음식으로만 평가하는 평론가들과 다르다. 평론가가 들려주는 이야기는 그 '자신'의 이야기, 그 '자신'의 선호와 그 '자신'의 기대에 관한 이야기일 뿐 셰프의 이야기가 아니다. 그들이 쓰는 평론은 외식 문화에 꼭 필요하고 중요할지 몰라도 음식의 기원과 이야기, 뿌리를 고려하지 않는다. 내게는 결코 접시에 담긴 음식이 전부가 아니다. 그것만이 본질이자 끝이 아니라는 얘기다. 정반대로 내게 훌륭한 음식이란 결국 귀중한 이야기를 가진 사람을 찾는 여정의 출발점일 뿐이다.

샘은 주방으로 들어갔고 나는 그의 아내 데니스와 함께 앉아 있다. 데니스는 외향적이며, 젊을 때는 어떤 모습이었을까 궁금하게 만드는 아름다운 여인이다. 40대 후반인 그녀는 1983년에 캄보디아를 떠나 주로 백인들이 거주하는 캔자스 주 위치타 지역에서 전형적인 미국 아이처럼 자랐다. 그러다 그녀의 언니가 로웰에 사는 캄보디아 남자와 결혼하게 되면서 가족 모두가 로웰로 이주했다. 당시 데니스는 겨우 열여섯 살이었다.

지금은 누군가의 할머니가 되었지만 전혀 그렇게 보이지 않는다. 말할 때는 젊음이 묻어나는 미소를 짓고 식당을 돌아다니는 모습에서도 한 세대 어린 청년의 활기가 엿보인다. 말을 걸기에 편안한 상대이며, 내가 모르는 메뉴, 예를 들면 '보보baw-baw', '솜로som-law', '프로훅pro-hok'(메뉴판에 '프라훅praw-hok'이라는 이름도 있지만 같은 메뉴인 듯 보인다. 데니스는 사람마다 철자를 조금씩 다르게 쓴다고 했다.) 등을 열심히 설명해준다.

낯선 이름으로 가득 찬 메뉴판을 보고 있자니 웨이터가 물을 가져다주러 간 짧은 시간 동안 새로운 언어를 익히는 기분이다. 눈으로 메뉴판을 쭉 훑어보면서 나름의 패턴을 찾아본다. 낯선 언어를 해독하는 데 도움이 될 만한 힌트가 조금이라도 있기를 바라며. 아마추어라면 사진을 보고 고르겠지만 나는 그런 함정에 빠질 만큼 어리숙하지 않다. 독특한 음식, 뭔가를 환기하는 요리를 고르고 싶다. 스프링롤을 먹자고 이 먼 길을 달려온 건 아니니까. 이곳의 스프링롤이 아무리 훌륭하다고 해도 그렇다. 주문하는 순간 웨이터가 미심쩍은 눈으로 보며 "정말 괜찮으시겠어요?"라고 물을 법한 음식을 찾고 싶다. 예, 그게 바로 제가 원하는 겁니다. 그리고 이거랑 이것도. 역시 미심쩍은 눈으로 보시는군요. 좋습니다. 싹 다 주세요.

메뉴판을 훑어 내려가며 설명해주는 데니스에게 나는 정말 별난 음식을 주문하고 싶다고 말한다. 단번에 통하지는 않는다. (늘 있는 일이다.) 나는 닭 날개와 매콤한 새우 요리를 정중하게 거절한다. (누구나 좋아하는 메뉴지만 나는 '누구나'가 아니니까. 나는 바로 본론으로 들어가고 싶다.) 다음으로 데니스는 소고기 볶음과 돼지고기 볶음을 꼭 먹어야 한다고 추천한다. 아시아권 어디서나 조금씩 다른 형태로 흔히 볼 수 있는 요리다. 이번에도 고맙지만 사양하련다. 그때 내 눈에 띄는 메뉴를 발견한다. 자음의 조합으로 읽기조차 어려운 긴 이름이 메뉴판에서 혼자 튀는 듯하다. 솜라 마주 크롱 삿 코^{Som-law Ma-ju Kroung Sach Ko}. 이건 왜 여기 있을까? 다른 요리들과 어우러지지도 않는데? 굳이 이런 것을 넣었다면 훌륭하다는 뜻이다. 나는 그것을 가리키며 데니스의 반응을 살핀다. 그녀는 우물쭈물 고개를 끄덕이지만 진심으로 동조한다기보다는 학습된 반응이다. 비릴 텐데요. 그녀가 말한다. 나는 영어로 된 설명을 내려다본다. 두서없이 열거된 재료들 가운데 소의 위를 일컫는 '양^胖'이 보인다. 비리고 양이 들어갔다? 딱 내가 원하는 거다. 그녀가 활짝 웃으며 묻는다. "괜찮으시겠어요?" 괜찮다. 두 번 세 번 괜찮다.

훈제한 생선을 갈아 머드피시 소스를 곁들인 요리와, 발효한 생선 페이스트 '툭 프로혹^{tuk pro hok}'을 곁들인 소 곱창, 생선을 바나나잎에 싸서 찌고 코코넛 밀크와 레몬그라스, 라임, 샬롯을 곁들여 먹는 '아묵 트레이^{amok trey}'도 주문한다. 음식이 나오자 풍기는 냄새만으로도 뭔가 다르다는 것을 알 수 있다. 휴스턴과 로스앤젤레스에 있는 캄보디아 식당에도 가보았지만 두 곳 모두 베트남 음식을 연상시키는 요리를 내놓았다. 심플리 크메르에 오기 전까지 내가 캄보디아 음식을 딱히 좋아하지 않거나, 캄보디아 음식이 특별하지 않거나 둘 중 하나라는 불편한 생각을 갖고 살아오던 차였다. 어쩐지 둘 다 아닌 것 같았지만 달리 할 수 있는 일이 없었다. 캄보디아 음식에 들어가는 재료들은 이웃 나라들의 재료와 너무 비슷해서 분명하게 두드러지는 캄보디아만의 정체성을 콕 집어내기가 어렵다. 코코넛 밀크, 레몬그라스, 생강, 바질, 고추 등은 동남아시아 전역에서 흔한 식재료라 어디까지가 태국 음식이고 어디서부터가 캄보디아 음식인지 경계 짓기 어렵지만 한 가지 뚜렷한 차이가 있다. 바로 샘의 주방에서 나오는 모든 맛있는 요리들의 근간이 되는 재료, 발효한 생선 페이스트다. 샘은 그것을 '프라학'이라고 부른다. 간단히 말해 발효한 생선과 내장을 으깨 각종 향신료와 뿌리채소 등을 넣고 페이스트를 만들면 마법의 묘약이 탄생하는 것이다. 샘의 요리에 짜임새와 깊이를 더하는 것은 바로 이 프라학이다.

코코넛과 생강, 레몬그라스 등은 이제 미국 식탁에 편안하게 안착한 터라 그런 재료가 얼마나 이국적이고 향기로운지 쉽게 잊어버리곤 한다. 그러나 레몬그라스 한 움큼에 다른 강렬한 재료들이 섞인 음식을 마주하는 것은 그저 레몬그라스를 넣은 판나코타panna cotta[1]를 먹는 것과는 완전히 다르다. 샘의 요리는 먹을수록 더 갈망하게 된다. 익숙하지 않은 강도의 향과 풍미가 온몸에 퍼지면서 새로운 세계로 넘어가는 듯하다. 물리기는커녕 중독된다. 머드피시 소스조차도(처음에는 너무 강렬해서 살짝 구역질이 났지만) 손가락으로 계속 찍어 먹게 된다. 가장 큰 요인은 소금이다. 나트륨이 가득한 음식은 갈망을 부른다. 향신료들이 소금의 맛을 감추는 동시에 향기를 더해 나도 모르게 자꾸 원하게 되는 것이다. 치솟는 혈압이 그만하라고 소리치는 듯하다. 그 자리에 앉아 있는 45분여 동안 숟가락을 한 번도 내려놓지 않았다. 몇 분에 한 번씩 데니스가 내 테이블

---

1 달콤한 이탈리아식 디저트 푸딩.

에 들를 때마다 턱에 소스를 질질 흘리며 그녀를 맞았다.

마침내 식사를 끝내자 몹시 지친다. 온 세상이 고요해졌다. 마치 섹스를 끝낸 직후처럼, 적막한 가운데 숨소리만 들려오는 그 짧은 찰나에 나는 앉아서 숨만 고를 뿐 아무런 생각도 하지 못한다. 수첩을 내려다보니 텅 비어 있다. 먹기만 하느라 아무것도 적지 못했다. 다행히 친절한 데니스가 내가 먹은 메뉴를 하나씩 짚으며 재료를 다시 일러준다.

곱창 레시피는 굳이 넣지 않았지만 아목 트레이(68쪽)는 꼭 만들어보길 바란다. 나는 틸라피아 대신 메기를 썼는데 살이 단단한 생선이면 다 괜찮다. 편의상 샘의 레시피를 조금 변형했을 뿐 재료는 그대로 사용했다. (참고로 샘은 레시피를 공개하는 것을 전혀 꺼리지 않는다. 내가 정말 알고 싶은 '프라학' 레시피만 빼고.)

식사가 끝난 뒤 나는 샘이 주방 일을 끝내고 나오기를 기다린다. 배가 불룩 나왔고 꾸벅 졸기도 한다. 손님들이 어느 정도 빠지자 샘이 내 테이블에 와서 앉는다. 그는 온화한 사람이다. 조금 초조해 보이지만 매력적이고 무척 예의 바르다. 이제 쉰다섯 살이 된 그는 1974년 열두 살의 나이로 로웰에 왔다. 이전의 삶은 흐릿하지만 참혹한 기억으로 남아 있다. 그는 태국 국경과 인접한 작은 마을에 있는 농장에서 자랐다. 크메르루주가 마을에 들이닥치면서 삶은 끔찍하게 변했고 끝내 예전으로 돌아가지 못했다. 평온했던 농장은 노동 수용소가 됐다. 어느 날 밤 마을의 남자들이 국경을 넘어 도주하는 일을 꾀한다는 혐의로 기소되었다. 이튿날 군인들이 와서 샘의 아버지를 포함한 마을 남자들을 거의 다 붙잡아 갔고 그 후로 그들을 두 번 다시 볼 수 없었다. 샘은 모두 살해되었을 거라고 생각하지만 확실하게 아는 사람은 아무도 없다. 그때 그는 겨우 여덟 살이었으므로 자세한 상황은 기억하지 못한다. 외딴 노동 수용소로 보내져 해가 떠서 질 때까지 쉬지 않고 일한 기억만 남아 있을 뿐이다. 식사 시간이 유일한 휴식이었다. 커다란 그릇 몇 개에 담긴 쌀죽이 탁자에 아무렇게나 놓이면 굶주린 이들이 달려들어 서로 먹겠다고 다투었다. 샘은 군인들의 식량을 훔치고, 일하는 시간에 몰래 물고기를 잡기도 했다. 커다란 통을 덫 삼아 개구리를 잡았고 맨손으로 메뚜기도 잡아서 밤에 불을 피워 구워 먹었다. 그 수용소에서 2년을 보낸 뒤 베트남군이 침략했을 때 남은 가족들과 함께 마침내 국경을 넘어 태국으로 가는 데 성공했다. 태국에 와서는 시장에서 일하며 2년을 보냈다. 어머니와 함께 간단한 식사를 만들어 다른 난민들을 먹이기도 했다. 그 즈음 먼저 미국으로 건너간 친척들이 샘의 가족에게 캄보디아인들이 많이 사는 멋진 도시 로웰에 대해 알려주었다. 직물 공장에 일자리가 있다고 했다.

로웰에 처음 왔을 때 샘은 영어를 전혀 하지 못했다. 그는 방과 후 중국 식당에서 그릇을 닦았다. 고등학교를 졸업한 뒤에는 자동차를 손보는 일을 시작했고 20대에 자동차 정비소를 운영하기도 했다. 재봉사로 일한 그의 어머니가 데니스 언니의 웨딩드레스를 맡으면서 데니스를 만나게 되었다. 둘은 결혼해서 열심히 일하며 아이들에게 대학 생활과 더 나은 삶을 누리게 해주었다. 원래 행복한 이민자의 이야기는 그렇게 끝이 난다.

그러나 샘에게는 남모르는 욕망이 있었다. 그는 요리를 하고 싶었다. 1990년대에 식당 겸 나이트클럽을 열고 실패했던 그 쓰디쓴 경험을 결코 잊을 수 없었다. 쉰 살의 나이에 그는 심플리 크메르를 열고 이번에는 어린 시절 음식으로 다시 시도해보기로 했다. 어릴 때 먹은 음식의 어렴풋한 기억을 되살려 새로운 정체성의 캄보디아 요리를 만들기 시작한 것이다.

나는 열 살 때 기억을 어떻게 믿냐고 묻는다. 그는 어깨를 으쓱하며 대답한다. 그때 먹은 음식과 똑같지는 않겠지만 꽤 비슷할 겁니다. 그 맛이 맞는지는 느낌으로 알 수 있어요. 내 생각에 그건 크메르인만이 알 수 있는 것이다. 나는 나의 열 살 시절을, 그때 먹었던 음식을 돌아본다. 할머니가 해준 음식을 기억만으로 재창조할 수 있을까? 아마 못 할 것이다.

샘은 종이로 된 요리사 모자를 손에 들고 내 앞에 앉아 있다. 미소를 짓는 주름진 얼굴이 겸허해 보인다. 그는 자신이 대부분의 셰프가 못하는 일을 해내고 있다는 사실을 모를 것이다. 그는 자신이 대단하다고 여기지 않는다. 나는 스무 살 때부터 요리사로 일하며 끊임없이 배우고 있다. 샘은 이미 길고 고된 한평생을 산 뒤에야 식당 주방에 들어갔다. 도무지 불가능한 이야기다. 쉰 살에 요리를 시작해 이토록 굉장한 음식을 만드는 사람이 어디 있단 말인가. 그는 지금 바닷가재 요리를 개발하고 있다고 한다. 어쨌든 '이곳은' 매사추세츠 주이고 이곳 사람들은 모두 바닷가재를 좋아하니까. 그는 자신이 하고 싶은 요리를 계속해서 열거한다. 개구리 다리 요리, 간과 피를 넣은 수프 등등.

다음 날 밤, 샘은 나를 자신의 주방에 초대했다. 그와 나이 많은 캄보디아 여성 세 명이 비닐봉지에 담긴 재료들을 들고 바쁘게 주방을 왔다 갔다 한다. 나는 그중 한 명이 잘게 채 썬 그린 파파야를 커다란 절구에 넣고 찧는 모습을 지켜본다. 새콤달콤한 향이 실내를 가득 메운다. 샘은 줄곧 그의 두 손을 핥아대는 불길의 리듬에 맞춰 웍을 흔들고 있다. 잠깐씩 한가해지면 우리는 주방 뒤에 있는 작은

뜰로 나가 담배 한 대를 나눠 피운다. 콘크리트 바닥 곳곳에 놓인 화분에서 허브들이 자라고 있다. 시장에서는 신선한 허브를 구할 수 없기 때문이다. 그는 직접 수리 중인 훈연기와 오븐 등을 보여준다. 알고보니 샘은 수집광에 가까운 사람이다. 그의 냉장고와 팬트리는 혼돈의 무질서 상태다.

나는 식당 주방에서 엄격한 분류와 정리 체계를 가장 먼저 배웠다. 아무런 표시도 없이 불투명한 봉지에 담긴 채 무작위로 놓아둔 듯한 샘의 재료들을 보니 머리가 지끈거린다. 함께 일하는 여자들도 되는대로 자리를 잡고 배식구에 쌓여가는 주문서를 딱히 신경 쓰지 않는 듯 보인다. 식당 주방에서 흔히 활용하는 편성 체계도 없고 제각기 책임이 확실하게 구분되어 있지도 않다. 모든 것은 샘을 중심으로 돌아간다. 그가 웍 앞에서 뒤에다 대고 큰 소리로 재료를 외치면 충성스러운 보조들이 홀리 바질이나 죽순, 미리 지퍼백에 소분한 돼지고기 등을 가져다준다. 그는 혼자서 열의를 다해 일한다. 솟구치는 불꽃이 천장에 닿을 것 같다. 그의 목소리가 꾸준히 커지는가 싶더니 마침내 그는 주문을 외쳐댄다.

정신없이 몰아치는 춤 속에서 이제야 질서가 보이는 듯하다. 빠른 속도로 요리들이 완성된다. 우리 할머니의 찬장에서 꺼낸 듯한 흠집 난 냄비에 다양한 질감과 색을 지닌 수프가 마법처럼 나타난다. 그 수프는 커다란 멜라민 그릇 몇 개에 나뉘어 담겨 식당으로 내보내진다. 웍은 쉴 새가 없다. 요리 하나가 접시에 담기면 곧바로 웍이 헹궈지고 다른 재료들이 화음을 이루며 지글거린다.

샘의 방식이 틀렸다고 누가 말할 수 있겠는가? 전문적인 요리사들은 대부분 일률적이고 매끄러운 체계를 선호하지만 그 때문에 잃는 것도 있지 않을까? 샘은 이처럼 혼란스러워 보이는 방식을 통해 오히려 자신의 음식과 더 깊은 관계를 맺고 있는지도 모른다.

정신없는 상황이 불쑥 끝난다. 여자들은 아까처럼 되는대로 자리를 잡고 주방은 다시 무질서를 찾아간다. 웨이터가 파파야 샐러드를 접시에 담는 동안 나는 샘과 대화를 이어간다. 팬트리를 정리하는 법을 제안하려다가 말았다. 어차피 그의 음식은 훌륭하지 않은가? 게다가 우리는 서양식 주방 체계를 익히지 않은 외국인 요리사에게 많은 것을 배울 수도 있다.

나는 젊은 시절부터 언제나 소수민족이나 다른 문화의 토속 식당에서 영감을 찾았다. 그들의 재료와 아이디어를 파헤친 뒤 "재해석"해서 내 메뉴를 만들었다. 좀 더 솔직한 표현으로 바꾸면 너무 강렬하거나 향이 센 음식을 대중의 입맛에 맞게 변형한 것이다. 여러모로 이런 방식은 착취의 성격을 띤다. 다른 문화에서 아이디어를 얻어 좀 더 다듬어진 (어쩌면 밋밋한) 입맛에 맞게 날카로운 모서리를 쳐내는 셈이니까. 오늘날 나의 많은 동료 셰프도 그렇게 하고 있다. 심지어 샘조차도 더 맛있는 음식을 개발하기 위해 자기 음식을 다듬고 있다. 그는 난민 캠프에서 먹었던 음식을 가져와 좀 더 세련되고 고급스럽게 개량한다. 그의 식당에 오는 캄보디아인 중에는 그의 음식이 정통이 아니라고, 원조의 맛과는 다르다고 하는 사람도 있을 것이다. 하지만 한 문화의 음식이 진화하려면 그것이 처음 싹튼 곳에서 살아보지 않은 사람들에게도 전파되어야 한다. 그러나 한편으로 특정한 요리를 알아볼 수 없을 만큼 개조해버리면 그것이 탄생한 곳의 전통과 음식 문화는 어떻게 되겠는가? 쉽게 답할 수 없는 문제지만 나는 주방에서 샘이 일하는 모습을 직접 보고 그의 요리를 먹으면서 그의 방식이 내가 처음 생각한 것보다 훨씬 더 복잡하다는 사실을 깨달았다. 그의 주방에 서 있을 때 나는 단순한 수집가가 아닌 학생이었다.

샘은 로웰에서 자신의 목소리를 찾았다. 주문이 줄줄이 이어지자 데니스가 배식구에서 안을 지켜보고 있다. 눈빛에서 남편을 향한 자부심이 느껴진다. 훌륭한 식당의 조건을 구체적으로 나열할 수는 없지만 내가 지금 있는 이곳이 훌륭한 식당임은 분명하다. 나는 음식 평론가들이 굳이 찾아가지 않는 도시 한복판에 있는 소박한 주방 안에서 마법이 일어나는 광경을 보고 있다. 열심히 일하며 어린 시절의 비극을 새로운 창조물로 승화하는 남편과 아내 사이에 끈끈한 사랑이 보인다. 그 기운을 놓고 싶지 않다. 그들이 부럽다.

나는 영업이 끝날 때까지 식당을 떠나지 않는다. 우리는 꽤 늦은 시간까지 얘기를 나눈다. 밖으로 나오자 컴컴한 밤이 나를 기다리고 있다. 그제야 내가 별다른 일이 일어나지 않는 로웰에 있다는 것을 실감한다. 이 도시는 침울할 정도로 고요하다. 샘과 데니스의 차가 떠나자 나는 식당을 한번 돌아본다. 불이 꺼진 식당은 한없이 겸허해 보인다. 저렴하게 지은 여느 건물과 다를 게 없다. 그 안에 무엇이 있는지 모른다면 그 어떤 여행객도 이곳에 들를 생각을 하지 못할 것이다.

나는 게일릭 클럽까지 걸어가 잭 브래디를 찾는다. 그에게 캄보디아 사람들을 어떻게 생각하느냐고 묻자 뜻밖의 대답이 돌아온다. 그는 에이커에서 보낸 어린 시절 이야기를 한참 들려준다. 잉글랜드 사람들과 돈을 쥐고 흔드는 놈들의 학대와 탄압을 견딘 이야기도 털어놓는다. 그를 비롯해 로웰의 모든 아일랜드인은 미국 땅의 한 귀퉁이에 정착하기 위해 필사적으로 싸워야 했다. 이탈리아인, 그리스인, 포르투갈인, 리투아니아인, 폴란드인, 그 밖의 수많은 이민자도 같은 처지였다. 게일릭 클럽은 로웰 최초의 프라이빗 아이리시 클럽이었다. 그는 그 점을 몹시 자랑스러워한다. 권투에는 미련이 없다. 로웰에서는 이제 훌륭한 아일랜드인 권투 선수가 나오지 않을 거라고 단언한다. 머리가 있는 아일랜드인이라면 더 좋은 직업을 구하거나 로웰을 떠날 테니까. 그는 바 뒤에 붙여놓은 흑백 사진들이 찬란했던 로웰의 상징임을 알지만 그 시절의 고통과 폭력도 기억하고 있다.

잭은 다시는 권투 시합을 보지 않을 거라고 한다. 그는 자신이 사랑하는 과거, 즉 피니 보일Phinney Boyle이나 래리 카니Larry Carney, 미키 워드Micky Ward 같은 선수들의 이야기에 끌리면서도 감상에 젖지 않으려 한다. 캄보디아 사람들? 그들은 차례차례 이곳에 온 이민자 중 하나일 뿐이다. 학교에도 다니고 열심히 일도 한다. 그의 바에 오기도 하는데 모두 예의 바른 사람들이다. 그들도 로웰에 흔적을 남기겠지만 링에 오르지는 않을 것이다.

내가 영화 〈파이터〉를 좋아하느냐고 묻자 그렇다고 한다. 꽤 정확한 영화죠. 그가 말한다. 거기에도 그가 말하는 마음이 있다. 로웰 어디서나 아이리시 바에 가면 마크 월버그Mark Wahlberg와 에이미 애덤스Amy Adams가 지역민들과 함께 찍은 사진이 붙어 있다. 나는 아일랜드계 미국인의 삶을 정확히 이해할 수 없지만 잭 브래디의 이야기를 들으면서 이내 푹 빠져든다. 잠시 아일랜드계 미국인의 고투와 그들의 끈기, 밴 모리슨Van Morrison을 향한 사랑, 그들의 열정, 그들의 투쟁을 느낀다. 잭 브래디의 눈에서 그 모든 것이 일순 반짝거린다. 그가 세상을 떠나면 위대한 기백을, 존경받는 한 사람을 잃을 것이다. 미국 역사의 진귀하고 진실한 한 조각을 잃는 셈이다.

그와 나는 좀 더 얘기를 나눈다. 그러다가 아일랜드계 미국인 남

성 한 무리와 부시밀 샷을 들이켜는 20대 캄보디아 여성을 발견한
다. 그녀는 주크박스에서 나오는 U2의 〈푸른 하늘에 총알을Bullet the
Blue Sky〉에 맞춰 엉덩이를 흔들고 있다. 말투에는 로웰 토박이 억양
이 배어 있다. 특유의 낮고 투박한 억양. 데니스의 말투에 배어 있는
가벼움은 없다. 샘은 영화 〈파이터〉를 보지 않았다.

아목 트레이

AMOK TREY

크림처럼 부드럽고 향긋한 생선 커리를 바나나 잎에 싸서 찌는 요리다. 의외로 집에서도 쉽게 만들 수 있다. 손님들이 자리에 앉아 각자 앞에 놓인 바나나 잎을 펼쳐보는 순간을 기대하시라. 굉장한 반응이 쏟아질 테니까. 소스는 강하지 않고 은은한 풍미가 감돈다. 나는 메기를 사용했지만 넙치나 대구처럼 살이 단단한 다른 생선으로 대체해도 괜찮다.

밥과 아시아 스타일의 피클을 곁들여 내자.

메인 4인분 분량

약 110g 메기 필렛 4개	마늘 5쪽
사방 약 30cm 크기의 바나나 잎 4장	라임 1개
코코넛 밀크 1과 1/2컵	그레이터로 간 신선한 생강 1큰술
코셔 소금 약간	새우 페이스트 2작은술
	피시 소스 2와 1/2큰술
양념장	100% 칠리 파우더 2작은술
아주 곱게 썬 카피르 라임 잎 12장	흑설탕 2작은술
뻣뻣한 겉잎을 뗀 레몬그라스 2줄기	강황 가루 1작은술
다진 샬롯 1개	코셔 소금 1작은술

먼저 큰 양수 냄비에 물을 끓인다. 바나나 잎 한두 장을 넣고 숨이 죽어 연해질 때까지 5분간 익힌 뒤 꺼내어 키친타월에 올려 물기를 뺀다. 나머지 잎도 똑같이 한다.

냄비에 있는 물을 조금 버린 뒤 냄비 위에 찜기를 올린다. 이때 냄비 물이 찜기의 바로 아래까지 오도록 맞춘다.

다음으로 양념장을 만든다. 라임 잎과 샬롯을 작은 볼에 넣는다. 레몬그라스와 마늘을 그레이터로 갈아 넣는다. 라임 껍질을 그레이터로 갈아 넣고 과육은 반으로 잘라 즙을 짜서 넣는다. 간 생강을 넣고 피시 소스와 칠리 파우더, 새우 페이스트, 흑설탕, 강황 가루, 소금을 넣는다. 큰 막자사발에 옮겨 담고 막자로 으깨어 페이스트 상태로 만든다. (막자사발과 막자가 없다면 도마에 놓고 칼 옆면으로 으깨도 괜찮다.)

중간 크기의 편수 냄비에 양념장을 옮겨 담고 코코넛 밀크를 넣어 약한 불에서 한소끔 끓인 뒤 3분 더 뭉근하게 끓이고 불에서 내린다.

메기 필렛은 소금을 듬뿍 뿌려 밑간한다. 도마 위에 바나나 잎 한 장을 놓고 코코넛 소스 1/3컵을 떠서 잎 한가운데에 얹는다. 메기 필렛 하나를 그 위에 놓고 소스 1/3컵을 붓는다. 바나나 잎으로 필렛을 감싼다. 위아래를 먼저 접고 양옆을 접은 뒤 나무 꼬지를 잎에 끼워 고정시킨다. 나머지 필렛도 똑같이 한다.

찜기의 물을 가열해 뭉근히 끓으면 바나나 잎에 싼 메기를 찜기에 올리고 뚜껑을 덮어 30분간 찐다.

모양이 흐트러지지 않도록 조심스럽게 서빙용 접시로 옮겨 담는다. 손님들 앞에 하나씩 놓고 직접 열어보게 한다.

달걀프라이와 돼지고기 랍을 얹은
팝콘 브레드

PORK LAB WITH FRIED EGG ON POPCORN BREAD

캄보디아의 '랍lab'은 익힌 뒤 양념해서 차게 식힌 고기로 만드는 요리다. 태국과 인도네시아에도 비슷한 요리가 있다. 캄보디아 랍(철자는 'laab,' 'larb', 'lahb' 등으로 다양하게 쓴다.)은 주로 돼지고기나 소고기, 가끔은 오리고기로도 만들며 상추에 싸 먹는다. 여기서는 상추 대신 팝콘 브레드 위에 랍을 얹고 그 위에 달걀프라이를 얹는 오픈 샌드위치로 변형했다. 팝콘 브레드는 팝콘 봉지 바닥에 남은 찌꺼기를 먹다가 생각해낸 요리다. 아일랜드에서 많이 먹는 소다 브레드[1]와도 비슷하지만 그보다 살짝 더 고소하다.

돼지고기 랍	카놀라 오일 2작은술
간 돼지고기 450g	물 1/4컵
다진 샬롯 1/2컵	간장 2큰술
그레이터로 간 오이 1/4컵	피시 소스 1과 1/2큰술
그레이터로 간 레몬그라스(흰 부분만) 2큰술	설탕 1작은술
	커민 가루 1/2작은술
그레이터로 간 마늘 4쪽	바다 소금 1/4작은술(입맛에 따라 조절)
그레이터로 간 신선한 생강 1큰술	
씨를 빼고 다진 할라페뇨 2큰술	약 1.3cm 두께의 팝콘 브레드(레시피는
껍질은 그레이터로 갈고, 알맹이는 즙을 낸 라임 4개	뒤에) 4장
	달걀(대) 4개
잘게 썬 쪽파 초록색 부분 1/4컵	무염 버터 4큰술
잘게 썬 신선한 고수 1/4컵	코셔 소금과 금방 간 검은 후추 약간
잘게 썬 신선한 민트 2큰술	

먼저 돼지고기 랍을 만든다. 큰 팬에 카놀라 오일을 두르고 중간 불에 달군다. 간 돼지고기를 넣고 3~4분 동안 고기가 잘게 부서지도록 뒤적이며 익히되, 갈색이 될 때까지 두지 않는다. 마늘과 물, 간장을 넣고 돼지고기가 완전히 익을 때까지 약 5분 동안 뭉근히 익힌다. 고기를 큰 볼로 옮겨 담고 식힌다.

돼지고기 볼에 샬롯과 할라페뇨, 레몬그라스, 생강을 넣고 살살 섞는다. 그레이터에 간 오이를 키친타월로 감싸 물기를 꼭 짠 뒤 볼에 넣는다. 라임 껍질과 라임 즙, 피시 소스, 설탕, 커민, 바다 소금을 넣고 잘 섞는다. 쪽파와 고수, 민트를 넣고 다시 섞은 뒤 간을 보면서 소금을 조절해 넣는다. 뚜껑을 덮고 최소 1시간에서 하룻밤 동안 냉장고에 넣어 재운다.

조리할 때가 되면 큰 팬에 버터를 넣고 센 불에서 녹인다. 부글거리는 버터에 달걀을 하나씩 깨트려 넣고 1분간 익힌다. 뚜껑을 덮어 1분 더 익힌다. 뒤집개로 달걀프라이 4개를 모두 접시에 옮겨 담는다. 소금과 후추로 간한다.

---

1   이스트 대신 베이킹소다로 부풀린 빵.

다른 큰 팬을 센 불에 달군다. 팝콘 브레드를 뜨거운 팬에 올리고 한쪽 면마다 1분씩, 중간에 한 번 뒤집어가며 양면이 모두 노릇해지도록 굽는다. 접시에 하나씩 놓는다.

재운 돼지고기 랍을 꺼내 뜨거운 팬에 넣고 휘저어가며 골고루 데운다. 데운 랍을 구운 빵 위에 얹고 그 위에 달걀프라이를 얹는다. 바로 낸다.

팝콘 브레드POPCORN BREAD | 2덩이 분량

튀긴 팝콘 2컵	물 1/2컵
달걀(대) 2개	활성 드라이이스트 1큰술
녹여서 한김 식힌 무염 버터 5와 1/3큰술	중력분 3컵
녹인 베이컨 기름 또는 돼지기름 1큰술	설탕 2큰술
우유 1/2컵	코셔 소금 2작은술

작은 편수 냄비에 물과 우유를 넣고 약 44도 정도로 미지근하게 데운다. 작은 볼에 옮겨 담고 이스트와 설탕을 넣고 잘 섞는다. 기포가 올라올 때까지 10분간 그대로 둔다.

팝콘을 푸드 프로세서에 넣고 옥수숫가루처럼 균일한 입자로 간다. 큰 볼에 옮겨 담는다.

팝콘 가루에 이스트 혼합물과 소금을 넣는다. 달걀을 깨트려 넣고 녹인 버터와 베이컨 기름을 넣고 고무 주걱으로 잘 섞는다. 중간에 밀가루를 조금씩 넣어가며 거친 반죽 형태로 만든다.

밀가루를 뿌린 작업대 위에 반죽을 옮기고 진 반죽이 될 때까지 5분 동안 손으로 치댄다. 기름을 살짝 발라둔 큰 볼로 옮겨 담고 비닐 랩을 씌워 따뜻한 곳에서 30분 동안 두어 부풀린다. 거의 두 배로 커질 것이다.

반죽을 한 번 더 치댄 뒤 다시 30분간 두어 더 부풀린다.

22×12cm 식빵 틀 두 개의 안쪽 면에 기름을 골고루 바른다. 밀가루를 묻히지 않은 작업대로 반죽을 옮겨 2등분한다. 둘 다 모양을 잡아 기름 바른 틀에 넣

는다. 반죽이 두 배 크기가 될 때까지 약 1시간 동안 그대로 실온에 두어 부풀린다.

오븐을 180도로 예열한다.

반죽이 황금빛 갈색이 돌 때까지 35~40분간 굽는다. 틀에 넣은 채로 10분간 식힌 뒤 틀에서 꺼내 식힘망에 놓고 실온에 두어 식힌다.

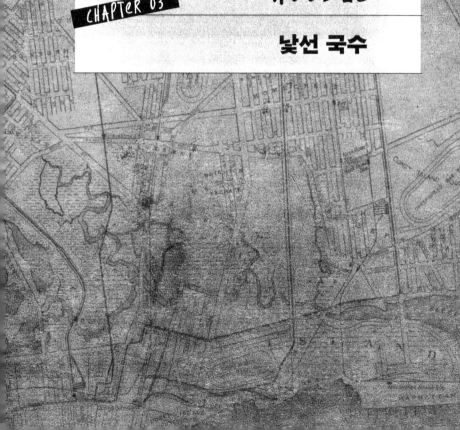

THE UNFAMILIAR
NOODLE

CHAPTER 03

낯선 국수

잘 아는 음식, 적어도 백 번쯤 먹어본 음식을 떠올려보자. 그런 다음 그 음식에 들어가는 재료 중 하나만 바꿔보자. 같은 음식이라고 할 수 있겠는가? 그 한 가지 재료가 익숙한 음식을 완전히 바꿔놓지 않았는가? 어안이 벙벙할 만큼 새로운 맛이 난다면? 즐겨 먹는 음식과의 유대는 줄타기와도 같아서 때로는 맛이 조금만 달라져도 깊은 불안을 느낀다. 오랫동안 알고 지낸 동료가 헤어스타일을 완전히 바꾸고 나타났을 때 낯설게 느껴지는 것처럼 말이다. 목소리나 복장, 태도가 똑같은데도 대화하다 보면 내가 알던 사람이 맞을까 하는 의문이 든다. 때로는 나 스스로를 의심하기도 한다. 내 경우에는 사람이 낯설어질 때보다 좋아하던 음식이 낯설어질 때 더 큰 충격에 빠진다. 끈이 떨어진 기분이 든다. 내 세상이 흔들리는 느낌. 알다시피 인간은 변덕스러운 존재다. 그러니 음식만큼은 굳건하기를, 예상에서 벗어나지 않기를 바란다. 그러나 어느 쌀쌀한 가을 저녁 브라이턴 해변의 카슈카르 카페^{Kashkar Café}에서 몰랐던 세상을 맛보고 어안이 벙벙해진다. 다름 아닌 국수 한 그릇 때문이었다.

카슈카르 카페는 위구르 음식을 파는 곳이다. 위구르라는 말에 고개가 갸우뚱해진다면 걱정할 필요 없다. 전 세계 대부분의 사람이 그렇게 반응할 테니까. 위구르는 중국 본토의 북서쪽 끝에 분포하는 소수민족으로, 러시아와 카자흐스탄, 키르기스스탄, 아프가니스탄, 파키스탄, 인도와 접경하는 광활한 유목민 지역인 신장웨이우얼 자치구에 주로 거주한다. 위구르족은 중국에 속해 있지만 상하이나 광저우에 사는 중국인과는 엄연히 다르다. 인구학적으로 그들은 과거에 갇혀 신비로운 베일에 싸인 듯 느껴지는 "중앙아시아인"에 속한다. 위구르족은 이슬람교도이며 그들만의 언어와 풍습을 갖고 있다. 테이블이 여덟 개뿐인 작고 소박한 카슈카르 카페의 한쪽 벽을 차지한 커다란 태피스트리에 그중 일부가 묘사되어 있다. 이 식당은 러시아 슈퍼마켓과 델리커테슨[1], 과일 노점상이 잔뜩 늘어선 짧은 브라이튼 비치 애비뉴의 끝자락에 있다. 우연히 지나가는 사람에게는 특별히 눈에 띄지 않을 것이다. 기껏해야 간판 상호 위에 찍혀 있는 이슬람교 표시인 작은 별과 초승달이 보인다면 모를까.

식당 안에 들어서자 이 집안의 가장이자 셰프인 유세프 우미드존 Yousef Umidjon이 희끗희끗한 머리에 전통 모자인 '타키야taqiyah[2]'를 쓰고 주방 근처 테이블에 앉아 양고기와 양배추가 담긴 접시 위로 조심스레 손을 움직이며 조용히 저녁을 먹고 있다. 손짓하는 모습을 보니 영어를 못하는 모양이다. 그의 눈은 꿰뚫어보기가 어렵다. 눈동자가 움직이지도, 무언가를 캐묻지도 않는다. 20대 아들과 딸이 분주히 돌아다니며 주문을 받고 주방 화구에 불을 붙인다. 그러나 유세프는 움직이지 않는다. 동면에 들어간 곰처럼 꼼짝도 하지 않는다. 나는 창가 테이블에 앉아 그가 고개를 들기를 기다리며 시선

---

1 조리된 음식이나 주로 외국의 고급 식재료를 판매하는 식료품점으로, 19세기 말 유대인 이주민들이 미국에 대중화했고, 줄여서 '델리'라고 부르기도 한다.

2 중동 지역에서 남성이 예배할 때 쓰는 챙이 없고 납작한 원통형 모자.

을 떼지 않는다.

브라이튼 해변은 긴 세월 동안 많은 사람에게 의미 있는 곳이었다. 유대인과 폴란드인, 이탈리아인, 남미인, 러시아인이 모두 이곳을 집으로 삼았고 이제는 중앙아시아 이민자들, 주로 우즈베키스탄과 주변국에서 온 사람들에게 집이 되어주고 있다.

나는 이 해변의 바로 북쪽에 있는 카나시에서 어린 시절을 보냈다. 인도 사람들과 자메이카 사람들, 이탈리아 사람들, 유대인들이 내 이웃이었다. 훗날 브롱크스에 있는 "명문" 고등학교 2학년 재학 시절에 우리는 대공황을 배경으로 유진 제롬과 그의 폴란드 유대인 가족의 성장을 그린 닐 사이먼Neil Simon의 희곡 〈브라이튼 해변의 추억Brighton Beach Memoirs〉을 읽었다. 나는 문학 선생님에게 내가 바로 그 근처에 살았는데 유진 같은 사람은 본 적이 없다고 따졌다. 결국 문학과 현실의 차이에 대한 일장연설만 듣고 끝났지만.

1970년대 후반 브라이튼 해변은 범죄와 마약의 온상이었고 다채로운 만큼 적대적이고 허름한 지역이기도 했다. 해마다 여름이면 우리 가족은 코니아일랜드[1]로 나들이를 가서 브라이튼 해변까지 판자를 깔아 만든 긴 산책로를 걸었다. 노란 머스터드소스를 뿌린 네이선Nathan[2] 핫도그를 먹을 때면 등으로 바람을 막으려 아무리 애를 써도 모래가 함께 씹혔던 기억이 난다. 조가비보다 빈 음료수 깡통이 더 많이 보이던 이 해변에서 우리는 한국말로 요란하고 창피하게 집안싸움을 벌이기도 했다. 누나는 늘 혼자 어디론가 가서 생

---

1 브루클린 자치구 중 최남서단 지역으로, 놀이공원과 유흥 시설이 있으며 브라이튼 해변과 인접해 있다.
2 핫도그를 주력으로 판매하는 미국의 패스트푸드 프랜차이즈로 코니아일랜드에 본점이 있다.

판 모르는 사람들과 어울렸다. 어려서 놀이기구에 가까이 갈 수 없었던 나는 누나가 또래 청소년들과 비명을 지르며 놀이기구를 타는 광경을 부러운 눈으로 구경하곤 했다. 그리 깨끗하지 않은 기름으로 지글지글 구워내는 핫도그 냄새와 코코넛 향이 나는 코퍼톤 선탠로션, 굴러다니는 버드와이저 깡통들, 오로지 아이들을 웃게 하려고 존재하는 듯한, 청회색 바다의 짭조름한 공기를 머금어 눅눅하면서도 구름 같은 솜사탕이 좋았다. 지금 돌아보면 가난한 이들의 휴양지였으나 당시 내게는 최고의 낙원이었다. 우리는 해가 질 때까지 해변에서 머물곤 했다. 누나와 나는 저물어 가는 태양을 멀리 쫓아내 행복한 여름날을 조금이라도 더 늘려보려고 전속력으로 달렸다. 내겐 세상에서 가장 아름다운 곳이었으니까. 그런 나들이는 내가 아홉 살이 됐을 즈음 끝났을 것이다.

나는 1980년대부터 브라이튼 해변으로 몰려들기 시작한 초창기 러시아 이민자들을 기억한다. 그들은 이 낯선 땅에서도 두려워하지 않았고 공격적이었으며 자신만만했다. 대개는 트레이닝복과 가죽옷을 입고 다녔다. 화려하게 치장하고 좋은 차를 몰았다. 이미 이곳에 정착한 이탈리아인이나 폴란드인 이민자들과는 달랐다. 자세한 사정은 몰랐지만 우리는 그들을 피해 다녔다. "러시아 마피아"를 조심하라는 말이 돌았기 때문이다.

내가 열 살 때 우리 가족은 맨해튼으로 이사했고 나는 청소년기가 끝날 때까지 브루클린의 그쪽 지역에는 가지 않았다. 부모님은 우리 가족이 브루클린을 떠난 것이 행운이라고 했다. 그러지 못한 가족도 많다면서. 그곳에서 부모님은 한 주 한 주 버티는 삶을 살았다. 간신히 입에 풀칠만 할 뿐 거기서 더 나아가지 못했다. 그래서인지 내게는 브루클린에 대한 향수가 없다. 그곳은 그저 중산층으로 나아가는 길에 잠시 들른 곳이었다.

오늘 나는 그 후 처음으로 옛 동네를 찾아가기 위해 지하철 B라인에 올랐다. 이른바 '힙스터'들은 모두 브루클린 두 번째 정거장에서 내린다. 열차 안에는 브루클린 동부로 출퇴근하는 노동자 계층 이민자들만 남았다. 콜롬비아와 아이티, 자메이카, 파키스탄, 푸에르토리코를 비롯한 다양한 곳에서 온 사람들. 유대인과 기독교인, 이슬람교도가 섞여 있다. 열차가 칠흑처럼 컴컴한 터널을 빠져나오자 창고 지붕과 그래피티가 그려진 건물이 줄지어 지나간다. 지하철 열차는 이제 깨끗한 현대식이 되었지만 저소득층 주택과 고철 처리장, 광고판 등이 즐비한 창밖 풍경은 변하지 않았다. 승객들의 무표정한 얼굴도 낯설지 않다. 이렇다 할 표정을 짓지 않는 것이 눈에 띄지 않고 무탈하게 목적지까지 가는 방법이다. 아무도 눈을 마주치지 않는다. 가끔 마주치는 눈은 아무것도 보이지 않는 듯 공허하다. 이곳의 많은 것이 여전히 변치 않고 남아 있다.

　그러나 브라이튼 해변은 꽤 많이 변했다. 지하철에서 내리는 순간 온갖 러시아 방언이 들려온다. 슈퍼마켓마다 훈제 생선과 절인 고기, 팬케이크, 감자가 들어간 다양한 식품, 상상할 수 있는 모든 종류의 피클 통조림이 넘쳐나고 캐비아와 크림치즈도 높이 쌓여 있다. 러시아 음식은 전 세계 요리 순위에서 상위권에 오른 적이 없지만 이곳 슈퍼마켓을 돌아보면 그 순위가 잘못되었음을 금세 깨닫는다. '펠멘리pelmenli[1]'에서부터 '바레니키vaereniki[2]', '블리니blini[3]', '쿨리

1　소고기나 돼지고기, 양고기 등으로 소를 넣어 빚은 뒤 쪄 먹는 러시아 전통 만두.
2　감자와 양파, 버섯 등으로 속을 채운 러시아와 우크라이나의 만두.
3　메밀가루와 밀가루로 반죽해 넓고 얇게 부친 러시아식 팬케이크.

비아크^{coulibiac}[1]', 다양한 색의 보르시^{borscht}[2], 생선 젤리와 고기 젤리에 이르기까지, 기막힌 음식이 얼마나 많은지 모른다. 피클은 또 어떤가! 아, 정말이지 각양각색의 피클과 코울슬로, 렐리시^{relish}[3]가 넘쳐난다. 러시아 음식이 얼마나 광범위한지 알고 싶다면 날마다 스팀테이블 위에 다양한 음식이 차려지는 브라이튼 해변의 슈퍼마켓들을 돌아보아라. 마스터 극장^{Master Theater}[4]에 있는 고마노프^{Gourmanoff}[5]는 슬라브 특산품부터 미국인들이 즐겨 찾는 식품까지 두루 갖춘 고급 슈퍼마켓이다. 그러나 가스트로놈 아르카디아 오데사^{Gastronom Arkadia Odessa}의 스팀 테이블도 그냥 지나칠 수 없다. 이곳의 닭고기 '비토슈키^{bitochki}[6]'와 코울슬로는 아무도 따라오지 못한다.

내가 브라이튼 해변에서 최고로 꼽는 식당은 오션 뷰 카페^{Ocean View Cafe}다. 단, 이름과 달리 이곳에서 바다는 보이지 않는다. 그린 보르시는 마음을 따뜻하게 해주는 최고의 요리로서 손색이 없다. 매혹적인 훈제 생선 요리는 기름이 자르르 흘러 한 번 먹으면 몇 주 동안 머리카락에 윤기가 자르르 날 것 같다. 양배추 롤 역시 지금껏 먹어본 가운데 최고이지만, 얼굴이 달아오를 만큼 나를 흥분하게 하는 것은 바로 수박 피클이다. 내가 사는 미국 남부에서는 여름 내내 수박 껍질로 만든 피클을 먹지만 과육까지 모두 넣어 통째로 만드

---

1 생선 또는 고기와 양배추 등의 채소, 허브를 넣어 만드는 러시아식 파이.

2 비트를 주재료로 고기와 다른 채소를 넣어 끓이는 러시아의 대표적인 국물 요리.

3 과일이나 채소에 피망과 후추, 소금, 식초 등으로 양념해서 고기 등과 곁들여 먹는 소스.

4 1934년 브라이튼 해변 근처에 오셔나^{Oceana} 극장으로 문을 연 이후 이 책이 출간될 당시에는 마스터 극장으로 이름을 바꾸었지만 2022년부터 다시 오셔나 극장으로 운영되고 있다.

5 현재 구글 맵에는 '넷코스트 마켓'으로 표시되어 있다.

6 러시아식 커틀릿.

는 피클은 상상해본 적 없었다. 삼각형으로 썰어 접시에 가득 담아 낸 붉은 수박은 오래 절여 그런지 그 색과 질감이 냉동 참치와도 비슷하다. 색깔은 장밋빛이고 밀도가 높지만 흐물거리며 '상큼함'과는 정반대 느낌이 난다. 딜과 마늘, 고추 냄새가 나고 코털이 오그라들 만큼 신맛이 강하다. 그러나 피클을 좋아하는 사람에게는 이보다 훌륭한 피클이 없으리라. 나는 신맛을 달래줄 버터롤 하나를 곁들여 한 접시를 싹 비운다.

이렇게 많은 러시아의 진미를 발견했건만 카슈카르 카페에서는 전혀 예상치 못한 새로운 각성이 기다리고 있었다. 브라이튼 해변의 거리를 걸으면서 머리가 검고, 눈은 작고 어두우며 피부가 올리브색인 아시아 사람이 너무도 많다는 사실에 놀란다. 그들은 나와 비슷한 몽골족의 모습을 하고 있지만 러시아어로 말하고 러시아인처럼 행동한다. 우리는 소비에트 연방이 얼마나 널리 퍼져 있었는지 잊곤 한다. 소비에트 연방은 지리상 유럽의 절반과 아시아 전역의 많은 문화를 집어삼켰다. 이곳에서는 러시아어가 공용어다. 게다가 그 언어를 쓰는 이들 가운데는 중국이나 먼 아라비아에서 온 듯한 사람도 있고 심지어 바이킹 같은 북유럽 인종도 있다. 이곳 브라이튼 해변에서는 그들 모두가 러시아인이다. 카슈카르 카페로 줄지어 들어오는 손님들은 러시아어와 함께 다른 생소한 언어를 쓰고 있다. 나중에 알고 보니 우즈베크어다.

나는 화이트캐슬White Castle[1] 슬라이더와 비슷하지만 그보다 훨씬 훌륭한 '삼사 파르뮤다Samsa Parmuda'를 영어로 주문한다. 가볍고 폭신한 반죽 속에 양고기와 양파, 토마토, 후추가 들어 있는 요리다.

---

[1] '슬라이더'라는 작은 버거를 판매하는 미국의 패스트푸드 프랜차이즈.

1년쯤 먹어도 물리지 않을 것 같다. 그런 다음 한국식 배추 샐러드라는 메뉴를 주문하자 놀랍게도 김치 한 접시가 나온다. 유행을 따라 비틀거나 변형한 요리가 아니라 말 그대로 빨간 배추김치 한 접시가 나를 빤히 바라보고 있다. 다음으로 구운 양갈비에 토마토와 마늘, 후추, 간장, 치즈를 곁들인 '코부르가 사이Kovurga Say'라는 음식을 주문한다. 중동 음식 같지만 맛은 아시아 음식에 가까운 퓨전 요리다.

마지막으로 '라그만Lagman 수프'를 주문한다. 진한 고깃국물에 마늘과 빨간 파프리카, 셀러리, 토마토, 양배추, 줄콩을 넣고 함께 끓인 넓적한 밀가루 국수다. 그릇에서 팔각 냄새가 강렬하게 올라온다. 속이 보이지 않는 시커먼 국물에 다양한 채소가 둥둥 떠다닌다. 면은 탱탱하고 윤기가 난다. 한 숟가락 뜨는 순간 뭔가 이상하다 싶다. 거부감이 든다. 맛이 없어서가 아니라 내 머리가 이 풍미의 조합을 받아들이지 않는 탓이다. 몇 번 더 먹어보고 나서야 돼지고기나 닭고기 국물이 아니라 양고기 국물이라는 것을 깨닫는다. 양고기 국물에 끓인 국수라니. 처음 먹어보는 조합이다. 축축한 흙과 피가 섞인 듯한 강렬한 맛에 어안이 벙벙해진다. 보통 중국 요리사가 끓인 국물은 진하지만 향신료와 약재에 본연의 맛이 가려지기 마련이다. 피아니스트처럼 빠르고 가볍게 움직이는 손놀림이 국물에서도 느껴진다. 그러나 이 국물은 무겁고 느린 맛이다. 양고기뿐만 아니라 오래된 도마와, 망치로 두들겨 만든 양철 냄비, 열기, 가엾게 우는 동물, 긴장을 늦추지 않고 힘겹게 움직이는, 핏줄이 튀어나온 노쇠한 요리사의 손놀림이 모두 담겨 있는 맛이다.

이 요리는 나의 세계를 뒤흔든다. 그 단순한 변화, 단 하나의 문화적 차이가 이 국수 한 그릇을 형언할 수 없는 요리로 바꿔놓았다. 돼지고기 국물 대신 양고기 국물에 국수를 끓이는 건 생각해본 적도 없다. 김이 모락모락 나는 그릇을 앞에 놓고 앉아 처음부터 다시 배워야겠구나, 생각한다. 나의 직감은 이 조합이 옳지 않다고 말한다. 이 국물의 누린내는 국수와 무른 양배추의 식감, 줄콩의 식감과 어울리지 않는다고 말한다. 게다가 토마토를 함께 끓이다니. 대체 이런 국물에 왜 토마토를 넣는단 말인가? 어릴 때부터 먹고 자란 돼지고기 또는 소고기 국수의 맛이 내게는 너무도 깊이 각인되어 있어 다른 육수로 국수를 끓인다는 건 생각할 수도 없다. 나는 내 DNA에 새겨져 있지 않은 다른 문화의 음식에 대해서는 자유롭게 전통을 살펴보며 실험하곤 한다. 하지만 어째서인지 국수에 관해서는 도무지 타협할 수 없다. 이 국수를 좋아하는 건 내 어린 시절의 일부를 배신하는 것만 같다. 하지만 맛있다면? 그럭저럭 괜찮은 정도가 아니라 '정말' 맛있다면? 내가 어릴 때 먹어본 그 어떤 것보다도 훌륭하다면?

첫술을 뜬 뒤 나는 가장 먼저 양고기를 자연스레 중동 음식과 연결 짓는 버릇을 식탁 멀리 밀어놓는다. 요거트나 커민, 무교병 등을 곁들이고픈 충동을 억누른다. 양고기를 새로운 것으로 받아들여야 한다. '누린내' 같은 수식어는 적확하지 않을 것이다. 어릴 때부터 양고기를 먹고 자라지 않은 사람은 누린내가 난다고 느낄 수 있다. 나는 국물을 몇 번 더 띠먹으며 양고기의 맛을 분리해서 느껴본다. 젖은 숲의 맛이 난다. 버섯의 줄기로(머리는 빼고 줄기만으로) 만든 향수 같다. 크림 같으면서도 톡 쏘는 맛이다. 코 안으로 밀려들어온 풍미가 폭우처럼 목구멍으로 쏟아져 내려간다. 국물에 맛을 더하는 것은 마늘과 정향, 커민, 팔각이다. 오리 요리나 닭 요리에 함께 넣었다면 조화롭지 않다고 느꼈을 법한 향신료들이 이 국물에서는 조화를 이룬다. 나는 문득 깨닫는다. 중국의 오향분은 바로 '여기'서, 극동과 레반트¹ 사이에 걸쳐 있는 이 외딴 음식 문화에서 기원했다는 것을. 각종 향신료와 국물이 묵직한 면을 자극적인 하나의 막으로 에워싸고 있다. 테이블에 놓인 작은 유리병에는 생강과 고추, 다른 양념이 들어간 식초가 담겨 있다. 국물에 그것을 조금 넣자 더할 나위 없는 맛이 된다.

식사를 끝낸 뒤 나는 주인의 아들인 다니크와 통역을 자처한 손님 한 명과 함께 앉아 더듬더듬 대화를 나눈다. 다니크의 아버지 유세프는 평생 요리사로 살았다. 그는 1961년에 중국을 떠나 우즈베키스탄에 정착해 식당을 열었다고 한다. 약 14년 전 그 식당이 망하자 이곳 브라이튼 해변으로 이주했다. 이미 이곳에 아는 사람들이 있었고, 러시아어를 쓰는 사람은 누구나 환영해줄 러시아인 커뮤니티가 있다는 사실도 알았기 때문이다. 소비에트 연방에서는 서로 경쟁하는 문화들 사이에 긴장이 흘렀지만 이곳 브루클린에는 그런 것이 없었다. 말하자면 이곳은 민중이 있을 뿐 비밀경찰KGB은 없는 최상의 모습을 한 러시아였다. 나는 다니크에게 다른 곳에 사는 동포들이 있냐고 물어본다. 워싱턴 D.C.와 버지니아에도 일부가 살고 있지만 그가 알기로 미국에서 위구르 식당은 이곳이 유일하다. 그들이 만드는 것이 러시아 음식이냐고 묻자 그는 어깨를 으쓱한다. '러시아 음식이 뭔데요?' 하고 되묻기라도 하듯. 줄곧 신문을 읽고 있던 유세프가 때마침 가까스로 고개를 든다. 그가 아들에게 눈길을 주자 모두 일어나 다시 일을 시작한다. 유세프는 나를 보며 온화한 미소를 짓는다. 잘 가라는 의미인 것 같다.

---

1 동지중해 연안의 중동 지역.

해답보다 더 많은 의문을 안고 저녁의 거리로 나선다. 그 국수 한 그릇이 왜 나를 이토록 괴롭히는 것일까? 이 음식을 그리워하는 이들은 어떤 사람일까? 이 브라이튼 해변 한복판에서 취할 수는 없을까? 물어보니 판자가 깔린 산책로로 가라고 한다. 보드카가 가득하고 러시아 라이브 공연이 펼쳐지는, 해변이 바라다보이는 카페들이 그곳에 많다는 것이다. 나는 바닷소리가 나는 쪽으로 걸어간다. 하늘은 어두워졌고 거리는 아까보다 조용하고 한산하다. 우는 아기를 유아차에 태우고 저녁 산책을 나온 여자들이 점퍼의 모자를 뒤집어쓰고 나를 지나 집으로 돌아간다. 판자가 깔린 산책로에 도착한다. 이곳은 여전히 북적거린다. 아이들은 소리 지르며 갈지자로 돌아다닌다. 젊은 여자들은 어둑한 가로등 아래서 휴대폰으로 통화하며 킬킬거린다. 춥지만 맑기만 한 저녁인데 한 할머니가 고철 수레를 밀며 우산을 팔고 있다. 해변에 가까이 가지 않았는데도 신발 속에서 모래 알갱이가 느껴진다. 산책로 위에도 모래알이 굴러다녀 신발 밑창이 미끄러진다. 지금 여기 있는 모래알이 정확히 몇 개인지는 알 수 없지만 3학년 때 내가 누구에게 반했는지, 누가 나를 괴롭히고 울렸는지는 확실하게 말할 수 있다. 그날 우리가 정확히 몇 시에 짐을 싸서 승합차에 싣고 떠났는지도. 우리는 거창한 인사도 없이 급하게 카나시를 영영 떠났다. 우리가 살던 동네를 돌아보며 손을 흔든 사람은 가족 중 나뿐이었다.

타티아나 그릴Tatiana Grill에는 흥겨운 분위기가 감돈다. 나는 초록색 플라스틱으로 된 야외용 의자에 앉는다. 보드카를 온더록스로 마시며 산책로를 바라본다. 이제 바다는 보이지 않지만 냄새로 알 수 있다. 파도 소리가 옆 테이블에 앉은 노인들의 웃음을 집어삼킨다. 웨이트리스와 대화를 시도하지만 잘 되지 않는다. 내가 개인적인 질문을 너무 많이 던지는 것 같다. 어리석고 불쾌한 사람이라고 생각할 것이다. 보드카를 한 잔 더 주문하자 다른 웨이트리스가 가져온다. 그녀는 테이블 위에 잔을 거칠게 내려놓고는 얼른 등을 돌린다. 나이 지긋한 부부 쪽으로 고개를 돌리자 다행히 그들은 나를 상대해준다. 남편 보리스는 시베리아 출신의 시인 겸 음악가이고 아내 류드밀라는 러시아 문학 교수다. 둘 다 사근사근하고 머리가 희끗희끗하며 살짝 취했다. 내가 러시아에 관해 물어보자 보리스가 자기는 러시아인이 아니라 시베리아인이라고 한다. 그는 자연 속에 파묻혀 눈이 소복이 덮인 외딴 고향을 그림 그리듯 묘사한다. 그의 말에 따르면 지구상에서 가장 아름다운 곳이리라. 나는 꼭 가보고 싶다고 한다. 하지만 과연 그럴지는 모르겠다. 내가 술을 한 잔씩 사자 그는 내게 고향의 노래를 불러준다. 보드카는 사랑스럽지만 파괴적이다. 소비에트 제국을 멸망하게 한 장본인이라고 할 수는 없어도 제국에 도움이 되지 않았을 게 분명하다. 두세 잔 더 마시고 그저 그런 닭고기 커틀릿을 먹은 뒤 벨벳 로프(현재는 폐업)라는 바로 자리를 옮긴다. 타티아나의 웨이트리스가 추천한 곳이다. 아마 나를 쫓아내고 싶어서 그랬을 테지만.

벨벳 로프는 시끌벅적하고 쿵쿵거리는 나이트클럽이 연상되는 이름이지만 막상 가보니 러시아인 노인 두 명이 야외용 의자에 앉아 입을 벌린 채 졸고 있다. 한산한 밤이다. 나는 보드카 소다를 주문하고 옆에 앉은 슈퍼모델 같은 여자에게 말을 건다. 무슨 질문을 해도 단답형의 대답이 돌아오니 결국 눈치껏 포기할 수밖에. 반대편 구석에는 꽉 끼는 가죽 재킷을 입은 말쑥한 남자가 예쁜 여자 두 명과 물담배를 피우고 있다. 여자들은 1980년대 화류계 분위기가 풍기는 반짝이 옷을 입고 있다. 자칫 저속해 보일 법한 옷인데 이 여

자들은 세련돼 보인다. 남자는 미하일 바리시니코프[1]Mikhail Baryshnikov[1]
와 울버린을 섞어놓은 것 같다. 나는 그들에게 술을 사고 잠시 얘기
를 나누지만 겉도는 대화만 오갈 뿐이다. 음악이 점점 시끄러워져
서 깊은 대화를 나누기가 어렵다. 여기는 가라오케도 있다. 어디에
나 가라오케가 있는 것 같다. 담배와 보드카와 싸구려 마이크도 있
다. 노인들이 큰 소리로 애처롭게 발라드를 부르기 시작한다. 누군
가가 내게 프랭크 시나트라 노래를 불러보라고 하지만 나는 거절한
다. 예쁜 두 여자 중 한 명이 일어나 마이크를 잡더니 펑크 느낌이 나
는 거친 러시아어 노래를 부른다. 이곳에서 만난 새 친구에게 번역
을 요청하자 그는 요란한 손동작을 섞어가며 설명한다. 다 알아듣
지는 못하지만 대충 이런 내용인 것 같다.

> 그녀는 핸드백에 귀금속을 숨기고 대로의 사내들을 지나가네.
> 하지만 나는 라스푸틴 여관의 화장실에서
> 그보다 더한 것도 보았는걸.
> 눈곱만한 돈으로도 얼마나 많은 죄를 살 수 있는지.
>
> 베개 옆에 어린아이의 글씨 같은 메모가 있었어.
> 쓰다 말았지만 험한 내용이었지.
>
> 우리는 팔려고 내놓은 아이들이라고.
> 팔려고 내놓은 아이들.
> 우리가 천사라고 생각하겠지만

---

1 1948~. 라트비아 태생의 미국 무용가 겸 예술 감독 겸 배우.

그건 모르는 소리.

　　우리는 팔려고 내놓은 아이들이니까.

뒷부분은 바의 소음에 묻혔지만 후렴이 머릿속을 맴돈다. 나는 보드카 소다를 한 잔 더 주문한다. 그런데 웬걸, 냉장고에서 꺼내온 차가운 보드카 샷이 나온다. 나는 한번에 들이키지 않는다. 차를 마시듯 천천히 홀짝이자 바텐더가 나를 미심쩍게 쳐다본다. 음악이 점점 요란해지고 보드카가 점점 내 귀를 막는다. 말을 하려는데 내 목소리는 마치 물담배에서 나오는 연기처럼 흐릿하다. 옆에 앉아 있는 사내는 내 얘기에 흥미가 없다. 솔직히 말하면 나도 무슨 말을 하려고 했는지 까먹었다.

　밤이 꽤 깊어서야 바를 나선다. 작별 인사도 하지 않고 비틀거리며 빠져나온다. 몇 시나 됐는지 몰라도 거리가 고요하다. 가로등의 연노랑 불빛이 모든 것을 물들이고 있다. 머리 위로 열차가 지나가고 잠시 몇몇 사람이 지하철 승강장에서 나와 어디론가 흩어진다. 시야가 흐릿하다. 위에서는 열차가 지나다니고 무채색 벽돌 건물이 늘어선 이곳은 내가 어릴 때 살던 거리와 비슷하다. 나는 택시를 잡아타고 운전사에게 저렴한 호텔을 찾으려 하니 적당한 곳으로 가달라고 한다. 운전사는 카자흐스탄 출신의 청년이다. 우리는 기분 좋게 대화를 시작한다. 그는 이곳에 공부하러 왔다고 한다. 낮에는 수업을 듣고 밤에 일을 하고 있으며 술은 마시지 않는다. 이곳에 먼저 온 형이 좋다고 해서 왔단다. 더 깊은 얘기를 끌어내려 하지만 그는 호응하지 않는다. 그에게는 미용실에서 일하는 여자친구가 있다. 그 여자와 결혼할 거냐고 물어본다. 아마도요. 그가 대답한다. 하지만 먼저 학위부터 따고 싶다고 한다.

"여자친구가 기다려줄까요?" 내가 묻는다.

"네." 그가 대답한다.

"그럼 학위를 세 개쯤 따요." 내가 제안한다.

실없는 농담에 우리는 함께 웃음을 터트린다. 우리에게도 통하는 구석이 있다.

"학위를 따고 결혼하면 여기 브루클린에서 살 생각이에요? 아니면 다른 곳으로 가려나?"

그는 얼른 대답하지 않는다. "아마도요." 얼마 후 그가 자신 없는 투로 말한다.

그는 나를 베스트 웨스턴 호텔 앞에 내려준다. 그가 떠나고 나자 이름도 묻지 않았다는 사실이 떠오른다.

내가 어릴 때 살던 브루클린은 어디로 갔을까? 이 지역이 언제 리틀 오데사Odesa[1]가 되었을까? 당연히 점진적으로 바뀌었을 것이다. 최근까지 아무도 알아차리지 못했을 뿐. 그것이 바로 이민자들이 하는 일이 아닌가? 우리는 마치 야음을 틈타듯 슬며시 적대적인 땅으로 와서 세월에 잊힌 곳을 찾아내 우리 것으로 만든다. 우리는 그저 주어지는 곳에서 안락을 찾는다. 코리아타운, 리틀 인디아, 아이언바운드[2], 리틀 오데사. 우리는 어디든 받아들인다. 어디든 정복하고 만다. 문제는 그 기간이 얼마나 되는가이다. 또한, 우리가 고국에서 봉인한 채로 들여온 문화는 얼마나 오래 지켜낼 수 있는가? 희석될 때까지, 모국의 전통이 뿌옇게 흐려져 흔적만 남을 때까지 얼마나 보존할 수 있는가? 그렇게 잃는 것들은 어떻게 측정하는가? 몇

---

1 우크라이나 남부 최대의 도시.
2 다양한 역사와 문화가 융합된 지역으로 유명한, 뉴저지 주 뉴어크에 있는 이민자 지역.

달, 몇 년, 몇 세대에 걸쳐 잃는 것들을 어떻게 정량할 수 있는가? 유세프의 자식들은 언제쯤 라그만 수프를 이곳 주류의 입맛에 맞게 바꿀까? 아버지가 노쇠해서 앞이 보이지 않을 때쯤, 그 수프가 어떻게 되든 상관하지 않을 때쯤일까? 아니면 그가 세상을 떠나고 그에 대한 기억마저 희미해질 때쯤일까?

카슈카르 카페가 얼마나 오래 버틸지는 나도 모른다. 그러나 어차피 그것은 나의 투쟁이 아니다. 카슈카르 카페는 저갯 서베이[The Zagat Survey][1] 1위에 오르는 일은 없을 테지만 진귀한 '고유의' 음식(이 표현은 잘 쓰지 않지만 여기서는 적절한 것 같다.)을 제공하는 특별한 식당이고 나는 운 좋게 그곳의 음식을 먹어보았다.

내 어린 시절 브루클린은 어떻게 되었을까? 나는 떠났으니 알 길이 없다. 이렇게 다시 찾아와서 얻은 최고의 수확은 그곳이 애초에 내 것이 아니었음을 깨달은 것이리라.

알람 소리에 깨어보니 이미 에먼스 에비뉴에 햇살이 닿아 있다. 늦었다! 간신히 눈을 붙였지만 새벽의 낚싯배들을 놓치고 싶지 않다. 나는 서둘러 호텔을 나와 쉽스헤드 베이로 달려간다. 그곳에 있는 좁다란 부두는 매일 거친 대서양으로 나가는 몇 안 되는 낚싯배의 쉼터다. 대부분이 이미 출항해버렸다. 몇 척만 남아 막판에 오는 승객들을 기다리고 있다. 그리 많지 않은 사람이 낚싯대를 무심히 든 채 출발을 기다린다. 배들은 대부분 부두 입구에 호객꾼을 대동하고 있다. 아침에 도미류와 농어, 검은 물고기를 잡으러 가려면 약 40달러를 현금으로 내야 한다. 낚싯배를 제외하고는 크고 화려한 파

---

1 미국에서 발간되는 세계적인 레스토랑 안내서.

티용 보트가 있다. 사람들을 태우고 나가 토할 때까지 마시고 춤추게 하는 배들로, 낚시와는 아무 상관이 없다. 나는 호객꾼 한 명에게 다가간다. 200살은 된 듯한 조그만 이탈리아계 미국인인 그는 낡은 외투를 여러 겹 껴입었다. 서 있기도 힘들어 보인다. 내가 다가가자 그가 말한다. "꽤 많이 잡을 겁니다. 하루 종일 나가 있거든요. 우리 배가 제일이라니까요." 그러나 그는 내가 배에 타려는 게 아니라 취재하러 왔다는 사실을 깨닫고는 알아들을 수 없는 이탈리아어를 중얼거린 뒤 선장을 돌아보며 출발 신호를 보낸다.

내가 기억하는 브루클린은 이탈리아의 분위기가 강하게 배어 있었다. 재미있고 냉소적인 이탈리아 사내들은 거만한 갱단 같은 말투를 썼다. 그들은 주변의 새로운 이민자들과 딱히 섞이지 않고 저들만의 문화 속에서 자기들끼리 어울렸다. 쉽스헤드 베이에는 미끼와 낚시 장비를 파는 스텔라 마리스 어구Stella Maris Fishing Station라는 오래된 가게가 있다. 그곳에서 웬만큼 시간을 보내다 보면 그 옛 동네의 잔재를 접할 수 있다. 주인인 이탈리아인 형제들이 자기들끼리 농담을 주고받는 모습은 드라마 〈소프라노스The Sopranos〉를 보는 것 같다. 1947년부터 가족이 대대로 운영하는 이곳은 빠르게 사라져가는 낚시 산업의 매우 중요한 일부를 이룬다. 낚시 산업의 쇠퇴 이유에 대해서는 의견이 분분하다. 낚시가 예전 같지 않아서다, 관광객이 줄어서다, 동네가 변해서다, "이제 사람들이 생선을 잘 먹지 않는다", 등등. 그러나 그 모든 견해의 바탕에 깔린 메시지는 불확실성이다. 러시아 이민자들이 경제를 쥐고 있는 곳에서 낚싯배 대여 같은 틈새 산업은 설 자리가 없어지고 있는 것이다. 내가 어릴 때는 이런 낚싯배를 타고 나가는 것이 주말 나들이 코스로 제법 인기를 끌었다. 쉽스헤드 베이로 가는 배든, 뉴저지 주 해안을 따라 벨마로 내려가는 배든 사람이 가득했다. 오락용 낚시가 아니었다. 그 배들은 소나(수중음파탐지기)로 위치를 파악했고 스무 명쯤 되는 손님은 식량이 될 고기를 최대한 많이 잡으려 애썼다. 우리 어머니도 나를 낚시에 보내곤 했다. 내가 돌아올 때 블루피시[1]를 15kg쯤 어깨에 메고 돌아오리라는 것을 알았기 때문이다. 그러면 몇 주 동안 저녁거리를 걱정할 필요가 없었다.

이제 이곳에는 그런 문화가 거의 사라졌지만 과거를 고집하는 식당 몇 군데가 아직 남아 있다. 에먼스 애비뉴에 있는 란다조 클램 바 Randazzo's Clam Bar도 그런 곳 중 하나다. 바닷가재 네온사인이 멀리서부터 손짓해 부르는 곳. 란다조를 수십 년 동안 지탱한 것은 특제 토마토소스다. 소스 맛이 꽤 괜찮고 오징어는 바삭하다. 과거에는 부두에서 직접 오징어를 사 왔다고 한다. 나는 같은 거리에서 80년 동안 똑같은 음식을 파는 마리아 식당 Maria's(현재 폐업)이 더 좋다. 이곳에서는 익숙한 음식을 먹을 수 있기 때문이다. 치킨 파르메산 Chicken Parmesan[2]과 조개구이, 푹 익힌 파스타, 접시에 담겨 나온 지난날의 향수까지 덤으로 맛볼 수 있다. 세월의 흔적이 담긴 접시를 보며 공장에서 찍혀 나온, 깨지지 않는 두툼한 세라믹 접시는 어떤 음식이든 무겁고 맛없어 보이게 만든다고 생각한다. 음식도 특별하진 않지만 내게는 만족스럽다. 이런 식당이 아직 남아 있어서 다행이다. 다른 모든 것이 사라지고 있는 지금, 살 카스타 Sal Casta의 라이브 공연을 하는 식당이 브루클린 이탈리아계 미국인 문화의 마지막 보루로 남을 거라는 사실이 내게는 위안이 된다.

---

1 미국 대서양 연안에 사는 식용어의 일종.
2 빵가루를 입혀 튀긴 닭가슴살에 토마토소스와 모차렐라, 파르메산 치즈 등을 끼얹어 내는 이탈리아 요리.

익숙한 요리에서 한 가지 재료가 바뀐다고 상상해보자. 여전히 같은 요리라고 할 수 있는가? 익숙한 지역에서 하나의 문화가 다른 문화로 바뀐다고 상상해보자. 여전히 같은 아메리칸드림이라고 할 수 있을까?

라그만 수프

LAGMAN SOUP

카슈카르 카페에서 먹은 수프를 좀 더 단순하게 바꿨지만 맛은 뒤지지 않는다. 자극적이면서도 향긋하고 한 그릇 먹고 나면 속이 뜨끈해진다. 스튜처럼 걸쭉한 라그만 수프도 먹어보았지만 나는 좀 더 묽고, 면을 넣은 이 버전의 수프가 더 좋다. 카슈카르에서는 취향에 따라 맛을 조절할 수 있도록 테이블마다 작은 식초통이 놓여 있다. 나는 진한 국물에 산뜻한 느낌을 주기 위해 조리 과정에서 식초를 넣는다. 하지만 원한다면 식초를 빼고 조리한 뒤 먹을 때 입맛에 맞게 넣어도 좋다.

메인 4인분 분량

양 다리 2개(1개당 약 450g)	토마토 페이스트 3큰술
포장지에 적힌 조리 방법대로 삶아서 물기를 제거한 우동처럼 굵은 생면 450g*	식물성 오일 3큰술
	닭 육수 4컵
큼직하게 썬 배추 약 110g	물 4컵
씨와 심지를 제거하고 잘게 깍둑썰기한 빨간 파프리카 1개	간장 1/4컵
깍둑썰기한 양파 1컵	쌀 식초 3큰술
깍둑썰기한 셀러리 1줄기	피시 소스 1과 1/2큰술
그레이터에 간 신선한 생강 3큰술	커민 씨 1과 1/2큰술
얇게 다진 세라노 고추 1개	팔각 가루 2큰술
다진 마늘 1/2컵	훈제한 매운 파프리카 가루 1큰술
줄콩 또는 껍질콩 약 220g	코셔 소금과 금방 간 검은 후추 적당량
장식용 굵게 썬 신선한 딜 약간	

* 면을 삶아서 바로 먹지 않는다면 들러붙지 않도록 카놀라 오일이나 포도씨 오일 같은 중성 기름을 조금 뿌려 섞어놓는다.

양 다리에 소금과 후추를 조금 뿌려 밑간한다. 큰 양수 냄비를 센 불에 올린다. 냄비에 식물성 오일 2큰술을 두르고 달궈지면 양다리를 넣어 겉면이 모두 갈색이 되도록 구운 뒤 꺼내어 둔다.

남은 오일 1큰술과 양파, 마늘, 셀러리, 생강, 세라노 고추를 냄비에 넣고 모든 면이 노릇해질 때까지 약 4분 동안 센 불에서 잘 섞으며 볶는다. 중간 불로 줄이고 팔각과 커민 씨, 파프리카, 후추 1큰술을 넣고 향이 올라올 때까지 약 1분간 잘 섞으며 볶는다. 토마토 페이스트를 넣고 색이 조금 진해질 때까지 약 1분간 젓는다. 물과 닭 육수, 간장, 피시 소스를 붓고 한소끔 끓인다. 불을 줄여 뭉근하게 끓이다가 구운 양 다리를 냄비에 넣고 뚜껑을 덮어 고기가 연해질 때까지 약 1시간 45분간 익힌다. 가끔 확인하면서 고기가 국물에 완전히 잠겨 있지 않으면 물을 조금씩 더 넣어 잠기게 한다. 양 다리를 꺼내 식히고 국물은 따로 둔다.

양 다리가 완전히 식으면 살을 발라내고 뼈는 버린다. 고기를 국물에 다시 넣고 껍질콩과 배추, 파프리카를 넣어 뭉근하게 한 번 끓인 뒤 채소가 연해질 때까지 약 10분간 더 끓인다. 쌀 식초를 넣고 간을 보면서 입맛에 맞게 소금과 후추로 간한다.

큰 면기 4개에 따뜻한 면을 나눠 담고 국자로 국물을 떠서 면기마다 담는다. 신선한 딜을 얹어 낸다.

러시아식 수박 피클

RUSSIAN PICKLED WATERMELON

러시아 요리를 제대로 만들고 싶다면 다라 골드스타인Darra Goldstein의 『러시아의 맛A Taste of Russia』을 추천한다. 이 레시피도 다라 골드스타인에게서 영감을 얻었다. 수박 피클은 의외로 맛있다. 샤르퀴트리[1]에 곁들여도 좋고

---

1   돼지고기를 염지 가공해서 만드는 프랑스식 소시지.

훈제 생선과 함께 먹어도 좋다. 모든 종류의 바비큐와도 잘 어울린다. 작게 깍둑썰기해서 샐러드에 넣거나 아침에 요거트에 넣어 먹어도 좋다. 단, 너무 많이 익지 않은 수박을 골라야 한다.

약 2.5L 분량	
깨끗이 씻은 미니 수박 1통(약 1~2kg)	월계수 잎 2장
마늘 6쪽	물 8컵
얇게 썬 셀러리 4줄기	증류 화이트 비니거 1작은술
큼직하게 썬 딜 1단	소금 1/4컵
올스파이스 베리 1큰술	설탕 2큰술

수박을 약 2.5cm 두께의 원형으로 썬 뒤 다시 부채꼴 모양으로 등분해 썬다. 큰 유리병 한 개 또는 작은 병 여러 개에 수박을 담는다.

중간 크기의 양수 냄비에 물과 화이트 비니거, 소금, 설탕, 올스파이스 베리, 월계수 잎, 마늘, 셀러리를 넣고 소금과 설탕이 잘 녹도록 저어가며 약한 불에서 뭉근히 끓인다. 불에서 내려 식힌다.

수박을 넣은 병에 식힌 소금물을 가득 담는다. 병 입구에 면포를 여러 겹 덮고 고무밴드로 고정해 밀봉한다. 24-36시간 동안 실온에 놓아두고 12시간마다 확인한다. 발효되는 냄새가 나면(소금물에서 시큼한 냄새가 올라올 것이다.) 바로 냉장고에 넣는다.

약 2일 후부터 먹을 수 있고 냉장고에서 계속 발효시켜도 좋다. 나는 아삭하고 신선한 수박 피클을 좋아해서 냉장고에 두고 며칠 안에 다 먹는다. 그러나 원한다면 최대 한 달까지 보관할 수 있다. 오래될수록 신맛이 강해지니 참고하자.

수박 피클과 튀긴 땅콩을 곁들인
커피 글레이즈드 베이컨

COFFEE-GLAZED BACON WITH PICKLED WATERMELON AND FRIED PEANUTS

수박 피클은 다양하게 활용할 수 있지만 좀 더 고급스럽게 먹고 싶다면 바삭하고 달콤한 베이컨을 넣어 믹스한 샐러드를 만들어보자. 적은 양으로 다양한 풍미와 식감을 즐길 수 있다.

전채 4인분 분량

글레이즈드 베이컨
두꺼운 베이컨 8장
메이플시럽 3큰술
에스프레소 1/4컵
흑설탕 2큰술

땅콩 튀김
조미하지 않은 생 땅콩 1/2컵
그래뉴당 1/2컵
옥수수 오일 1/2컵
물 1컵
간장 1큰술

고명
사방 1.3cm 크기의 정육면체로
　깍둑썰기해 국물과 함께 준비한
　러시아식 수박 피클(94쪽) 1컵
마시mâche[1]나 어린 로메인, 어린 로켓
　같은 작은 잎채소 1줌
손으로 찢은 신선한 바질 잎 1/4컵
엑스트라 버진 올리브 오일 약간
굵게 썬 핑크 페퍼콘 1/2작은술

먼저 글레이즈드 베이컨을 만들자. 오븐을 180도로 예열하고 베이킹 팬에 유산지를 깐다.

작은 편수 냄비에 에스프레소와 메이플시럽, 흑설탕을 넣고 설탕이 잘 녹도록 저으며 뭉근히 끓여 에스프레소 글레이즈를 만든다.

유산지를 깐 팬에 베이컨을 놓고 에스프레소 글레이즈 절반을 바른다. 오븐에

1 　콘샐러드 또는 상치아재비라고도 부르는 잎채소의 한 종류.

넣어 10분간 굽는다.

오븐에서 팬을 꺼내고 오븐의 온도를 200도로 올린다. 팬에 있는 기름기를 제거한 뒤 베이컨을 뒤집어 남은 글레이즈를 바른다. 다시 오븐에 넣고 베이컨이 바삭해질 때까지 3~4분간 더 굽는다. 베이컨에 불그스름한 갈색이 돌고 지글거리기 시작하면 다 익은 것이다. 꺼내서 팬째 완전히 식힌 뒤 큼직큼직하게 부숴놓는다.

다음으로 땅콩 튀김을 만든다. 작은 편수 냄비에 물과 땅콩, 그래뉴당, 간장을 넣고 설탕이 잘 녹도록 저으며 한소끔 끓인 뒤 약한 불로 줄여 5분간 뭉근히 끓인다. 땅콩을 건져 키친타월에 펼쳐놓고 물기를 뺀다.

작은 편수 냄비에 옥수수 오일을 넣고 뜨겁게 달군다. 땅콩을 넣고 바삭해질 때까지 약 2분 동안 튀긴다. 땅콩 튀김을 건져 내 키친타월 위에 올리고 기름기를 뺀다. (땅콩 튀김은 하루 전에 만들어도 되지만 냉장고에 넣으면 안 된다.)

작은 샐러드 접시 4개를 준비하고 깍둑썰기한 수박 피클을 서너 조각 놓는다. 잎채소와 바질을 접시에 골고루 나눠 담는다. 바삭한 베이컨 조각들도 나눠 담는다. 맨 위에 튀긴 땅콩을 얹는다. 수박 피클 국물을 숟가락으로 조금 떠서 샐러드 위에 뿌리고 질 좋은 올리브 오일을 살짝 뿌린 뒤 맨 위에 핑크 페퍼콘을 뿌린다. 바로 낸다.

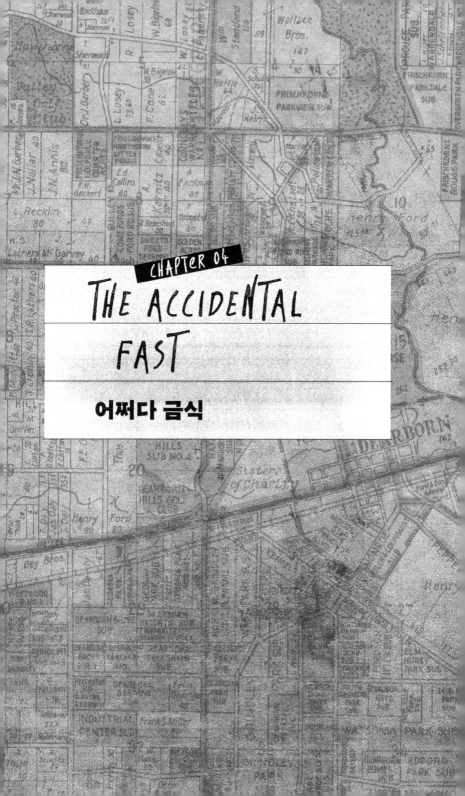

CHAPTER 04

THE ACCIDENTAL FAST

어쩌다 금식

나는 먹기 위해 미시간 주 디어본에 왔다. 커피와 레드불만으로 버티며 동트기 전까지 차로 여섯 시간을 내리 달렸다. 한여름이고 설상가상 내 차의 에어컨도 고장났지만 그렇다고 이 여행을 미룰 수는 없다. I-65 주간고속도로 가운데 꽤 긴 구간이 공사 중이라 교통 체증을 피하려면 한밤중이나 새벽 시간에 이동해야 한다. 그 시간을 이용해 내가 무엇을 찾아 디트로이트 위성도시에 가고 있는지도 생각해본다.

———————————————— ● ————————————————

디어본은 미식 여행을 위해 흔히들 찾아가는 곳은 아니다. 이 도시는 잘 알려지지 않았을뿐더러 오해를 받고 있기도 하다. 인터넷에서 "디어본"을 검색하면 이 지역 이슬람교도의 장황한 역사와 포드 자동차 공장에 관한 설명이 줄줄이 나온다. 그러나 조금만 더 내려가면 분노와 독설의 웹페이지가 이어진다. "디어보니스탄"이라는 별칭으로 이 미국 도시가 중동과 연관되어 있음을 강조하며 이곳을 "정화"하라거나 정당한 주인에게 "돌려"주라고 선동하는 사람도 많다.

　나는 이번 여행을 위해 상당한 조사를 했다. 이민자를 반대하는 혐오 사이트 중에 디어본을 언급하는 곳이 많았다. 비슷한 분노와 독설이 담긴 페이지가 끝없이 나오자 마음이 복작거렸다. 그러나 "디어본 식당"으로 검색어를 바꾸자 놀랍게도 수많은 추천 식당들이 나왔다. 디어본에는 중동 지역 거의 모든 문화권의 식당이 수십 개 있다. 많은 네티즌에 따르면 여전히 포드자동차 공장이 우뚝 솟아 있는 이 공업 도시에서 최고의 레반트 음식을 맛볼 수 있다. 여행을 준비하면서 헨리 포드에 관한 자료도 이것저것 찾아보았다. 그는 결함이 좀 있을지언정 똑똑한 인물이었다. 디어본이 미국에서 이슬람교도가 가장 많은 지역이 된 주요 이유 중 하나도 바로 포드자동차 회사였다.

최초의 레반트 이주민 가족이 어떤 이유로 디어본에 왔는지는 아무도 모른다. 그러나 많은 이슬람교도가 포드자동차 공장에서 일한 것은 분명한 사실이다. 디어본으로 들어가는 고속도로 출구가 가까워지자 나는 그 최초의 조우를 상상해본다.

1917년 헨리 포드는 포드 모델 T가 세상에 가져온 혁신이 이미 진부해졌음을 깨닫고 더 대담한 계획을 세우고 있었다. 디어본 루지 강변에 플라이휠 마그네토 점화 장치를 생산하는 시설을 구축하는 것이었다. 그저 공장 하나를 세우는 것이 아니라, 1천 에이커(약 4km²)의 부지에 모든 인류를 위한 생산 단지를 만드는 것이 그의 구상이었다. 이곳에서 8만 명의 노동자가 인간이 만든 가장 혁신적인 기계를 대량으로 생산한다는 공통의 목표에 매진하게 할 계획이었다. 그러나 이 담대한 야망에는 몇 가지 걸림돌이 있었다. 잦은 이직이 생산성을 저해했고 노조 결성 이야기도 표면으로 떠오르고 있던 차였다. 포드는 인간 본성이 불완전하며 노동이 유일한 구원이요, 시스템을 믿는 것이 유일한 상식이라 여겼다.

당시 오대호 증기선들이 날마다 루지 강변으로 철광석과 석탄을 실어 날랐다. 헨리 포드가 세계 각지의 자원을 가져다주는 이 위대한 기계들을 보며 감탄하는 모습이 자주 목격되었다. 햇살이 아른거리는 어느 날 아침 그가 예멘에서 온 젊은 뱃사람을 발견한 것도 이곳 선창에서였다. 그는 아덴[1]에서 온 이 상선의 선원과 대화를 나누기 시작했다. 청년들이 안정적인 공장 일자리를 찾아 얼마나 멀리까지 갈 수 있는지 알고 싶어 했다.

선원은 전 세계 어디든 갈 수 있지만 날마다 똑같은 일을 되풀이하며 산다면 노예와 다를 바 없다고 대답했다.

부지런히 일하면 풍족한 삶으로 보상받을 수 있다고 헨리 포드는 귀띔했다. 하루에 5달러로 당신의 충성에 보답하겠소.

선원은 흥분하기 시작했다. 하루에 5달러를 주신다면 뭐든 하겠습니다. 자동차도 만들고 배도 몰고 원자재도 캘 수 있지요. 가족을 데려와 '살타saltah[2]'를 해 먹고 모스크도 지으면 됩니다.

헨리 포드는 마음이 몹시 급해졌다. 가족, 친구, 형제 할 것 없이 모두에게 소식을 전해요. 레반트 전체에 이 번영의 소문을 퍼트려주시오. 훌륭한 일꾼들을 데려온다고 약속하면 그들을 위해 배를 보내겠소. 그 사막 지대 전역에 이 소식을 퍼트려주시오. 신성한 노동으로 더 나은 삶을 살고자 하는 모든 이에게 포드라는 이름이 등대가 될 때까지.

예멘 선원은 이미 계류장에 줄지어 선 수십 명의 선원 속으로 사라

---

1   예멘 남부의 항구 도시.
2   고기 육수에 각종 향신료를 넣고 밥이나 감자 등을 곁들여 먹는 전통적인 예멘 국물 요리.

졌다. 그러나 머릿속으로는 기회가 되는 대로 곧장 가족에게 부칠 편지를 구상하고 있었다.

이런 대화가 실제로 일어났는지는 확인할 길이 없다. 미시간 주 디어본이 미국에서 이슬람교도가 가장 많은 도시가 된 이유를 설명하는 수많은 전설 가운데 하나일 뿐이다. 그래도 어쩐지 진실이 담겨 있을 것 같고, 잠에서 깨어나는 순간 사라져버리는 꿈처럼 쉽게 흘려버릴 수 있는 이야기이기도 하다. 실화라고 믿기에는 너무 비현실적이지만 영주권이나 통계만으로는 설명할 수 없는 역사도 있다. 때로는 전설이 진실에 가장 가까운 법이다. 인터넷으로만 경험할 수 없는 도시도 있기 마련이니까. 그런 곳은 눈으로 직접 봐야 한다.

음식에 관한 글은 정치나 종교를 배제해야 한다는 것이 통념이지만 종교와 고립적인 문화로 정의되는 곳에서는 불가능한 얘기다. 음식은 우리가 살고 있는 세상의 맥락과 떼려야 뗄 수 없는 관계이니까. 디어본 여행을 떠나기 일주일쯤 전에 두 가지 사건이 일어났다. 하나는 미국 역사에서 가장 유명한 이슬람교도인 무하마드 알리의 죽음이었다. 내가 사는 도시 루이빌은 그의 고향이기도 했으므로 한 주 내내 꽃과 눈물의 행렬이 이어졌고 대미를 장식한 추모식에는 브라이언트 검벨Bryant Gumbel과 빌 클린턴Bill Clinton, 빌리 크리스털Billy Crystal 같은 유명 인사들이 참석했다. 추모식의 첫 연사는 목사인 케빈 크로스비Kevin Crosby 박사였다. 그의 추도 연설 가운데 한 대목이 내게 깊이 와 닿았다. "알리는 모든 사람에게 소중한 자산이지만 한편으로는 흑인들의 자유를 위한 투쟁이 낳은 산물이라는 점도 잊지 맙시다." 너무도 솔직하고 거침없는 발언에 마음이 요동쳤다. 여전히 분열 앞에서 통합을 부르짖는 흑인들을 볼 때마다 그 말이 되살아난다.

알리가 세상을 떠나고 약 일주일 뒤, 어느 정신 나간 사내가 플로리다 주 올랜도의 한 게이 나이트클럽에서 총을 난사했다. 미국 역사상 최악으로 꼽힐 만큼 끔찍한 총기 난사 사건이었다. 그는 스스로 이슬람교도라고 밝혔다. 그 주 내내 미디어에서는 이 사건과 이슬람교도, 증오, 비난 등의 주제가 집중적으로 다뤄졌다. 온 나라가 분노로 들끓었다.

알리의 죽음과 올랜도 나이트클럽 총기 난사. 두 사건은 본질적으로 달랐지만 둘 다 큰 파문을 일으켰다. 하나는 추모의 물결을, 다른 하나는 분노의 물결을 몰고 온 것이다. 이처럼 전국적으로 감정이 한껏 고조된 상황에서 나는 미시간 주 디어본으로 차를 몰고 있다. 내가 디어본처럼 전혀 모르는 도시를 찾아갈 때는 주로 그곳을 이해하고 그곳과 관계를 맺기 위해서다. 그러나 이번에는 그 도시에서 만나는 사람들이 나를 상대하려 들지 않아도 받아들일 각오를 해야 하리라.

80km마다 한 번씩 생각한다. 아무래도 가지 말아야 할 것 같다고. 돌아가는 편이 낫겠다고. 대형 트럭들이 크리스마스트리처럼 화려한 불빛을 뿜내며 왼쪽 차선으로 무섭게 지나갈 때마다 내 차가 트럭 뒷바퀴 차축 쪽으로 빨려들어갈 듯 기울어진다. 나는 핸들을 꽉 부여잡고 차가운 커피 한 모금을 들이켠다. 시속 130km로 꾸준히 달리고 있다. 잠깐 차를 세우고 패스트푸드를 먹을 수도 있지만 참기로 한다. 공허한 칼로리로 배를 채우기는 싫다. 나는 먹기 위해 디어본에 가고 있다. 그러나 내가 아직 모르는 사실이 있었으니, 사실은 내가 금식을 하러 디어본에 가고 있다는 것이었다.

아득한 기도 소리와 황량한 거리들이 디어본의 아침을 열고 있다. "음식의 천국"이라는 표시는 눈을 씻고 찾아봐도 없다. 사막처럼 거무칙칙하고 건조할 뿐이다. 소박한 서민 주택들을 한참 지나자 밋밋하고 실용적인 이층 건물이 늘어선 시내가 나온다. 이 도시의 주요 도로인 워런 애비뉴로 들어서자 외국에 온 듯한 착각이 든다. 그 어떤 배려도 없이 마치 낙서처럼 알아볼 수 없는 글씨로 채운 간판들이 보인다. 아라비아 글자는 꼭 벽에 그려놓은 그림 같다. 외부인은 도저히 해독할 수가 없다. 블록마다 식당이 몇 개씩 있지만 대부분 규모가 작고 손님을 반기지 않는 듯한 칙칙한 차양을 쳐놓았다. 접이식 의자에 앉아 담배를 피우는 노인은 그 아래 아스팔트만큼이나 어두워 보인다. 이곳은 태양빛마저도 무채색이다.

워낙 이른 시각이라 문을 연 식당이 보이자마자 얼른 그 앞에 차를 세운다. 이름은 알아미어$^{Al-Ameer}$. 많은 사람을 수용할 수 있는 널찍한 식당이다. 손님이 없는데도 직원들이 바쁘게 돌아다니는 걸 보니 곧 사람이 가득 차는 모양이다. 내 주문을 받는 웨이터는 사무적이고 효율적이다. 머릿속으로는 쌓인 잡무를 걱정하고 있으리라. 나는 키베^{kibbeh}[1]와 후무스, 닭고기 '카프타^{kaftah}[2]', 양고기 케밥을 주문한다. 민트티는 향긋하지만 시커멓고 진하다. 나는 이런 부조화가 좋다. 주문한 음식이 차례차례 나온다. 꾸밈없고 맛있고 빠르다. 손님이 몰리기 시작하자 음식 나오는 속도가 훨씬 빨라진다. 낭만이란 건 찾아볼 수 없고, '라브네^{labneh}[3]' 속으로 파고드는, 사프란을

---

1 데친 밀을 말려서 빻은 '불구르'와 간 양고기를 섞어 만든 반죽 안에 양고기 소를 넣어 익히거나 튀긴 중동 요리.

2 다진 고기나 채소 등을 둥글게 빚어 구운 요리. '코프타'로 더 잘 알려져 있다.

3 중동식 요거트.

넣은 밥의 향긋한 끝맛을 음미할 새도 없다. 민트티가 다 식기도 전에 계산서가 나온다. 나는 값을 치른 뒤 바쁜 주방 풍경이 훤히 보이는 바 자리로 걸어간다. 나이 지긋한 남자가 낡은 오븐 앞에서 부풀다 만 플랫브레드flatbread[1]를 끊임없이 굽고 있다. 나는 용기 내서 그 노인과 대화를 시도한다. 이런 일에는 이골이 날 지경이다. 주방에 초대받거나 웨이터들과 대화하려면 어떻게 해야 하는지 잘 알지만 여기서는 그런 방법이 통하지 않는다. 그는 오븐을 보여주지도, 집안 대대로 내려온 레시피에 관해 들려주지도 않는다. 그저 사무적으로 반응할 뿐이다. 나는 슬그머니 밖으로 나와 지역 신문을 집어든다. 1면에 무하마드 알리가 실려 있다. 읽을 수는 없지만 읽을 필요도 없다. 어차피 알리는 최고 중의 최고였으니까.

하루 종일 줄곧 비슷한 상황이 반복된다. 식당에 들어가 맛있는 음식을 먹고, 이것저것 물어본 뒤 정중하지만 짧은 대답만 듣고 나오기. 외부인은 언제나 현지인의 의심과 불안을 가장 먼저 마주하게 마련이다. 자리가 열다섯 개뿐인 조그만 식당에서 메뉴를 잘 아는 손님들에게 음식을 팔아온 이들은 내가 음식에 관한 글을 쓴다고 해도 대수롭게 여기지 않는다. 그들에게 나는 잘 봐도 이상한 놈이다. 그러나 거기에서 그치지 않고 거슬리는 존재가 되고 있다. 나는 믿을 수 없는 타지 사람이다. 이번 여행을 준비할 때 현지인들에게 나를 소개해줄 사람, 아라비아어를 하는 사람을 데려가라는 조언을 들었었다. 여기서는 그런 사람을 "해결사"라고 부르기도 한다. 나는 거절했다. 혼자 돌아다니면서 모든 것을 직접 알아보고 싶었

---

1 밀가루와 소금, 물로 만든 반죽을 납작하게 구운 빵을 통칭하며, 지중해와 중동 지방에서 먹는 피타pita도 여기에 속한다.

으므로. 슬슬 후회가 밀려들지만 어쩔 수 없다. 계속 나아갈 수밖에.

지금은 라마단 금식 기간이라 낮에는 어느 식당이든 텅텅 비어 있다. 주인들은 미소를 짓고 손을 흔든 뒤 대화를 피하려는 듯 금세 안으로 사라진다. 그들과 도무지 대화를 틀 방도가 없다. 해가 넘어가기 직전에 잠시 쉬기 위해 가까운 호텔로 갔더니 빈방이 없다고 한다. 디트로이트에서 비욘세 콘서트가 열리기 때문이란다. 결국 주로 장기 투숙자를 받는 모텔에 들어간다. 요리를 위한 공간이라기보다는 마약 조제실처럼 보이는 허접한 간이 주방이 딸린 허름한 방에 짐을 푼다. 날이 저물자 나는 디어본의 거리를 걸으며 대화 상대를 물색한다. 해가 지고 나면 금식을 끝낸 사람들이 식당을 가득 메운다고 들었다. 어디를 가나 텔레비전에서는 알자지라와 올랜도 총기 난사 사건이 나오고 있다. 블루칼라 노동자처럼 옷을 입고 수염이 텁수룩한 사람들이 굳은 얼굴로 텔레비전을 보고 있거나 내가 알아듣지 못하는 언어로 깊은 대화를 나누고 있다. 잡담하려 드는 사람은 아무도 없다. 적어도 나와는. 모두가 나를 살피는 느낌이 들지만 워낙 노련해서 내가 '갈라바ghallaba[1]'를 먹다가 이따금 고개를 들어도 결코 눈을 마주치지 않는다.

식사를 끝낸 뒤 나는 디어본에서 가장 화려한 빵집인 샤틸라 베이커리Shatila Bakery까지 걸어간다. 얼핏 보기에는 빵집이라기보다 카지노 같다. 히잡 쓴 여자가 많고, 아이들과 함께 간식을 사려고 줄 서 있는 사람도 있다. 커피를 파는 곳과 축구장만큼 기다란 디저트 진

---

[1] 닭고기나 양고기, 소고기에 여러 채소와 향신료를 넣고 볶아서 밥이나 빵에 곁들여 먹는 중동 요리.

열장, 형광색 염료로 장식한 아이스크림 코너로 나뉘어 있다. 나는 참을성 있게 줄 서서 기다리다가 차례가 되자 내 위가 허용할 수 있는 최대한의 디저트를 주문한다. '카슈타kashta[1]'와 '카타이프katayif[2]', 그리고 장미수와 꿀 향이 나는 시럽을 뿌린 '바클라바baklava[3]'. 셋 다 모양만 다를 뿐 딱히 차이를 알 수가 없다. 나이 지긋한 남자가 내 펜과 수첩을 보고 말을 건다.

"작가인가요?" 그가 묻는다. 말끔히 면도했고 머리는 희끗희끗하며 전문직 종사자처럼 보이지만 사무직이 많이 입는 얇은 폴리에스터 셔츠를 입었다. 억양보다는 리듬이 미국 영어와 사뭇 다르다. 영국 영어와 비슷하게 들리지만 확실히 그쪽은 아니다.

"딱히 그런 건 아닙니다." 내가 대답한다. 그러고는 이곳에 온 이유를 설명한다.

"라마단에 관해 쓰려고요?"

"딱히 그런 건 아닙니다." 대답하는 순간 나는 그의 조소를 느낀다. "라마단에 관해서는 잘 몰라서요. 어디 가면 배울 수 있을까요?"

"라마단은 '배울' 수 있는 게 아닙니다. 직접 '경험'해야지요."

"금식을 하라는 말씀입니까?"

"하면 어때서요?"

"저는 이슬람교도가 아닌데요."

"이슬람교도만 금식해야 한다고 생각합니까?"

"아닙니까?"

---

1 '키슈타qishta'라고도 하며, 우유를 가열해서 만드는 크림의 일종으로 과일이나 꿀을 곁들여 디저트로 먹는다.

2 팬케이크를 접어 그 안에 크림이나 견과류를 넣어 만드는 디저트.

3 견과류나 시럽을 넣어 만드는 중동식 페이스트리.

"금식은 고통받는 이들의 괴로움을 경험하기 위해서, 인류애를 위해서 하는 겁니다. 금식이 이슬람교도만 하는 거라고 생각한다면 스스로를 편견에 가두는 셈이지요."

어느새 나는 신학 논쟁에 들어와버렸다. 그만 일어나서 나가고 싶지만 그의 논지가 컴컴한 새벽에 고속도로를 질주하던 트럭들처럼 나를 끌어당기고 있다.

"하지만 그럴 사정이 안 된다면요? 저는 음식을 취재하러 왔습니다."

"그건 작가 양반이 결정할 일이지요. 아무도 뭐라고 하지 않을 겁니다. 하지만 이곳에서 진정으로 발견하려는 게 뭡니까?"

그는 내게 행운을 빌어주고는 불쑥 떠난다. "작가 양반"이라는 말이 놀리는 것 같아서 기분이 언짢지만 나중에 보니 그는 내 음식값을 내고 갔다. 나는 밀도 높은 바클라바에 포크를 찔러 넣는다. 당분간 그것이 내 입에 들어갈 마지막 음식이 되리라 생각하면서.

동트기 전에 일어나 물을 충분히 마시고 아침을 든든히 먹으려 했는데 늦잠을 자고 말았다. 방 안으로 칼날처럼 스며드는 햇살에 잠이 깬다. 배가 고프고 목이 마르다. 눈을 게슴츠레 뜬 채 침대에서 나와 느릿느릿 걸어간다. 발목이 뻐근하다. 컵을 들고 세면대로 가서 바싹 마른 혀를 축이려 차가운 수돗물을 받는다. 눈을 반쯤 감고 컵을 입술로 가져가다가 문득 어젯밤에 만난 사내를 떠올린다. 그의 조롱 섞인 말투도 함께. 지금 나는 어차피 혼자다. 나만의 다짐은 누가 알지도 신경 쓰지도 않을 것이다. 그냥 하루를 조금 늦게 시작하면 된다. 아무도 모른다. 어차피 나는 이슬람교도도 아니지 않은가. 그런데 그때 나를 "작가 양반"이라고 부른 그 거만한 목소리가 들린다. 나는 컵을 내려놓고 다시 침대에 누워 침을 최대한 모아 혀를 축인다. 이제 아침 9시. 해가 지려면 열두 시간도 더 있어야 한다. 아무래도 망한 것 같다. 그래도 최대한 해보리라 마음먹는다.

나는 미국 이슬람 센터Islamic Center of America라는 이슬람사원, 즉 모스크에서 하루를 시작한다. 이곳은 미국에서 가장 크고 가장 오래된 모스크다. 미국에서 가장 밋밋한 도시라 할 수 있는 이곳 디어본 한가운데 금빛 돔 여러 개가 올라앉은 깨끗한 석조 구조물이 서 있고 깔끔하게 정리된 잔디가 그 주위를 에워싸고 있다. 기도의 장소가 대부분 그렇듯 사람을 겸허하게 만드는 건물이다. 나는 대리석으로 된 널찍한 현관에 들어선다. 서늘하고 황량한 내부에는 티 한점 없다. 가까운 어딘가에서 기도하는 소리가 들리지만 복도에는 나 혼자뿐이라 내 숨소리조차도 메아리친다. 잠금 장치가 열리는 소리가 들리더니 히잡을 쓴 40대 여성이 사무실에서 나와 나를 맞이한다. 그녀는 내게 코란이 필요하냐고 묻고는 나와 함께 경내를 걷는다. 이곳에 온 이유는 묻지 않는다. 그저 코란을 소중히 다루라고 당부할 뿐이다. 나는 코란을 대학 시절 미술사 수업에서 몇 단락 접해보았을 뿐 한 번도 읽어보지 않았다고 털어놓는다. 그녀는 따뜻한 미소를 지으며 참을성 있게 설명을 이어간다. 이슬람교에 대해 가르치기보다는 그저 금식이란 가난한 이들의 고통을 함께 경험하는 것이라고 말해준다. 놀랍게도 어느샌가 우리는 종교와 상관없는 얘기를 나누고 있다. 그녀는 자신의 딸 얘기를 하며 내게 자녀가 있느냐고 묻는다. 나는 그녀에게 올랜도 총기 난사범에 관해 물어본다.

그 사람은 이슬람교도가 아니에요, 하고 그녀가 말한다. 이슬람교도라면 그런 일을 할 수 없거든요.

그녀는 나를 기도실로 데려간다. 고풍스러운 카펫이 깔린 동굴 같은 공간에서 사람들이 무릎 꿇고 앉아 기도하고 있다. 나도 신발을 벗고 한쪽 구석에 무릎을 꿇는다. 그녀는 기도를 해야 하니 나중에 다시 얘기하자고 한다. 그러고는 방 한가운데로 가서 코란 구절을 읊조리며 무릎을 꿇는다. 잠시 후 웬 사내가 내 어깨를 톡톡 치더니 따라나오라고 손짓한다.

이슬람교도가 아니라면 저 안에 있으면 안 됩니다. 그가 말한다. 부드럽지만 단호한 목소리다. 아까 그 여자분은 앞으로 오랫동안 기도할 테니 저와 얘기하시죠.

우리는 함께 주차장으로 걸어간다. 벤치에 나란히 앉자 그가 이 모스크의 역사를 설명해준다. 여러 번 훼손되었고 사람들이 오로지 항의하기 위해 디어본까지 온 적도 많았다고 한다. 그런 뒤 그는 말을 멈추었다. 더는 설명할 게 없다는 듯이. 자기가 저지르지 않은 범죄를 변명할 필요는 없다는 듯이. 그는 식당 몇 군데를 추천하고는 행운을 빌어준다. 나는 그의 이름을 물어보는 것도 잊었다. 지나치게 캐묻지 않으려고 조심하다보니 만나는 사람에게 가장 간단한 질문조차 하기가 어렵다.

모스크를 나와 케밥을 파는 작은 이란 식당으로 향한다. 메뉴 가운데 삶은 양 머릿고기가 있다. 그것과 다른 메뉴 세 가지를 주문한다. 참을성 있게 기다리다가 음식이 나오자 냄새를 맡고 메모한 뒤 의무적으로 휴대폰 사진을 찍는다. 양 머리에는 장식이 전혀 없다. 연한 고기가 붙어 있는 어린 양의 두개골이 접시에 놓여 있을 뿐이다. 나는 전부 포장해달라고 한다. 주인이 어리둥절한 눈으로 보자 나는 라마단에 동참하는 중인데 음식에 관한 글을 써야 하니 나중에 먹으려 한다고 설명한다. 굳어 있던 그녀의 얼굴에 금세 따뜻한 미소가 번진다. 몸집이 크고 얼굴에는 많은 일을 견딘 사람의 주름이 보인다. 그녀의 영어는 대부분 명사의 나열이다. 내게 어디서 왔느냐고 묻고는 내 음식을 정성스레 포장한 뒤 비닐봉지를 들고 가기 좋게 묶어준다. 그런 뒤 남편을 부른다. 남편은 티셔츠와 슬랙스, 플립플롭 차림으로 나와서 내게 악수를 청한다. 그는 기꺼이 나를 자신의 공간에 초대해준다. 재료와 도구를 어디에 놓아두는지 모를 만큼 조그만 주방에서 그는 모든 음식을 만들고 있다. 내게 딱히 웃어주지 않지만 원래 잘 웃지 않는 사람인 것 같다. 그는 한동안 나와 얘기를 나누며 다른 식당 몇 군데를 추천해준다.

나는 식당 두세 군데에 더 들러 같은 과정을 되풀이한다. 사람들과 얘기하는 데 정신이 팔려서 딱히 배고픔도 느끼지 못한다. 모두가 입을 모아 추천한 식당 중 하나는 디어본 외곽 잉크스터가에 있는 알 술탄 레스토랑Al Sultan Restaurant이다. 단층의 외관은 미국의 흔한 도로변 식당과 비슷하고, 말의 등 위에서 칼을 휘두르는 기수가 그려진 네온사인이 전면을 에워싸고 있다. 에어브러시로 그린 그림은 어딘지 초현실적이지만 음식은 무척 훌륭해 보인다. 이제 오후 2시, 이 무더운 여름날 포장한 음식 네 봉지가 내 차 뒷자리에서 천천히 발효되고 있다. 다음으로 나는 닭고기를 주문하면 살아 있는 닭을 그 자리에서 잡아 요리해주는 식당으로 간다. 차마 닭을 잡게 할 마음이 나지 않아서 망고 커스터드 하나를 사서 나온다. 차에 두면 상할 거라는 사실을 알면서도. 첫 끼를 먹으려면 여섯 시간쯤 더 있어야 하지만 목이 조금 마를 뿐 견딜 만하다.

하루가 빠르게 흘러간다. 나는 어느 빵집 앞에 차를 세우고 디저트가 가득한 유리 진열대로 슬금슬금 다가간다. 어째서인지 그 어떤

고기보다도 그슬린 설탕 냄새가 강렬하게 구미를 자극한다. 기운이 빠진다. 움직임이 눈에 띄게 느려지고 무거워진다. 뇌가 설탕을 인지하는 순간 짜증이 올라온다. 나는 아무것도 주문하지 않고 서둘러 나온다. 차에 올라타자 미칠 것 같다. 차 안에서는 양 사체에서 날 법한 냄새가 나고 에어컨은 고장이 나버렸다. 영지지Young Jeezy의 음악을 고막이 견딜 수 있을 만큼 최대한 크게 틀고 호텔로 향한다.

음식을 모두 냉장고에 넣고 바닥에 드러눕자 모르긴 해도 카펫 진드기 냄새인 듯한 악취가 올라온다. 다시 허기가 사그라진다. 이 상태가 얼마나 갈지 모르겠다. 이미 다 읽은 이메일을 다시 읽기 시작한다. 그러다가 까무룩 잠이 든다.

깨어보니 오후 5시쯤 되었다. 앞으로 네 시간 삼십 분만 더 있으면 무엇이든 먹을 수 있다. 허기보다 고통스러운 것은 갈증이다. 많은 사람이 한 달 동안 말없이 금식을 하는데 겨우 하루 금식하면서 이렇게 불평해선 안 된다는 것을 머리로는 충분히 알고 있다. 하지만 평소 하루에 3,000칼로리를 섭취하던 몸에는 하루의 금식도 큰 충격이 된다. 텔레비전에서 〈주디 판사Judge Judy〉[1]가 방영되고 있다. 주디 판사의 목소리를 들으니 위로가 된다. 나는 현재 내가 느끼는 구체적인 고통을 소리 내서 말해본다.

"배가 엄청 고프지는 않지만 팔다리가 무겁고 기운이 없다. 내 호흡이 느껴진다."

머리가 아프다. 깨질 듯한 두통이라기보다는 끊임없이 흐느끼는 소리를 듣고 있는 듯한 기분이다. 귓속도 아픈데, 이건 수분을 끌어모으려고 몇 초에 한 번씩 침을 삼키기 때문일 것이다. 그래봐야 목

---

1   미국의 법정 리얼리티 프로그램.

구멍으로 넘어오는 건 마른 공기뿐이지만. 엄지손가락을 나머지 손가락에 차례차례 대었다 뗀다. 몇 번 반복하다가 다시 잠이 든다.

깨어보니 구름이 연한 주황빛으로 물들고 있다. 마침내 해가 기울기 시작했다. 이렇게 열심히 해를 살핀 게 몇 년 만인지 모르겠다. 땀이 흐른다. 몸에서 수분이 더 빠져나가고 있다는 뜻이다. 하지만 묘하게도 취했을 때처럼 기운이 넘친다. 정신이 몽롱하지는 않지만 뚜렷하지도 않다. 어느 때부턴가 배 속의 꼬르륵거림이 멈추고 위가 작아지는 느낌이 든다. 텔레비전 소리가 거슬린다. 리모컨을 찾을 수 없어서 쪼그리고 앉아 전원 버튼을 찾아본다. 텔레비전에서 나오는 다채로운 빛이 내 얼굴을 할퀴고 지나간다. 저녁 8시 30분. 이제 한 시간 남았다. 나는 산책을 하러 나간다. 의지에 따른 결정이라기보다는 타성과 싸우기 위해서다. 몸을 깨어 있게 하기 위해서. 어디로 가야 할지 몰라 주차장을 걷는다. 날이 너무 뜨겁다. 지금껏 딱히 거슬리지 않았던 무더위가 망토처럼 내 등을 감싼다. 양말 없이 신발을 신었더니 발이 아프다. 다리가 얼얼해지고 있다. 방으로 돌아가 침대에 눕지만 이제 잠도 오지 않는다. 팔다리는 여전히 무기력하지만 머릿속은 빠르게 돌아간다. 글을 써보려 해도 제대로 된 문장이 떠오르지 않는다. 스스로 포기하고 있음을 느낀다. 하지만 무얼 포기하는 걸까? 어차피 죽지 않는다는 것을 아는데 내 몸은 무얼 하려는 걸까? 몸이 기능을 멈추고 있다. 시야가 흐려진다.

스무 시간째 먹지도 마시지도 않았다. 똑바로 걸을 수나 있을지 모르겠지만 방 안에서 시계만 보고 있으려니 미칠 지경이다. 나는 곧장 차에 올라타 시동을 건다. 가보려고 했던 시리아 식당을 찾는다. 이쯤 되자 음식보다는 말동무가 더 절실하다. '이프타르iftar', 즉 금식을 깨는 첫 끼니까지 남은 시간은 겨우 십오 분. 사람들이 테이블을 채우기 시작한다. 모두 차분해 보인다. 나는 주인에게 말을 걸며 내 상황을 설명한다. 그는 시리아 출신이고 이곳에서 모든 요리를 맡고 있다. 서빙은 그의 아내가 돕는다. 머리카락은 반백이고 피부는 검게 그을렸다. 내가 케밥과 후무스, 디저트까지 주문하자 그는 실망한 듯이 나를 본다.

이윽고 그가 입을 연다. 해가 진 뒤 과식을 하려고 종일 금식하는 게 아닙니다. 계속 자제하며 천천히 조금씩 먹어야 하죠.

그렇군. 나는 속으로 생각한다. 지금 내 팔을 뜯어 먹어도 모자랄 것 같은데 자제해야 한다니.

그가 다시 설명한다. 오래 먹는 건 괜찮지만 조금씩 먹어야 합니다. 차부터 마시는 게 좋아요. 간단한 수프와 빵, 병아리콩을 드세요. 바로 이런 순간에 불행한 사람의 심정을 진정으로 이해할 수 있는 겁니다. 게다가 한동안 굶은 상태로 케밥을 먹으면 좀 있다 배가 아플 거예요.

해가 지는 순간 그가 내 앞에 차 한 잔을 놓아준다. 한 모금 마신다……. 민트티를 난생처음 마셔보는 것 같다. 강렬한 맛이 느껴진다. 이제는 딱히 배가 고프지도 않다. 차가 마음을 편안하게 해준다. 나는 음식을 급하게 먹지 않는다. 크림처럼 부드러운 수프로 시작한다. 들어간 재료는 세 가지쯤인 것 같은데 숟가락을 내려놓을 수 없을 만큼 맛있다. 무교병을 천천히 씹어 먹는다. 그런 뒤 호텔로 돌아간다. 이제 날이 컴컴해졌다. 나는 낮에 모은 전리품을 모조리 꺼내 펼쳐놓는다. 스티로폼 상자에 담긴 음식은 모두 열두 가지다. 한 입씩 먹어보고 수첩에 느낌을 적는다.

바로 먹어야 하는 음식을 몇 시간이나 지나서 평가하기란 쉽지 않지만 알 술탄에서 사 온 '아라이스arayes'는 환상적이다. 플랫브레드 같은 빵 속에 다진 양고기와 채소를 넣은 일종의 샌드위치다. 갓 구워 뜨거울 때 먹었다면 훨씬 맛있었을 것이다. 하지만 식은 채로 먹어도 나의 새 1순위 샌드위치로 등극하기에 부족함이 없다. 이런 빵은 반죽부터 직접 만들어야 한다. 하지만 놀라울 정도로 쉽다. 슈퍼마켓에서 파는 피타로는 이런 맛이 나지 않는다.

그날 밤 나는 금세 잠이 든다.

나의 금식은 사흘 더 이어진다. 그사이 날마다 내게 자신의 삶을 엿보게 해주는 사람들을 만난다. 나를 향한 의심이 사그라지는 느낌이 든다. 심지어 빵집을 운영하는 부부는 나를 자신들의 '이프타르'에 초대한다. 나는 라브네를 곁들인 피타와 프리터fritter[1]를 먹는다. 놀랍게도 라브네의 단순한 맛이 미각을 깨운다. 이제 금식의 괴로움에만 집중하지 않으니 모든 감각이 깨어나고 미각이 예리해진다. 심지어 나는 양고기도 먹지 않는다. 따뜻한 피타와 '라브네'의 맛에 푹 빠졌다.

그 피타는 직접 만든 겁니다. 셰프가 말한다.

그럴 줄 알았다. 집에서 만든 음식, 고향의 전통을 따른 음식을 넘어서는 깊은 무언가, 더 오래된 무언가를 먹고 있는 기분이 든다. 라브네의 시큼한 맛에는 금욕의 하루를 다독여주는 고대의 풍미가 담겨 있다. 지난 50년, 100년, 아니 200년 동안 이들의 음식은 얼마나 많이 변했을까? 디어본에 이슬람교도가 정착한 지 100년이 넘었지만 이 도시는 여전히 숨죽인 불안과 침착함, 긴장과 관용 사이에서

---

1 고기나 과일 등 다양한 재료를 넣거나 아무것도 넣지 않은 반죽을 튀긴 간식을 총칭한다.

아슬아슬한 줄타기를 하고 있다. 내가 만나본 사람 대부분은 평생 이곳에 살았다. 영어를 완벽하게 구사하고 대학에서 공부했으며 미국 차를 몰고 다닌다. 그러나 동시에 매우 경건하고 자기들의 종교와 디어본에 깊이 충성한다.

마지막 날 나는 차에 음식을 가득 싣고 집으로 향한다. 친구들을 초대해 맛있는 음식을 함께 즐기며 나의 금식 경험을 들려준다. 꼭 꿈 얘기를 하는 것 같다. 아무도 내 말을 믿지 않는다. 집에 돌아와서도 금식을 좀 더 이어가리라 맹세해보지만 하루도 지키지 못한다. 다음 날 아침에 일어나 딸을 어린이집에 보내려 옷을 입히면서 비스킷 하나를 입에 넣는다. 디어본을 벗어나자 금식이 불가능해진다. 의식을 함께하는 사람들이 없으니 금세 안이해진다. 나는 수첩을 펼쳐본다. 어딘가에 다녀올 때마다 수첩 여러 장이 빼곡한 메모로 가득 찼다. 이상하게도 이번 여행에서는 메모를 많이 하지 않았다. 이름을 물어보는 것도 잊었고 메뉴판을 수집하지도 않았다. 생각해보니 관찰자의 역할에서 참여자로 바뀌는 순간 기록할 마음이 없어진 것이다. 사람들과 나눈 대화는 더 이상 인터뷰가 아니었다. 많은 부류의 사람을 만났지만 이름이나 직업을 물어볼 생각은 하지 못했다. 단 며칠이나마 내게는 설명이나 증언이 필요치 않았다. 내가 만난 사람들의 문화를 진정으로 이해할 수는 없을 테지만 그들의 음식은 조금 더 이해하게 된 것 같다. 나는 기도와 금식, 의식을 통해 그 문화에 널리 퍼져 있는 강한 신앙을 맛볼 수 있었다. 평생 후무스와 타히니, 팔라펠을 먹었지만 그런 음식이 왜 그토록 풍요롭고 건강하게 느껴지는지 이제야 알았다. 하루 종일 굶은 뒤에 먹는 음식의 풍미와 기름은 약재처럼 뼈에 흡수되고 정신까지 치유할 수밖에.

디어본에 다녀온 지 넉 달이 지난 금요일 밤, 나는 인근 교회의 레크리에이션실에 앉아 있다. 올랜도 참사의 희생자들을 기리는 의미로 이제 막 성정체성을 발견한 청소년들을 돕는 지역 성소수자 단체에 기부를 했다. 오늘은 그 아이들과 함께 내가 하는 일에 대해 들려주고 내 식당에서 가져온 애피타이저를 나눠 먹는 자리다. 아이들은 내게 가장 좋아하는 음식이 무엇인지, 주방에서 자주 호통을 치는지 따위를 물어본다. 우리는 농담을 주고받고 실패한 경험에 웃기도 하면서 줄곧 그저 음식에 관한 얘기를 할 뿐 올랜도 참사 얘기는 꺼내지 않는다. 이 아이들이 현재 겪고 있는 문제에 대해서도 굳이 묻지 않는다. 열네 살 소녀가 우쿨렐레로 내게 노래 한 곡을 들려준다. 나는 아이들이 현장에서 던지는 질문과 미리 익명으로 상자에 넣어놓은 질문에 일일이 답해준다. 함께 셀카를 찍고 페이스북 계정도 주고받는다. 이 아이들의 주변에는 언제나 폭력의 먹구름이 따라다니지만 오늘 저녁은 가벼운 마음으로 즐긴다. 내게도 무척 즐거운 시간이다.

여러 자료에 따르면 헨리 포드는 편견이 심한 사람이었다. 인간성보다는 기계를 더 신뢰했다. 그가 미식가였다는 증거는 어디서도 찾지 못했다. 음식에 대한 관심은 곧 사람에 대한 관심이다. 다른 문화의 음식을 이해하는 데는 한계가 따른다. 그렇긴 해도 자신과 너무나 동떨어진 문화를 이해하려는 노력은 스스로에게 깊은 만족감을 준다. 나는 여전히 코란을 다 읽어보지 못했고 여전히 이슬람교나, 미국에서 가장 중요한 음식 문화 중 하나를 탄생시킨 고대 문화에 대해 거의 알지 못한다. 그러나 금식 경험을 통해 인간에 대해 더 많은 것을 배웠다고 느낀다. 나는 수천 킬로미터 떨어진, 수천 년 전에 탄생한 문화를 보존하고자 하는 이 도시에서 음식을 먹는 방법을, 혹은 먹지 않는 방법을 배웠다. 디어본은 우리가 생각하는 보통의 미국 도시와는 조금 다를지도 모른다. 그곳 사람들이 피자를 더 많이 먹어야 한다고, 〈사우스 파크South Park〉[1]를 더 많이 봐야 하고 미국 문화에 더 동화되어야 한다고 생각하는 사람도 분명 있을 것이다. 그러나 우리는 그들의 문화가 낳은 후무스와 팔라펠, 양고기 케밥, 요거트 소스, 플랫브레드를 사랑하지 않는가. 그들은 우리에게 아무것도 바라지 않고 그런 음식을 내주었다. 심지어 우리가 그것을 우리 것으로 만들고 있는데도, 후무스에 아티초크를 넣고 피타에 돼지고기 차슈를 넣는데도 불평하지 않는다.

모두가 미국에 동화되어야 할까? 우리와 비슷해지기를 원치 않는 문화는 그 나름대로 존중해주어도 괜찮지 않을까? 나는 그러기를 바란다. 왜냐하면 나는 피자와 꾀꼬리버섯 후무스 같은 퓨전 요리도 사랑하지만 디어본의 식당에서 이빨과 모든 것이 그대로 붙어 있는 삶은 양 머릿고기를 언제든 주문할 수 있기를, 그것이 너무도 자연스러운 점심 메뉴인 양 그럴 수 있기를 바라니까.

1　미국의 텔레비전 시리즈 성인 애니메이션.

타히니 드레싱과 피망 피클을 곁들인
양고기 아라이스

LAMB ARAYES WITH TAHINI DRESSING AND PICKLED SWEET PEPPERS

나는 디어본 여행에서 새로운 음식을 많이 알게 되었다. 이 요리는 내가 먹어본 가운데 가장 맛있는 음식 중 하나로 가정에서도 쉽게 응용할 수 있다. 식당용 오븐도 필요 없고 조리 시간이 길지도 않다. 아라이스는 양념한 고기로 속을 채운 피타 샌드위치를 말하는데, 여기서 소개하는 양고기 소는 향이 좋고 상큼하다. 게다가 피타를 직접 만들어보면 신세계가 열릴 것이다. 나는 늘 많이 만들어서 남은 것은 다음 날 후무스와 함께 먹는다. 오븐에 바삭하게 구운 뒤 잘라서 샐러드 고명으로 써도 좋다.

━━━ 샌드위치 4개 분량 ━━━

양고기 소
잘게 썬 양 등심 450g
잘게 썬 토마토 1컵
잘게 깍둑썰기한 양파 1/2개
잘게 썬 신선한 넓은 잎 파슬리 1/3컵
석류 당밀 1큰술
올스파이스 가루 1/2작은술
시나몬 파우더 1/4작은술
레드 페퍼 플레이크 1/2작은술
금방 간 검은 후추 1/2작은술
소금 1작은술

호밀 피타(레시피는 뒤에) 4개
피망 피클(레시피는 뒤에) 1/4컵
저민 양파(소) 1개
루콜라 1/2컵
타히니 드레싱(레시피는 뒤에) 1/2컵
피타에 바를 올리브 오일 적당량
소금 약간

오븐을 180도로 예열한다.

양고기 소를 만든다. 큰 볼에 양고기와 토마토, 양파, 파슬리, 올스파이스, 시나몬, 소금, 레드 페퍼 플레이크, 후추, 당밀을 넣고 잘 섞는다.

피타를 반으로 가른다. 아랫면에 양고기 소 1/4을 얇게 펼쳐 넣고 윗면을 다시 덮는다. 나머지 피타도 같은 방식으로 소를 넣는다. 피타 양면에 올리브 오일을 꼼꼼히 바르고 소금을 살짝 뿌린다.

베이킹 팬에 피타 4개를 올리고 양고기가 완전히 익을 때까지 15~20분간 굽는다.

오븐에서 꺼내 피타 윗면을 들춰 양파와 루콜라, 피망 피클을 펼쳐 넣는다. 그 위에 타히니 드레싱을 뿌리고 윗면을 다시 덮는다. 바로 낸다.

호밀 피타 RYE PITAS | 8개 분량

올리브 오일 2큰술 + 볼에 바를 여분 적당량	활성 드라이이스트 2큰술
미온수(약 44도) 1컵	설탕 1/2작은술
중력분 1과 1/4컵 + 반죽할 때 사용할 여분 1/2컵	소금 2작은술
호밀 가루 1/4컵	

큰 볼에 미온수와 이스트, 설탕, 호밀 가루, 중력분 1/4컵을 넣고 잘 섞는다. 기포가 생길 때까지 10분간 실온에 둔다.

위 반죽에 소금과 올리브 오일, 중력분 1컵을 넣고 나무 주걱으로 1분 정도 부드럽게 잘 저어 섞는다. 반죽은 질척하면서도 볼 옆면에 들러붙지 않는 정도가 좋고 필요에 따라 중력분을 더 넣는다. 밀가루를 뿌린 작업대에 반죽을 올리고 필요하면 밀가루를 조금씩 추가하며 매끈하게 형태가 잘 유지될 때까지 몇 분 더 치댄다. 큰 볼 안쪽에 올리브 오일을 바르고 반죽을 넣은 뒤 비닐 랩을 덮어 반죽 크기가 두 배로 부풀 때까지 1시간 정도 따뜻한 곳에 둔다.

오븐 가운데에 선반을 설치하고 그 위에 베이킹 팬을 놓은 뒤 오븐을 250도로 예열한다.

작업대에 부풀린 반죽을 올리고 잘 두드려 기포를 빼고 8등분한다. 하나씩 둥글린 뒤 밀가루를 묻힌 바닥에 놓고 축축한 천을 덮어 10분간 둔다.

나머지 반죽은 마르지 않게 천을 그대로 덮어두고 하나만 꺼내 밀가루를 묻힌 작업대 위에 놓은 뒤 밀가루 묻힌 밀방망이로 밀어 두께 약 3mm, 직경 약 13cm의 원 모양으로 만든다. 옆에 놓아두고 나머지 반죽도 똑같이 만든다. 반죽 사이사이에 유산지를 끼워 쌓아도 좋다. 오븐에서 예열한 베이킹 팬을 조심히 꺼낸 뒤 넓적한 반죽을 자리가 되는 만큼 올리고 다시 오븐에 넣는다. 2분간 구워 반죽이 부풀면 뒤집개나 집게로 뒤집고 1분 더 익힌다. 흰색 표면에 군데군데 갈색 점이 생기면 완성된 것이다. 오븐에서 꺼내 접시에 놓는다.

나머지 반죽도 똑같이 굽는다. 쓰고 남은 피타는 상온에서 식힌 뒤 하나씩 비닐 랩에 싸서 냉동실에 넣어두면 최대 한 달 동안 보관할 수 있다. 먹기 전에는 150도 오븐에 약 5분간 구우면 된다.

피망 피클 PICKLED SWEET PEPPERS | 0.5L 분량

씨를 빼고 얇게 저민 작은 피망 10개(피망, 파프리카, 미니 파프리카 등을 섞어도 좋다.)	물 1/2컵
	설탕 1/3컵
	소금 1작은술
길게 자른 레몬 껍질 1조각	검은 통후추 1/2작은술
팔각 껍질째 1통	
쌀 식초 1컵	

피망을 얇게 썬 뒤 병에 담는다. 작은 편수 냄비에 식초와 물, 설탕, 소금, 팔각, 통후추를 넣고 설탕이 녹도록 잘 저으며 한소끔 끓인다. 레몬 껍질을 넣고 불에서 내려 실온에서 한 김 식힌다.

피클 국물을 병에 붓고 뚜껑을 꽉 닫아 냉장고에서 하룻밤 재운다. 남는 국물은 버린다. 냉장고에 넣으면 최대 한 달간 보관할 수 있다.

타히니 드레싱 TAHINI DRESSING | 1컵 분량

라브네 또는 그릭 요거트 1/2컵	셰리 비니거 1큰술
타히니 3큰술	신선한 레몬 즙 1큰술
참기름 2큰술	파프리카 가루 1/2작은술
물 1/4컵	

작은 볼에 라브네와 타히니, 참기름, 물, 비니거, 레몬 즙, 파프리카 가루를 넣고 잘 저어 섞는다. 뚜껑을 덮어 먹을 때까지 냉장 보관한다. 냉장고에서 최대 2주 동안 보관할 수 있다.

꾀꼬리버섯 후무스

CHANTERELLE HUMMUS

다른 문화의 음식을 자유롭게 도용하는 시대가 오면서 셰프들과 음식 평론가들은 후무스라 부를 수 있는 것과 없는 것을 놓고 격렬한 논쟁을 벌이고 있다. 나는 대개 순수주의자들의 편이다. 검은콩 후무스는 후무스가 아니다(혐오 식품일 뿐이다). 하지만 꾀꼬리버섯은 맛으로 보나 색으로 보나 후무스의 원재료인 병아리콩과 비슷하기 때문에 후무스라고 부를 수 있다. 호밀 피타(120쪽)에 이 후무스를 바르면 훌륭한 채식 간식이 된다. 피망 피클(121쪽)과도 잘 어울린다.

단, 다른 버섯으로 만들면 이 맛이 나지 않는다. 그리고 제철 꾀꼬리버섯만 써야 한다. 제철은 지역에 따라 초여름에서 가을까지다.

간식 4인분 분량

씻어놓은 꾀꼬리버섯 680g	물 1/2컵
마늘 10쪽	레몬 즙 3개 분량
·타히니 1큰술	소금 3작은술
올리브 오일 6큰술	레드 페퍼 플레이크 1/2작은술
엑스트라 버진 올리브 오일 1/3컵	

오븐을 180도로 예열한다.

알루미늄 포일을 펼쳐놓고 마늘 10쪽을 가운데에 올린다. 그 위에 올리브 오일 3큰술을 뿌리고 포일을 오므려 감싼 뒤 이음새를 꼼꼼히 여민다. 오븐에 넣고 마늘이 연해질 때까지 약 30분간 굽는다.

그동안 중간 크기 볼에 꾀꼬리버섯을 넣고 남은 올리브 오일 3큰술과 소금 1작은술을 넣어 잘 뒤적이며 섞는다. 베이킹 팬에 펼쳐놓고 버섯이 완전히 익을 때까지 오븐에서 약 15분간 굽는다.

구운 마늘과 포일에 남은 올리브 오일, 구운 꾀꼬리버섯을 모두 블렌더에 넣는다. 물과 엑스트라 버진 올리브 오일, 레몬 즙, 타히니, 남은 소금 2작은술, 레드 페퍼 플레이크를 모두 넣고 고속으로 부드러운 퓌레가 될 때까지 블렌딩한다. 너무 되직하면 물을 한 숟가락씩 넣어 농도를 조절한다. 이 후무스는 뚜껑이 있는 보관 용기에 담아 냉장고에서 일주일간 보관할 수 있다.

EXILE AND CIGARS

CHAPTER 05

망명과 시가

악천후의 공항만큼 견디기 힘든 곳은 없다. 이럴 때 공항은 불안과 짜증, 무력감에 휩싸인 대기실로 변한다. 제때 비행기를 타지 못한 승객들의 분노는 전염성이 높다. 나는 덜걱거리며 게이트 쪽으로 다가오는 지친 비행기들을 내다보면서 마음을 가라앉히려 애쓴다. 하늘에는 무채색 구름이 덮여 있다. 연기의 색을 띤 구름이 움직임 없이 조밀하게 모여들어 한 뼘의 햇살도 허락하지 않는다. 아직은 비가 오지 않지만 항공기 지연이 폭우처럼 밀려든다. 도시들이 하나씩 불리며 지연 소식이 방송된다. 터미널을 쓱 둘러본다. 팔을 흔들며 욕하는 사람들이 보인다. 전혀 예상치 못했다는 듯, 마치 하늘이 듣고 있기라도 한 듯이. 내 마이애미행 비행기는 한 시간 반 지연되었다. 남들도 나처럼 일정을 망치는 건 그리 즐거운 일이 아니건만 그래도 지금 내겐 그것만이 유일한 위안이다.

노먼 밴 에이컨Norman Van Aken을 만날 수 있다면 좋겠다. 내가 청년 요리사 시절부터 영웅으로 삼은 그는 이제 좋은 친구가 되었다. 문자 메시지를 보내자 미안하지만 자신은 플로리다 주 마운트 도라에 가야 한다는 답장이 온다. 그는 그곳에 새로 식당을 열 예정이다. 며칠 뒤에나 볼 수 있다고 한다. 나는 의자에 깊숙이 앉아 덩치 큰 영국인

이 오래된 키보드를 기계적으로 두드리는 여자에게 흥분하며 마구 호통치는 극적인 광경을 지켜본다. 피부색이 어두운 여자는 냉철해 보인다. 하늘은 금방이라도 열려 엄청난 폭우를 쏟아낼 듯하다.

청년 요리사 시절의 내게 중요한 요리는 유럽 요리, 특히 프랑스 요리뿐이었다. 그 당시 요리사가 되고 싶은 사람은 모두 프랑스 요리를 배웠다. 에스코피에[1]를 공부하고 주방 여단 시스템brigade system[2]과 프랑스식 기본 소스를 배웠다. 텔레비전에는 자크 페팽 Jacques Pépin[3]과 줄리아 차일드Julia Child[4]가 나왔고 앙드레 솔트네르André Soltner[5]와 그레이 쿤즈Gray Kunz[6]가 신문을 장식했다. 장 조르주Jean Georges가 아시아 스타일 프랑스 요리로 파문을 일으켰지만 그의 접근 방식은 여전히 유럽식이었다. 당시 아시아 음식이 인기를 끌었으나 잡지에 실리는 아시아 음식은 모두 이국적인 정취를 가미했을 뿐 내가 볼 땐 진짜가 아니었다. 텔레비전을 틀면 마틴 얀Martin Yan[7]이 나왔지만 그는 가정에서 할 수 있는 요리에만 주력했다. 밍 차이Ming Tsai가 동서양을 융합한 요리로 혜성처럼 떠올랐을 때 나는 그의 말 한마디 한마디에 매달렸다. 그러나 럭비 선수처럼 멋진 외모와 아이비리그 분위기의 미소 때문에 나오는 영 딴 세상에 사는 사람 같았다. 아이러니하게도 나는 아시아 요리에서 공감할 만한 롤 모델

---

1   1846~1935, 오귀스트 에스코피에Auguste Escoffier, 현대적인 전통 요리의 거장으로 알려진 프랑스 요리장.
2   에스코피에가 발전시킨 상업용 주방의 직급 시스템.
3   1935~, 프랑스 셰프 겸 작가, 방송인으로 20대에 미국으로 건너와서 활동했다.
4   1912~2004, 프랑스 파리의 르 코르동 블루에서 공부하고 미국에 프랑스 요리를 소개한 유명 요리 연구자이자 셰프.
5   1932~, 미국에서 활동한 프랑스 셰프.
6   1955~2020, 싱가포르 태생으로 뉴욕에서 활동한 스위스 셰프 겸 요리책 저술가.
7   1948~, 중국계 미국인 셰프 겸 음식 평론가.

을 찾아 잉글랜드로 눈을 돌렸다. 켄 홈Ken Hom. 그는 미국인이었지만 텔레비전 출연이나 출판은 대부분 BBC를 통해서 했다. 사실 나는 오랫동안 그가 영국인인 줄 알았다. 그러나 내게 영감을 준 켄 홈의 저서들마저도 한쪽의 이야기만 들려주었다. 나 같은 사람이 어릴 때 겪은 갈등, 그러니까 텔레비전을 보며 냉동식품으로 저녁을 때운 전형적인 미국인 세대와 아시아 이민자 사회 사이에서 느꼈던 갈등 같은 건 그의 책에서 찾아볼 수 없었다. 나는 아시아인의 정체성과 미국인의 정체성이 왜 분리되어야 하는지 이해할 수 없었다. 그 두 정체성은 스완슨Swanson[1]에서 나오는 솔즈베리 스테이크와 애플파이처럼 따로 놀았다. 나는 그 두 가지를 한입에 넣고 싶었는데 말이다.

그러다가 노먼 밴 에이컨을 알게 되었다. 그는 네덜란드 혈통이 희미하게 섞였고 프랑스 혈통과 어쩌면 독일 혈통도 이어받은 사람이다. 일리노이 주 출신이지만 청년 요리사 시절 플로리다키스 제도로 이주해 플로리다 전 지역을 아우르는 요리 여정을 시작했다. 플로리다 팬핸들Panhandle[2]로 알려진 북서부 지역에 퍼져 있는 남부 요리의 기원에서부터, 쿠바의 풍미와 카리브해 지역의 향신료, 아시아와 그 너머까지 아우르는 여정이었다. 이 모든 것을 그가 마이애미에서 운영하는 노먼 식당Norman's에서 하고 있었다. 사실 밴 에이컨은 '퓨전'이라는 말을 처음 만든 사람이다. 퓨전의 개념은 널리 퍼져나갔고 서로 다른 문화권의 이질적인 맛을 혼합한 요리라면 어디에나 붙일 수 있는 만인의 캐치프레이즈가 되었다. 그러나 뒤이어 괴상한 음식들이 퓨전이라는 이름을 도용하면서 이 말은 농담처

---

1 북미와 홍콩 시장을 겨냥해 텔레비전 앞에서 간편하게 데워 먹는 냉동식품을 만드는 브랜드.
2 팬 손잡이라는 뜻으로, 다른 주에 끼어든 좁고 긴 지역을 일컫는다.

럼 변질되었다. 이제 퓨전은 고추냉이 맛 매시트포테이토나, 걸쭉하고 달콤한 망고 진저 소스를 뿌린 닭고기 구이 따위를 일컫는 말이 되었다. 그 과정에서 모두가 노먼의 메시지가 지녔던 진정한 영향력을 놓치고 말았다.

밴 에이컨의 요리는 플로리다 남부에서만 나올 수 있는 것이었다. 그는 플로리다 남부에 있는 수많은 풍미가 그의 식탁보 위에서 만나 하나의 세계를 이룬다고 내게 말하곤 했다. 그가 내게 그토록 중요한 사람이 된 까닭은 바로 이런 개방성, 여러 문화를 포용하는 관용 때문이었다. 개인의 민족적 배경과 현재 살고 있는 지리적 환경을 아울러 자신만의 영구적인 요리 세계를 발전시켜야 한다는 것이 그의 논리였다. 그렇게 되면 여러 선택지를 놓고 고민할 필요가 없어진다. 선을 긋고 오직 한쪽의 실재만을 주장하는 독단적인 요리만을 고집할 필요가 없으니까. 벤 에이컨은 자메이카 저크 양념과 염소 고기, 망고를 파는 시장 가까이에 사는 사람이라면 카리브해 지역 요리를 하는 것이 자연스럽다고 여겼다. 노먼의 훌륭한 점은 정식으로 배운 요리와 "외국의" 즉, 이질적인 재료를 조화롭게 합쳐 두 가지가 의미 있게 공존하도록 만든다는 것이었다. 이런 점에서 '퓨전'은 단순히 서로 다른 문화를 결합하거나 끌어들이는 것이 아니다. 조야한 매시트포테이토에 인공 고추냉이 가루를 섞는 일이 전부가 아니라는 얘기다. 체계 잡힌 정식 유럽 요리와 그의 주변 이민자 문화의 가정식을 균형 있게 혼합하는 법을 찾는 것, 그것이 그가 말한 퓨전의 의미였다. 한 셰프의 이처럼 강력한 성명이 모든 청년 후배들의 요리에 의도치 않은 영향을 미쳤다. 결국 '퓨전'이라는 말은 본래의 의미에서 크게 왜곡되었고 밴 에이컨은 공로를 인정받지 못했으며 요리사들은 오히려 그 의미에 반감을 품게 되었다. 한 세대가 온전히 지나고 다음 세대에 이르러서야 그 진정한 의미가 받아들여질 만큼 말이다. 내게 프랑스 전통을 공부하는 것도 좋지만 다른 음식에서 경력을 쌓아도 된다는 믿음을 심어준 사람은 밴 에이컨이었다.

1998년 나는 마이애미의 노먼 식당에 갔다. 뉴욕에서 그레이하운드 버스를 타고 줄곧 자면서 그 식당에 도착한 나는 메뉴판에 있는 음식을 거의 다 주문해 조용히 모두 맛보았다. 그날 노먼이 주방에 있다는 사실을 알았지만 그를 만나려는 시도조차 하지 않았다. 대신 메뉴판 하나를 훔쳤다. 마이애미에서는 달리 할 게 없었으므로 곧장 버스 터미널로 가서 뉴욕행 버스를 기다렸다. 그사이 그의 메뉴판을 몇 번이고 읽었다. 2003년 610 매그놀리아 식당을 맡기 위해 루이빌로 이주했을 때 내가 가장 먼저 한 일은 그 메뉴판을 액자에 넣어 벽에 걸어놓는 것이었다.

두 시간의 기다림 끝에 마이애미행 비행기에 오른다. 나는 비행기 안에서 조용히 고독을 누리는 시간이 좋다. 손에는 노먼이 최근 플로리다에 관해 쓴 저서의 원고가 들려 있다. 야심만만한 책이다. 그는 지리적으로나 문화적으로나 너무도 다양하고 복잡해서 웬만해선 손대기 어려울 듯한 플로리다의 음식 문화를 정의하고 있다. 출판사에서 내게 표지에 들어갈 추천사를 써달라고 부탁했을 때 기분이 묘했다. 오랫동안 우러러본 사람을 위해 격려의 말을 쓴다니. 참으로 벅차고 떨리는 일이 아닐 수 없다. 제아무리 많은 것을 이루었다 해도 여러 면에서 오래전부터 영웅으로 우러르던 사람은 결코 동료가 될 수 없다. 모름지기 영웅은 끝까지 머나먼 곳에서 별처럼 빛나야 하는 법. 영웅과 친분을 맺게 되면 그 사람을 인간으로 강등시키는 결함을 보게 될 테니까. 나 역시 노먼의 결함을 알고 싶지도, 받아들이고 싶지도 않다. 내게 그는 셰프이고 작가이며 사려 깊은 역사가이다. 또한 그는 직업적 실패도 여러 번 겪은 복합적인 인간이다. 그는 어깨를 나란히 하던 사람들에 비해 주목받지 못했다. 그리고 이제 예순다섯의 나이로 다시 자신의 제국을 일으켜 세우는 중이다. 우리는 문지기들, 즉 음식 평론가나 영향력 있는 인사들이 미국 음식의 역사를 정의하는 시대에 살고 있다. 내게는 미국 음식 문화의 조명에서 한번도 벗어난 적이 없는 듯한 노먼이 이제야 다시 서서히 그 안으로 돌아가는 모습을 지켜보는 일이 그리 편치는 않다. 나는 그에게 존경을 표하되 너무 열혈 팬처럼 보이지 않을 법한 추천사를 고민해본다. 품위와 고마움이 모두 담긴 문장을 쓰고 싶지만 아직은 적당한 표현이 떠오르지 않는다.

마이애미에 도착하자 바람이 거세게 분다. 야자수들이 휘청거리고 있다. 가장 먼저 들르는 곳은 쿠바의 수도 이름을 따서 리틀 아바나라고도 불리는 칼레 오초에 있는 베르사유Versailles다. 나는 쿠바식 샌드위치와 플랜틴[1] 튀김, 맥주를 주문한다. 노먼이 이메일로 추천 식당 목록을 보내주었다. 엘 마고 데 라스 프리타스El Mago de Las Fritas, 엘 탐보 그릴El Tambo Grill, 라 카마로네라La Camaronera, 가르시아Garcia's, 아수카르Azucar, 그 밖에도 여러 곳이 있었다. 전부 다 가보기에는 시간이 부족하다. 베르사유에만 해도 이 지역의 역사를 설명해줄 사람이 충분히 있을 것이다. 리틀 아바나의 경제 성장을 피델 카스트로Fidel Castro[2]의 공으로 돌리는 건 모순인 듯하지만 이곳의 쿠바인들

---

1   단맛이 덜하고 크기가 커서 주로 요리에 활용되는 바나나의 일종.
2   1929~2016, 1959년 혁명을 일으켜 정권을 잡은 이후 49년 동안 통치한 쿠바의 총리.

과 얘기를 하다보면 오래지 않아 그의 이름이 튀어나온다. 카스트로가 쿠바를 집권한 순간 공산주의를 둘러싼 이념 투쟁이 미국 땅까지 번지는 것은 자명한 일이 되었다. 1950년대 후반부터 마이애미로 난민이 몰려오기 시작했고 미국 정부는 그들이 우월한 미국식 생활 방식을 누리며 공산주의 이웃 국가에 과시할 수 있도록 기꺼이 받아주었다. 그 결과 카스트로의 정책적 변덕에 따라 쿠바 난민의 물결이 여러 번 밀려들었다. 쿠바 혁명 이후 1960년대에 몰려온 초창기 난민부터 1980년대의 마리엘리토[1]에 이르기까지 쿠바 이민자들은 길고 다채로운 이야기를 품고 있다. 기성세대의 난민과 모험에 훨씬 나중에 합류한 젊은 세대의 의견이 언제나 일치하는 것은 아니다. 아마도 그들의 공통점은 여전히 쿠바 내부에선 많은 이의 존경을 받는 카스트로를 경멸한다는 점뿐일 테다. "우리는 가족과 친구, 집을 다 버리고 미국에 왔어요. 여기서 다 함께 카스트로에 맞서고 있지요." 칼레 오초에 있는 한 주스 가판대에서 만난, 밀짚모자를 쓴 노인 이민자는 내게 이렇게 말했다.

밤사이 하늘은 금방이라도 비를 흩뿌릴 기세지만 여전히 비는 오지 않는다. 소용돌이치는 바람이 안 그래도 습한 공기에 짭조름한 모래를 실어 온다. 나는 호텔 방에서 노먼의 책을 처음부터 끝까지 읽으며 밤을 보낸다. 주방에서 평생 일하며 모은 레시피가 너무도 많다. 쌓인 이야기도 그만큼 많다. 어이없지만 노먼의 글과 레시피를 원 없이 즐기면서도 그에게 직접 이야기를 들었으면 하는 갈망이 인다. 그의 목소리에는 조용하지만 굳건한 확신이 담겨 있다. 이

----

1 1980년 4월 15일부터 10월 31일까지 급격한 경기 침체를 피해 쿠바 마리엘 항구에서 미국으로 집단 탈출한 사람들을 말한다.

책에 담긴 글은 그를 제대로 표현하지 못한다. 똑같은 얘기라도 그의 목소리로 직접 들으면 완전히 다르게 느껴질 것이다. 책에는 정보가 담겨 있다면 그의 목소리에는 진실이 담겨 있다. 때로는 믿음직한 목소리만으로 상대의 맹신을 끌어낼 수 있는 법이다.

이튿날 나는 엘 마고 데 라스 프리타스로 향해 감자튀김을 올린 돼지고기 파프리카 버거를 먹는다. 고기는 조금 과하게 다진 듯 쫄깃한 식감이고, 양념 때문에 더 바삭하게 구워진 패티 가장자리에 절로 고개가 끄덕여진다. 감자튀김이 사방으로 떨어져서 두 손으로 버거를 잡아 꽉 눌러줘야 한다. 번은 부드럽게 가공된 저렴한 기성품을 썼다. 한마디로, 완벽하다. 나는 추가로 달걀프라이를 얹어달라 요청했다. 다 먹을 때까지 고개도 들지 않는다. 물과 마메이mamey[1] 주스를 주문한다. 타말레tamale[2]도 하나 주문한다. 식당 안을 휘 둘러본다. 다채로운 색이 어우러진 공간에 플라스틱 양치식물이 장식되어 있고 메뉴판은 옛날식이다. 웨이트리스가 나를 곁눈질한다.

에라, 모르겠다. "추로스도 한 접시 주세요." 내가 그녀에게 말한다.

음식 탐험을 할 때 자주 겪는 문제라면 과식을 자제하기 어렵다는 것이다. 내 경우 맛있는 음식을 한두 입만 먹고 멈출 수가 없다. 엘 마고 데 라스 프라타스를 나서자 너무 배가 불러서 바로 뭔가를 또 먹을 수가 없는 지경이다. 몇 블록 떨어진 윈우드 예술 지구를 향해 걸어가다가 잠시 쉬면서 소화를 시킬 수 있는 아늑한 시가 숍을 발견한다. 에어컨이 켜진 실내는 어둡고 뿌옇다. 매니저가 나를 시가 저장실로 데려가 다양한 시가를 보여준다. 이 지역에서 만든 시가

---

1   망고스틴과 비슷한 열대 과일로, 마미라고도 부른다.
2   옥수숫가루로 반죽한 빵에 다진 고기와 양념을 넣고 만드는 멕시코 요리.

가 있냐고 묻자 그는 카니마오^{Canimao}를 추천한다. 감칠맛이 있고 균형감이 좋다면서. 무슨 뜻인지 모르겠지만 시도해보기로 한다.

라운지로 가자 두 사람이 연기를 뿜어내고 있다. 윗입술에 애연가의 주름이 잡힌 마른 근육질 여성이 작은 몸집에 비해 너무 커 보이는 가죽 의자에 앉아 있다. 옆자리에는 체격이 크고 투박해 보이는 청년이 앉았다. 티셔츠와 청바지를 입었고 군인처럼 머리를 짧게 깎았다. 청년은 재즈 얘기를 하고 있다. 여자는 정치 얘기를 하고 있다. 둘 다 칵테일도 마시는 중이다. 시가를 들고 있는 여자의 손이 아주 능란해 보인다. 나는 그녀의 손을 흉내내본다. 청년이 옆에 있는 바에 다녀오려 한다면서 럼주를 사다줄까 묻는다. 나는 기꺼이 부탁한다. 스피커에서 클라우스 발데크^{Klaus Waldeck}의 음악이 흘러나온다. 사이키델릭한 느낌이 가미된 무도회 음악 같다. 대형 스크린 텔레비전에서는 프레드 애스테어^{Fred Astaire}가 춤추는 흑백 영상이 나온다. 무작위로 나오는 것인지 스피커에서 나오는 음악에 딸린 영상인지 모르겠다. 한가롭고 평온한 분위기. 아무도 서두르지 않는다. 매니저는 내게 이곳에 오래 있다보면 이 지역 사람을 전부 만날 거라고 귀띔한다.

이 시가를 만드는 사람도 옵니까?

네, 멜이라는 분인데, 여기서 멀지 않은 곳에 사십니다.

젊은 쿠바 여자가 디저트가 가득 담긴 아이스박스를 밀고 들어온다. 이름은 오디, 빵을 팔고 있다고 한다. 구아바와 코코넛, 두 종류의 타르트가 있고 '세모비타^{semovita}'라고 하는 빵도 있다. 슈거 파우더를 뿌린 사각형의 폭신한 페이스트리다. 가볍고 포슬포슬하며 라드로 만든 듯 바삭하다. 하나에 1달러씩이다. 나는 모두에게 '파스텔레스' 즉 페이스트리를 돌리고 우리는 계속 술을 마시며 대화를 이어간다. 경찰관 네 명이 정복 차림으로 들어오자 잠시 긴장한다. 그들은 시가를 피우려고 긴 의자에 앉는다. 그런 뒤 정확히 20분 동안 시가를 피우고는 예의 바르게 나간다.

단골이에요, 하고 매니저가 말한다.

이쯤에서 나도 그만 가야겠다고, 노먼이 자기가 추천한 식당들이 어땠냐고 물어볼 테니 부지런히 다녀야 한다고 설명한다.

지금 멜이 오고 있어요. 제가 전화했거든요. 매니저가 말한다.

무슨 핑계를 대고 빠져나갈까 궁리하는데 시가 연기에 현기증이 난다. 왠지 기다려야 할 것 같다.

그럼 마시던 것만 마저 마시고 갈게요. 내가 말한다.

멜 곤살레스는 키가 크고 건장하지만 머리가 벗겨지고 등이 살짝 굽었다. 오랫동안 웅크린 자세로 일한 사람의 몸이다. 나이 든 요리사의 자세와도 다르지 않다. 60대라고 하는데 훨씬 젊어 보인다. 그는 내게 시가가 어땠냐고 묻는다. 나는 시가에 대해 잘 모른다고 솔직하게 말한다. 늦은 저녁에 가끔 즐기긴 하지만 딱히 배운 적은 없다.

지금 피우고 계신 건 부엘타아바호에서 만드는 플로르 데 카뇨입니다. 그가 내게 일러준다.

나는 고개를 끄덕인다. '아, 그럼요. 잘 알죠'라고 말하기라도 하듯.

그는 시가 저장실로 나를 데려가 시가 제조에 관해 설명해준다. 자신감이 넘치는 사람이고 자신의 기술을 설명하는 데에도 아주 열정적이다. 그가 상자 중 하나를 들어 올리더니 냄새를 깊이 들이마시고 손가락으로 가볍게 두드린다.

"이 상자에서 시작합니다." 그가 말한다. 시가를 숙성시키는 삼나무 상자를 가리키는 것이다. 그는 내게 그 상자를 보여준다. 디자인 구상에만 1년이 걸렸다고 한다. 모래 해변과 야자수로 에워싸인 마탄사스만의 풍경이다. 수평선 너머로 해가 저물고 있다. 얼핏 보면 흔한 풍경이지만 멜의 설명을 들으면 얘기가 달라진다. '마탄사스 Matanzas'는 "대량학살"이라는 뜻이다. 그곳은 유혈 위에 세워진 땅이므로.

"바로 그 지역에서 카니마오 농장을 중심으로 시작된 문화가 결국 세계 최고의 시가를 만들게 되었지요."

멜의 집안은 대대로 시가를 말았다. 그가 3대째이다.

"여기 이 언덕 너머에 산마루가 있어요." 그는 시가 상자에 그려진 그림 밖의 한 지점을 가리키며 말을 잇는다. "만 전체가 내려다보이는 곳이지요. 거기에 집을 짓고 은퇴해서 사는 게 내 꿈입니다."

멜이 마이애미에 온 것은 1992년 9월 23일이다. 그 날짜는 그의 정체성에 깊이 각인되어 기억에서 지워지지 않는다. 그는 이곳에서 학교에 다녔고 일렉트로룩스사의 영업직을 맡아 남부럽지 않게 살았다. 그러다가 2006년에 시가 회사를 차리고 카니마오Canimao라는 이름을 붙였다. 지난해 그는 시가를 15만 대 팔았다.

"좋은 시가의 기준이 뭡니까?" 내가 묻는다.

그는 '바보 같은 질문이지만 어쨌든 말해주리다'라고 말하듯 한쪽 눈썹을 치켜 올린다. 그러고는 입을 연다. "시가는 오직 한 가지, 담뱃잎으로 만듭니다. 담뱃잎을 어떻게 섞고 어떻게 마느냐에 따라 맛이 달라지지요. 좋은 시가는 입에서 향이 느껴집니다. '뉘앙스' 즉, 미묘한 정취를 맛볼 수 있지요. 우리말로는 '마티스matices'라고 합니다. 먼저 냄새를 맡아봐야 합니다." 그는 마치 요리사가 과일 한 조각을 다루듯 시가를 다룬다. 먼저 눈을 감고 숨을 깊이 들이마시되 시가와 후각 사이에 소통이 일어나도록 호흡을 세심하게 조정한다. 그런 다음 촉각을 쓴다. 시가를 톡톡 두드리고 손가락 사이에 끼위 능숙하게 굴린다. "조밀하고 단단하되 너무 과해선 안 됩니다. 그러면 잘 빨리지 않거든요." 그는 시가에 불을 붙인다. "먼저 불을 붙인 뒤에 빨아야 합니다. 좋은 원료로 만든 시가는 재가 잘 부서지지 않지요. 이건 코네티컷 래퍼[1]라 달콤하고 맛이 좋습니다. 시가마다 맛이 가장 잘 드러나는 이른바 '스위트 스폿'이 있답니다. 그곳을 찾아야 하지요. 처음 두세 모금으로는 알 수 없거든요. 번쩍거리는 불빛이 나올 때까지 기다리세요. 그런 다음 빨아보세요. 입안에서 연기를 굴리며 혀 밑으로 넣어보세요. 나무 향인가요? 크림처럼 부드러운 향? 입술을 핥아서 맛을 보고 연기도 봐야 합니다. 유혹적이지요. 재를 보세요. 재가 단단해야 합니다."

나는 그의 모든 동작을 따라 한다.

"시가 끝에 있는 재는 손으로 털지 마세요. 저절로 떨어지게 두는 겁니다. 잠시 쉬면서 럼주나 커피, 와인을 마십니다. 너무 빨리 피우지 마세요. 잠깐 멈추고. 음미하는 겁니다."

그는 시가를 길게 빤 뒤 입술을 오므리고 연기를 굴려 보낸다.

나도 그와 같은 입술을 갖고 싶다.

그는 한동안 침묵하다가 불쑥 다시 말한다. "얘기를 나누세요. 대화하면서 여유를 만끽하세요. 그런 뒤에 다시 한 모금을 빠는 겁니다."

어느새 나는 감각을 말로 표현하려 안간힘을 쓰는 학생으로 돌아간다. 처음 고급 음식(보르드레즈 소스나 레뮬라드 소스, 다쿠아즈 등)을 시식할 때 맛있다고 느끼면서도 어떻게 묘사해야 할지 막막했던

1　시가는 가장 안쪽에 들어가는 담뱃잎 '필러'와 필러를 잡아주는 '바인더', 가장 바깥쪽을 감싸는 '래퍼'로 구성된다.

기억이 난다. 내가 태어나기도 전 먼 과거에 만들어진 표현들을 배운 뒤에야 그런 느낌을 표현할 수 있었다. 너무 오래전 일이라 잊고 있었다. 그에 걸맞은 어휘가 내게 없다는 것, 입안에서 일어나는 감각 경험에 말 그대로 목이 메고 말문이 막히는 것이 어떤 기분인지. '실크 같은', '톡 쏘는', '풍미 좋은', 이런 수식어가 정확히 어떤 의미일까? 막상 감각적인 경험을 표현하려 하면 어휘가 너무도 부족하다. 단순히 맛이 아니라 느낌을 전달하려다 보니 말문이 막히는 것이다.

지금도 멜에게 내가 느끼는 바를 정확히 전달할 말이 떠오르지 않는다. 실내에 자욱한 연기 때문에 눈에 눈물이 맺히지만 가슴은 한껏 부푸는 듯하다. 무언가가 내 감각을 간질이고 있다. 혀가 깔깔하고 씁쓸하다. 흙과 햇빛, 열기, 세월, 땀의 맛이리라. 체리 같기도 하고 탄 호두 같기도 하고 감초 같기도 하다. 이런 형용사는 창의적이지만 정확하지 않다. 향이 너무 깊어서 콧속이 타는 듯한 맛을 느끼고 있다. 연기의 맛을 보다니, 어쩐지 야만적이면서도 무척 섹시하게 느껴진다. 거기에 담긴 원시적인 느낌을 머릿속에서 떨쳐낼 수가 없다. 갑자기 셔츠를 벗고 싶은 충동이 인다.

시가를 끝까지 피우고 나자 정신이 몹시 지친 듯하다. 멜은 오직 한 가지 재료로 다양한 맛을 분리하고 창조하는 와인 제조자와 다르지 않다. 포도 대신 담뱃잎을 재료로 쓰고 있을 뿐. 그는 연기에 대해, 시가가 얼마나 단단하고 연기가 얼마나 진한지에 대해 무척 민감하고 신중하다. 잠시 상상해본다. 나도 오로지 하나의 재료에만 무섭게 집중한다면 얼마나 다양한 깊이의 맛을 끌어낼 수 있을까. 그의 기술이 얼마나 어려운 것인지 비로소 이해하기 시작한다.

우리는 다른 맛을 느껴보기 위해 다른 시가를 시도해본다. 이번엔 켄터키 파이어 큐어드, 매캐하고 히코리와 초콜릿 맛이 나는 시가다. 그러면서 문득 깨닫는다. 하나를 정의하려면 그 반대의 맛을 봐야 한다는 것을. 우리는 그런 식으로 배워 나간다. 하나를 경험한 뒤 그와 반대되는 것을 경험하면 하나의 스펙트럼이 생긴다. 우리는 바나나가 잘 익었는지 어떻게 아는가? 덜 익은 바나나의 잔인한 맛을 보았기 때문이다. 나는 맛을 보는 방법에 대해 한 수 배우고 있다. 직관적으로는 알고 있지만 아주 기본적인 이 맛보기 규칙을 너무도 오랫동안 잊고 있었다. 처음부터 다시 시작하는 기분이다.

지금 우리가 쿠바에 있다면 이러고 있겠지요. 멜이 말한다. 카페에 앉아 시가를 피우고 음악과 철학, 사랑, 술 얘기를 하며 하루를 보낼 겁니다. 거기서 달리 무얼 하겠습니까?

그는 쿠바 시가에 대해서도 얘기한다. 그것은 유니콘처럼 완벽하고 쉽게 볼 수 없는 신비의 존재다. 그는 니카라과산 필러와 에콰도르산 래퍼를 선호한다고 한다. "지금 쿠바에서는 제대로 된 재료를 구하기가 어려워서 근근이 때워야 합니다. 지식은 있는데 적당한 재료가 없는 거지요. 그런 세상에서 어떻게 자기 기술에 자부심을 갖겠습니까? 쿠바는 꿈을 좇을 수 없는 곳입니다. 아무것도 없이 인내로만 하루하루 견뎌야 하지요. 공산주의 때문에 커피콩에 오줌까지 섞어야 했다니까요." 분노가 서린 말투다. 수사법인지 진짜인지 모르겠지만 어쨌든 화가 난 그에게 되묻지 않기로 한다. "제 아버지가 아직 살아 계십니다. 99세예요. 아마 돌아가실 때까지 다시 뵙지 못하겠지요."

너무도 미안해진다. 내가 가슴 아픈 기억을 불러왔다. 멜은 동요한 기색이 역력하다. 이쯤에서 그만 헤어져야 한다. 그런데 그가 배고프지 않냐고 불쑥 묻는다. 물론, 배가 고프다. 어느새 해질 무렵이다. 내 배 속에는 음식보다 연기가 더 많이 차 있다. "라 프라과La Fragua로 가시지요. 거기 닭 요리가 아주 훌륭하거든요." 그가 말한다.

우리는 그의 차를 타고 꽉 막힌 도로로 나간다. 하늘은 컴컴하고 돌풍에 신문지가 날아다닌다. 아직 비는 한 방울도 오지 않았다.

"금방 쏟아질 겁니다." 그가 말한다. "이맘때 항상 큰 폭풍이 오거든요."

그의 아내가 전화를 하자 그는 집에 가기로 한 지 몇 시간이 지났다고 내게 귀띔한다. 그는 스페인어로 전화를 받는다. 내 얘기를 하는 걸 보니 나 때문에 늦었다고 말하는 모양이다. 그가 전화를 스피커폰으로 돌리자 나는 얼굴도 모르는 사람에게 꾸지람을 들을 각오를 한다. 그러나 스피커에서 나오는 다정한 목소리는 내게 남편이 잘해줬느냐고 묻는다. 최고였어요. 내가 대답한다. 그의 아내는 지금은 상황이 안 되지만 다음에는 집으로 초대하겠다고 한다. 나는 고마움을 표한다.

멜은 나를 식당 앞에 내려주고 자기는 가봐야 한다며 대신 주문을 해준다. 모조 소스를 곁들인 닭고기 구이와, 사이드로 카사바와 '마두로스'(플랜틴 튀김)를 주문한다. 그런 뒤 우리는 아주 오랜 친구처럼 포옹을 나눈다. 나는 자리에 앉아 이 짭짤한 닭고기를 정신없이 먹는다. 평범한 것 같지만 모조 소스가 특별하다. 오렌지와 라임, 기름, 마늘, 소금, 고추의 단순한 조합이 닭고기의 풍미를 끌어올리고 육질을 한층 부드럽게 만들었다.

식사를 끝낸 뒤 계산하려고 하자 웨이터가 말한다. "멜 씨가 이미 내고 가셨어요." 나는 멜의 조용하고 깊은 배려에 감동한다.

다음 날 아침 노먼이 전화해 엔리케타 카페Enriqueta's Cafe에서 만나자고 한다. 항상 북적거리는 작은 식당이다. 정오 전에 갔는데도 벌써 붐빈다. 노먼과 그의 아내 재닛이 작은 테이블에 앉아 기다리고 있다. 우리는 모두 오늘의 스페셜인 바카 프리타^{Vaca Frita}를 주문한다. 옆구리살 스테이크를 최소한의 양념만 해서 잘게 찢어 볶은 요리다. 나는 쿠바 음식의 이런 점이 좋다. 단순함과 융통성. 들어가는 재료는 몇 안 되지만 인내가 필요한 기법이 돋보인다. 오늘날의 많은 셰프에게 적어도 일상적으로는 기대할 수 없는 기법이다. 고기는 쫄깃하면서도 연하고 꼼꼼하게 간을 했지만 슴슴하다. 젊은 세대에게 선조들의 음식이 얼마나 단순했는지 일깨우기 위해 만든 요리 같다. 고기가 단순함을 주제로 한 한편의 논문이라면 검은콩과 밥은 수수한 재료에서 풍미를 끌어내는 법을 가르치는 수업 같다. 콩 요리에서 이렇게 촉촉하고 풍부한 맛이 나다니 놀라울 따름이다. 소고기와 곁들여 먹으면 조화로운 한 끼가 된다. 플랜틴 튀김 몇 조각이 대미를 장식한다.

　나는 노먼에게 마이애미에서 자주 가는 곳을 말해달라고 한다. 그는 여러 곳의 이름을 빠르게 읊조린 뒤 확인을 구하듯 재닛을 본다. 재닛은 조용하고 사려 깊으며 자상한 사람이다. 두 사람은 워낙 오랫동안 함께한 팀이라 서로의 말을 대신 끝내주기도 한다. 노먼은 새로운 계획에 들떠 있다. 그중 하나는 마이애미에 요리 학교를 짓는 것이다. 재닛은 미소를 짓고 있지만 주방에서 보낸 가혹하고 무자비한 삶에 지친 기색도 엿보인다.

　내가 노먼을 동경하는 이유는 많지만 가장 큰 이유는 침착한 태도다. 나는 그의 절반밖에 안 되는 나이에도 그의 두 배로 성마른 셰프들과 함께 일해보았다. 그의 차분함은 내게 위안이 된다. 나는 그가 새 식당 개업을 며칠 앞둔 지금 얼마나 초조할지 잘 안다. 그럼에도 그는 시간을 내서 내게 점심을 사주고 나와 얘기를 나누고 있다. 그와 재닛이 얼마나 바쁜지 알기에 나는 최대한 이 시간을 알차게 쓰려 끊임없이 질문을 퍼붓는다. 언제 다시 만날지 알 수 없으니까. 그리고 헤어지는 순간부터 두 사람이 그리울 게 분명하니까.

우리가 미국인이 되면서 잃는 것은 무엇일까요? 내가 노먼에게 묻는다. 미국인이 되기 위해 우리 선조들의 문화를 버리는 걸까요?

"그렇긴 하지만 인생의 어느 시점이 되면 저 밑에서 끌어당기는 모종의 힘을 다시 느끼고 우리의 정체성을 재발견합니다. 그럼 얻는 것은 무엇이냐? 바로 미래입니다. 미래를 만들어 갈 기회를 얻지요. 마이애미는 미래를 리허설할 수 있는 곳입니다."

그의 생각인지 누군가의 말을 인용한 것인지는 기억나지 않는다. 그는 늘 그런 식이다. 거창한 말을 던진 뒤 자기 생각을 덧붙여 자세히 설명하는 것을 듣고 있으면 시간 가는 줄 모른다. 우리 셋은 커피와 디저트를 놓고 얘기를 이어간다.

식당을 나서면서 나는 노먼과 재닛 모두와 긴 포옹을 나눈다. 때로는 영웅을 실제로 만난 뒤 그 영웅이 세상의 전부가 되기도 한다. 때로는 실망하기도 한다. 때로는 오랫동안 동경하던 영웅보다 자신에 대해 더 많은 것을 발견하게 되기도 한다. 노먼은 내게 이 모든 것에 더해 그 이상의 의미다. 마음이 잘 맞는 영혼에게서 한껏 위안을 얻어서인지 요란하고 화려한 사우스 비치로 걸어가는 길이 유난히 쓸쓸하게 느껴진다. 그러고 보니 노먼에게 그의 책에 쓸 추천사에 관해 얘기하는 것을 깜빡했다. 그가 없었다면 내 삶이 어떻게 되었을지 상상할 수 없다고, 나에게 그는 세상을 움직이는 원동력이라고 말하는 것을 깜빡했다. 머릿속으로 그 추천사를 이리저리 구상하는 지금도 나는 언제든 허리케인으로 바뀔 수 있는 바람에 휩쓸리고 있다고 말했어야 했는데. 그 바람이 점점 속도를 높이며 가눌 수 없는 폭풍의 한가운데로 나를 끌어당기고 있다고.

내가 마이애미를 떠나고 그다음 주, 피델 카스트로의 사망 소식이 전해지면서 칼레 오초 전역은 축제 분위기에 휩싸였다. 베르사유 식당은 차양 위에 쿠바 국기를 걸었고 사람들은 냄비와 팬을 두드리며 춤을 추고 있다. 나는 멜의 시가 한 상자를 사온 터라 사무실에서 시가를 즐기며 인터넷으로 축제의 광경을 지켜본다. 감칠맛이 나는 이 시가에 잘 어울리는 음식, 매캐하면서도 구수하고 균형감도 있는 음식을 만들러 주방으로 간다. 이것은 멜을 위한 요리다. 재닛을 위한 요리이며 내 친구이자 멘토인 노먼 밴 에이컨을 위한 요리다.

할라페뇨-민트 아이올리를 곁들인
망고 튀김

MANGO FRIES WITH JALAPEÑO-MINT AIOLI

칼레 오초 어디에서나 다양한 정도로 숙성된 망고를 만날 수 있다. 망고는 하룻밤 사이에도 금세 익어버린다는 점이 매력이다. 이 요리에는 살짝 덜 익은 망고, 퍼렇지는 않지만 무르지 않고 단단한 망고를 쓰는 게 좋다. 튀기면 물컹하고 부드러워질 것이다. 할라페뇨 - 민트 아이올리 소스가 산뜻한 맛을 더한다. 이 소스는 생선튀김과도 잘 어울린다.

간식 2~3인분 분량

살짝 덜 익은 망고 3개
할라페뇨-민트 아이올리(레시피는
　뒤에) 약 1컵
튀기는 데 쓸 옥수수 오일 약 6컵
탄산수 1과 1/4컵
중력분 1과 1/4컵

소금 2작은술 + 간 맞출 여유분
금방 간 검은 후추 4작은술
카이엔 페퍼 가루 2작은술
바다 소금 약간

망고는 껍질을 벗기고 씨를 제거한다. 약 0.8cm 두께로 저민 뒤 약 0.8cm 두께로 채 썬다.

중간 크기의 양수 냄비에 옥수수 오일을 5cm 깊이로 붓고 180도로 가열한다.

중간 크기 볼에 밀가루 1컵과 소금, 후추, 카이엔 페퍼, 탄산수를 넣고 잘 섞어 묽은 반죽을 만든다.

납작하고 작은 볼에 나머지 밀가루 1/4컵을 붓는다.

채 썬 망고를 몇 개씩 집어 납작한 볼에 굴려 밀가루를 살짝 묻힌 뒤 반죽에 담 갔다가 남은 반죽을 털어내고 뜨거운 기름에 조심해서 넣는다. 모든 면이 노릇 해질 때까지 1~2분 동안 한두 번 뒤집으며 익힌다. 뜰채로 건져 키친타월에 놓 고 기름기를 뺀다. 뜨거울 때 소금을 뿌린다.

식기 전에 아이올리 소스를 곁들여 뜨겁게 낸다.

할라페뇨-민트 아이올리 JALAPEÑO-MINT AIOLI | 약 2컵 분량

씨를 빼고 다진 할라페뇨 2개	즙을 내고 껍질은 그레이터에 간 라임
다진 마늘 3쪽 분량	1개
잘게 썬 신선한 민트 1/4컵	마요네즈 2컵(가급적 듀크Duke's 제품
	사용)

중간 크기 볼에 마요네즈와 민트, 할라페뇨, 마늘, 라임 껍질과 즙을 넣고 잘 섞는다. 뚜껑을 덮어 냉장 보관한다. 바로 먹는 게 가장 좋지만 용기에 담아 냉장고에서 3일간 보관할 수 있다.

코코넛 라이스와 모조 소스를 곁들인 닭고기 "바카 프리타"

CHICKEN "VACA FRITA" WITH COCONUT RICE AND MOJO SAUCE

노먼과 함께 먹은 '바카 프리타'에서 영감을 얻었다. 소고기로 만드는 것이 전통이지만 나는 닭다리를 썼다. 소고기보다 육질이 연하고, 여기에 레몬이 톡 쏘는 산미를 더한다. 나는 달콤한 코코넛 라이스를 닭고기에 곁들여 낸다. 잘 익은 망고를 썰어 넣으면 산뜻한 맛을 느낄 수 있다.

메인 2인분 분량

닭다리 2개	올리브 오일 1큰술
마늘 4쪽	잘게 썬 신선한 오레가노 1작은술
레몬 1/2개	훈제한 매운 파프리카 가루 2작은술
모조 소스(레시피는 뒤에) 1/4컵 +	커민 가루 2작은술
곁들임 여유분	

코코넛 라이스
캐롤라이나 골드 쌀 1컵
묽은 닭 육수 3컵
코코넛 밀크 2컵
피시 소스 2작은술
소금 1작은술
설탕 약간

장식용 얇게 저민 망고
장식용 신선한 고수 잎
올리브 오일 2큰술
코셔 소금과 금방 간 검은 후추

오븐을 180도로 예열한다.

조리대 위에 알루미늄 포일을 크게 잘라서 깐다. 닭다리를 포일 위에 놓고 레몬과 마늘, 오레가노, 파프리카, 커민을 위에 얹은 뒤 올리브 오일을 뿌린다. 알루미늄 포일을 한 장 더 잘라서 덮고 밑에 깐 포일과 함께 감싸서 가장자리를 단단히 봉한다.

베이킹 팬에 포일 꾸러미를 놓고 약 40분 굽는다. 포일을 열고 닭고기를 식힌다. (포일을 열 때 화상을 입지 않도록 조심하자.) 이때 고기가 연해져 뼈에서 쉽게 떼어져야 한다.

닭다리를 도마나 접시로 옮기고 포일 안에 남은 국물은 따로 담아둔다. 닭 껍질은 벗겨서 버리고 뼈에서 살을 발라 그릇에 담는다. 모조 소스를 넣고 뒤적이며 골고루 묻힌다. 소스가 배도록 상온에 20분간 둔다.

그사이 밥을 짓는다. 큰 편수 냄비에 닭 육수와 코코넛 밀크, 쌀, 피시 소스, 소금, 설탕을 넣고 잘 섞는다. 뭉근하게 한소끔 끓인 뒤 불을 줄이고 뚜껑을 덮어 가끔 저어가면서 쌀이 익을 때까지 20분간 뜸을 들인다. 크림처럼 부드럽고 포슬포슬한 밥이 되어야 한다. 필요하다면 물을 조금 넣고 섞어서 낸다.

소스가 밴 닭고기를 그릇에서 건지고 남은 소스는 버린다. 큰 팬에 올리브 오일을 두르고 닭고기를 넣어 모든 면이 바삭해질 때까지 가끔 뒤집어가며 약 4분간 굽는다. 소금과 후추로 간한다.

코코넛 라이스를 접시에 담고 그 위에 닭고기를 얹는다. 얇게 썬 망고와 고수 잎을 올려 장식한다. 따로 보관해둔 국물을 닭고기와 밥 위에 붓고 모조 소스를 살짝 곁들여 마무리한다.

모조 소스 MOJO SAUCE | 3/4컵 분량

마늘 8쪽	소금 1작은술
신선한 오렌지 즙 1/4컵	잘게 썬 신선한 오레가노 1/2작은술
신선한 라임 즙 1/4컵	커민 가루 1/4작은술
올리브 오일 1/4컵	

마늘, 오렌지 즙과 라임 즙, 올리브 오일, 소금, 오레가노, 커민을 블렌더에 넣고 갈아 부드러운 퓨레를 만든다. 바로 먹는 게 가장 좋지만 뚜껑을 덮어 냉장고에서 며칠 보관해도 괜찮다.

CHAPTER 06

SLAW DOGS AND PEPPERONI ROLLS

슬로 도그와 페퍼로니 롤

로니 룬디|Ronni Lundy가 『먹거리|Victuals』라는 책을 쓰기 위해 애팔래치아산맥 자동차 여행을 몇 차례 계획하고 있다는 소식을 접하고 나는 그녀에게 연락해 그중 한 번의 여행에 동행하고 싶다는 의사를 전했다. 룬디의 책『깍지콩과 스택 케이크, 어니스트 프라이드 치킨|Shuck Beans, Stack Cakes, and Honest Fried Chicken』은 내가 켄터키 주로 이사하고 처음 구입한 요리책이었다. 그리고 마치 소설을 읽듯 처음부터 끝까지 정독한 첫 요리책이기도 했다. 그전까지 나는 요리책을 참고서 정도로 여겼다. 필요할 때 클라푸티|clafoutis[1] 만드는 법을 찾아보거나 닭을 염지하는 데 소금을 얼마나 넣어야 하는지 등을 참고하는 실용서로만 생각한 것이다. 요리책은 필요한 재료의 양과 조리 방법이 담긴 자료일 뿐 시대와 장소를 이해하는 수단이라고는 생각해본 적은 없었다. 룬디는 이미 열 권이 넘는 책을 냈지만『먹거리』는 그녀에게 운명과도 같은 과제였다. 그것은 룬디 말고는 아무도 쓸 수 없는 책이었다. 그래서 나는 그 책을 준비하는 여행에 너무도 따라가고 싶었다.

---

1 체리로 만드는 프랑스식 타르트의 일종.

당시 로니는 나를 잘 알지 못했다. 그저 배려하는 마음으로 내 동행을 허락했을 것이다. 사실 그녀는 내가 함께 가는 것이 불안하다고 솔직하게 말할 수 있는 사람이다. 서로 맞지 않으면 어떡한단 말인가? 잘 알지도 못하는 사람과 닷새 동안 함께 차를 타고 다니다 보면 불화가 일어날 수도 있다. 그렇기에 나는 허락을 구한 뒤 그녀의 마음이 바뀔세라 얼른 전화를 끊었다. 그리고 지금부터 우리가 함께한 여행 이야기를 들려주려 한다.

애슈빌 공항에 도착하자 로니가 나와 있다. 체구는 작지만 정정하고 활력이 넘치는 60대 여성이다. 그녀의 밴에 올라타자 가장 먼저 눈에 들어오는 것은 커다란 랜드 맥널리^{Rand McNally}[1] 지도책이다. 책이 로니의 몸을 완전히 가려서 가장자리를 잡고 있는 그녀의 손만 보인다. 운전석에서 그녀의 노랫소리가 울려 퍼진다. 나도 모르게 웃음이 나온다. 나는 내 내비게이션을 쓰겠냐고 물어본다.

"미스터 리, 내 지도책이 우스워요?"

"아닙니다, 선생님." 나는 퍼뜩 정신을 차린다.

그렇게 우리의 애팔래치아 자동차 여행이 시작되었다.

흔히 말하는 '음양의 조화'는 로니와 나를 두고 하는 말인 것 같다. 내가 뿌루퉁할 때면 로니는 빙긋 웃는다. 나는 둔한 편이지만 로니는 정력적이고, 내가 직관적인 데 반해 로니는 이성적이다. 그녀가 꿀이라면 나는 당밀이다. 로니는 켄터키 주 코빈의 산지 출신이다. 이후 루이빌에서 음악, 특히 블루그래스[2]에 관한 글을 쓰며 경력

---

1 미국에서 가장 오래된 지도 및 지도책을 제작하는 출판 회사.

2 1940년대 후반 미국에서 시작된 컨트리 음악의 하위 장르로, 애팔래치아에 정착한 영국 이주민들의 전통 음악에서 기원했다고 여겨진다.

을 시작했다. 로니와 대화하다 보면 어느새 빌 먼로^{Bill Monroe}¹의 음악으로 화제가 돌아가 있다. 나 역시 로니 때문에 빌 먼로의 음악을 듣기 시작했다. 그리고 로니 때문에 나는 옥수수빵에 설탕을 넣지 않게 되었다.

로니는 어릴 때 가족과 함께 노동자 계층이 많이 사는 루이빌로 이사했다. 그러나 아버지가 늘 산을 그리워한 것을 생생하게 기억한다. "내겐 이 산지가 마음의 고향과도 같아서 언제나 이 지역에 끌린답니다."

그녀는 끝내 운전대를 내주지 않고 빠르게 차를 몬다. 아스트로 밴이 언제 단종되었는지 기억나지 않지만 이 차는 소련의 우주 개발 계획 초창기 즈음 나온 게 아닐까 싶다. 로니는 자기 몸통보다도 넓은 핸들을 노련하게 돌려가며 커브를 돈다. 산길은 마구 휘어 있지만 로니는 커브를 돌 때에도 속도를 줄이지 않는다. 스피커에서는 앨러게니 마운틴 라디오 방송이 나오고 있다. 내가 로니 쪽을 보자 그녀는 빙긋 웃으며 말한다.

"살기는 퍽퍽한 곳이래도 이곳의 땅은 나와 교감을 한답니다. 다른 곳보다 더 신성하고 경건하죠. 퍽퍽함도 매력이에요. 그리고 이 풍경을 좀 봐요."

아스트로 밴은 힘겹게 털털거리며 산마루를 넘는다. 선사 시대의 격렬한 작용이 만들어놓은 이 가파르고 푸르른 산들은 영겁의 세월 동안 풍화를 견뎠다. 굽이굽이 펼쳐진 봉우리들이 동화 같은 풍경을 펼쳐낸다. 집들은 드문드문 한 채씩 박혀 있고 언덕 위에는 교회

---

1   1911~1996, 블루그래스 음악의 아버지로 여겨지는 미국의 싱어송라이터 겸 만돌린 연주자.

하나가 외로이 서 있다. 나무가 없는 빈터에서는 커다란 석회암 사이로 야트막한 시냇물이 졸졸 흐르고 그 위에 지붕 덮인 다리가 버려진 듯 방치돼 있다. 이런 풍경을 어찌 사랑하지 않을 수 있겠는가. 이런 곳을 보면 신의 존재를 믿을 수밖에 없다. 골짜기 사이로 뻗어 있는 길에는 포플러와 물푸레나무가 늘어서 있다. 그 빽빽한 이파리들이 에메랄드빛 초록을 드리운다. 그 때문에 아무리 달려도 좀처럼 뺨에 햇살이 닿지 않는다. 또 한 번 절경이 드러나자 로니는 풍경을 감상하려 속도를 늦춘다. 그녀의 손이 푸른 들판과 하늘이 맞닿은 곳을 가리킨다. 내게로 향하는 그녀의 회녹색 눈은 이슬 맺힌 아침 풍경을 비추는 햇살 같다. 짧은 백발이 둥근 관자놀이를 감싸고 있다. 그녀는 매번 사랑 노래 가사 같은 문장을 내놓는다. "빛 속에 서 있어도 죽음과 어둠은 멀리 있지 않죠."

　우리의 첫 기착지는 샌드위치와 파이를 파는 작은 노변 식당이다. 로니는 이 지역의 피클과, 빵과 돼지 이야기를 들려준다. 애팔래치아의 가파른 산지에서는 소를 키우기가 어려워서 돼지고기가 주된 단백질원이 되었다. J.Q. 디킨슨J.Q. Dickinson[1]의 소금과 이 지역 암염의 역사에 대해서도 가르쳐준다. 계속해서 우리는 탄광과 탄소 기반 원료로 제품을 만드는 공장들, 종교, 필로폰 등으로 화제를 옮겨간다. 에덴동산 같은 풍요의 숲이 빈곤의 늪을 에워싼 모순적인 광경이 사방을 수놓고 있다. 낙원 같던 이곳의 운명을 바꾼 것은 석탄의 발견이었다. 이른바 그 "검은 다이아몬드"를 캘 수 있다는 희망이 전국 각지의 사람들을 유인했다. 그때부터 위험으로 점철된 번영이 이곳의 삶이 되었다. 이제 탄광들은 문을 닫고 있다. 산 정상

1　손으로 직접 채취한 유기농 고급 소금을 생산하는 웨스트버지니아의 가족 기업.

을 통째로 깎는, 한층 더 교활한 방식을 이용해 많은 노동자를 동원하지 않고도 엄청난 석탄을 얻을 수 있게 되었기 때문이다. 그러나 한편으로는 괴롭고, 한편으로는 희망을 주는 이곳 지역 사회의 복합적인 이야기는 끈질기게 남아 있다. 내가 먹은 파이 한 조각의 가격은 겨우 1.29달러다.

내가 가장 기대하는 음식 한 가지는 웨스트버지니아 슬로 도그다. 에밀리 힐리어드Emily Hilliard가 이 유명한 핫도그를 탐험하는 여정에 관해 남부 식생활 연구회Southern Foodways Alliance[1]에 기고한 글이 있는데, 나는 그 글을 거의 외우다시피 했다. 그녀가 언급한 식당 중 몇 군데라도 가보려고 미리 적어 왔지만 처음부터 그런 얘기를 꺼낼 수는 없었다. 로니는 애팔래치아의 역사와 음식 문화에 초점을 맞춘 글을 준비하고 있으니까. 이스트 대신 소금으로 부풀린 빵에 관해 설명하는 그녀에게 가공된 핫도그 얘기를 꺼내려니 여간 민망스러운 일이 아닐 수 없다. 그래도 굴하지 않고 가는 길에 너무 멀지 않은 식당 몇 군데에 들를 수 있냐고 겸연쩍게 물어본다.

"아니, 진작 얘기하지 그랬어요? 이제야 좀 말이 통하네."

가슴이 터질 것 같다.

이 지역에서만 판매하는 웨스트버지니아 핫도그는 슈퍼마켓에서 파는 부드러운 핫도그 번으로 만든다. 그 안에 노란 머스터드소스를 듬뿍 뿌리고 삶은 비프 프랑크 소시지를 넣는다. 콩은 빼고 다진 소고기로 만든 칠리[2]를 그 위에 얹는다. 칠리는 식당에 따라 조금

---

1 미시시피 대학교 남부 문화 연구 센터의 소속 기관으로, 미국 남부의 식생활을 기록하고 연구하는 역할을 한다.
2 고기에 강낭콩과 마늘 양파, 토마토 등을 넣고 끓이는 매운 스튜인 '칠리 콘 카르네'를 줄여 부르는 말.

씩 다르지만 대개는 토마토를 듬뿍 넣고 다른 양념은 많이 넣지 않는다. 잘게 썬 양배추를 마요네즈와 식초에 버무린, 크림처럼 부드러우면서도 산미가 도는 '슬로', 즉 코울슬로를 그 위에 얹는다. 마지막으로 잘게 썬 생 양파를 위에 살짝 흩뿌린다. 이런 핫도그는 이곳 어디에서나 볼 수 있다. 노변 식당과 주유소는 물론이고 동네 술집에서도 흔한 메뉴다. 버지니아에서는 슬로 도그라고 부른다. 웨스트버지니아에서는 웨스트버지니아 핫도그라고 부르지만 북부에서는 대개 코울슬로를 넣지 않는다. 버지니아 주 위스빌에 있는 유명한 식당 움버거Umberger's에서는 스키터 도그Skeeter Dog라 부르면서 하나에 2달러씩 받지만 다른 대부분의 식당에서는 두 개에 2달러다. 얼핏 보면 그리 특별해 보이지 않는다. 그러나 한 입 먹는 순간 핫도그의 새로운 경지에 눈뜨게 된다. 한 입만으로 다 알 수 있다. 가장 중요한 것은 칠리의 밀도인데, 너무 뻑뻑하면 입안에서 다른 재료들과 어우러지지 않는다. 너무 묽으면 한 입 먹고 난 뒤에 핫도그가 풀어져서 손에 질척하게 묻는다. 슬로도 마찬가지다. 적당한 슬로에는 조화와 균형이 있다. 로니는 내가 아침 8시도 안 된 시각에 뜨거운 블랙커피와 함께 슬로 도그 두 개를 쑤셔 넣는 모습을 직접 보기 전까지는 나를 인간적으로 신뢰하지 않았을 것이다.

웨스트버지니아 핫도그는 지역의 명물이다. 이 핫도그를 소개하는 사이트도 여럿 있다. 프랑크 소시지와 번은 주로 시판용을 쓰지만 슬로에 대한 자존심만은 꺾을 수 없다. 칠리의 종류와 기법도 다양해서 어디가 최고인지를 놓고 열띤 토론이 벌어진다. 스키니스일까? 킹 튜트? 스키터스? 혹은 버디 B? 이 핫도그의 정확한 기원은 아무도 모른다. 로니는 이 지역의 기차역이 있는 도시들에 내기 당구장이 많았고, 그런 곳에서 판매하던 칠리 번에서 기원했다고 한다. 설득력 있는 또 다른 이론은 가난한 이민자들의 음식에서 기원했다는 것이다. 많은 이민자 가정은 부족한 영양을 보충하기 위해 뒷마당에서 채소를 재배했고 그중에서도 양배추는 키우기 쉬운 작물이었다. 그들은 코울슬로를 잔뜩 만들어 여기저기 곁들여 먹었을 테고 핫도그도 그중 하나였을 것이라는 말이다. 슬로 도그는 1920년대에 스토페트 드라이브인Stopette Drive-In이 처음 판매했지만 그보다 훨씬 전부터 이 지역의 각 가정들에서 코울슬로를 넣은 핫도그를 먹기 시작했다고 주장하는 사람도 많다. 한 가지 확실한 사실은 슬로 도그가 이들에겐 축복이자 자부심의 원천이라는 것이다.

슬로 도그와 확연한 대비를 이루는 웨스트버지니아의 또 다른 명물이 있다. 바로 페퍼로니 롤이다. 이탈리아에서 기원한 이 소박한 음식은 탄광에서 일하던 이탈리아 이주민들이 처음 만들었다. 그들에게는 휴대하기 편하고 먹기도 쉬운 든든한 간식이 필요했기 때문이다. 클라크스버그에 있는 유명한 베이커리 단눈치오D'Annunzio's는 수십 년째 페퍼로니 롤을 만들고 있다. 만드는 방법은 아주 간단하다. 페퍼로니를 약 10cm 길이의 막대 모양으로 자른 뒤 부드럽고 달콤한 반죽으로 말아서 굽는 것이다. 다른 재료나 과정은 없다. 반죽과 페퍼로니를 함께 구우면 끝이다.

나는 아침 8시에 단눈치오에 도착해 예의 바른 지역민들과 함께 줄을 선다. 페퍼로니 롤이 오븐에서 막 나오는 시간이다. 손님들은 대부분 열두 개씩 사 간다. 한 입 베어 물자 반죽은 물컹하게 무너지고 페퍼로니는 미지근하다. 맛을 내는 건 파프리카 가루뿐인데 그마저도 퍽퍽하고 균형이 맞지 않는다. 몇 번 씹자 그제야 페퍼로니에서 나온 기름이 입안에서 다른 맛과 어우러진다. 그래도 여전히 싱겁고 단조롭다. 좋게 말해도 실망스럽다.

로니는 페퍼로니 롤이 노동자 계층의 음식이라고 일러준다. 이음식의 중요한 역할은 연결이다. 깊은 탄광에서 하루를 보낸 이는 이 작은 페퍼로니 롤 하나로 가족의 안위와 자신의 정체성, 지상의 삶과 다시 연결되었을 테니까.

나는 페퍼로니 롤 열두 개를 사서 갖고 다니기로 한다.

클라크스버그는 한때 번영하는 도시였으나 지금은 빈곤이 늘고 인구가 줄어든 탓에 고전하고 있다. 시내는 한산하다. 외곽에 늘어선 공장들 근처를 달리다보니 압류되어 버려진 집들과 낡고 허름해진 이동식 주택들이 보인다. 그나마 환한 빛을 발하는 곳은 합법적인 도박장뿐이다. 여기서는 '핫 스폿hot spot'[1]이라고 부른다. 몇 군데는 바를 겸하고 있지만 대개는 조그맣고 휑하며 어둑한 공간이고 비디오 슬롯머신 대여섯 대가 벽에 죽 늘어서 있다. 손님은 주로 노인이다. 그들은 담배를 피우며 슬롯을 돌린다. 의자에 달린 플라스틱 컵 홀더에는 맥주컵이 들어앉아 있다. 이런 곳 중 한 군데에서 알바라는 매니저를 만난다. 그녀는 이탈리아인이라고 하지만 말투에는 웨스트버지니아의 느린 억양이 진하게 배어 있다. 내 입에서 침의 맛이 느껴질 만큼. 내가 루트비어 한 잔을 주문하자 그녀는 케노Keno라는 게임을 하는 방법을 알려준다. 이곳에 살던 사람은 대부분 브리지포트로 이주했다고 한다. 근처에서 훌륭한 이탈리아 식사를 할 수 있는 곳으로 미나르드 스파게티 인Minard's Spaghetti Inn을 추천해준다. 프라이드 치킨과 스파게티가 맛있는 곳이다.

알바의 집안은 몇 세대 전 공장에서 일하기 위해 건너온 뒤로 이곳에 정착했다. 여기에는 이탈리아인이 많다고 한다. 나는 그렇게

---

1 나이트클럽을 일컫는 속어이기도 하다.

여러 세대가 지났는데 그녀가 여전히 자신을 웨스트버지니아 사람이 아닌 이탈리아인이라고 말하다니 흥미롭다고 대꾸한다. 뭐, 어차피 우린 그냥 다 '시골 사람'인 걸요. 그녀가 말한다.

내가 페퍼로니 롤 하나를 건네자 그녀는 고맙다고 하며 역시 단눈치오가 최고라고 확인해준다. 때마침 초인종이 울리자 그녀는 혼자 온 할머니를 안으로 들인다. 두 사람은 잘 아는 사이인 것 같다. 알바는 돈을 벌러 가야 한다며 게임하는 나를 두고 가버린다.

방금 들어온 할머니는 슬롯머신에만 집중할 뿐 나와 얘기하려 들지 않는다. 게다가 나와 가장 먼 자리에 앉았다. 주름 많은 얼굴에 안경을 썼고, 안경알에 회전하는 슬롯이 비친다. 그녀도 이탈리아 혈통인 것 같다. 알바가 귓속말로 내게 속삭인다. 저 할머니는 사람들과 잘 어울리지 않지만, 예전에 페퍼로니 롤을 집에서 만들어 팔았는데 최고였어요. 지금은 나이가 많아서 그만뒀지만요. 나는 슬롯머신 화면을 터치하는 그녀의 손을 본다. 여전히 손놀림이 살아 있다. 저 손을 통해 배우고 싶다. 슬롯 돌리는 법 말고 페퍼로니 롤을 반죽하는 법을 말이다.

오늘날 우리 요리사들은 너무 편하게 살고 있다. 우리는 비법을 전수해줄 사람을 힘들게 찾지 않고도 본고장의 레시피를 구할 수 있다. 그러다 보니 우리가 먹고 모방하는 음식에서 문화가 배제된다. 인류의 역사를 돌아보면 최근까지 상황은 정반대였다. 지금 우리에게는 요리책이나 다른 수단 없이 그저 어머니나 할머니가 반죽을 치대는 모습을 보고 배우는 것이 낯설게 느껴지지만, 우리 할머니들은 반대로 책을 보고 요리를 배우는 일을 생각하지도 못했으리라.

할머니에게 페퍼로니 롤 하나를 건네지만 그녀는 사양한다. 오히려 내 쪽에 두었던 핸드백을 반대쪽으로 옮긴다. 내밀었던 페퍼로니 롤은 내 입으로 들어간다. 어느새 이 밋밋한 맛에 적응이 되기 시작했다. 실내는 게임기 화면들만 번쩍거릴 뿐 여전히 어두컴컴하다.

나는 깔끔하게 뚝 떨어지는 이야기, 굉장한 맛을 발견하는 클라이맥스를 거쳐 결국 셰프가 인정받게 되는 행복한 결말의 이야기를 쓸 생각으로 음식 맛을 지레짐작하곤 한다. 그러나 현실에서 그런 이야기는 드물다. 애팔래치아뿐 아니라 이 책을 쓰기 위해 여행한 많은 소도시에서도 가장 큰 통찰을 얻는 순간은 대개 조용하고 밋밋하게 찾아왔다. 그러면서 나 자신과 나의 짐작을 의심하게 되었다. 이곳 사람들과 문화에 대해 나는 아무런 자격도 갖지 못했다. 내게는 그들을 평가할 권리가 없을 뿐더러 그들을 논평할 만큼 이곳 역사를 잘 알지도 못한다. 페퍼로니 롤이 내 입에 밋밋하게 느껴진다면 내 미각이 그 담백함의 진가를 감지하지 못하는 탓이겠지. 나는 한 입 더 베어 물고 씹으면서 새벽부터 종일 힘든 육체노동에 시달리는 사람이 되어본다. 그에게 이 페퍼로니 롤은 오전 내내 고대하는 유일한 낙일 것이다. 어쩌면 늦은 저녁을 먹기 전까지 이것 하나로 버텨야 할지도 모른다. 이제야 그 심정을 조금 알 것 같다. 겨우 이십 분 남짓 머문 이곳의 어둠에 숨이 막힌다. 갑자기 페퍼로니 롤이 지금껏 먹은 그 어떤 음식보다도 맛있게 느껴진다. 슬롯머신에 남아 있는 10달러를 버리고 밖으로 나간다.

클라크스버그에서 스톤턴까지 이어지는 도로는 어디서도 볼 수 없는 절경을 자랑한다. 이따금 엘킨과 같은 조그만 마을이 유령처럼 불쑥 나타나기도 한다. 버려진 집과 건물이 너무도 많다. 너무 많은 사람이 떠났다.

"떠나지 않은 사람들은 왜 남았을까요?" 내가 로니에게 묻는다.

"고독과 독립적인 삶을 누릴 수 있으니까요. 그런 게 필요한 사람도 있죠. 그런 사람에겐 매혹적인 조건이잖아요. 산은 다른 건 몰라도 그런 건 보장해주니까."

스톤턴은 셰넌도어 계곡을 찾아오는 관광객들을 유인하는 고풍스러운 도시다. 이 일대 많은 지역에 어둠을 드리운 경제난이 이곳에는 보이지 않는다. 이언 보든Ian Boden 같은 셰프가 남부 요리를 변형해 진보적이고 창의적인 코스 요리를 내놓는 곳이기도 하다. 그의 주방은 벽장만큼 비좁지만 〈에스콰이어Esquire〉에는 그에 관한 멋진 기사가 여러 번 실렸다. 오늘은 그의 가게가 문을 닫는 날이라 로니와 나는 베벌리Beverly라는 오래된 식당에 들어간다. 벽에 손글씨로 메뉴를 적어놓았고 빈티지 접시들을 넣어놓은 그릇장 앞에 나무 테이블을 놓고 그 위에 오늘의 파이를 진열해놓았다. 우리 앞에는 그저 그런 커피와 끝내주는 파이가 놓여 있다.

오늘날의 요식업 문화 중 한 가지 거슬리는 것은 모든 음식이 완벽해야 한다는 강박이다. 베벌리에는 그런 것이 없다. 이곳의 주요 메뉴는 파이다. 내 앞의 체스 파이는 훌륭하다. 맨 위에는 조금씩 갈라진 설탕 층이 덮여 있고 가운데에는 달콤한 커스터드가 있으며 그 아래 크러스트는 보통 파이보다 조금 두껍지만 포크로 누르자 순순히 항복한다. 로니가 주문한 코코넛 머랭 파이는 높고 위풍당당하다. 머랭은 달콤하고 가벼우면서도 단단하고, 윗면이 완벽하게 구워졌다. 포크와 나이프는 수수하고 테이블보도 바꿀 때가 되었지만 이곳에는 조용한 자신감이 배어 있다. 음식도 훌륭하고 디저트는 더더욱 훌륭하다. 커피는 조금 쓰고 묽지만 베벌리 주인들은 개의치 않는다. 이곳을 운영하는 나이 지긋한 두 자매는 조언 따위를 들을 시간이 없다. 딱히 칭찬을 바라지도 않는다. 나는 이런 곳이 좋다. 완벽하지 않은 곳. 오히려 결점이 베벌리에 인간미를 더한다. 이

자매는 비판을 대수롭게 여기지 않을 것 같다. 그렇다고 식당에 신경 쓰지 않는 것도 아니다. 그저 모든 사람을 만족시키려 애쓰지 않을 뿐. (안타깝게도 베벌리는 내가 다녀오고 얼마 안 되어 문을 닫았다.)

베벌리를 운영하는 두 자매는 애팔래치아 시골 문화 가운데 로니가 신봉하는 쪽에 속한다. 고집스럽기는 하지만 투지 있는 노동자 계층 문화를 대변하는 사람들. 이곳에서 흔히 말하는 단순한 사람들이다. 그들은 로니 같은 이들을 열 받게 하는 부류, 즉 마운틴듀를 줄기차게 마셔대 이가 다 빠져버린 한심한 촌사람의 전형이 아니다. 내가 여기까지 로니를 따라온 것은 전형이 아닌 사람들을 보고 싶어서이기도 했지만 한편으로는 현지인의 도움이 필요해서였다. 베벌리의 이 빠진 자매들을 보고 '와, 한심한 촌사람의 전형이 바로 여기 있었네!'라고 생각하기 쉬우니까. 사실은 그 이상의 이야기가 있는데 말이다.

나는 로니에게 진지하게 물어본다. "애팔래치아 사람들은 어떤 사람들입니까?" 시대의 흐름이나 타락에 물들지 않은 행복한 사람들? 거친 무명천을 입고 현악기를 퉁기며 살아가는 목가적인 산사람? 아니면 이 무자비한 미국 땅을 조금이라도 자기 것으로 만들기 위해 필사적으로 싸우는 가난한 이민자? 아니면 그저 외딴곳에서 조용히 살고 싶을 뿐인데 배타적인 인종차별주의자로 오해받는 사람들? 이 모든 유형의 중간 어디쯤에 진실이 있을 것이다.

로니는 내게 이 땅을 차지한 이주민들에 대해 설명해준다. 이곳은 외딴 빈곤 지역이 아니다. 이곳의 역사에는 괴로운 사건뿐 아니라 아름다운 사건도 함께 켜켜이 쌓여 있다. 초창기 이주민은 주로 백인 잉글랜드인과 스코틀랜드인, 이탈리아인, 독일인이었다. 그들은 열심히 일했고 대개는 정직했으며 모두 강경했다. 미국에 온 이민자들은 대부분 애팔래치아 지역을 지나 서쪽으로 나아갔다. 그들은 더 평평하고 비옥한 오하이오 주나 인디애나 주, 일리노이 주에 정착하고 싶어 했다. 이곳에 정착한 이들은 대개 고집스럽고 단호한 사람이었으리라.

나는 내 아내의 조상을 생각해본다. 아내의 집안은 뒤르홀츠가다. 독일의 흑림Black Forest[1]에서 온 그들도 서쪽으로 향하는 길에 이 산지를 지나갔을 것이다. 그들은 여섯 세대가 넘게 인디애나 주에 살고 있다. 남의 흉을 보는 것 말고는 죄를 지을 줄도 모르는 온순하고 과묵한 기독교 신자들이다. 이곳 애팔래치아에서 만난 혈기 왕성한 사람들은 독일과 아일랜드, 스코틀랜드 출신이지만 아내의 집안사람들과 닮은 구석이 전혀 없다. 이 산악 지대 사람들은 본질적으로 다른 부류다.

로니는 이 점을 보여주기 위해 나를 애팔래치아산맥의 심장과도 같은 깊은 산속으로 데려간다. 야생 덤불과 삼림이 우거진 구불구불한 길을 거의 한 시간 동안 달려왔지만 다른 차는 한 대도 보지 못했다. 그러다 불쑥, 역사적인 장소임을 알리는 표지판이 나타난다. 1869년 브루클린을 통해 이곳에 온 스위스 정착민들이 당시의 생활 방식을 힘겹게 유지하고 있는 고립된 마을 헬베티아Helvetia에 도착했다. 이곳의 인구는 약 60명이라고 한다. 어디를 봐도 "테마파크" 같지만 이 깊은 야생의 땅에는 옛날 생활 방식을 고수하며 살아가는 사람들이 실제로 존재한다. 교회 한 채와 작은 학교가 있고 건조 식품을 보관하는 건물 두세 채와 밀을 제분하는 건물 하나, 예쁜 개

---

1 독일 남서부 바덴-뷔르템베르크 주에 있으며 프랑스와 스위스와 맞닿아 있는 거대한 산림지대.

울과 통나무로 지은 휘테 스위스 식당Hütte Swiss Restaurant이 보인다. 우리는 슈니첼schnitzel[1]과 사과 소스, 자우어크라우트sauerkraut[2]로 식사를 한다. 손님은 우리뿐이다.

이곳 사람들에게도 우리가 이상하게 보일 것이다. 나이 지긋한 백인 여자와 40대 한국계 남자가 오후 중반쯤 함께 식사하며 접시에 남아 있는 사과 소스를 핥아 먹는 광경은 아무래도 흔히 볼 수 있는 게 아니니까. 오랫동안 함께 차를 타고 다니다보니 서로 체면을 차릴 수가 없다. 시간이 갈수록 우리는 정중한 대화에서는 하지 않을 법한 얘기를 털어놓는다. 그러니 점심을 먹기 위해 마주 앉은 자리에서 곧장 "정통의 의미가 뭘까요?" 또는 "남부 음식은 누구의 것일까요?"라고 물으며 논의를 시작하는 것은 이제 너무도 자연스러운 일이 되었다. 끝없는 도로를 몇 시간 더 달린 뒤에도 우리는 여전히 이런 얘기를 주고받으며 앞으로도 오래 지속될 우정의 토대를 쌓는다.

로니는 사과 소스 레시피를 알고 싶어 한다. 휘테 스위스의 운영자들은 그들이 만든 요리책에 다 들어 있다고 한다. 나는 과연 그럴까 의심하면서도 어쨌든 한 권을 구입한다. 타자기로 글씨를 찍고 스테이플러로 엮어 만든 작은 노란색 책자다. 표지에는 이렇게 적혀 있다.

오피스 귀츠 포 헬베티아OPPIS GUET'S VO HELVETIA[3]
웨스트버지니아 헬베티아 알펜로제 가든 클럽을 위해

---

1 얇게 두드려 편 고기를 튀김옷을 입혀 기름에 튀기는 독일어권 문화의 전통 요리.

2 소금과 식초에 양배추를 절여 발효시킨 독일식 전통 피클.

3 '헬베티아의 좋은 것들'이라는 뜻.

엘리너 파르너 마일로룩스Eleanor Fahrner Mailloux가 엮음.

프레첼과 '뢰스티Rösti[1]', 이 지역에서 사랑받는 옥수수 렐리시와 애플 프리터, 심지어 암모니아 쿠키라는 괴상한 이름의 요리를 만드는 법도 들어 있다. 사과 소스 레시피가 있긴 하지만 우리가 식당에서 먹은 것과는 완전히 다르다. 뒤쪽에는 검정 스타킹 세탁에 관한 팁과 벼락을 맞았을 때 대처하는 방법도 실려 있다. "두 시간 동안 찬물을 맞게 한다. 그래도 의식이 돌아오지 않으면 소금 한 컵을 뿌리고 한 시간 더 맞게 한다." 그 밖에도 여러 가지 재미있는 치료법과 생활의 지혜가 실려 있어서 마을을 빠져나오는 동안 운전하는 로니에게 소리 내 읽어준다.

어느새 나는 잠이 든다. 돼지고기와 소시지를 너무 많이 먹어댄 탓이다. 자갈밭에 타이어 긁히는 소리에 퍼뜩 깨어보니 날이 거의 저물었다. 우리는 마을과 마을 사이에 있는 주유소에 와 있다. 조만간 저녁 먹을 곳을 찾지 못하면 고속도로 위에서 패스트푸드로 때워야 한다. 로니가 연료를 넣는 동안 나는 근처에 있는 작은 식당을 살펴보러 달려간다. 로니에게는 거기서 기다리겠다고 한다. 무성하게 우거진 나무 뒤로 태양이 빠르게 넘어가고 있다. 박공이 있는 단층의 식당 창문에는 체크무늬 커튼이 쳐져 있다. 주차장에 서 있는 차는 한 대뿐이다. 나는 숨을 몰아쉬며 문을 열고 들어간다. 젊은 요리사 한 명이 주방을 치우고 있고 계산대에는 여자가 서 있으며 한 청년이 안쪽 바닥을 걸레질한다. 손님은 없지만 깨끗하고 좋은 냄새가 난다. 나는 대뜸 묻는다. "슬로 도그 있어요?" 의도치 않게 큰

---

1   스위스식 감자 팬케이크.

목소리가 튀어나온 데다가 길게 끄는 남부 억양까지 섞였다. 로니와 며칠 차를 타고 다니다보니 말투가 자꾸 닮는다.

세 사람이 일제히 나를 본다. 아무도 대답하지 않는다. 한동안 정적이 이어진다. 마침내 계산대에 있던, 어머니인 듯 보이는 여자가 내게 버벅거리며 예의 바르게 영업이 끝났다고 말한다. 나는 고맙다고 하고는 주차장으로 나간다. 로니의 차가 들어서고 있다. 나는 방금 들은 정보를 깊이 생각해보지 않는다. 그저 저녁 장사가 시원치 않아서 일찍 문을 닫으려는 모양이라고 넘겨짚는다. 밴에 올라 로니에게 패스트푸드점 하나를 고르라고 한다. 그런데 그때 열네 살쯤 된 듯한 소녀가 식당에서 달려 나와 나를 따라잡는다. 내가 창문을 내리자 눈이 파랗고 금발을 하나로 올려 묶은 소녀가 달처럼 환한 미소를 띠고 말한다. "오셔서 식사하세요. 아까 그 말은 신경 쓰지 마시고요." 소녀의 표정을 보니 거절해선 안 될 것 같다.

소녀는 우리를 긴 나무 테이블 끝에 앉히고 메뉴판을 건넨다. 수다스럽고 부산한 아이다. 그 애는 물을 가져다주고 주문을 받는다. 나는 슬로 도그를 달라고 한다.

"이쪽 지역에서는 슬로 도그라고 부르지 않아요." 소녀는 안쓰러운 투로 말하고는 주방으로 향한다.

로니가 내게 이곳이 불편하냐고 속삭여 묻는다. 전혀 그렇지 않다. 미국의 작은 지역 사회를 자유롭게 돌아다니며 살아온 나는 어느 곳에서나, 백인이 있는 곳이든 흑인이 있는 곳이든, 갈색 피부나 다른 피부색이 있는 곳이든 내가 딱히 어우러지지 않는다는 사실을 늘 의식하고 있다. 심지어 뉴저지에서 한국 전통 음식을 파는 식당에 갔을 때에도 내게 쏟아지는 의심 가득한 시선을 느꼈었다. 그들에게조차 나는 같은 부류가 아니었다.

우리가 이 어둑한 식당에 앉아 맛있는 식사를 즐기는 사이, 가족이 한 사람씩 테이블을 지나가며 어색하게 인사를 건넨다. 이제 하늘은 어둠으로 빛나고 있다. 이 식당에 나 같은 사람이 얼마나 자주 올까 궁금해진다. 카우보이 셔츠를 입은 한국계 미국인 남자가 숨을 헐떡거리며 문을 밀고 들어와 슬로 도그가 있냐고 묻다니, 저들에게는 얼마나 희한하게 보였을까. 그렇게 생각하니 웃음이 터진다. 아마도 저들은 내가 백인이 아니라는 사실보다 웨스트버지니아 핫도그를 감히 슬로 도그라고 불렀다는 사실에 충격을 받았으리라. 아마도.

여행의 끝자락에 들른 골동품점에서 나는 시기에 따른 미시시피강의 흐름과 범람을 이차원으로 표현한 예술 작품에 마음을 빼앗긴다. 제목은 "미시시피 하류 지방 충적 분지의 지질학 연구Geological Investigation of the Alluvial Valley of the Lower Mississippi River"다. 시기별로 다양하게 휘고 굽이치는 강물의 흐름을 나타낸 흐릿한 색의 선들이 우리 몸의 장기들을 연결하는 혈관과도 비슷해 보인다. 강줄기는 이리저리 뒤엉키다가도 결국 바다로 흘러나간다. 기이한 모양도 있다. 마치 육지를 떠나기 싫은 듯 긴 커브를 이루며 미적거리는 모양새다. 이 그림에서 애팔래치아 지역의 갈등이 보인다. 벗어나야 하는 상황과 남아 있고픈 본능의 충돌. 기쁨과 환대, 따스함, 불신, 두려움, 고립의 상충이 보인다. 그렇다면 미국의 다른 어떤 소도시와도 다르지 않다. 노인들의 가치관과 젊은이들의 배짱이 충돌하는 일은 어디에나 있으니까. 나는 그 그림을 어디에 걸지 생각해보지도 않고 덜컥 산다.

"이봐요, 친구. 방금 산 게 뭔지는 알고 있겠죠?" 로니가 나를 위로하려는 듯 팔을 두르며 묻는다.

"아뇨. 뭔데요?"

"지도잖아요!" 로니는 하염없이 웃어댄다.

그 후로 나는 애팔래치아와 셰넌도어 계곡을 자주 찾는다. 식도락을 위한 자동차 여행으로 가장 이상적인 코스는 스톤턴에서 시작해 로어노크와 위스빌을 거쳐 브리스틀까지 가는 것이다. 스톤턴에서는 이언 보든이 운영하는 섀크Shack를, 카토바에서는 홈플레이스 레스토랑The Homeplace Restaurant(현재 폐업)을 추천한다. 그런 다음 로어노크로 가서 강과 철도를 둘러본 뒤 몇 블록 떨어진 텍사스 팔러Texas Parlour에서 칠리 한 그릇을 먹는 것도 좋다. 다음으로는 위스빌로 가서 세계적으로 유명한 슬로 도그를 먹고 트래비스 밀턴Travis Milton이 애팔래치아 음식의 깃발을 꽂고 있는 브리스틀에서 여정을 마무리한다. 산길을 달릴 때는 앨러게니 마운틴 라디오에 주파수를 맞추고 숨이 멎을 듯 기막힌 주변 풍경을 감상하기 바란다.

나는 애팔래치아에 가면 심박이 안정되고 숨이 조금 느려지며 피가 맑아지는 느낌을 받는다. 들꽃과 비스킷 냄새에 맥이 풀리기도 한다. 매번 단순하면서도 융통성 있는 식사에 관해 몇 수 배워온다. 그곳에서는 소박한 음식을 먹어도 부족한 느낌이 들지 않는다. 집에 돌아오면 시간이 오래 걸리는 실험적인 요리를 만들어본다. 돼지갈비를 익히고 옥수수를 새로운 방식으로 조리해보는 것이다. 아내에게 이런 말도 한다. "나중에 애팔래치아산맥에 집을 한 채 마련해서 자급자족하며 살 거야." 아내는 어이없다는 듯이 눈을 굴린다. 그녀가 옳을 것이다. 아마 나는 실제로 그런 삶을 살지는 않을 것이다. 그러나 애팔래치아에 다녀올 때마다 적어도 일주일쯤은 삶의 우선순위가 바뀐다. 슬로 도그에 넣을 칠리를 만들고 파이를 굽고 블루그래스 음악을 듣는다.

애팔래치아에 갈 때면 나는 그곳 사람들을 고정관념에 끼워 맞출 수 없다는 사실을 새삼 깨닫는다. 그들은 하나로 정의할 수 없다. 몇 년에 한 번씩 이 지역에는 제 앞가림도 못하는 사람들이 가득하다는 고정관념을 재차 확인시키는 책이나 영화가 한 편씩 나온다. 2016년에 출간된 회고록『힐빌리의 노래^{Hillbilly Elegy}』도 그중 하나다. 그리고 그럴 때마다 애팔래치아를 신성한 전통과 확고한 윤리 의식을 지닌 곳으로 여기는 로니 같은 사람들은 반발하고 분노한다. 물론, 고정관념이 아무런 근거 없이 생겨나지는 않는다.『힐빌리의 노래』도 허위라고 할 수는 없다. 그래도 애팔래치아가 따분한 곳이라고 여기는 모든 이에게 해질 무렵 스톤턴 북쪽의 산마루로 올라가 그 아래 펼쳐진 무성한 나무숲을 내려다보라고 말하고 싶다. 그러면 이 지역에도 신이 내린 영광과 아름다움이 존재한다는 것을 두 눈으로 확인할 수 있을 테니까.

에드워드 리
슬로 도그

MY VERSION OF A SLAW DOG

새롭고 "예술적인" 슬로 도그를 기대하지 마시라. 어떤 것은 어설프게 건드리지 않는 편이 낫다. 유기농과 엄격한 검열이 대세가 되어가는 시대에 가끔은 시판 재료를 이용한 단순한 음식을 즐기는 것도 괜찮다. 원한다면 유기농 비프 프랑크 소시지와 브리오슈 핫도그 번을 써도 좋다. 하지만 내가 평소 잘 쓰지 않는 가공 재료로 만든 이 슬로 도그는 많은 결점과 많은 아름다움을 함께 지닌 웨스트버지니아와도 닮아 있다.

슬로 도그 8개 분량	
칠리	**슬로**
85% 살코기(지방 15%)의 간 소고기 450g	심을 제거하고 잘게 썬 양배추 1/2통
잘게 깍둑썰기한 비달리아 같은 달콤한 품종의 양파 1개	마요네즈 3큰술(듀크 제품 추천)
다진 마늘 5쪽 분량	증류 화이트 비니거 1큰술
토마토 페이스트 1/4컵	설탕 3큰술
카놀라 오일 1큰술	소금 1과 1/2작은술
라거 맥주 1과 1/2컵	
물 1컵	핫도그 번 8개
칠리 파우더 2와 1/2큰술	100% 소고기 핫도그 소시지 8개
커민 가루 1과 1/2큰술	잘게 썬 비달리아 같은 달콤한 품종의 양파 1개
소금 2와 1/4작은술	녹인 무염 버터 3큰술
	옐로우 머스터드 적당량

먼저 칠리를 만든다. 무쇠 냄비 같은 무거운 냄비에 카놀라 오일을 넣고 중강 불로 달군다. 간 소고기와 양파를 넣어 소고기가 갈색이 되고 양파는 숨이 죽을 때까지 6~8분간 뒤적이며 익힌다. 마늘과 토마토 페이스트, 칠리 파우더, 커민, 소금을 넣고 잘 섞은 뒤 중간 불로 줄이고 채소가 연해질 때까지 약 5분

간 익힌다. 맥주와 물을 붓고 뭉근히 끓인 뒤 수분이 대부분 증발하고 맛이 골고루 배도록 1시간 정도 더 익힌다. 칠리가 완성되면 불을 끄고 실온에 둔다.

그사이 슬로를 만든다. 볼에 양배추를 넣고 설탕과 마요네즈, 식초, 소금을 넣고 잘 섞는다. 뚜껑을 덮어 냉장고에 1시간 넣어둔다. 먹기 전에 다시 잘 섞는다.

중간 크기 양수 냄비에 물을 끓인다. 핫도그 소시지를 넣고 4분간 익힌다.

그사이 핫도그 번을 벌려 안쪽 양면에 녹인 버터를 바른다. 큰 팬을 뜨겁게 달궈 버터 바른 면이 아래에 닿도록 놓고 가볍게 구워질 때까지 약 3분간 익힌다. (나눠서 굽거나 팬을 두 개 사용한다.)

칠리를 다시 뜨겁게 데운다. 슬로는 건져내 잘 섞는다. 구운 핫도그 번 안쪽 양면에 머스터드를 살짝 바른다. 건져서 물기를 뺀 핫도그 소시지를 번 사이에 넣는다. 소시지 위에 머스터드를 좀 더 올려 바른다. 숟가락으로 칠리를 떠서 소시지 위에 얹고 맨 위에 슬로를 조금 얹은 뒤 잘게 썬 양파를 가볍게 흩뿌린다. 접시에 담아서 낸다.

미소 크림 옥수수와 피클 국물 그레이비를 곁들인 돼지갈비 튀김

FRIED PORK CHOPS WITH MISO CREAMED CORN AND PICKLE JUICE GRAVY

애팔래치아 음식은 투박하고 진하며 깊은 맛이 나지만 화려하지 않다. 내가 그곳에서 만난 사람들과도 비슷하다. 이런 음식은 고급스럽게 바꾸면 지역색이 사라지기 때문에 많이 건드리지 않는 것이 좋다. 이 지역에는 돼지갈비나, 로니와 내가 휘테 스위스 레스토랑에서 먹은 슈니첼 같은 가정식을 판매하는 작은 가족 경영 식당이 많다. 나는 스위스의 전통 음식 대신 미소 된장으로 구수한 감칠맛을 더한 크림 옥수수를 돼지갈비에 곁들인다. 짭짤한 피클 국물이 전통적인 그레이비에 뜻밖의 산미를 주어 상큼함을 더한다.

돼지갈비(약 2cm 두께, 170g) 4개	미소 크림 옥수수(레시피는 뒤에)
달걀(대) 2개	중력분 1/2컵
다진 신선하고 큰 세이지 잎 3장	빵가루 1컵
튀김용 식물성 오일 적당량	코셔 소금과 금방 간 검은 후추 적당량
피클 국물 그레이비(레시피는 뒤에)	

돼지갈비는 양면 모두 소금과 후추로 밑간한다. 넓고 얕은 볼 세 개를 준비한다. 하나에는 밀가루를 붓고 다음 볼에는 달걀을 넣어 가볍게 푼다. 세 번째 볼에는 빵가루와 세이지를 넣고 잘 섞는다.

돼지갈비 하나를 밀가루 볼에 넣어 밀가루를 고루 묻힌 다음 달걀물에 담갔다가 마지막으로 빵가루를 골고루 묻힌다. 나머지 돼지갈비들도 똑같이 준비해 옆에 둔다.

큰 팬에 식물성 오일을 약 0.6cm 깊이로 넣고 센 불로 달군다. 돼지갈비를 넣고 한쪽마다 약 3분씩 중간에 한 번 뒤집어가며 튀긴다. 이때 양면이 모두 갈색이 되고 바삭해져야 한다. 필요하다면 불을 조절한다. 노릇해진 돼지갈비는 키친타월을 깐 접시에 올려 잠시 기름기를 뺀 뒤 소금을 살짝 더 뿌린다.

돼지갈비를 접시로 옮기고 그레이비와 미소 크림 옥수수를 곁들여 낸다.

피클 국물 그레이비PICKLE JUICE GRAVY | 약 2컵 분량

피망 피클(121쪽)을 만들면 맛있는 국물이 생긴다. 피클을 다 먹고 국물을 버리는 사람도 많지만 나는 보관해둔다. 피클 국물이 있으면 비네그레트소스나 육수뿐 아니라, 이 단순하지만 중독성 있는 그레이비의 풍미도 한층 끌어올릴 수 있다.

닭 육수 1과 1/2컵	중력분 5큰술
피망 피클(121쪽) 국물 1/4컵, 또는 취향껏	소금 1/2작은술

| 무염 버터 5큰술 + 마지막에 넣을 | 금방 간 검은 후추 1/2작은술 |
| 차가운 무염 버터 1큰술 | |

중간 크기의 팬에 버터 5큰술을 넣고 중강 불에서 녹인다. 그 위에 밀가루를 골고루 뿌리고 잘 저어 섞은 뒤 거친 페이스트 상태가 될 때까지 약 1분간 계속 저어 루를 만든다. 저으면서 중간에 닭 육수를 조금씩 넣는다.

뭉근하게 한소끔 끓인 뒤 불을 줄이고 소금과 후추로 간한다. 걸쭉해질 때까지 약 2분간 뭉근히 가열한다.

피클 국물을 넣고 잘 젓는다. 찬 버터 1큰술을 넣고 버터가 녹을 때까지만 휘저어 마무리한다. 뜨거울 때 낸다.

미소 크림 옥수수 MISO CREAMED CORN | 사이드 4인분 분량

크림 옥수수는 애팔래치아 전역의 가정에서 자주 먹는 음식이다. 나는 크림 옥수수도 좋아하지만 옥수수의 신선한 달콤함에 미소 된장의 짭짤하고 풍부한 맛이 어우러지도록 변형해보았다. 미소 맛이 두드러진다기보다는 약간의 깊이와 감칠맛을 더한다.

알갱이만 분리한 신선한 옥수수 5개	닭 육수 1/4컵
적색 미소 3큰술	소금 1작은술
무염 버터 3큰술	금방 간 검은 후추 1/2작은술
생크림 1/4컵	

옥수수 알갱이를 칼로 잘라내 크고 얕은 볼에 담는다. 큰 숟가락으로 옥수수 대에 붙은 과육을 모두 긁어내 다른 볼에 담는다.

중간 크기의 편수 냄비에 버터를 넣고 중간 불에서 녹인다. 옥수수 알갱이를 넣고 2분간 잘 섞으며 익힌다. 긁어낸 옥수수 과육과 닭 육수를 넣고 뭉근하게 한소끔 끓인 뒤 뚜껑을 덮고 10분간 더 익힌다. 불에서 내린다.

불에서 내린 옥수수 혼합물 1/3을 블렌더에 넣어 퓌레를 만든다. 퓌레를 다시 냄비에 넣고 생크림과 미소를 넣어 잘 저어 섞는다. 중간 불에서 뭉근하게 한소끔 끓인 뒤 뚜껑을 열고 약간 걸쭉해질 때까지 5분간 더 끓인다. 소금과 후추로 간한다.

A KIBBEH IN
CLARKSDALE

CHAPTER 07

블루스 거리의 키베

똑같은 농지가 끝없이 이어지고 먼지를 뿌옇게 뒤집어쓴 카지노 광고판이 7초에 한 번씩 지나가는 듯하다. 단조로운 풍경에서 한숨 돌리려 미시시피 주 투니카 도로변에 잠시 차를 세운다. 햇빛에 눈이 따갑다. 61번 고속도로를 달리다보면 할리우드나 골드스트라이크, 카프리섬 같은 이름의 죽어가는 카지노들이 장난감 성처럼 멀리 늘어서 있는 광경이 보인다. 그저 관리되지 않은 상태가 보이지 않을 만큼 멀어서 유혹적일 뿐이다. 이곳은 미시시피 델타Mississippi Delta[1] 지역이다. 목화의 땅, 과거 미시시피강의 범람으로 풍부한 양분을 얻은 양질의 모래 위에 비옥한 흙이 덮인 땅. 그러나 이 지역의 많은 사람은 이곳이 미시시피가 아니라고 주장할 것이다. 이곳 코호마 카운티 근처에는 과거에 죄수들을 인근 농장에서 일하게 하여 "담장 없는 감옥"으로 알려진 파치맨 농장 감옥 Parchman Farm prison[2]이 있다. 농장에서 일하는 죄수들은 자유롭게 탈출할 수 있었다. 그러나 이처럼 평평하고 나무도 없는 땅에서 도망친다 한들 어디에 숨겠는가. 나는 끝없는 평지를 둘러보며 등을 겨냥한 라이플총의 사거리를 벗어나려

---

1 미시시피 주 북서부, 미시시피강과 야주강 사이에 있는 삼각주로, 야주-미시시피 델타 또는 그냥 델타라고 부른다. 인종과 문화, 경제의 독특한 역사 때문에 미국 남부의 특징이 가장 뚜렷하게 나타나는 지역이며, 미시시피강 하구에 있는 루이지애나 주의 미시시피강 삼각주Mississippi River Delta와 구분된다.

2 최대 경비의 미시시피 주립 교도소.

전속력으로 달리는 죄수의 모습을 그려본다. 문득 오싹해진다. 내가 사는 곳은 나무숲과 낮은 구릉이 가득한 골짜기다. 베른하임 숲의 언덕을 누비며 강바닥 옆 시내에서 고독을 즐길 수 있는 곳. 그러나 여기는 뜨거운 평지가 드넓게 펼쳐져 있다. 지평선 사이를 하늘이 온전히 메우고 있다. 그 광활함에 숨이 막힌다.

·

나는 이 지역에서 사랑받는 오래된 식당 블루 앤드 화이트 레스토랑 Blue and White Restaurant의 바 자리에 앉는다. 오후 1시인데도 아직 제대로 된 끼니를 먹지 못했다. 벽에 붙어 있는 포스터들이 미시시피 델타 출신 블루스 뮤지션들의 이야기를 들려준다. 리드 벨리 Lead Belly에서부터 로버트 존슨 Robert Johnson, 존 리 후커 John Lee Hooker, 머디 워터스 Muddy Waters, 그 밖의 많은 거장 뮤지션이 모두 이 지역을 거쳐 갔다. 이곳은 뮤지션들의 성지요, 현대 로큰롤의 발생지다. 그러나 나는 음식을 먹으러 왔다. 나는 메기 샌드위치와 남부식 순무청찜 turnip greens[1], 코코넛 파이를 주문한다. 그러곤 옆자리에 앉은 여자에게 말을 건다. 그녀는 베갯잇을 연상시키는 희고 풍성한 면 드레스를 입었다.

"클라크스데일에서 무얼 찾으려는 거예요?" 그녀가 내게 묻는다. 위협적인 투가 아닌 시큰둥한 투다. 얼굴을 둥글게 에워싼 반백의 곱슬머리가 마치 부서지는 파도처럼 흔들거린다. 그녀는 메리라고 자신을 소개한다. 클라크스데일에서 자랐고 20년 동안 애틀랜타에서 살다가 최근에 돌아왔다. 돌아온 이유는 말해주지 않는다.

"블루스 관광객처럼 보이지는 않는데요." 그녀는 커피를 마저 마

---

1 '콜라드찜'과 마찬가지로 원래 이름은 단순히 '순무청'을 뜻하지만 순무청과 고기 등을 함께 양념해서 찌는 남부 요리를 일컫는다.

시며 내게 말한다.

"그게 어떤 모습인데요?"

"카메라와 로버트 존슨에 관한 책을 든 머저리 같은 모습."

우리는 웃음을 터트린다. 가방 속에 샘 쿡Sam Cooke[1]에 관한 책이 있는데, 꺼내기는 글렀다.

재봉사라는 그녀의 말에 나는 지금 입고 있는 옷도 직접 만들었냐고 물어본다. 그녀는 모든 옷을 만들어 입는다고 한다. 나는 부모님이 예전에 봉제 공장을 운영해서 바느질을 조금 안다고 하며 그녀의 옷에 보이는 페더스티치를 칭찬한다. 그러자 그녀는 내게 조금 더 마음을 연다. 어디서 무엇을 먹어야 할지 묻자 그녀는 델타 지역의 유명한 음식인 타말레를 음식을 언급하며 레이몬스Ramon's와 에이브 바비큐Abe's Bar-B-Q로 가라고 한다. 나는 소울 푸드, 즉 남부 흑인 음식을 먹으려면 어디로 가야 하냐고 묻는다.

그녀는 고개를 젓는다. "흑인들은 대부분 집에서 해 먹어요. 카지노에 가면 제대로 된 요리를 하는 요리사가 있긴 하죠. 아니면 중식 뷔페에 가보세요. 거기에도 소울 푸드가 있을 거예요."

소울 푸드를 먹기 위해 중국 음식점에 가는 것이 전혀 아이러니하지 않다는 듯한 말투다. 나는 이곳 블루 앤드 화이트의 음식은 어떠냐고 물어본다. 그녀는 잠시 클라크스데일에서 벗어나 맛있는 음식을 먹기 위해 일주일에 한 번 이곳에 온다고 한다. 사실 그녀는 클라크스데일에 돌아올 생각이 없었다. 어쩌다보니 그렇게 되었다면서 자신의 빈 커피잔을 들여다본다.

이곳 음식은 훌륭하다. 메기는 살이 단단하고 이끼 같은 풍미가

1　1931~1964, 가장 영향력 있는 소울 뮤지션 중 한 사람으로 꼽히는 미국의 싱어송라이터.

살아 있으며 연한 살코기를 감싼 튀김옷은 유연하면서도 바삭하다. 순무청은 적당히 숨이 죽어 부드럽고 뽀얀 국물에서는 풍부한 맛이 난다. 우리는 빈 스툴 하나를 사이에 놓고 바에 앉아 있다. 나는 그 빈 스툴로 자리를 옮겨 메리에게 내 코코넛 파이를 나눠준다. 웨이트리스가 나를 보고 웃으며 묻는다. "어디서 오셨어요?" 그러나 대답할 새는 주지 않는다. 이곳에 있는 사람들은 백인 아니면 흑인이고 대부분은 백인이다. 주방에서 철컹거리는 그릇 소리가 끊임없이 들려온다. 진한 커피 향이 공기를 흠 내음으로 물들인다.

메리는 몸을 젖히고 나를 아래위로 훑어본다. "소울 푸드를 찾아서 여기까지 왔어요?"

"정확히 왜 왔는지는 저도 모르겠지만 맞습니다. 한 가지 이유는 음식이에요."

"원하는 걸 찾으실 거예요." 그녀는 미소를 지으며 파이를 잘 먹었다고 한다. 나오는 길에 티셔츠 한 장을 사려다가 그만둔다. 관광객 같은 행동을 메리에게 들키고 싶지 않다.

블루스가 나오는 라디오 방송을 찾아보지만 어디서나 크리스마스 음악만 나온다. 갈등하는 느낌과 가성이 두드러지는 부드러운 남자 목소리에 주파수를 고정한다. 몇 소절 듣고서야 복음 성가임을 깨닫는다. 조너선 맥레이놀즈Jonathan McReynolds다. 그는 젊은 남자의 아름다운 목소리로 세속의 쾌락을 향한 욕망과 하느님의 말씀을 따르고자 하는 갈망 사이에서 갈등하는 심정을 노래한다. 한꺼번에 두 주인을 섬길 수 없다는 내용이다. 나는 기독교 음악을 좋아하지 않지만 맥레이놀즈의 목소리, 그의 섬세한 감정 표현에 매료된다. 마치 최면에 걸린 듯 노래가 끝나지 않기를 바라게 된다. 하지만 그는 완강한 세계를 노래하고 있다. 중용을, 복음에 대한 다른 해석을 허락하지 않는 세계. 모든 것이 흑과 백으로 나뉘는 이분법이 지배하는 세계. 모든 사람은 천국 아니면 지옥에 가고 선하지 않으면 악한. 클라크스데일은 독실한 지역이다. 이곳에서는 모든 것이 극명한 대조를 이룬다. 하늘과 땅, 부와 빈곤, 권력자와 노예, 백인과 흑인. 델타 출신이거나 아니거나.

나는 이런 이분법적 세계관을 믿지 않는다. 15년 넘게 미국 남부에 살면서 중간 지대에서 빛을 발하는 이야기, 양극 또는 흑백 갈등의 역사를 인정하면서도 음식 문화의 서사를 풍부하게 하는 이야기를 많이 접했다. 게다가 나 역시 아시아계 미국인이니 편리한 이분법에 끼워 넣을 수 없는 사람이다. 그러나 클라크스데일에 와보면 아직 융합되지 않은 세상도 존재한다는 것을 새삼 깨닫는다.

내가 처음 클라크스데일에 온 것은 2015년이었다. 당시 나는 이 지역의 경제와 문화를 되살리려는 젊은 셰프들의 모임인 델타 서퍼 클럽Delta Supper Club과[1] 함께 도커리 대농장Dockery Plantation[2]에서 저녁 식사를 준비했다. 우리는 델타 쌀과 지역 가금류를 요리했다. 체스 파이와 이 지역의 밀도 높은 아이스크림을 먹었고 코가 삐뚤어지도록 버번 위스키를 마셨다. 마지막으로 포 몽키스Po' Monkey's에 가서 문을 열어달라고 했다가 호되게 욕을 먹었다. 포 몽키스는 일주일에 한 번 사람들이 모여 술을 마시고 춤을 추며 망가지는 전설적인 음악 클럽이다. 외딴곳에 있지만 앤서니 보데인Anthony Bourdain의 〈미지의 세계Parts Unknown〉[3] 미시시피 편에 소개된 뒤로 세상의 주목을 받기

1　식당을 겸하는 사교 클럽.

2　미시시피 주 도커리에 있는 약 $100km^2$ 면적의 역사적인 목화 농장으로 델타 블루스 음악의 발생지로도 유명하다.

3　요리 연구가인 앤서니 보데인이 진행한 CNN의 여행 및 음식 프로그램.

시작했다.

월리 시베리Willie Seaberry로도 알려진 포 몽키는 2016년에 세상을 떠났다. 장례식에서 한 여자가 그에게 돈을 못 받았다고 주장하면서 싸움이 벌어지기도 했다. 사람들은 그가 클럽 어딘가에 엄청난 현금을 숨겨놓았다고 믿고 있다. 포 몽키가 세상을 떠난 뒤에도 클럽이 유지되어야 할지는 여전히 논쟁 중이다. 평소 분홍색 정장을 자주 입던 그를 만나본 사람이라면 누구나 이 세상에 월리 시베리는 유일하며 아무도 그를 대체할 수 없다고 생각할 것이다.

당시 도커리 대농장에서 함께 요리한 참가자 한 명을 이곳에서 만날 예정이다. 잭슨 출신의 미시시피 토박이 셰프 겸 작가인 톰이다. 우리는 함께 점심을 먹기로 했다. 아직 시간이 남아서 클라크스데일의 텅 빈 거리들을 차로 돌아보며 이따금 지나가는 행인을 구경한다. 종말이 지나간 도시에 온 외지인이 된 기분이다. 관광객들이 찾는 시내의 유명한 블루스 클럽 몇 군데를 제외하고는 역사적인 건물 몇 개만 늘어선 유령 도시 같다. 모건 프리먼Morgan Freeman이 이곳에 있는 인기 블루스 클럽 중 하나를 소유하고 있다. 머디 워터스Muddy Waters[1]의 집과 도커리 대농장, 베시 스미스Bessie Smith[2]가 숨을 거둔 병원 등을 알려주는 이정표가 보인다. 이곳에 오는 관광객은 정확히 무얼 기대하는 것일까? 오래전에 버려진 건물들? 블루스 콘서트? 애초 자신의 것이 아닌 향수 때문에 오는 걸까?

나는 클라크스데일 외곽의 작은 목화밭을 지나간다. 목화 수확은 몇 달 전에 끝났지만 눈처럼 하얀 목화송이 몇 개가 가시 돋친 검

---

1   1915~1983, 미시시피 주 출신의 블루스 기타 연주자.
2   1894~1937, 미국의 흑인 블루스 가수.

은 가지에 고집스레 매달려 있다. 얼핏 아름다워 보이지만 이 작물과 연관된 무자비한 역사를 함께 떠올리지 않을 수 없다. 내 마음은 아름다움과 폭력 사이에서 갈등한다. 그렇다면 나는 여기에 왜 왔을까? 블루스를 찾아온 관광객은 아니지만 나 역시 그저 관광객일지 모른다. 블루스가 아닌 다른 것을 찾고 있을 뿐. 이를테면 내 글의 소재가 될 향수 어린 음식을 찾아온 관광객이다. 남부식 콜라드 찜을 몇 접시나 먹어야 내가 이곳의 일부라고 느낄 수 있을까? 나는 늘 과거에 대한 그리움과 현재 사이에서 갈등한다. 향수에만 젖어 있으면 미래의 가능성이 제한된다. 그러나 과거가 없이는 이야기도 없고 문화를 지키는 사람도 없다. 그리고 그 문화는 불안한 기억 속으로, 혹은 망각 속으로 사라질 것이다.

나는 열다섯 살 때 맨해튼 바워리가에 있는 CBGB 클럽에 처음 갔다. 나이가 훨씬 많은 두 여자와 함께였다. 실내는 어둡고 끈적거렸다. 벽은 온통 그림과 낙서로 뒤덮여 있었고 마루널은 맥주에 절어 있었다. 그날 밤의 밴드는 불협화음을 요란하게 울려댔다. 멤버들은 모두 창백하고 깡마른 유령 같은 모습이었으며 약에 취해 있었다. 나는 그날 밤의 모든 순간이 좋았다. 라몬즈Ramones나 패티 스미스Patti Smith, 데비 해리Debbie Harry 같은 이전 세대 뮤지션을 누리지 못한 나의 갈증을 이 수척한 뮤지션들이 해소해주었다. 내가 화장실 소변기에서 볼일을 보는 사이 누군가가 내 청바지에 속을 게웠다. 그러곤 사과도 없이 가버렸다. 같이 온 여자들은 기겁하며 나를 버리고 갔다. 나는 구석으로 몸을 피했다. 열기와 에너지, 맥주와 오줌의 악취에 얼이 빠져 있었다. 그곳에서는 밴드가 보이지 않았지만 스피커의 울림이 그대로 전해졌다. 사람들은 미쳐 날뛰었다. 문득 이런 생각이 들었다. 여긴 진짜가 아니야. 나 같은 사람을 들여보내주었다면 엉터리가 아닐까? 그러나 한편으로 이런 생각도 들었다. 전성기에, 그러니까 진짜 원조들이 모이던 시절에 이곳은 어땠을까? 아마도 CBGB는 그저 사람들이 음악을 하기 위해 모이는 곳이었으리라. 그들이 그곳을 택한 것은 특별해서가 아니라 그들을 제외하곤 아무도 오지 않아서였을 것이다. 그러니까 반체제 인사들의 성지가 되기 전에 그곳은 그저 음악을 하러 오는 곳이었다. 클라크스데일도 마찬가지다. 머디 워터스가 쓰러져가는 오두막에 살던 시절에는 이곳이 블루스의 본고장이 아니었다. 이곳의 삶은 고되었고 음악은 고된 삶을 달래는 여러 방편 중 하나일 뿐이었다.

내가 클라크스데일에서 찾고자 하는 것도 그런 것이리라. 나는 전설이나 이정표를 찾아온 것이 아니라 사람들이 그저 요리를 하는 곳을 찾아온 것이다.

아그네스와 토니는 친자매는 아니지만 결혼을 통해 가족이 되었다. 두 사람의 남편은 이복형제다. 그러나 아그네스는 사별한 지 거의 20년이 되었고 토니 역시 비슷한 시기에 이혼했다. 아그네스와 토니는 클라크스데일 시내에서 작은 옷 가게를 운영하고 있다. 가게 앞에는 "하이패션High Fashion"과 함께 자석과 숟가락, 브로치, 화장품 등도 판매한다고 홍보하는 표지판이 세워져 있다. 왼쪽 상단에 손글씨로 "피칸"이라고 적은 종이쪽지를 테이프로 붙여놓았다. 거기에 흥미가 생긴다. 안으로 들어가자 스팽글이 달린 드레스들이 커다란 보호 비닐에 싸인 채 옷걸이에 걸려 있다. 조그만 란제리 코너가 있고 그 옆에는 작업복 코너가 있다. 유리로 된 카운터 뒤에는 핸드백과 가발이 줄 맞춰 걸려 있다. 헝겊을 덧댄 반짝거리는 케이스 안에서 모조보석이 빛을 발한다. 카운터 안쪽에서 60대의 키 큰 여성이 나타난다. 아그네스는 자세가 아주 꼿꼿하며 한 옥타브 높인 말투에는 싹싹하고 우아한 미시시피 억양이 배어 있다. 그녀가 유령처럼 미끄러지듯 내게로 다가오는 동안 잘 다듬은 머리 모양은 미동조차 하지 않는다.

"무얼 찾으시나요?"

나는 피칸이라는 표시가 궁금해서 들어왔다고 털어놓는다. 숟가락도 궁금하긴 하다. 그녀는 피칸 450g을 7달러에 팔고 있다고 한다. 피칸은 작은 갈색 종이봉투에 담겨 있다. 나는 하나를 집어 입에 넣어본다. 놀랍도록 향긋하다. 고소하고 풋풋할 뿐 아니라 기름기가 흐르는 것을 보니 신선한 피칸이 틀림없다. "어디서 가져오시는 거예요?" 내가 묻는다.

"우리 아들이 집 근처에서 재배하고 있어요."

나는 지갑을 뒤지며 현금이 얼마나 있는지 확인한다.

안쪽에서 다른 여자가 나타난다. 키가 작고 생기 넘치는 이 여인은 미심쩍은 눈으로 나를 살핀다. 아그네스보다 열 살쯤 젊고 갈색 피부와 생김새로 봐서는 중동 사람 같지만 말투에는 길게 늘어지는 미시시피 억양이 묻어 있다.

"레바논 분이십니까?" 내가 묻는다.

"맞아요." 그녀가 대답한다.

"레바논 음식을 잘하는 식당이 있을까요?"

두 여자는 키득거린다. 아그네스가 내게로 몸을 바싹 기울이더니 클라크스데일에서 최고의 양배추 롤과 키베를 만드는 사람은 토니라고 일러준다. 토니는 집에서 음식을 만드는데, 양이 너무 많을 때는 페이스북으로 홍보해 판매한다고 한다. 멀리서도 사러 오는 사람들이 있다.

나는 그녀의 음식이 왜 최고인지 물어본다.

그 말에 열띤 논쟁이 시작된다. "키베에 계피를 넣는 건 잘못된 거예요. 빅스버그 사람들은 몰라도 우린 안 넣는답니다." 아그네스가 내게 일러준다.

토니는 레바논에서 박해를 피해 도망친 기독교 분파인 마론파의 후예다. 그들은 돌아갈 수 없다는 사실을 알았으므로 미시시피를 임시 피난처라 여기지 않았다. 그들에게 이곳은 새로운 터전, 새로운 집이었다. 그래서 육체노동을 마다하지 않았고 무엇이든(비누와 로션, 수건 등) 만들어 소작농들에게 팔았다. 그들은 아라비아어와 프랑스어를 썼고 수완이 좋았다. 음식도 만들어 팔았다.

"우리는 오래전부터 이곳에 살았어요." 아그네스가 말한다. "그리고 키베는 우리의 명함이 되었죠. 레바논 사람이 여기 클라크스데일에 와서 흙길을 걸으며 '키베' 타령을 하면 여기 사는 레바논인이 누구든 그 말을 듣고 집에 초대해주었거든요. 그러다 보니 이곳의 키베가 유명해진 거예요."

토니는 학교에 가서 요리를 좀 더 배울까 생각 중이라고 한다.

"솔직히 말하면 배우기보다는 가르치셔야 할 것 같은데요." 내 말에 그녀는 기분이 좋아진다.

나는 떠나면서 토니와 사진을 찍지만 아그네스는 사양한다.

"그건 좀 아닌 것 같아요." 그녀는 고정한 머리를 손으로 쓸어내리며 말한다. 그러곤 샤몬의 레스트 헤이븐Rest Haven에 가보라고 한다. 나는 그곳에서 잭슨 출신의 셰프 톰과 점심을 먹기로 했다.

샤몬의 레스트 헤이븐은 천장이 낮은 오래된 식당이다. 두꺼운 회색 커튼으로 햇빛을 가려놓았고 바 안쪽 벽면에는 가족사진을 잔뜩 걸어놓았다. 현재는 폴라가 식당 소유주로 거의 혼자 운영하고 있다. 폴라의 부모님인 루이즈와 샤피크 샤몬은 레바논인 주인들에게 이 식당을 인수했다. 레스트 헤이븐은 그 이전인 1947년부터 문을 열었다. 폴라는 두꺼운 안경을 썼고 곱슬거리는 검은 머리칼은 사방으로 뻗어 있다. 진한 핑크빛 매니큐어가 셔츠의 분홍색 꽃잎과 잘 어울린다. 그녀가 주문을 받으러 달려온다.

폴라는 혼자 식당을 뛰어다니며 톰과 나에게 말을 걸고 다른 테이블 세 개의 시중을 든다. 끊임없이 말하거나 움직이고 있다. 한 테이블에서 나누던 대화가 다른 테이블로 넘어가 질문이 되면서 긴 독백처럼 말이 끊임없이 이어진다. 손님들의 커피잔이 비어가자 한 손님이 일어나더니 자기 잔과 옆 테이블의 잔들을 채워준다.

메뉴판은 세 부분으로 나뉘어 있다. 남부 음식과 레바논 음식, 스파게티와 라자냐 같은 이탈리아 요리다. 내가 각 부분에서 하나씩 주문하자 톰이 내 식욕에 놀란다. 그는 먹는 것을 좋아하는 셰프답게 풍채가 좋고 말할 때마다 코밑에 있는 양 끝이 말려 올라간 수염을 손끝으로 만지작거린다. 톰과 나는 클라크스데일의 역사와, 음식과 정통성에 관해 얘기를 나눈다. 이곳의 일상에 너무도 자연스레 녹아든 문화에 대해서도 논한다. 백인 블루칼라 노동자가 이 식당에 와서 마치 치즈버거를 주문하듯 키베 롤을 주문하는 것이 너무도 자연스러운 일이기 때문이다. 톰은 이제 키베가 레바논 음식이 아니라고 한다. 그것은 델타 음식이 되었다. 좀 더 구체적으로 말하면 클라크스데일 음식이 되었다.

이곳에는 두 종류의 키베가 있다. 날것과 튀긴 것. 생 키베는 타르타르 스테이크[1]와 비슷하다. 밀도가 높고 색이 붉어서 익히지 않은

1　달걀노른자와 양파 등을 곁들여 양념한 소고기 육회 요리.

햄버거 패티처럼 보이기도 한다. 풍부하고 든든한 요리다. 나는 문득 깨닫는다. 이 키베는 양고기가 아니라 소고기로 만들었다. 양이 아닌 다른 고기로 만든 키베는 본 적이 없다. 폴라에게 물어보니 그녀는 잠시 걸음을 멈추고 숨을 고르며 대답한다. 양고기는 너무 비싸고 구하기도 어려운데, 이곳의 소고기는 저렴하고 질이 좋으며 지역민들도 좋아한다고. 주위를 둘러보니 모두 키베를 먹고 있다. 튀겨서 롤로 먹기도 하는데, 그렇다면 햄버거와 다를 바가 없을 것이다.

레스트 헤이븐의 라자냐는 한껏 시달린 파스타에 걸쭉한 토마토소스가 버무려져 나온다. 양배추 롤은 부드럽고 향긋하다. 살짝 달지만 설탕 때문인지 소고기 소에 잔뜩 들어간 양파 때문인지 모르겠다. 코코넛 파이는 지금껏 먹어본 가운데 최고다. 맨 위에 올린, 숯처럼 시커멓게 그슬린 작은 코코넛 조각들이 단단한 질감을 유지하며 반짝거리는 하얀 머랭과 대비를 이룬다.

폴라는 몇 분 짬을 내어 우리 테이블에 앉아 이야기를 나눈다. 여전히 부모님이 와서 키베를 만든다고 한다. 부모님 말고는 키베를 제대로 만들 사람이 없다. 오로지 셰프들만이 이해할 수 있는 초조함이 그녀에게서도 느껴진다.

"저도 클라크스데일에서 평생을 보낼 줄은 몰랐는데 결국 이렇게 됐네요. 손님들 때문에 어쩔 수가 없어요. 저를 원하니까요." 그녀는 조금 머뭇거리며 내게 말한다. 이곳에서 행복하다고. 그러나 이내 말을 바꾼다. 자기는 이곳에 필요한 사람이라고.

나는 굳이 설명을 요구하지 않는다. 이해하기 때문이다. 우리 같은 사람은 그런 이유만으로도 평생 주방에 머무를 수 있으니까. 그녀는 양배추 롤을 칭찬할 새도 주지 않고 조금 전에 들어온 손님과 대화를 하고 있다. 얘기를 들어보니 평생 알고 지낸 사이 같다. 틀림없이 그럴 것이다.

우리가 가게를 나설 때 폴라는 부모님이 레스트 헤이븐을 인수하기 전에 프라이어스 포인트에서 식료품점을 운영했다고 귀띔해준다. 그곳에서 처음으로 레바논 음식을 팔았다. 지금 그 가게는 중국인이 인수했는데 그곳의 닭 날개 튀김이 괜찮을 거라고 한다.

나는 톰에게 그리로 데려가 달라고 부탁한다. 박물관 하나와 상점 두세 개를 제외하고는 허물어져가는 블록에 있다. 문을 연 곳은 그 식료품점뿐이다. 영어를 못하는 중국인 여자가 주문을 받는다. 직접 쓴 메뉴판에는 닭똥집에서부터 푸룽셰[1]에 이르기까지 없는 게 없다. 우리는 닭 날개를 손으로 가리킨다. 음식이 나오기를 기다리면서 실내를 살펴본다. 진열된 물건은 많지 않지만 가정에서 요리하는 사람에게는 충분할 것이다. 인스턴트 라면 옆에는 병에 담긴 돼지족발 절임이 뚱하니 진열되어 있다. 안쪽 방에서 할머니가 나오더니 하나 남은 테이블에 앉는다. 그녀가 그 위에 있는 바구니의 커버를 들어 올리자 점심 식사가 놓여 있다. 돼지 뼈와 파를 넣고 끓인 뽀얀 국과 밥, 양배추 반찬이 얼핏 보인다. 내가 미소를 짓자 그녀는 뚱한 표정으로 고개를 까딱인 뒤 내게 등을 돌리고 식사를 시작한다.

클라크스데일로 돌아가는 길에 나는 톰에게 히바치 뷔페Hibachi Buffet라는 중식 뷔페식당에 데려다달라고 부탁한다. 평범한 중국 음식을 한 접시에 7.99달러에 먹을 수 있는 곳이다. 얼핏 들으면 도무지 끌리지 않는 곳. 그렇다면 당연히 가봐야 한다. 초밥과 튀김, 중식, 샐러드, 소울 푸드 코너로 나뉘어 있다. 나는 프라이드 치킨과

---

1 중국식 계살 달걀 부침.

남부식 찜 요리, 리마콩, 옥수수빵, 매시트포테이토, 포춘 쿠키 하나를 접시에 담는다. 맛있다. 정말 맛있다. 그러나 로메인[1]은 영 아니고, 초밥은 보기도 싫을 정도다. 주인은 사이먼이라는 이름을 쓰고 있다. 홍콩 출신으로 애틀랜타를 거쳐 이리로 왔다. 여기 온 지는 몇 년 안 되었지만 장사가 꽤 잘 된다고 한다. 나는 그에게 소울 푸드도 중국인이 만드는지 물어본다. 그건 아니라고 한다. 그의 주방은 중국인 남자와 젊은 멕시코인 요리사, 흑인 여자, 이렇게 세 명이 꾸리고 있다. 그들은 메뉴를 나누어 각자 자신이 맡은 음식을 만든다고 한다.

"세 사람이 잘 지냅니까?"

내 물음에 그는 머뭇거린다. 이런 질문은 예상하지 못했을 것이다. 그는 어깨를 으쓱하며 미소를 짓는다. 뭐, 그럭저럭 지냅니다. 그럭저럭. 그가 대답한다. 요리사들을 만나볼 수 있느냐고 묻자 안 된다고 거절한다. 그러고는 뒤에 줄 서 있는 손님이 계산할 수 있게 비켜달라고 손짓한다.

나는 비켜서면서 마지막으로 묻는다. 정통 홍콩 요리에 더 주력하면 어떨까요? 이런 밋밋한 중국 음식보다 나을 테니까.

"여기 사람들에게는 통하지 않을 겁니다. 아직은요."

내게는 이곳이 편안하게 느껴진다. 여기는 미국이다. 하얀 말뚝 울타리가 늘어선 익숙한 미국 풍경은 아니지만 어느 도시에나 이면에 존재하는 미국, 다양한 인종이 노동경제를 구성하는 그런 미국이다. 이곳의 주방은 아주 흥미로운 곳이리라. 음식과 문화, 상업의 필요 때문에 함께 매인 사람들 사이에는 가끔 불협화음도 일어날

---

1 중국식 볶음면 요리의 일종.

것이다. 그래도 나는 훌륭한 소울 푸드를 발견해서 기쁘다. 그보다 더 기쁜 것은 중식 뷔페식당에서 훌륭한 소울 푸드를 발견했다는 사실이다.

밤이 되자 나는 라이브 음악을 들으러 레드 라운지Red's Lounge에 간다. 톰도 한때 밴드 활동을 한 터라 우리는 문 닫을 무렵의 CBGB를 화제로 삼는다. 우리 둘 다 그 클럽이 퇴물이 되어가던 무렵에 그곳에 갔다. 내가 마지막으로 간 것은 폐업이 발표되기 1년쯤 전이었다. 무대에 선 밴드는 예전 밴드만큼 분노하며 새된 소리를 냈다. 그들의 음악은 10년 전과 다를 바 없이 시끄러웠다. 아주 멋진 음악이었지만 이제 그런 건 중요하지 않았다. 어쨌든 그곳은 바워리 가에서 가장 수요가 높은 땅이었으니까. 더 이상 그곳은 빈민가가 아니었다. 길 건너에는 600달러짜리 가죽 핸드백을 파는 상점이 있었다. 북쪽으로 두세 블록 떨어진 곳에는 태닝한 부유한 젊은이들이 사케를 베이스로 만든 칵테일, 이른바 '사케티니'를 마시며 노는 술집들이 들어섰다. 열다섯 살 때 처음 간 CBGB는 내게 굉장한 곳이었지만 폐업할 무렵 뉴욕에서 그곳을 원하는 사람은 아무도 없었다.

나는 플라스틱 컵에 담긴 켄터키 젠틀맨 버번을 홀짝거린다. 주인인 레드는 바 안쪽에 있고 나는 그의 옆에 서 있다. 어깨가 넓고 희끗희끗한 수염을 텁수룩하게 기른 그는 다소 위협적으로 보인다. 턱은 각이 졌고 화난 사람처럼 껌을 짝짝 씹고 있다. 나는 그에게 블루스의 정통성에 관해 물어본다. 그는 내 말을 귀담아듣지 않는다. 클라크스데일 레드 라운지는 뮤지션들이 음악을 연주하러 오는 강변의 작은 클럽이다. 실내는 어둡고 벽에는 콘서트 포스터가 빼곡히 붙어 있다. 붉은 전구 줄이 어둠을 가르고 빛을 발한다. 한가운데 자

리한 플라스틱 의자에 블루스 뮤지션인 루시우스 스필러Lucious Spiller
가 혼자 앉아 기타로 기막힌 소리를 내고 있다. 레드는 내 말에 대꾸
하면서도 시선은 앞을 보고 있다. 한 시간째 같은 껌을 씹는 중이다.
둥근 선글라스 위로 치켜세운 눈썹이 마치 주먹처럼 보인다.

"주변에서 일어나는 아주 사소한 일들까지 늘 설명을 찾으려 하
는 사람이 있는가 하면 그저 닥치고 내 클럽에서 음악을 들으며 사
는 사람도 있죠." 그가 말한다.

수요일 밤이라 가게는 한산하다. 루시우스는 스팅Sting의 노래 가
운데 꽤 감상적인 곡을 세속적으로 개사해 부르고 있다. 그는 블루
스를 한다기보다는 그저 음악을 바꿔 부를 뿐이다. 루시우스는 양
분된 세상에 살지 않는다. 그는 자유롭게 경계를 넘나든다. 그가 부
르는 노래는 원곡이랑 너무나도 다르다.

그런 그의 음악은 클라크스데일의 음식과 아주 닮았다. 이탈리아
음식, 레바논 음식, 바비큐, 멕시코 음식, 소울 푸드, 중국 음식……
정통이든 아니든 이 모든 음식이 이곳 사람들의 입맛에 맞게 변형
되고 있으니까.

나는 레드에게 내 얘기를 들려준다. 나는 1998년부터 2002년까지
맨해튼 다운타운에서 작은 식당을 운영했다. 적은 돈으로 개업해
녹초가 되도록 일했다. 아직 젊었던 나는 내가 하는 일을 진정으로
이해하지 못했다. 그때 9·11 테러가 일어나면서 뉴욕에 아주 신물
이 났다. 파티가 지겨웠고 요리도 지겨웠다. 폐업을 앞둔 무렵, 지난
세대 전설적인 로큰롤 뮤지션들의 사진을 찍은 밥 그루언Bob Gruen의
파티를 열게 되었다. 주방 커튼 뒤에서 내다보니 루 리드Lou Reed와
짐 자무시Jim Jarmusch를 비롯해 몇몇 유명인이 보였지만 주방 일을 끝

내고 나왔을 때는 몇 사람 남아 있지 않았다. 나는 그 당시 늘 하던 대로 문을 잠그고 모두가 만족할 때까지 함께 어울려 놀았다. 그러다가 한 여자의 손을 잡고 바 뒤로 가서 입맞춤을 시도했다. 그녀는 이렇게 말했다. "난 조랑 사귀어요." 얼마 후 다른 여자에게 또 시도했지만 그녀도 이렇게 말했다. "난 조랑 사귀어요." 모든 여자가 줄을 선 듯한 이 조라는 사람은 대체 누구일까? 두 번째 여자는 놀라며 내게 되물었다. "조 스트러머Joe Strummer 몰라요?"

나는 돌아서서 구석 자리에 구부정하게 앉아 브랜디 코크를 마시며 혼자 중얼거리고 있는 사내를 노려보았다. 조 스트러머를 영국 그룹 클래시Clash의 멤버로만 기억하는 독자를 위해 변명하자면 그날 밤 내 식당에 앉아 있던 그 사내는 무대 위의 모습과 거리가 멀었다. 술이 좀 더 들어가자 모두가 테이블 위에 올라가 춤을 추고 가스레인지를 켜서 담뱃불을 붙여댔다. 조는 나를 업고 의자와 유리컵을 쓰러뜨리며 식당 안을 돌아다녔다. 파티는 하늘이 천천히 밝아올 때 끝났다. 모두가 택시를 탔지만 나는 그 쌀쌀한 가을 새벽에 아침을 먹으러 근처 델리커테슨으로 걸어갔다. 헛웃음이 나왔다. 내가 조 스트러머와 파티를 했다니. 아무도 믿지 않을 것 같았다. 상관없었다. 조가 기억할 것이고 우리는 틀림없이 다시 만날 테니까. 그런 밤은 쉽게 잊을 수 없는 법이다. 그는 나를 껴안으며 고맙다고 했단 말이다. 몇 달 뒤 그가 잉글랜드에서 새 앨범을 녹음하던 중 숨을 거뒀다는 뉴스를 접했다. 그리고 또 몇 달 뒤 나는 식당 문을 닫았고 내가 아는 사람들은 모두 브루클린이나 퀸스로 이사했다. CBGB는 2006년에 마지막 콘서트를 열었다.

나는 루시우스의 노래와 기타 연주를 들으며 밀려드는 기억을 풀어낸다. 레드는 내 얘기를 거의 듣지 않고 있다. 이 모든 것이 서로 어떻게 연결되는지 모르겠다. CBGB의 마지막 날들이 레드 라운지나 조 스트러머, 포 몽키, 아그네스와 토니와 어떻게 연결되는지는 몰라도, 어쨌든 한 가지는 확실하다. 나에게는 이 모든 사건이 서로 떼어놓을 수 없는 관계에 있다는 것 말이다. 양분할 수 있는 것은 삶과 죽음뿐이다. 그 사이의 모든 것은 복잡하게 뒤섞여 있다.

우리는 근처에 있는 톰의 친구의 농가에서 밤을 보낸다. 나는 새벽까지 위스키를 홀짝이며 칠흑 같은 검은빛에서 다채로운 분홍빛으로 변해가는 하늘을 바라본다. 어느 순간 수많은 색이 하늘을 물들이기 시작한다. 날씨가 맑아서 지평선이 완전히 드러나는 광경이 창문에서도 잘 보인다. 나는 하늘에서 눈을 떼지 않는다. 밤이 낮으로 바뀌기까지는 점진적인 과정이 끊임없이 일어난다. 하지만 정확히 언제 동이 트는지 확실하게 알 수 없다. 어느 순간 사위가 환해졌음을 깨닫는다. 이 세상도 밤과 낮으로만 설명할 수 없을 것이다. 그 사이에 수많은 과정이 일어난다. 루시우스가 어느 하나의 장르만 연주하지 않듯이. 그는 몇 가지 장르를 녹여 자신만의 독특한 음악을 만들어냈다.

　나도 그렇게 되고 싶다. 일부러 노력하지 않고도 자연스럽게 장르를 넘나드는 유연한 사고를 하고 싶다. 나는 한 가지만 요리하는 법은 모른다. 내 음식이 언제 이쪽에서 저쪽으로 넘어가는지도 정확히 알지 못한다. 루시우스처럼 빠르고 절묘하게 넘어가지는 못하지만 언젠가는 그렇게 되기를 바란다. 내가 클라크스데일 같은 곳에 끌리는 것은 그 안에 더 넓은 세상의 축소판이 들어 있기 때문이다. 클라크스데일은 내게 별다른 저항 없이 모순을 꾀할 수 있는 여지를 허용한다. 클라크스데일 같은 곳은 전통이 발목을 잡지 않는다. 그저 좀 더 느리게 흘러갈 뿐이다. 미시시피강의 굽이처럼 느리게 변화하며 장엄하게 흘러간다. 이곳의 변화는 표면적인 것이 아니라 보다 깊은 혁신이기에. 어쩌면 클라크스데일이 느린 게 아니라 세상이 좀 더 속도를 늦추어 이곳과 보조를 맞춰야 하는지도 모른다.

한련 잎 김치를 곁들인
양배추 롤

CABBAGE ROLLS WITH NASTURTIUM LEAF KIMCHI

클라크스데일에서 옷 가게를 운영하는 토니에게 얻은 레바논식 양배추 롤 레시피를 소개한다. 양배추 롤은 흔한 음식 같지만 양념한 다진 소고기로 속을 채운 이 롤은 만들기도 쉽고 다채로운 맛이 입안에 오래 남는다. 나는 매콤한 한련 잎 김치를 곁들여 먹는 것을 좋아한다. 양배추 롤을 만들 때 나오는 맛있는 국물은 따로 보관했다가 닭국수에 사용해도 좋다.

전체 6인분 or 메인 3인분 분량

장립종 쌀 1/2컵	닭 육수 4컵 + 여유분 적당량
간 소고기 340g	올리브 오일 1큰술 + 2작은술
양배추 1통	위에 뿌릴 엑스트라 버진 올리브 오일
한련 잎 김치(레시피는 뒤에) 1/2컵	적당량
다진 마늘 2쪽 분량 + 통마늘 2쪽	커민 가루 1/2작은술
즙을 내고 껍질은 그레이터에 간 레몬	시나몬 파우더 1/2작은술
3개	소금 1과 1/2작은술
잘게 썬 신선한 민트 1/4컵	금방 간 검은 후추 1/2작은술
라브네 1컵	

볼에 쌀을 넣고 뜨거운 물 2컵을 부어 15분간 불린다. 가끔 저어준다.

양배추 잎 12장을 떼고 나머지는 보관해둔다.

큰 양수 냄비에 닭 육수를 붓고 센 불에 끓이면서 소금 1/2작은술을 넣는다. 양배추 잎을 육수에 잠기도록 넣고 연해질 때까지 8~10분간 뭉근히 끓인다. 불에서 내리고 잎은 조심히 건져내 식힌다. 육수는 옆에 둔다.

쌀을 체에 밭쳐 물기를 뺀다. 중간 크기 볼에 간 소고기와 쌀, 올리브 오일 2작은술, 커민, 시나몬, 소금 1/2작은술, 후추, 민트, 다진 마늘 2쪽, 레몬 껍질 절반을 넣고 잘 섞는다.

양배추 잎이 15 x 7.5cm 크기의 직사각형이 되도록 가장자리를 잘라낸다. 잎의 한가운데에 양념한 고기를 약 2큰술 정도 올리고 잎의 양옆을 접은 뒤 단단히 말아서 고기를 감싼다. 이음새에 이쑤시개를 꽂아 고정한다. 나머지 양배추 잎도 똑같이 한다.

양배추 롤을 이음새 부분이 아래로 오게 해서 닭 육수 냄비에 담는다. 이때 양배추 롤이 육수에 완전히 잠겨야 한다. 필요하면 육수나 물을 더 붓는다. 남은 통마늘 2쪽과 레몬 껍질, 레몬 즙을 냄비에 넣고 남은 올리브 오일 1큰술과 남은 소금 1/2작은술을 뿌린다.

냄비 뚜껑을 닫고 약한 불에 뭉근히 끓이며 30~40분간 익힌다. 익었는지 확인하려면 냄비에서 롤 하나를 꺼내 눌러보면 된다. 눌렀던 부분이 팅겨 나오면 고기가 완전히 익었다는 뜻이다. 불에서 내리고 롤을 육수에 담근 채 10분쯤 식힌 뒤 접시로 옮겨 담는다.

접시 한쪽에 김치를 올리고, 라브네를 작은 그릇에 담아 엑스트라 버진 올리브 오일을 뿌린 뒤 찍어 먹는 소스로 함께 낸다.

한련 잎 김치 NASTURTIUM LEAF KIMCHI | 약 0.5L 분량

한련 잎 40장	볶은 참깨 1작은술
그레이터에 간 양파 2큰술	피시 소스 2큰술
다진 마늘 2쪽 분량	레드 페퍼 플레이크 1큰술
잘게 썬 쪽파 1개	설탕 1작은술

한련 잎을 깨끗이 씻어 키친타월에 올려 물기를 뺀다.

작은 볼에 피시 소스와 레드 페퍼 플레이크, 양파, 마늘, 쪽파, 설탕, 참깨를 넣고 잘 섞는다.

작은 병에 한련 잎을 한 장씩 넣고 위에서 만든 양념을 사이사이에 작게 1큰술씩 펼쳐 발라 켜켜이 쌓는다. 잎을 다 넣은 뒤 그 위에 남은 양념을 붓는다.

비닐 랩으로 병 입구를 단단히 감싸고 위쪽에 구멍을 두세 개 뚫는다. 실온에 24시간 둔 뒤 뚜껑을 꽉 닫아 냉장고에 넣는다. 일주일 뒤부터 먹을 수 있고 최대 1달 동안 냉장고에 보관할 수 있다.

소고기 타르타르 스테이크를 넣은
데블드 에그[1]와 캐비아

BEEF TARTARE – STUFFED DEVILED EGGS WITH CAVIAR

톰과 함께 레스트 헤이븐에서 소고기 키베를 먹으면서 소고기 타르타르를 넣은 데블드 에그를 만들면 좋겠다는 생각이 들었다. 평범한 데블드 에그 처럼 보이지만 한입 베어 물면 양념한 소고기의 맛에 깜짝 놀랄 것이다. 파티에서 카나페로 만들어도 좋다. 패들피시paddlefish[2] 캐비아 또는 어란이라고도 하는 스푼빌spoonbill 캐비아의 짭짤한 맛이 소고기 육회의 자연스러운 풍미와 잘 어울린다. 지속 가능한 방식으로 양식한 패들피시의 저렴한 어란이 맛있다.

작은 간식 24개 분량

소고기 타르타르 스테이크

불구르[3] 1/4컵

뼈 없는 채끝살 등심 스테이크
  1개(230g)

그레이터에 간 레몬 껍질 1과
  1/2작은술

다진 마늘 1작은술

그레이터에 간 신선한 겨자무 1작은술

마요네즈 2작은술

데블드 에그

달걀 12개

마요네즈 1/4컵(듀크 제품 추천)

엑스트라 버진 올리브 오일 2큰술

물 2큰술

디종 머스터드 1작은술

다진 마늘 1쪽 분량

즙을 내고 껍질은 그레이터에 간 레몬
  1개

---

1 완숙 달걀을 세로로 2등분하고 노른자를 꺼내 체에 거른 뒤 여기에 머스터드, 마요네즈 등을 섞어 흰자에 다시 얹는 서양 요리.

2 미시시피강에 주로 서식하며 주걱철갑상어라고도 부른다.

3 데친 밀을 말린 뒤에 빻아낸 시리얼.

우스터소스 1작은술

디종 머스터드 1작은술

엑스트라 버진 올리브 오일 1/2작은술

찬물 1컵

커민 가루 1/8작은술

소금 1과 1/2작은술

금방 간 검은 후추 1/2작은술

소금 1/2작은술

금방 간 검은 후추 1/4작은술

패들피시 캐비아 또는 다른 블랙

　캐비아 30g

잘게 썬 한련 잎 김치(193쪽)

　3~4잎(선택)

먼저 타르타르 스테이크를 만들자. 불구르를 작은 볼에 넣고 찬물을 부어 30분간 불린다.

그동안 소고기를 15분 동안 냉동실에 넣고 굳힌다. 그래야 쉽게 썰린다.

잘 드는 칼로 소고기를 최대한 곱게 다진다. 간 고기처럼 다지되 살과 지방이 "뭉개지면" 안 되니 푸드 프로세서에 넣지 말고 반드시 칼을 써야 한다. 그릇에 담아 먹기 전까지 냉장고에 넣어둔다.

면포를 깐 체에 불린 불구르를 올려 물기를 뺀 뒤 면포를 감싸 남은 물기를 꼭 짠다.

큰 볼에 다진 소고기와 불구르, 물, 마요네즈, 레몬 껍질, 마늘, 겨자무, 머스터드, 우스터소스, 커민, 소금, 후추, 올리브 오일을 넣고 살살 저어가며 완전히 섞어 타르타르를 만든다. 비닐 랩을 씌워 먹기 전까지 냉장고에 넣어둔다.

다음으로 데블드 에그를 만들자. 큰 양수 냄비에 물을 붓고 약한 불에 올려 손으로 만졌을 때 따뜻할 때까지 데운다. 달걀을 조심스럽게 물에 담고 중간 불로 올려 끓인다. 타이머로 6분을 설정한다. 타이머가 꺼지면 불을 끄고 다시 4분을 설정한다.

그사이 얼음물을 준비한다. 타이머가 꺼지면 달걀을 조심스레 꺼내 더 익지 않도록 얼음물에 담근다.

달걀이 식으면 건져서 껍질을 까고 세로로 반 가른다. 달걀노른자는 블렌더에 넣고 흰자는 접시에 놓아둔다.

달걀노른자에 마요네즈와 올리브 오일, 물, 머스터드, 마늘, 레몬 껍질, 레몬 즙, 소금, 후추를 넣고 부드러워질 때까지 섞은 뒤 작고 둥근 팁을 끼운 짤주머니에 담는다.

접시에 놓아둔 흰자에 소고기 타르타르를 약 1큰술씩 넣는다. 그 위에 달걀노른자 짤주머니를 짜서 소고기 타르타르를 완전히 덮는다. 패들피시 캐비아와 취향에 따라 김치도 조금씩 얹는다. 바로 낸다.

CHAPTER 08

MATRIARCHS OF MONTGOMERY

몽고메리의 가녀장들

●

나는 음식에 관한 모든 것을 여자에게서 배웠다. 경쟁에 관한 모든 것은 남자에게서 배웠다. 음식은 할머니의 손에서 시작되었다. 내가 어릴 때 먹은 음식은 모두 할머니의 손이 닿은 것이었다. 노쇠하고 쪼글쪼글한 그 손에는 한평생 해온 요리의 기억이 근육에까지 새겨져 있었다. 그 손으로 내 얼굴을 어루만지던 느낌도 기억하고 있다. 좀 더 나이를 먹은 뒤에는 다른 여자들이 있었다. 이를테면 클레멘타인. 그녀는 내게 소금의 맛을 가르쳐주었다. 완숙 토마토에 뿌린 소금의 맛뿐 아니라 여름날 맨 어깨에 닿는 짭조름한 입맞춤의 맛까지. 저녁 식사는 차가운 맥주와 함께 급하게 때우기보다는 와인 한 잔을 따라놓고 천천히 새로운 맛을 하나씩 발견해나가야 한다는 것을, 그사이 와인이 미지근해지면서 시시각각 새로운 향의 입자를 풀어낸다는 것 모두 그녀가 가르쳐주었다.

•

나는 늘 남자 셰프 밑에서 일했고 그들에게서 체계와 기술, 서두르는 법과 면박 주는 법을 배웠다. 그러나 그중 토마토를 언제 잘라야 그 얇은 껍질까지 즙이 가득 차게 되는지 가르쳐준 사람은 아무도 없었다. 그런 건 클레멘타인에게 배웠다. 그녀와 함께 살기 전까지 나는 토마토를 먹지 않았다. 내게 토마토는 언제나 냉장고 냄새가 밴 맛이 났고 물기가 가득한데도 떫고 텁텁했다. 금방 딴 허브를 꽃병에 꽂아 싱크대 위에 놓아두고 그 옆에 토마토를 나무 그릇에 담아 놓고 후숙하라고 가르쳐준 사람은 클레멘타인이었다. 그녀는 토마토를 사과처럼 입으로 베어 먹는 속된 기쁨을 알려주었다. 클레멘타인을 만났을 때 나는 이미 요리사로 일하고 있었지만 그녀는 내가 식당에서 배운 것들을 실전에 응용할 수 있게 도와주었다. 열린 창문 옆에 프랑스 버터를 놓아두면 웨스트 13번가 가로수에서 막 피어나는 꽃의 향기가 버터에 은은히 밴다는 것도 그녀에게서 배웠다. 파스타는 식탁에서 먹기보다는 큰 그릇에 담아 부엌에 서서 먹는 게 훨씬 맛있다는 사실도 그녀에게 배웠다. 우리는 헤어지기 전 마지막 여름에 수없이 싸웠다. 그녀가 문을 쾅 닫거나 말없이 냉랭하게 내 옆을 스쳐 지나갈 때마다 너무 많이 익어버려 물컹해진 토마토의 냄새가 콧속을 진하게 파고들었다. 그 여름 한철 동안 클레멘타인은 사랑의 고통과 토마토가 주는 기쁨을 듬뿍 가르쳐주었다. 이후 내가 평생토록 배운 것을 다 합쳐도 비교할 수 없을 만큼 듬뿍. 그녀가 내게 가르쳐준 것만으로도 책 한 권을 쓸 수 있다. 하지만 여기서 그 애기를 하려는 건 아니다. 나는 지금도 잘 익은 생 토마토를 잘 먹지 못한다.

이번 여행을 위해 앨라배마 주 몽고메리에서 세라 레이놀즈Sarah Reynolds를 만나기로 했다. 훌륭한 프로듀서 겸 저널리스트인 그녀는 주로 빈곤과 이민자의 삶, 평범한 사람들의 의미 있는 이야기를 글로 쓰고 있다. 그녀는 자신이 어린 시절을 보낸 이 작은 남부 도시 몽고메리에 한국인 이민자가 급증하게 된 이유와 이곳의 한국 음식을 주제로 한 남부 식생활 연구회 팟캐스트를 맡고 있다. 10여 년 전,

한국의 현대자동차가 미국에 첫 공장을 열고 8천여 명의 직원을 채용하면서 몽고메리를 사실상 제2의 터전으로 삼았다. 그때부터 이곳에는 한국인이 끊임없이 유입되고 있다. 인구가 약 40만 명인 도시에 한국인이 운영하는 식당이 대략 열다섯 개쯤 있다. 1인당 한인 식당의 수가 맨해튼보다도 많은 셈이다.

세라는 시내에서 몇 분 거리에 있는 유명한 소울 푸드 식당 데이비스 카페Davis Café에서 만나자고 한다. 식당 외벽은 딱히 예쁘지 않은 진녹색으로 칠해져 있고 제대로 찾아왔는지 알려주는 표시라고는 녹슨 간판 하나뿐이다. 오후 2시쯤 도착해보니 세라는 벌써 자리를 잡고 앉아 녹음기를 매만지고 있다. 그녀는 자신의 글처럼 담백하고 꾸밈없는 성격이지만 각진 안경 너머로 보이는 청회색 눈에서는 푸릇푸릇한 열정이 넘친다. 우리 테이블이 마지막 주문이라 오크라와 감자, 간, 고구마파이는 다 떨어졌다고 한다. 우리는 상단에 "수요일"이라고 찍힌 메뉴판에서 남아 있는 것을 달라고 한다.

나는 남부 식생활 연구회를 통해 재능 있는 사람들을 많이 만난 터라, 세라가 몽고메리의 한국 음식을 다룬다는 소식을 듣고 통역을 돕겠다고 자원했다. 나도 모르게 내 한국어 실력을 조금 과장하기도 했다.

데이비스 카페의 음식은 가정식의 맛이 난다. 뻔한 얘기 같지만 식당에서는 집에서 만든 음식의 느낌을 내기 어렵다. 금방 소금을 뿌린 듯한 프라이드 치킨과 깊고 달콤한 그레이비를 듬뿍 얹은 연한 돼지갈비, 푹 익혀서 입에서 살살 녹는 남부식 순무청찜. 쫄깃하면서도 부드러운 콩 샐러드. 이런 음식은 여자가 만든 게 틀림없다. 떳떳하게 맛을 드러내는 음식. 지름길을 택하지 않고 인내와 친밀함을 담아 만든 음식이다. 그래도 이런 선입견을 섣불리 내보이지는 않는다. 세라에게 음식 맛으로 성별을 따지는 남자라는 인상을 주고 싶지는 않으니까.

훌륭한 저널리스트라면 누구나 그렇듯 세라 역시 상대가 자유롭게 말하고 싶게 만드는 편안한 사람이다. 우리는 서로를 알아가는 어색한 과정을 건너뛰고 곧바로 대화의 리듬을 찾는다. 우리가 음식의 언어를 공유하고 있기 때문일 것이다. 어쩌면 내가 그녀에게 동질감을 느끼기 때문일지도 모른다. 혹은 나 역시 세라가 다루는 이야기의 일부이기 때문이거나. 아마도 그녀는 한국인 이민자의 자녀인 내가 어린 시절 얘기를 술술 풀어내도록 안전한 지대로 유인하고 있을 것이다.

"한국인은 지독히 내성적이지만 대개는 그런 척하는 겁니다. 진짜 장애물은 아무도 믿지 않는다는 거죠."

내 말에 그녀가 조용히 묻는다. "왜요?"

"한국 전쟁 후의 가난을 기억하는 세대라면 가뜩이나 부족한 물자를 놓고 서로 경쟁을 벌여야 했던 상황도 생생히 기억하니까요. 끔찍한 일도 많이 보았죠. 그런 건 잊을 수 없을 겁니다. 그렇다고 얘기를 하는 것도 아니고."

"부모님이 그런 얘기를 해주셨나요?"

"아뇨. 하지만 그런 슬픔이나 한은 유전되는 것 같아요. 완전히 지우려면 몇 세대는 걸리죠."

직원들이 남은 테이블을 치우고 있다. 우리는 하루 종일 얘기할 수도 있지만 식당은 곧 문을 닫으려 한다. 내가 계산하러 가자 주인들 중 셰프인 신시아 데이비스$^{Cynthia Davis}$가 계산대 옆에서 쉬고 있다. 이 식당은 30여 년 전인 1988년 신시아의 조부모인 조지와 조시가 창업했다. 신시아의 조카 실라가 계산을 하고 전화를 받는다. 그녀의 자매인 쇼나는 서빙을 하고 테이크아웃 포장을 돕는다. 셋은 무적의 팀이다. 신시아에게 음식이 원래 이렇게 빨리 떨어지냐고 묻자 날마다 그렇다고 한다. 우리는 몽고메리와 이 식당의 역사에 대해 얘기를 나눈다. 내가 오늘 먹어보지 못한 오크라 요리가 어떤 거냐고 묻자 내일 다시 오라고 한다. 나는 고구마파이를 남겨놓겠다고 약속하면 그러겠다고 대꾸한다. 내가 이곳에 있는 한국 식당을 살펴보러 왔다고 하자 이 식당의 세 여자는 한국 음식을 한 번도 먹어보지 않았다고 한다. 왜요? 내가 묻는다. 신시아는 한국 식당에서 파는 음식을 못 믿겠다고 한다.

"그렇겠죠." 내가 농담을 건넨다. "한국어로 된 메뉴는 읽을 수가 없으니까요."

"아뇨. 고기 때문에요. 사람들이 그러는데 온갖 동물을 다 먹는대요." 그녀는 한쪽 눈을 찡긋하며 고개를 끄덕인다. 무슨 말을 하려는지 알 것 같다.

"주로 소고기와 돼지고기예요." 내가 말한다.

"정말 그래요?"

"제가 가져오면 시도해보시겠어요?"

"'손님'이 가져다주면 먹어보죠." 말투로 봐서는 내가 다시 오지 않을 거라고 확신하는 모양이다.

음식은 신뢰에 기반하고 신뢰는 친밀함에서 나온다. 낯선 음식을 섣불리 먹지 못하는 주된 이유는 미지의 것에 대한 두려움이 아니라 그 음식을 만든 사람을 신뢰하지 못하는 것이다. 화려한 잡지에서 유명 셰프에 관한 기사를 읽으면 그 사람을 개인적으로 알게 되었다고 느낀다. 그 셰프가 내놓는 음식은 무엇이든 마음 편히 먹는다. 나는 길에서 난생처음 보는 사람이 다가와 친밀함을 드러낼 때면 놀라곤 한다. 그들 역시 기사를 보고 나를 아는 사람이라고 느끼는 것이다. 한번은 한 여자가 내게 자신의 갓난아기를 안고 카메라 앞에 서달라고 부탁하기도 했다. 그러나 이민자 식당을 얘기할 때는 대개 음식에만 초점을 맞춘다. 그 음식을 만드는 셰프가 누구인지 알아보는 일은 드물다. 음식이 맛있다고 해도 요리사는 주목받지 못한다. 그러다 보니 온전한 신뢰가 쌓일 수 없다. 뿌리 깊은 전통이 있는 몽고메리 같은 도시에서 최근에 급증한 한국인 이민자들은 자연히 불신과 의심의 대상일 수밖에. 이러한 불신은 상호적이다. 한국 문화는 아직 몽고메리의 오랜 주민들과 악수하지 못했다. 어쩌면 한 세대쯤 지나야 할지도 모른다. 그러나 언젠가는 미시시피 주 클라크스데일 주민들에게 키베가 그러했듯 한국 음식이 이곳 앨라배마 주 몽고메리 지역민들에게 익숙한 음식이 될지도 모른다. 그건 시간이 지나야 알 수 있는 일이다.

세라는 나를 차에 태우고 몽고메리의 예쁜 동네들을 돌아본다. 공원마다 줄지어 늘어선 나무에는 수염 틸란드시아가 덮여 있고 무더운 대기는 습기를 잔뜩 머금었다. 세라는 자신이 어릴 때 살던 동네와, 스콧과 젤다 피츠제럴드 박물관, 예전에 일한 남부 빈곤 법률 센터Southern Poverty Law Center를 보여준다. 역사와 이야기가 가득한 그림 같은 도시다. 이곳에 좀 더 머물고 싶지만 우리가 다룰 이야기는 차가 많이 다니는 이스턴 대로 근처, 배기가스와 대형 프랜차이즈 상점들로 숨 막히는 곳에 있다. 수 킬로미터를 가도 나무 한 그루 없는 곳이다.

가장 먼저 들르는 곳은 직접 만든 김치와 주로 채소를 절여서 만든 밑반찬을 깔끔한 보관함에 담아 냉장고에 정리해놓고 판매하는 한국 식료품점이다. 알록달록한 봉지에 담긴 쌀과 건면, 각종 양념,

적어도 여섯 종류쯤 되는 김이 진열대에 차곡차곡 쌓여 있다. 비누와 수건, 목욕 수건, 한국 때수건도 통로 하나를 온전히 차지했다. 안쪽 깊숙한 곳에 환한 형광등이 켜진 작은 부엌이 있고 두 할머니가 조용히 무를 썰고 있다. 나는 가볍게 말을 걸어보지만 둘 다 별 반응을 보이지 않는다. 내 뒤에서 세라가 녹음을 하고 있다. 내가 두 사람에게 무얼 하느냐고 묻자 깍두기를 담그는 중이라고 한다. 내 한국어가 서툴러서 할머니들이 우리를 더 미심쩍어 하는 듯하다. 둘 중 나이가 더 많은 할머니는 박씨라고 한다. 오래전 서울에서 미군과 결혼했고 지금은 20년 넘게 몽고메리에 살고 있다. 이 가게의 주인인지 아닌지는 말할 수 없다고 한다. 나는 그녀의 가족 얘기를 더 듣고 싶어서 브루클린에서 보낸 내 어린 시절 얘기를 꺼낸다.

박씨 할머니가 조금씩 마음을 연다고 생각하려는 찰나, 그녀 쪽으로 향해 있던 마이크를 들키고 만다. 그녀는 서툰 영어로 세라에게 무얼 하는 거냐고 따진다. 분위기가 어색해지는가 싶더니 금세 적대적으로 바뀐다. 하지만 내 머릿속에는 수습할 말이 얼른 떠오르지 않는다. 갑자기 박씨 할머니가 버럭 화를 내며 세라에게 지금까지 녹음한 것을 다 지우라고 역정을 낸다. 어디선가 두 아주머니가 나타나 우리를 꾸짖는다. 박씨 할머니가 노여움 가득한 눈으로 나를 본다. 참담한 마음이다. 물어보지 말고 녹음하자고 제안한 사람은 나였다. 당황한 세라는 뒷걸음질 치면서도 이야기를 담는 사명을 놓지 않는다. 나는 여자들이 내뱉는 거친 말을 전부 알아듣는다. 한동안 불편한 침묵이 이어진다. 세라와 나는 이제 상황이 진정된 모양이라 여기며 용서를 구하고 처음부터 다시 시작해도 될지 물어본다. 그러나 한국 사람은 금방 화를 풀지 않는다. 나는 경험을 통해 배운 이 사실을 세라에게 귀띔해준다. 결국 우리는 단념하고 얼이 빠진 상태로 슬그머니 가게를 빠져나온다.

　나의 어린 시절이 떠오른다. 나는 무정한 할머니들과 비밀스러운 속삭임이 가득한 이민자 문화에서 자랐다. 우리 부모님과 친척 어른들, 그들의 친구들은 모두 미국 기관이나 제도를 믿지 않았다. 그들은 항상 매트리스 속에 현금을 숨겨놓았다. 대화는 아는 사람하고만 나눴고 외부인을 집 안에 들이지도 않았다. 모르는 사람이 우리의 사진을 찍으면 우리 영혼의 일부를 훔쳐 가는 거라고 가르쳤다. 나는 차에서 세라에게 이런 이야기를 들려준다. 그 가게에서 본 할머니들은 나 같은 사람을 '재미교포'라고 부른다. 혈통은 한국인이지만 미국에서 자란 사람을 일컫는 말이다. 모욕적인 표현은 아니지만 한국인의 혼이 아닌 미국의 가치관을 내면화했으므로 외국인으로 간주해야 한다는 복잡한 선입견이 담겨 있다.

　다행히 남은 하루는 좀 더 생산적으로 보낸다. 다른 한국 식당 두 군데를 찾아가지만 대화는 대부분 세라에게 맡기고 나는 필요할 때만 통역을 한다. 신라가든Shilla Restaurant(현재 폐업)에서는 불고기와 파전, 낙지볶음을 먹는다. 썰렁할 만큼 손님이 없다. 음식 맛은 내가 어릴 때 가본 한국 식당들과 비슷하다. 대체로 그럭저럭 괜찮은 인기 한식을 팔고 있지만 딱히 인상적인 수준은 아니다. 이 식당을 운영하는 김씨 자매는 내일 아침에 오면 주방에서 현대자동차 관리직 직원들의 도시락을 싸는 과정을 보여주겠다고 한다. 그들은 평일이면 날마다 약 200인분의 도시락을 싼다. 일을 시작하는 시간은 아침 6시다.

그날 저녁 세라와 나는 한국인이 운영하는 일식당에 간다. 널찍한 실내에는 커튼이 쳐진 룸들이 있고 한쪽 구석에는 바가 있다. 내가 어릴 때 뉴욕에서는 한국인이 운영하는 일식당을 흔하게 볼 수 있었다. 지금은 이런 식당을 전국 각지에서 볼 수 있다. 주요 도시 외곽에 사는 사람이라면 일본인을 가장한 한국인이 운영하는 단골 스시 식당이 하나쯤 있을 것이다. 미국 요식업계에서 이러한 정체성의 도용은 어제오늘 일이 아니다. 스위스 이민자들은 독일 식당과 프랑스 식당을 운영하고 중동 여러 지역에서 온 이슬람교도들은 레바논 음식을 팔고 있다. 방글라데시인들이 인도 식당을 많이 운영한다는 것은 널리 알려진 사실이다. 그렇다고는 해도 한국인이 일본인을 가장하는 것은 내게 유난히 불편하게 느껴진다. 이런 현상은 1980년대에 시작되었다. 스시의 인기가 들불처럼 번지기 시작하자 한국인들이 사업 기회를 포착한 것이다. 제국주의 일본의 학대와 식민 정치를 아직 기억하는 세대가 다른 나라에 와서 생계를 위해 압제자의 정체성을 가장하다니. 이런 행동은 다음 세대 한국인 이민자들의 정신에 어떤 영향을 미칠까?

세라와 나는 메뉴판을 훑어본다. 볼케이노 롤, 캐터필러 롤, 파이어크래커 롤…… 달콤한 소스와 마요네즈를 듬뿍 얹은 채 졸업 파티에 가는 고교생보다도 한껏 멋을 부린 이 휘황찬란한 롤들은 일식 마키를 극악무도하게 변형한 것이다. 이런 건 일본 사람이 만든 게 아니에요. 내가 세라에게 일러준다. 일본인 셰프라면 자신의 문화를 이렇게 망가뜨리지 않을 것이다. 그러나 대부분의 미국인은 스시라는 말을 들으면 가장 먼저 이런 롤을 떠올린다. 나 역시 가짜 게살과 형광 적색으로 염색한 대구알로 속을 채우고 스리라차 소스와 빵가루를 듬뿍 얹은 이 롤에 탐닉하는 죄를 지었다. 달콤한 소스와 식초로 버무린 차가운 밥이 모든 맛을 뒤덮는 요리. 이것은 스시에 대한 모욕이 아닐 수 없다. 그러다 문득 이런 생각이 들었다. 혹시 한국인은 이런 식으로 복수를 꾀한 것일까? 미국 땅에서 한 나라의 가장 인정 받는 음식을 마음대로 변형하는 것, 크림치즈를 듬뿍 넣고 싸구려 데리야끼 소스를 뿌려 문화를 대표하는 음식을 훔쳐 오는 것보다 훌륭한 복수가 어디 있겠는가? 더욱이 일본인을 가장해 일본인 이민자들이 수십 년 동안 보존하려 노력한 신성한 미적 가치를 해치고 있지 않은가?

세라와 나는 족발을 먹으며 맥주를 마신다. 식당 벽면에는 현란한 네온사인이 켜져 있고 라디오에서는 케이팝이 흘러나온다. 이곳 사람들은 모두 한국어를 쓰고 있다. 스시를 만든 셰프는 내 인터뷰 제안을 정중하게 거절했다. 아무리 봐도 우리는 서울을 찾은 미국인들 같다. 하지만 이곳은 앨라배마 주 몽고메리다. 그것이 바로 내가 찾는 이야기다. 미국 남부 깊은 곳에 터를 잡은 이민자들과 그들을 담요처럼 에워싼 미국의 정체성. 홀 직원들은 대부분 한국계 미국인 대학생으로, 우리가 질문을 해도 그저 미소를 지으며 어깨를 으쓱할 뿐이다. 우리는 단념하고 먹는 데 집중한다. 낯선 곳에 온 외국인처럼 우리만의 언어 속에 안전하게 숨는다.

다음 날 세라는 김씨 자매가 주방에서 도시락을 싸는 풍경을 녹음하기 위해 아침 일찍 일어난다. 도착해보니 자매 중 언니는 채소와 함께 무친 도토리묵을 썰고 있다. 한구석에 놓인 주전자에서는 매콤한 미소 된장국이 끓고 있다. 반찬들이 고루 분배되어 포장된다. 두 자매는 알록달록한 앞치마를 두르고 쿠션이 좋은 작업용 신발을 신었다. 함께 움직이는 그들은 빠르지도 힘이 세지도 효율적이지도 않지만 끈기가 있다. 하나를 끝내면 망설임 없이 다음 일로 옮겨 간다. 끊임없이 움직이거나 썰거나 닦으며 한시도 쉬지 않는다. 쉬지 않고 일하면 많은 것을 할 수 있다.

신라가든은 25여년 전, 현대자동차 공장이 들어오기 한참 전에 몽고메리에서 세 번째로 문을 연 한국 식당이다. 김씨 자매는 일요일을 제외하고 매일 아침 6시부터 밤 10시까지 일한다. 게다가 언니는 한 달에 한 번 일요일에 식재료를 사러 애틀랜타에 차를 몰고 간다. 그녀는 머리에 그물망을 썼고 립스틱을 발랐다. 남편은 미용 용품을 판매한다. 이 일을 오래 할 생각은 없다고 한다. 언젠가 은퇴하고 남편과 크루즈 세계 여행을 다닐 생각이다. 내가 이 많은 요리를 다 어디서 배웠냐고 묻자 한국 여자라면 누구나 아는 거라고 한다. 일종의 공유 지식이라나. 그녀의 음식은 딱히 훌륭하지도 않고, 이런 음식은 누구나 만들 수 있다고 한다. 그저 남들보다 더 정확하게 만들 뿐이라고. 그렇기는 해도 어딘지 뿌듯함이 엿보인다. 그녀는 일주일에 닷새간 도시락을 싸는데 한 달 동안 메뉴가 한 개도 겹치지 않는다면서 식단표를 보여준다. 내게는 한국 음식 참고서 같다.

자녀들도 이렇게 다양한 음식을 만들 줄 아느냐고 물어보자 그렇지는 않지만 괜찮다고 한다. 아이들은 다른 삶을, 더 나은 삶을 위해 미국에 왔으니 기회를 한껏 누리게 해주고 싶단다. 우리 어머니와 똑같다. 그녀의 이야기도 다르지 않다. 더 물어볼 필요가 없다. 이미 답을 알고 있으니까.

우리는 신라가든을 나와 버드나무 식당Budnamu(현재 폐업)으로 점심을 먹으러 간다. 메뉴는 지금까지 가본 식당들과 똑같지만 가장 맛있다. 낙지볶음과 갈비, 직접 담근 김치, 된장찌개가 모두 만족스럽다. 주인에게 말을 걸자 틀에 박힌 대답을 할 뿐이다. 주방을 들여다보니 혼자 능숙하게 음식을 담고 있는 여자가 보인다. 바빠서 우리와 얘기할 새가 없지만 줄곧 미소를 보여준다.

나는 데이비스 카페의 여자들에게 가져다주려고 메뉴 세 가지를 골라 포장해달라고 한다. 얇게 썬 소고기를 양념에 쟀다가 양파와 고추를 넣고 볶은 불고기는 누구나 좋아하는 메뉴다. 채소와 돼지고기를 큼직하게 썰어 넣은, 미소보다 감칠맛이 좋은 된장국은 조금 어려울 수 있지만 익숙한 맛에서 크게 벗어나지 않는다. 마지막으로 쫄깃하고 꼬불거리는 낙지 다리에 채소를 넣고 매운 고추장소스로 볶은 낙지볶음을 고른다. 데이비스 카페의 여자들이 불고기와 된장국 시험을 무사히 통과하면 낙지볶음으로 단계를 올릴 생각이다.

우리는 신시아가 주방 일을 마칠 때까지 기다린다. 그녀는 내가 다시 온 것을 보고 놀라는 눈치다. 내가 말한 파이도 남겨놓지 않았다. 그녀는 몇 분 마음의 준비를 한 뒤에야 버드나무 식당에서 가져온 불고기를 맛본다. 처음에는 콩알만큼 먹더니 좀 더 큰 조각을 먹어본다. 평생 소울 푸드가 아닌 다른 음식은 먹어본 적이 없으니 굉장한 발전이라고 한다. 그녀가 된장국을 한 입 홀짝이자 자매들은 두려움과 기대가 섞인 얼굴로 지켜본다. 신시아는 곧바로 얼굴을 찌푸린다. 이건 별로네요. 그녀가 말한다. 이윽고 그녀는 낙지볶음이 담긴 스티로폼 용기를 열더니 믿을 수 없다는 듯이 나를 본다.

"이게 뭐예요?" 그녀의 물음에 내가 설명해준다. 그러자 그녀는 다시 말한다. "이건 절대 못 먹어요."

모두가 한바탕 웃음을 터트린다. 손님들도 재미있어 하지만 아무도 낙지를 먹어보려 들지 않는다. 다 함께 부추기는데도 신시아는 꿈쩍도 하지 않는다. 세라는 이 모든 걸 열심히 녹음하고 있다. 하지만 이런 대화가 그녀의 이야기에 얼마나 담길지는 모르겠다.

나는 세라가 인터뷰하는 모습을 주의 깊게 지켜보았다. 질문은 정확하고 직설적이지만 태도와 말투가 상대를 무장 해제하게 만든다. 그리고 언제나 상대에게 여지를 준다. 침묵이 흘러도 그저 잠자코 기다릴 뿐 섣불리 침묵을 메우려 들지 않는다. 참을성이 많은 사람이다. 상대가 자신의 속도로 대답하도록 기다려주며 끝내 답하지 않으면 다음 질문으로 넘어간다. 나는 즐거워하는 신시아를 보고 내가 직접 인터뷰를 해보기로 한다.

Q   한국 음식의 어떤 점이 두렵습니까?

A   저는 단순한 음식을 먹으며 자랐어요. 우리는 외식도 하지 않았고 우리가 직접 요리한 것만 먹었거든요.

Q   이제 어떤 음식을 주문해야 하는지 알았으니 한국 식당에 가실 건가요?

A   그럴 수도 있죠. 봐서요. 저는 시간이 별로 없거든요. 여기서 할 일이 정말 많답니다.

Q   다른 사람이 이곳을 운영할 수도 있을까요?

A   아뇨. 우리밖에 없어요. 우리가 없으면 이 식당도 없어지는 거예요.

Q   이 식당이 없어지면 슬프지 않을까요?

A   아뇨. 어차피 모든 건 끝나게 마련이잖아요. 전혀 슬프지 않을 것 같아요. 우리 아이들은 더 나은 일을 할 거예요. 날마다 여기서 똑같은 일을 하는 건 힘들어요. 우리 아이들은 이런 삶을 살지 않았으면 좋겠어요.

Q   그렇다면 누가 이 전통을 이어 갈까요?

A   모두 집에서 요리를 하는걸요. 이 지역의 흑인 가정은 다 그래요. 이 전통은 사라지지 않을 거예요. 가정에서 명맥을 이어가겠죠.

Q   하지만 저 같은 사람에게 해주진 않잖아요. 제가 이 음식을 먹고

싶으면 어떻게 해야 합니까?

A 음…….

Q 남자보다 여자가 주방 일을 더 잘하는 이유는 뭘까요?

A 글쎄요. 여자는 끈기 있게 붙어 있죠. 남자는 힘들어지면 쉽게 떠나고요. 결혼생활만 해도 그렇잖아요. 힘들어지면 남자가 떠나서 새 가정을 꾸리고 여자는 남아 있죠. 여자는 끈기 있게 남아서 끝을 본답니다. 그래서 우리 여자들이 이 식당을 운영하는 거죠.

Q 지금 하시는 일을 좋아하세요?

A 네. 어머니가 자랑스러워하실 거예요. 하지만 우리 아이들은 하지 않았으면 좋겠어요.

Q 이 일을 얼마나 더 할 수 있을까요?

A 하느님이 그만하라고 하실 때까지 해야죠. 다른 일을 하고 싶진 않아요. 이게 제 일이에요. 하느님이 매일 이 일을 할 수 있는 힘을 주셨으니 언제까지 하게 될지도 그분이 정하시겠죠.

내가 포옹을 청하자 신시아는 바 뒤쪽에서 나온다. 그녀의 큰 몸을 껴안자 푸근한 느낌이 든다. 진심이 느껴진다. 이윽고 그녀는 내게 차분하면서도 단호한 목소리로 말한다. "오늘 얘기는 정말 즐거웠어요. 하지만 이제 치우러 가봐야 해요." 그녀는 걸음을 옮기다가 주방으로 들어가기 직전에 고개를 돌리며 덧붙인다. "그 낙지는 잊지 말고 가져가세요."

세라와 나는 데이비스 카페 앞에서 헤어진다. 날씨는 맑지만 햇살이 어쩐지 칙칙하고 우울한 것 같다. 겨우 이틀 전에 만난 사람에게 보고 싶을 거라고 말하기가 겸연쩍어서 참는다. 그녀는 다른 인터뷰가 기다리고 있다며 서둘러 떠난다.

나는 차를 타고 몽고메리를 벗어나 프랫빌에 있는 와플하우스 Waffle House[1]에 들른다. 노래하는 웨이트리스가 있는 매장으로 유명한 곳이다. 그녀의 이름은 밸러리다. 나는 볶은 양파와 치즈를 듬뿍 얹은 해시브라운과 칠리를 주문한다. 밸러리의 딸도 이곳에서 함께 일한다. 이곳의 모든 직원은 여성이다. 밸러리는 번철 앞에서 일하는 내내 로큰롤 고전곡들을 와플과 달걀이 들어가는 가사로 바꿔 부른다. 깊고 풍부한 목소리와 오랜 시간 일한 사람에게 기대할 수 없을 법한 밝은 기운이 무척 인상적이다.

나는 그녀에게 언제부터 노래를 했냐고 물어본다. 야간 근무를 할 때였다고 한다. 술 취한 남자들이 들어와 싸움이 벌어지려는 찰나에 분위기를 바꿔보려 노래를 불렀는데 효과가 있었다. 그 뒤로 계속 노래를 불렀다고 한다.

나는 바 자리에 앉아 있고 내 옆에는 휠체어를 탄 나이 많은 카우보이가 있다. 한 테이블에 앉은 젊은 부부는 아기를 유아차에 태워 데리고 왔다. 내 맞은편에 앉아 있는 다른 남자도 단골인 듯 밸러리와 농담을 주고받는다. 손님들이 밸러리에게 다가와 인사를 건넨다. 바 안쪽에 있는 여자들도 손님들을 모두 아는 것 같다. 나는 결국 한 시간쯤 머물며 가게에 온 손님 모두와 얘기를 나눈다. 그들은 내게 무얼 하느냐고 물어본 뒤 행운을 빌어준다. 밸러리의 딸이 수업이 있다며 일찍 나가자 모두가 손을 흔들며 인사를 건넨다. 밸러리는 다른 노래를 부르기 시작한다. 익숙한 휘트니 휴스턴의 노래 가사가 귀에 들어온다.

---

1   미국 중서부와 남부를 기반으로 하는 24시간 프랜차이즈 식당.

나는 새로운 식당에 갈 때마다 마음을 열고 무엇이든 받아들이려 하지만 사실 내 머릿속에는 이미 내가 원하는 이야기가 들어 있다. 나는 그런 이야기가 완성되기를 바란다. 내가 입증하려 한 결과가 나오기를 바란다는 뜻이다. 하지만 그런 경우는 아주 드물다. 프랜차이즈 식당인 이 와플하우스에서 경험한 문화를 한국 식당에서도 발견할 수 있다면 얼마나 좋을까 생각해본다. 사람들이 이곳을 찾는 데는 이유가 있다. 밸러리뿐만 아니라 음식과 사회적인 위안, 친밀한 분위기도 그 이유에 포함될 것이다. 이런 친밀함을 찾는 곳이 셸 주유소 옆, 맥도날드 맞은편에 있는 프랜차이즈 식당이 아니라면 좋았을 텐데. 하지만 아마도 그것이 현재 미국의 문화일 것이다. 나는 평생 미슐랭 식당들을 다니며 음식을 먹어볼 수도 있지만 이런 곳들을 다니며 미국 음식을 좀 더 깊이 이해할 수도 있다. 지금 세라가 옆에 있다면 이에 관해 토론할 수 있을 텐데. 그녀에게 미처 물어보지 못한 것이 너무나 많다. 깜빡하고 묻지 못한 질문으로 방 하나를 채울 수도 있을 것이다.

2014년 세라는 NPR(미국 공영 라디오)를 위해 제작한 프로그램에서 흥미로운 이야기를 다뤘다. 모르는 사람 두 명을 무작위로 골라 함께 카메라 앞에 서달라고 부탁하는 사진작가의 이야기였다. 그가 찍은 사진들은 풍부하고 인상적이다. 사진에 담긴 사람들은 전혀 모르는 사이이지만 함께 껴안고 사진을 찍은 뒤 다시 각자의 삶으로 돌아갔다. 그 두 사람을 연결하는 것은 사진에 포착된 찰나의 순간뿐이지만 많은 사진에서 주인공들은 실제로 유대가 있는 듯 보인다. 세라는 두 사람 사이에 친분이 전혀 없다는 것을 알면서도 친밀해 보였다고 한다. 두 사람은 그저 아주 짧은 순간 동안 서로 친밀한 사이라고 상상했을 뿐인데 말이다. 내 눈에도, 그리고 그 사진들을 본 다른 모든 사람의 눈에도 친밀감이 보인다. 어쩌면 우리가 그런 것을 보고 싶어 하기 때문일지도 모른다. 찰나의 친밀함이 실제로 존재한다고 믿고 싶어서일 것이다. 나는 이 NPR 방송을 여러 번 들었고 그때마다 미소가 떠올랐다. 아마도 현실에서는 찾기 힘든 무언가가 허구의 사진에 쉽게 나타났기 때문일 것이다. 내게는 그것이 계속 나아가는 데 충분한 동력이 된다.

내게는 소울 푸드와 한국 음식의 접점이 뚜렷하게 보인다. 두 음식은 리듬이 비슷하다. 둘 다 단순하고 소박하며 원재료도 겹치는 것이 많다. 돼지족발, 양배추, 고구마, 땅콩 등등. 한국에는 발효 음식이 많다면 남부에는 저온으로 느리게 익히는 음식이 많다. 하지만 두 가지 모두 결국 비슷한 감정을 불러일으킨다. 나는 저온으로 느리게 익힌 음식과 발효시킨 재료의 조합을 무엇보다도 사랑한다. 내가 너무나도 아끼는 두 세계의 가장 좋은 것만을 합쳐놓은 요리, 내겐 가장 완벽한 요리다.

낙지볶음

OCTOPUS STIR-FRY

낙지볶음은 미국에 있는 한식당에서 빼놓을 수 없는 메뉴다. 낙지는 살짝 익을 정도로만 볶아야 쫄깃하면서도 기분 좋은 식감이 된다. 너무 오래 익히면 고무처럼 질겨진다. 모든 재료를 미리 잘라서 준비하고 큰 팬이나 웍을 센 불에 올려 아주 뜨겁게 달군 뒤 빠르게 볶아야 한다.

전채 4인분 분량

낙지 700~900g	**고추장 소스**
얇게 저민 당근 1개	다진 마늘 5쪽 분량
얇게 저민 양파(중) 1/2개	고추장 2와 1/2큰술
씨를 빼고 가늘게 채 썬 빨간 파프리카 1개	볶은 참기름 2큰술
줄기를 떼고 얇게 저민 표고버섯 4개	간장 3큰술
씨를 빼고 얇게 썬 할라페뇨 2개	신선한 레몬 즙 2큰술
다진 마늘 1쪽 분량	피시 소스 2작은술
식물성 오일 3큰술	고춧가루 1큰술
볶은 참기름 1큰술	설탕 1큰술
장식용 볶은 참깨 1큰술	
장식용 얇게 썬 쪽파 2개	

먼저 고추장 소스를 만들자. 작은 볼에 간장과 고추장, 참기름, 레몬 즙, 피시소스, 고춧가루, 마늘, 설탕을 넣고 잘 섞는다.

낙지는 흐르는 찬물에 깨끗이 씻고 다리와 머리를 분리한 뒤 다리는 5cm 길이로 자르고 머리는 작은 조각으로 썬다. 키친타월로 두드려 물기를 제거한다.

큰 팬이나 웍을 센 불에 달구고 식물성 오일 절반을 넣는다. 기름이 아주 뜨거워지면 낙지를 넣어 1분간 빠르게 볶고 바로 접시에 옮겨둔다.

나머지 식물성 오일과 참기름을 팬에 넣고 아주 뜨겁게 달군다. 마늘과 당근,

양파, 파프리카, 할라페뇨, 표고버섯을 넣고 4~5분 동안 채소가 부드러워지고 노릇하되 완전히 갈색이 되지 않을 정도로 볶는다. 팬에 볶아둔 낙지와 고추장 소스를 넣고 2~3분 동안 잘 섞으며 익힌다. 이때 소스가 너무 걸쭉하면 물 1큰술을 넣어 풀어준다.

접시에 옮겨 담고 참깨와 쪽파로 장식한다. 바로 낸다.

갈비 버터와 고추장 소스를 곁들인
소금구이 고구마

SALT-ROASTED SWEET POTATOES WITH KALBI BUTTER AND GOCHUJANG SAUCE

고구마는 한국 요리와 소울 푸드 요리에서 똑같이 사랑받는 재료다. 나는 이 양쪽의 맛과 기법을 섞어 두 문화의 접점을 찾는 것이 좋다. 버터구이 고구마에 한국의 풍미를 섞은 이 요리는 두 세계에서 가장 좋은 것을 조합한 음식이다.

여기서는 낙지볶음(215쪽)에 사용한 고추장 소스와 버터를 섞은 한국식 소갈비 양념을 사용한다. 갈비 버터는 버터와 양념이 잘 어우러지도록 미리 만들어놓는 것이 좋고, 하루 전에 만들어도 좋다.

전채 또는 사이드 4인분 분량	
문질러 씻은 고구마 4개	옥수수 오일 1/4컵
부드러운 상태의 갈비 버터(레시피는 뒤에) 약 6큰술	바다 소금 적당량
고추장 소스(215쪽) 1/4컵	장식용 잘게 썬 쪽파 약간

오븐을 190도로 예열한다.

고구마를 접시에 놓고 옥수수 오일을 듬뿍 바른 뒤 바다 소금에 굴린다.

고구마를 알루미늄 포일에 하나씩 싸서 오븐 선반에 놓는다. 만졌을 때 말랑말랑할 때까지 약 1시간 굽는다. 오븐에서 꺼내 약 5분간 식힌다.

포일을 벗기고 고구마를 접시로 옮긴다. 과도로 고구마를 하나씩 세로로 반 갈라 손으로 살살 벌린다. 고구마 속에 고추장 소스를 1작은술 넣고 갈비 버터를 1큰술 정도 넣는다. 갈비 버터 위에 파를 뿌려 바로 낸다. 그러면 버터가 사르르 녹으면서 고구마 안으로 퍼질 것이다. (그러면 성공이다.)

갈비 버터 KALBI BUTTER | 4컵 분량

잘게 썬 쪽파 3개	볶은 참기름 2큰술
잘게 썬 마늘 6쪽	간장 3/4컵
다진 신선한 생강 3큰술	공간이 생기지 않도록 단단히 눌러
부드러운 상태의 무염 버터 900g	계량한 흑설탕 2큰술
그래뉴당 1/4컵	고춧가루 2작은술

중간 크기의 편수 냄비에 간장과 두 가지 설탕, 참기름을 넣고 설탕이 녹을 때까지 저으면서 한소끔 끓인 뒤 3분간 더 끓인다. 불에서 내려 너무 차가워지지 않게 실온에서 한 김 식힌다.

마늘과 생강, 쪽파, 고춧가루를 푸드프로세서에 넣고 완전히 섞여 페이스트 상태가 될 때까지 돌린다. 중간에 버터를 넣고 완전히 섞일 때까지 돌린다. 실온 상태의 간장 혼합물을 넣고 완전히 섞일 때까지 돌린다.

뚜껑 있는 용기에 옮겨 담고 냉장고에서 최소 1시간 두어 완전히 식힌다. 이 버터는 하루 전에 만들어도 좋다.

A LESSON IN SMEN

CHAPTER 09

비밀의 버터

머릿속에 화이트 클램 피자를 그려본다. 조그만 자갈들 같은 마늘과 말린 오레가노, 갓 썬 바지락을 올리고 페코리노 치즈를 갈아서 어린아이 주먹만큼 얹은 뒤 가운데는 폭신하게, 가장자리는 노릇하고 바삭하게 구운 피자 말이다. 모락모락 올라오는 짭조름한 수증기가 먼저 코를 자극한다. 치즈 위로 가볍게 두른 올리브 오일은 여전히 지글거리는 채다. 나는 코네티컷에 갈 때마다 화이트 클램 피자를 내 몸무게만큼 먹고 온다.

오늘은 눈이 내리고 있다. 고요하고 자욱하게, 온 세상의 소음을 잠재우듯이. 나는 외곽의 부촌 지역인 웨스트포트로 향하는 중이다. 음식보다는 가족끼리 조용한 삶을 누리는 곳으로 유명한 지역이지만 다행히 옆 도시 페어필드에 프랭크 페페 피제리아 나폴레타나 Frank Pepe Pizzeria Napoletana 지점이 하나 있다. 사람들은 모두 뉴헤이븐에 있는 본점을 못 따라간다고 하지만 그래도 괜찮을 것이다. 원래 사람들은 늘 속편이 원작보다 못하다고 하니까. 습설이 펑펑 쏟아지는 통에 고속도로의 차들은 시속 60km를 넘지 못한다. 차 앞 유리 가장자리에 성에가 낀다. 나는 피자를 꿈꾸면서도 동시에 모로코를

생각한다. 내가 이곳에 온 까닭은 '스멘smen'이기에.

스멘은 오랜 기간 발효한 버터를 말한다. 엄밀히 말하면 미국에서 스멘을 상업적으로 판매하는 것은 불법이기 때문에 시중에서 쉽게 구할 수 없다. 나는 스멘 암거래 시장을 검색해보기도 했는데 별다른 성과는 없었다. 모로코 식당에 갈 때면 종업원에게 윙크를 건네며 꽤 많은 돈을 내고 스멘을 조금 얻고 싶다는 의중을 슬쩍 내비쳐보기도 했다. 집에서 만들어보려고도 했지만 도무지 자료를 찾기가 어려웠다. 그런데 최근 블로그로 만난 친구가 얼마 전 미국으로 이주해 웨스트포트에 살게 된 젊은 모로코 여성의 만찬에 참석했다는 사람을 연결해주었다. 나는 그와 이메일을 몇 차례 주고받은 끝에 아말이라는 한 여성을 소개받았다. 아말은 6개월 전 모로코 마라케시에서 미국으로 건너와 오빠와 함께 살고 있단다. 요리에 재능이 뛰어나다고 한다. 이메일을 몇 통 더 주고받다가 마침내 그녀의 집에 초대받게 되었다. 그녀는 내게 스멘 만드는 법을 알려주겠다고 약속했다. 모로코에서는 어느 집에서나 스멘을 만드는 것이 오랜 전통이라면서. 하지만 나는 이미 그 사실을 알고 있었다. 예전에 모로코인 셰프와 함께 일한 이후로 오랫동안 스멘을 찾아 헤맸기에.

내가 초창기에 일한 식당들 중에 뉴욕 이스트빌리지에 있는 세련된 프랑스식 모로코 식당이 있었다. 내 상사는 프랭크 크리스포Frank Crispo라는 사내였다. 필라델피아 출신의 우직한 블루칼라 셰프였던 그는 프랑스 요리와 이탈리아 요리, 스페인 요리, 심지어 독일 고전 요리까지 아우르는 서양 요리 백과사전을 머릿속에 넣고 다녔다. 요리할 때는 황소처럼 불같은 열정과 함께 발레리나의 섬세함을 동시에 발휘했다. 프랭크는 내게 이 세계에서의 입지를 굳히려면 어떻게 해야 하는지 가르쳐주었다. 옆에 있는 사람보다 더 열심히 일하겠다는 의지만 있으면 된다는 거였다. "남들보다 1시간 일찍 와서 1시간 늦게 퇴근해." 프랭크는 늘 이런 조언을 건네곤 했다.

개업을 앞두고 식당 운영주들은 우리에게 모로코 음식을 가르칠 현지 출신 부부를 채용했다. 페즈 출신의 멋지고 세련된 사람들이었지만 허구한 날 밤낮없이 싸워댔다. 안 그래도 정신없는 주방이 그들이 내는 높은 음성의 말다툼으로 늘 시끄러웠다. 대개는 여자쪽에서 속삭이는 소리로 싸움을 걸었다. 남자가 날카롭게 되받아치면 금세 고성이 오가기 시작했다. 여자는 욕처럼 들리는 말을 내뱉으며 손을 올려 흔들었고 남자는 어깨를 으쓱하며 비음이 섞인 과장된 신음을 냈다. 남자는 벤이라는 이름을 썼고 여자의 이름은 기억나지 않는다. 이따금 싸움이 절정에 달하면 남자가 나를 보며 코웃음을 쳤다. 주방에서는 그들의 말을 알아듣는 사람이 없었으므로 싸움이 얼마나 심각한지 아무도 몰랐다. 벤은 나중에 내게 이렇게 말하곤 했다. "그냥 감정이 격해진 것뿐이에요. 아내를 사랑하는데, 좀 강한 여자죠."

당시 나는 젊은 막내 셰프였으므로 유일한 휴무일인 일요일에 그들을 즐겁게 해주는 임무를 맡았다. 그때그때 그들이 원하는 대로 관광이나 쇼핑을 도와주었다. 어느 일요일 아침에는 쌍둥이 빌딩까지 걸어갔는데 벤이 건물 꼭대기에 돈을 내고 올라가야 한다는 사실을 알고 거부감을 드러냈다. "엽서나 하나 사지 뭐. 거기에 다 나와 있는데." 하면서. 결국 서른 개의 블록을 걸어 다시 식당으로 돌아오는 내내 우리는 벤의 아내에게서 타박을 들어야 했다.

벤과 나는 영어로 더듬더듬 얘기를 나누며 자연스레 친구가 되었다. 어느새 나는 그들과 함께하는 일요일을 고대하기 시작했다. 어느 일요일에 벤의 아내가 쇼핑하는 동안 나는 그와 산책을 했다. 그는 산책을 무척 좋아했다. 키가 크고 온화한 성격이었으며 희끗희끗한 머리 덕에 현명해 보이기도 했다. 그럼에도 언제나 조용했다. 나는 그가 소심해서 아내가 옆에 있을 때 내게 말하기를 꺼리는 모양이라고 생각했다. 그날 나는 카츠 델리커테슨Katz's Delicatessen과 러스 앤드 도터스Russ and Daughters에 그를 데려갔다. 그의 아내는 그런 곳을 좋아하지 않았다. 우리는 근처 놀이터에 앉아 포장해 온 콘드 비프corned beef[1] 샌드위치와 쪽파 크림치즈 연어 파스트라미 베이글, 루겔라흐 두 종류를 펼쳐놓았다. 벤은 소리를 지르며 주위를 뛰어다니는 아이들을 흡족하게 바라보았다. 아이들의 새된 비명도 싫어하지 않았다. 그는 자녀가 없었다. 지금 생각하면 다른 무엇보다도 그 점을 아쉬워했던 것 같다. 그때 그가 내게 털어놓았다. 자기가 가르치는 음식은 관광객들의 입맛에 맞게 변형한 것이지 진짜 모로코 음식이 아니라고. 주인들이 그것을 원했다고 했다. 나는 입이 다물어지지 않았다. 지난달 내내 날마다 나는 부지런히 '브로와트braewat[2]'와 '비스티아bisteeya[3]'를 빚고 다양하게 변형한 '샤르물라chermoula[4]'를 만들었으며 온갖 음식에 곁들여 내는 '하리사harissa[5]'도 5갤런씩 만들던 터였다. 당연히 정통 모로코 요리를 배우고 있다고 생각했다. 순간 배신감이 들었다. 어떻게 저리 태연하게 얘기하지? 그걸 왜 굳이 나한테 얘기하는 거야? 젊은 요리사에게 상처 주지 않고 그저 말없이

---

1   소금에 절인 소고기를 말하며 입자가 굵은 암염을 '콘'이라고 부른 데서 유래한 이름.
2   치즈와 레몬, 고추로 양념한 고기나 생선을 반죽으로 감싸 만든 모로코식 간식.
3   고기와 양념, 아몬드 가루로 만든 소를 넣은 모로코식 파이.
4   허브와 오일, 레몬, 마늘 등을 넣고 만든 모로코식 양념.
5   고추와 마늘, 소금 등으로 만드는 중동식 소스.

제 할 일을 하고 떠날 수는 없었나?

"진짜 향신료나 양념이 있어야 해요. '라스 엘 하누트ras el hanout[1]'와 스멘이 있어야 맛을 낼 수 있죠." 그는 비밀을 털어놓듯 조용히 이어 말했다.

그날 점심을 먹으면서 그는 어떤 음식이든 마법처럼 맛을 끌어 올려주는 이 신비의 버터에 관해 많은 얘기를 들려주었다. 몇 년이고 보관할 수 있어요. 그는 이렇게 말했다. 그의 집에는 5년 된 스멘이 한 병 있다고 했다. 그게 바로 모로코의 냄새죠. 나는 생전 처음 들어보는 얘기였다. 그는 연어 파스트라미 베이글을 씹으며 스멘 만드는 법을 알려주었다. 그러나 잠시 얘기한 뒤 다시 연어를 한 입 베어 물고는 생각의 끈을 놓치곤 했다. 그가 한 입 음미할 때마다 어디까지 얘기했는지 일러주어야 했다. 나는 들고 있던 영수증 뒷면에 그가 하는 말을 모조리 받아 적었다. 나중에 주방에서 만드는 법을 보여달라고 하자 그는 고개를 저었다. 이 대화에 관해 아무도 알면 안 된다는 듯이. 그런 뒤 그는 남은 콘드 비프 샌드위치 절반을 싸서 앞치마 주머니에 넣었다. 그날 이후 우리는 많은 얘기를 나누지 못했다. 그달 말에 그 부부는 모로코로 돌아갔다. 우리는 계속 연락하기로 했지만 한 번도 하지 않았다. 나는 그 영수증을 잃어버렸고 그날 이스트빌리지에서 시끄러운 아이들을 방패 삼아 안전하게 얘기한 그 버터의 이름조차 수년 동안 기억하지 못했다.

아말의 집은 단조롭게 보이는 거리의 막다른 골목 끝에 있다. 웨스트포트는 조용하고 부유한 주택가다. 차 두 대가 들어가는 차고와

---

1 모로코를 포함한 북아프리카 지역에서 다양한 형태로 사용하는 배합 향신료.

깨끗한 진입로가 있는 식민지 시대풍 집이 늘어서 있다. 눈까지 내리니 그림엽서에 나오는 완벽한 뉴잉글랜드 외곽의 풍경이 떠오른다. 문을 두드리자 금세 아말이 나온다. 쾌활하고 수다스러운 그녀는 자기 레시피를 흔쾌히 보여주겠다고 한다. 그러곤 자신의 얘기를 이어간다. 그녀는 이미 경제학 학위가 있지만 미국 대학에 들어가길 원한다. 웨스트포트는 너무 조용해서 이왕이면 뉴욕으로 가고 싶다고 한다. 나이는 스물여섯, 겸손하고 독실한 여성이다. 고향인 마라케시에서 늘 자기를 걱정하는 부모님을 실망시키고 싶지 않단다. 그녀는 다정한 목소리로 거의 완벽한 영어를 구사한다. 어떻게 배웠냐고 묻자 영화를 보며 익혔다고 한다. 어릴 때 할리우드 영화들을 반복해서 보며 대사를 모두 외웠다고.

나는 마라케시에서의 삶은 어떤지도 얘기해달라고 한다.

"거기서는 날마다 가족과 친구가 함께 모여서 식사를 해요. 사람들은 직접 시장을 돌아다니며 향신료 냄새를 맡죠. 어디를 둘러보나 자연과 닮은 색깔이 보여요. 카페에서 민트티를 마시며 해가 질 때까지 얘기를 나누는 사람도 많고요. 식사는 여러 사람이 함께 즐기는 축제 같아요. 미국에서는 모두 혼자 식사를 하잖아요. 너무 외로운 것 같아요." 그녀는 부정적인 발언을 무마하려는 듯 겸연쩍게 웃는다.

웨스트포트가 미국 전체를 대변하는 건 아니라고 하자 그녀가 다시 말한다.

"모로코에서는 외로울 틈이 없어요. 어디서나 웃음소리가 들리죠." 아말은 9남매 중 막내이고 모험심이 강하다. 나는 이런 얘기를 들으며 그녀 뒤에 있는 창문 밖을 바라본다. 마당에는 아무도 없고 나무에는 눈이 소복이 덮여 있다. 잠시 그 외로운 풍경을 함께 보던 그녀가 답답하다는 듯 신음하며 말한다. "마라케시가 그립네요." 그러나 이내 생기를 되찾고는 지금은 미국에 적응하는 것이 가장 급선무라고 말한다.

모든 학습 과정의 첫 단계는 모방이다. 아말도 모방을 통해 영어를 배웠고 나도 같은 식으로 요리를 배웠다. 이제 인터넷과 요리책만으로도 어떤 요리든 배울 수 있지만 여전히 글이나 영상만으로는 익힐 수 없는 신비로운 요리들이 있다. 사워도우나 크루아상이 그렇다. 스멘도 그런 부류에 속한다. 말로 설명할 수 없는 미묘한 차이가 맛을 좌우하는 요리. 스멘을 만드는 과정은 복잡하지 않지만 전부 손으로 직접 해야 한다. 거기에는 모종의 리듬이, 여러 번 반복해야 배울 수 있는 움직임이 있다. 모로코인 친구에게 그것을 직접 배우는 행운은 아무에게나 오지 않는다.

아말이 스멘을 만드는 과정을 지금부터 최대한 설명해보려 한다. 하지만 글만으로는 충분히 전달할 수 없다는 점을 감안하길 바란다.

먼저 아말은 작은 냄비에 수돗물을 눈대중으로 세 컵쯤 넣는다. 조용히 쉭쉭거리는 가스레인지에 냄비를 올리고 뭉근히 끓인다. 냄비에 유리병에 담긴 말린 백리향 잎을 세 큰술쯤 넣는다. 잠시 가늠해본 뒤 한 꼬집 더 넣는다. 꽤 많은 양이다. 물이 끓으면서 촉촉하고 비옥한 땅에서 나는 허브의 냄새가 부엌을 가득 메운다. 백리향은 조금만 넣어도 향긋하다. 코를 대보면 가볍고 푸릇한 냄새가 난다. 그런데다 이렇게 많은 양을 넣으니 강렬하고 진한 향이 풍긴다. 백리향 냄새를 난생처음 맡아보는 것 같다.

15분쯤 지나자 아말은 얕은 볼에 백리향 물을 걸러 담고 잎은 버린다. 그런 뒤 숟가락으로 조금 떠서 입에 대보고는 합격점을 준다. 얕은 볼은 잠시 옆으로 치워놓는다. 버터를 넣고 섞을 때 버터가 녹지 않을 만큼 식혀야 한다. 단, 너무 차갑게 식히면 버터가 말랑해지지 않아서 손으로 만졌을 때 "뻑뻑"할 것이다.

큰 세라믹 볼 안에 오전 내내 꺼내놓은 무염 버터 스틱 여섯 개가 기다리고 있다. 아말은 여기에 찬물 두 컵을 붓고 두 손으로 버터와 물을 함께 치대기 시작한다. 이 과정을 "세정washing"이라고 한다. 그녀는 천천히 꼼꼼하게 손가락 사이로 버터를 짓이긴다. 버터 제조 과정에서 남은 우유 잔여물을 제거해 버터를 깨끗하게 만들기 위해서다. 그녀가 두 손으로 버터를 치대자 물이 뿌옇게 변한다. 손을 오므렸다 폈다 하는 동작이 마치 고대의 춤처럼 노련해 보인다. 바닥이 안 보일 만큼 물이 뿌옇게 변하자 아말은 물을 싱크대에 버린다. 그런 뒤 깨끗한 물을 붓고 같은 과정을 되풀이한다.

그러면서 아말은 내게 마라케시의 삶과, 사촌들과 친구들 얘기를 들려준다. 어떤 추억을 얘기하다가 웃음이 나면 잠시 멈추고 그 순간을 음미한다. 물이 다시 뿌옇게 변한다. 그녀는 깨끗한 물이 나올 때까지 이 세정 과정을 세 차례 되풀이한 뒤 물을 버린다. 그런 다음 상온에 두어 식은 백리향 물 절반을 붓는다. 손바닥의 불룩한 부분으로 버터를 누르며 짓이긴다. 백리향 물은 버터의 표면과 섞일 뿐 버터 속으로 유화되어 들어가지 않는다. 아말의 손동작은 빵 반죽 과정을 슬로 모션으로 돌리는 것 같다. 반복되는 동작이 마음을 달래주고 관능적으로 느껴지기도 한다. 10분쯤 치댄 뒤에 그녀는 백리향 물을 버린다. 그런 다음 소금을 넣는다. 3큰술쯤 되어 보이는데 너무 많은 게 아닐까 싶다. 아말은 말랑해진 버터 속으로 부드럽게 그러나 확실하게 소금을 밀어 넣는다. 그런 뒤 우리는 맛을 본다. 내 입에는 너무 짜지만 아말은 딱 맞는다고 한다. 다음으로 그녀는 남은 백리향 물을 버터에 붓는다. 버터를 눌러 평평하게 만들고 비닐 랩을 덮는다. 상온에 최소 4시간 두어야 하고 하룻밤 두면 더 좋다고 한다.

기다리는 동안 아말은 내게 가족사진 몇 장을 보여준다. 흐릿한 사진 속에서는 언제나 음식이 가까이에 있고 밝은 색 옷을 입은 남녀가 환히 웃고 있다. 사진을 본 뒤 우리는 함께 요리할 음식의 재료를 준비한다.

시간이 되자 아말은 백리향 물을 버리고 스멘이 모두 들어갈 만큼 크고 깨끗한 유리병을 꺼낸다. 오른손으로 물이 맺힌 버터를 한 움큼 집더니 병 속에 꾹꾹 눌러 담는다. 또 한 움큼이 병 속에 담겨 구석으로 눌러 들어간다. 그녀는 이 과정을 열다섯 번쯤 되풀이해 병에 버터를 가득 채워 담은 뒤 뚜껑을 단단히 돌려 닫고 외부를 깨끗하게 닦는다. 이제 스멘이 완성되었다. 그녀는 찬장 안쪽에 병을 넣고는 30일이 지나면 먹을 수 있다고 일러준다. 원하는 만큼 오래 두어도 괜찮다. 그게 스멘이다.

나는 프랑스식 모로코 식당에 처음 출근한 날을 기억한다. 프랭크가 내게 초콜릿 무스 케이크를 만들 줄 아느냐고 물었다. 나는 그를 실망시키고 싶지 않아서 안다고 대답했다. 5년 동안 프랭크의 오른팔 역할을 해온 에콰도르인 제이미가 옆 작업대에서 파를 썰고 있었다. 제이미와 프랭크는 군이 말하지 않아도 서로의 몸짓만으로 마음을 읽는 사이였다. 프랭크가 주방을 나가자 나는 초콜릿 무스 케이크 재료를 꺼내기 시작했다. 초콜릿과 달걀, 생크림, 설탕. 내가 아는 재료는 거기까지였다. 어디서부터 시작해야 할지 막막했다. 그래서 제이미에게 초콜릿 무스에 무얼 넣는 것을 좋아하냐고 물었다.

"초콜릿부터 녹여야지."

"그럼요. 그야 당연하죠. 그냥 저랑 똑같이 만드시는지 궁금했어요."

그런 뒤 몇 가지 더 물어보자 제이미는 내가 아무것도 모른다는 사실을 눈치챘다. 한 단계씩 나아갈 때마다 그는 눈을 굴리며 다음 과정을 보여주었다. 나는 그의 동작을 일일이 따라 했다. 달걀 흰자로 머랭을 만들고 생크림을 저어 구름처럼 부풀렸으며 천천히 8자를 그리며 반죽을 섞었다. 제이미는 말을 거의 하지 않았다. 그럴 필요도 없었다. 주방에서 함께 일하는 사람들은 말없이 소통할 수 있으니까. 그날 저녁 그 케이크는 큰 인기를 끌었다. 프랭크가 주방에 들어와 나를 칭찬해주었다. "훌륭한 케이크였어." 그는 모두에게 들리도록 큰 소리로 말했다. 나는 숨고 싶었다. 프랭크가 다시 말했다. "제이미에게도 레시피를 알려줘. 제이미는 이렇게 맛있는 무스는 못 만들 거야." 나는 아무 말도 할 수 없었다. 프랭크는 제이미에게 윙크를 했고 제이미는 칼 잡는 손으로 입을 가리고 키득거렸다. 나는 슬그머니 빠져나왔다. 프랭크는 그런 사람이었다. 그는 상대의 잘못을 말로 꼬집지 않았다. 그보다는 직접 자기 무덤을 파게 했다.

아말은 집안 대대로 내려온 요리를 가르쳐주기 전에 모로코에서 가져온 스멘 병을 꺼낸다. 8개월쯤 되었다고 한다. 낡은 가죽 가방에서 날 법한 냄새가 난다. 나는 백리향 대신 다른 재료를 우려서 스멘을 만들 수도 있냐고 물어본다. 아뇨. 스멘은 백리향으로만 만들어요. 그게 전통이에요. 그녀가 대답한다. 나는 머릿속으로 다른 향신료를 떠올려본다. 바질, 붉은 후추, 옥수숫대 등등. 이것이 우리의 차이점이다. 아말에게는 전통이 있고 내게는 없다는 것. 아말이 전통에 확신과 신념을 가진 것은 부럽지만 어차피 나는 그녀가 될 수 없다. 어떤 면에서 미국인이 된다는 것은 전통에 묶여 있던 닻을 풀어 알 수 없는 정체성의 바다를 마음대로 항해할 수 있게 되는 것인지도 모르겠다. 할리우드 영화를 많이 볼수록 경건하고 오래된 것들과의 연결을 끊기가 쉬워지는 것이 아닐까? 그런 갈등이 우리의 정체성을 말해주는 것은 아닐까?

아말의 어머니는 30년도 더 된 스멘 한 병을 갖고 있다고 한다. 아무도 건드리지 못하게 하고, 어디에 보관하는지 아는 사람도 없단다. 집안에서 누가 아프면 그녀의 어머니는 그것을 가슴에 살짝 발라주었고 발목이 부었을 때에도 그것을 조금 묻혀 마사지해주었다. 그런 얘기를 하면서 아말은 어린아이처럼 신기해 한다. 그렇게 오랫동안 무언가를 보관한다는 것이 나로서는 상상이 되지 않는다. 나는 그 오래된 스멘의 냄새와 맛이 어떤지 물어본다. 말로는 표현할 수가 없어요. 그녀가 말한다.

아말은 내게 '자즈 므하메르djaj mhamer'라는 요리를 가르쳐준다. 생강가루와 강황, 사프란, 신선한 마늘, 절여서 다진 레몬으로 양념한 닭 다리 요리다. 이 모든 재료를 깊은 냄비에 넣고 약 한 시간 동안 익히면 된다. 향신료 냄새에 머리가 아찔해진다. 그녀의 찬장에는 모로코에서 가져온 향신료 병들이 놓여 있다. 커민은 향이 강하고 번드르르하며 강황은 살짝 건드리기만 해도 손에 물이 든다. 후추마저도 정신이 번쩍 들 만큼 자극적이다. 그녀는 작은 병을 감싼 비단포를 조심스레 풀고는 그 안에 담긴 사프란을 보여준다. 아말은 그 작은 병에 사프란이 몇 가닥이나 들어 있는지 정확하게 알고 있다. 사용할 때는 하나씩 세어서 넣는다. 가져온 향신료가 다 떨어지면 가까운 슈퍼마켓에서 사다놓는다. 이렇게 채워 넣는 재료가 점점 늘어나서 예전 같은 맛이 나지 않는다고 한탄한다. 닭고기가 끓자 그녀는 스멘 1작은술을 넣는다. 충분한 양이라면서. 그 정도만으로도 요리에 정체성이 생긴다. 은은하게 퍼지는 스멘의 맛은 그녀에게 고향을 떠올리게 한다. 스멘은 여러 향신료와 절인 레몬을 잇는 다리가 된 듯 어느 한 가지 재료가 튀지 않게 만든다. 모든 것이 하나의 맛으로 융합된다. 닭은 부재료에 불과하다. 나는 불현듯 소스에 몸을 던지고 싶어진다.

다음으로 만드는 요리는 더 환상적이다. '엘함 벨 바쿡lham bel barkouk', 얇게 썬 소 목심을 후추와 생강 가루, 강황, 시나몬, 스멘으로 양념한 요리다. 건자두와 건살구를 물과 식초, 향신료 혼합물에 넣고 끓여서 불린 뒤 소고기 위에 얹는다. 마무리로 향긋한 볶은 아몬드를 올린다. 식감이 미묘하고 다양한 색이 어우러져 한 폭의 수채화 같다. 프랑스의 영향이 확연하게 드러나지만 영락없는 모로코의 맛이다.

"프랑스 사람들은 달콤한 맛과 짭짤한 맛을 혼합하죠. 우리도 좋아하는 맛이에요." 아말이 말한다.

엘함 벨 바쿡은 쿠스쿠스couscous[1]와 함께 내야 한다. 아말은 민트티를 우린 뒤 머리 위로 주전자를 올려 거창하게 나뭇잎 무늬를 그리며 작은 찻잔에 따른다.

이웃 여자들이 들어와 어깨에 묻은 눈을 턴다. 그중 클라우디아는 아말의 올케이며 파라과이 출신이다. 로라는 뉴욕에서 왔고, 수잔은 베네수엘라 출신으로 웨스트포트에서 10년 넘게 살았다. 아말과 단둘이 보내는 조용한 시간은 이제 끝났다. 곧 만찬이 시작될 것

---

1 밀을 으깬 뒤 쪄서 좁쌀 모양으로 만든 음식으로, 북아프리카에서 고기나 채소와 함께 먹는다.

이다. 클라우디아는 복숭아 마르게리타를 만들고 테일러 스위프트 Taylor Swift의 음악을 튼다. 모두가 제각기 내게 누구냐고 물어본다. 이 여자들은 아말을 보호하려는 것 같다. 마치 딸이라도 되는 것처럼. 그들 모두 아말의 음식을 좋아한다고 한다.

칵테일을 마시는 동안 나는 여자들에게 혹시 아말에게 화이트 클램 피자를 소개해주었냐고 묻는다. 아니라는 대답을 듣고 나는 고개를 젓는다. 아말이 미국 문화에 적응하도록 도와야 할 사람들이 미국의 가장 귀한 보물 중 하나를 여태 알려주지 않았다니. 저녁 식사 전에 간식을 먹을 시간이 남아서 우리는 프랭크 페페에서 라지 피자 한 판을 주문한다. 클라우디아가 직접 가져오겠다고 나선다.

프랭크 페페 피제리아 나폴레타나는 뉴헤이븐에서 가장 오래된 피자 전문점이다. 창업자인 프랭크 페페는 아말피 해안에 있는 마이오리에서 열여섯 살 때 미국으로 건너왔다. 당시 그는 영어를 전혀 몰랐다. 그는 1925년 뉴헤이븐에 빵집을 열었고, 소문에 따르면 남는 반죽으로 피자도 만들기 시작했다고 한다. 그 피자가 큰 인기를 끌어 1936년에 옆 건물을 사서 아내인 필로메나와 함께 그 건물에 피자 전문점을 열게 됐다. 그들은 또한 로드아일랜드산 조개를 껍데기 한쪽을 떼고 한쪽 위에 올린 채로 팔았다. 양이 많고 저렴한 메뉴였다. 당시에는 뉴헤이븐의 골목들에서 껍질을 깐 신선한 조개를 파는 수레를 흔히 볼 수 있었다. 화이트 클램 피자의 기원에 대해서는 여러 설이 있다. 나는 프랭크 페페 가문에서 3대째 이 피자 가게를 운영하고 있는 게리 비몬테Gary Bimonte에게 그중 하나를 직접 들었다. 그의 사촌 앤서니가 들려준 이야기에 따르면, 닉 데스포트 Nick Desport라는 마권 업자가 이 가게의 단골이었고 항상 조개를 먹었다고 한다. 어느 날 데스포트는 프랭크에게 물었다. "이것도 피자에 올리면 어때요?" 그것이 이 피자의 시작이었다. 지금은 당연하게 느껴지는 조합이지만 조개와 피자가 합쳐지기까지는 꽤 오랜 시간이 걸린 셈이다. 나는 이런 이야기에 끌린다. 두 문화가, 이를테면 이탈리아와 뉴잉글랜드의 문화가 서서히 점진적으로 연결되는 이야기. 미국 음식의 진화 과정에는 언제나 이처럼 전통과 혁신 사이의 긴장이 숨어 있다. 그런 긴장은 결국 우리가 가장 열망하는 음식을 만들어낸다. 우리는 떠나온 고향과 선택한 고향이 서로 만나는 지점에서 우리의 정체성을 정의하는 음식을 발견한다.

클라우디아가 돌아오자 우리는 상자를 뜯고 피자에 탐닉하기 시작한다. 아말은 세 입 만에 한 조각을 다 먹는다. 사람들 말이 맞았다. 이곳 프랭크 페페의 화이트 클램 피자는 뉴헤이븐 본점만큼 맛있지는 않지만 그래도 우리 모두를 충분히 만족시킨다. 아말이 모로코에서 가져온 스멘이 작은 냄비에 담긴 채 가스레인지 위에서 녹고 있다. 나는 그것을 한 숟가락 떠서 피자 위에 뿌린다. 무연탄에 노릇하게 구워진 바삭한 피자 크러스트에 버터가 스며든다. 치즈와 스멘이 나란히 놓였다. 스멘의 톡 쏘는 향이 조개에 쿰쿰한 맛을 더한다. 아말은 내가 자기 집안의 버터 한 스푼을 피자 위에 뿌리는 것을 보고 조금 당황하는 듯하지만 이내 훌륭한 조합이라고 인정한다.

모로코 피자 맛이 나네요. 그녀가 말한다.

나폴리 코네티컷 모로코 피자겠죠. 나는 속으로 대꾸한다.

프랭크 크리스포는 주방에서 내게 많은 것을 가르쳐주었다. "생선은 대가리 뒤에서 악취가 난다"는 것도, "손님은 어머니 모시듯 모셔야 한다"는 것도 그에게 배웠다. 그는 이런 종류의 상식을 많이 알았다. 절대 실패하지 않는 '포우 드 크렘$^{pot\,de\,crème}$(프랑스 디저트 커스터드의 일종)' 레시피를 가르쳐주었고, 스스로를 존중하는 법과 자립심을 가르쳐주었다. 우리처럼 주방에서 밑바닥부터 시작한 사람들은 여러 이유에서 아버지로 삼을 만한 셰프를 찾는다. 멘토라고도 할 수 있을 것이다. 프랭크의 주방에서 일하기 시작했을 때 나는 머리를 길러 하나로 묶고 마스카라를 바르고 전투화를 신고 다녔다. 그 주방을 떠날 무렵에는 머리를 짧게 깎고 셰프의 가운을 자랑스럽게 입고 있었다. 더는 다른 무언가로 나를 꾸미려 하지 않았다. 사춘기 시절에 생각했던 정체성을 버리고 처음부터 다시 시작했다. 그 새로운 정체성에 대해서는 프랭크를 믿었다. 어떤 면에서 그는 오늘의 나를 만든 사람이다. 얼마 전에도 나는 새로 온 요리사 한 명에게 파슬리 필러를 찾아오라고 시키면서 프랭크를 떠올렸다. 다른 요리사들은 옆에서 키득거리고 있었다.

아말은 자기 정체성에 확고한 것 같다. "결혼 상대는 누구든 괜찮지만 꼭 이슬람교도여야 해요." 그녀가 내게 말한다. 그녀는 할리우드 스타 조시 하트넷Josh Hartnett을 좋아한다.

조시 하트넷이라면 결혼하겠냐고 물어본다.

"그 사람이 이슬람교로 전향한다면요." 아말은 혼자 큭큭거린다.

클라우디아와 아말의 오빠 사이에는 어린 아들이 있다. 아이는 모로코어를 거의 모른다. 나는 모인 여자들에게 우리 이민자들이 한 세대가 지날 때마다 무얼 잃는지 물어본다. 대체로 비슷한 의견인 것 같다. 가장 먼저 잃는 것은 언어이고 그다음은 친척이나 조부모에 대한 기억이다. 다음으로 전통을, 그다음에는 고국에 대한 그리움을, 그리고 정체성을 잃는다. 그렇다면 남는 것은 무엇일까? 결혼 풍습? 오래된 사진 몇 장? 내게는 요리와의 연결이 남았다. 음식의 전통은 대개 끝까지 놓지 않는다. 그것은 그저 조리법에 불과한 것이 아니라, 우리에게 유전자를 물려준 이름 모를 선조들과의 연결고리이기 때문이다. 전통 음식이 그토록 중요한 것은 이런 이유에서다. 음식과 관련된 이야기, 기억, 여러 세대 동안 이어져온 행위, 그런 것이 없으면 우리는 방향을 잃는다.

우리는 식탁에 둘러앉아 모로코 전통 방식으로 식사를 한다. 큰 공용 그릇에 담아놓은 아말의 요리를 손으로 나눠 먹는 것이다. 다른 손님들은 모두 이 집에서 식사를 해본 터라 규칙을 알고 있다. 모두가 내게 식탁 예절을 알려주겠다고 달려든다.

아말이 말한다. "함께 먹을 때는 좀 더 적게 먹어요. 친구들과 함께 먹으면 더 맛있죠. 손으로 먹으면 더욱 맛있고요."

모로코의 식사 규칙은 한두 가지가 아니다. 무엇보다도 손가락이 아니라 빵으로 음식을 집어야 한다. 음식을 만질 때는 항상 오른손만 사용하고 왼손은 절대 써선 안 된다. 공용 그릇에는 보이지 않는 대략적인 구분이 있으므로 자기에게 가장 가까운 쪽만 먹어야 한다. 다른 사람 자리에 있는 음식을 넘보면 안 된다. 옆 사람의 손을 건드려서도 안 된다. 다른 사람이 자기 몫을 내줄 수는 있지만 먼저 나서서 남의 자리에 있는 고기 한 조각이라도 끌어와선 안 된다. 손에 음식이 묻어도 그것을 입으로 빨아먹고 그 손을 다시 공용 그릇에 넣어선 안 된다. 그릇에 마지막 한 입이 남았을 때는 항상 어른에게 먼저 권해야 한다. 그리고 접시에 음식을 가득 남겨선 안 된다. 그것은 낭비니까.

우리는 민트티를 홀짝이며 대화를 이어간다. 여자들이 서로의 실수를 하나씩 폭로하면서 요란한 웃음이 터진다.

아직 이른 저녁이다. 나는 이 자리가 너무나 즐거워서 메모하는 것도 그만두었다. 연한 소고기와 달콤한 건자두가 어찌나 잘 어울리는지 지금껏 이런 조합을 시도해보지 않은 것이 놀라울 지경이다. 집에 가서 꼭 해보기로 마음먹는다. 우리는 마라케시가 아닌 웨스트포트에 있지만 어느 나라에서든 맛있는 음식과 대화가 오가는 식탁에는 교감이 일어난다. 사람들이 모인 곳이라면 어디든 마찬가지다. 눈이 소복이 덮인 이 도시는 너무도 조용하지만 온기와 각종 향기로 반짝거리는 이 식탁은 오래도록 그리울 것 같다.

아말에게 언젠가 식당을 열 생각이 있냐고 묻자 그녀는 당연히 그게 꿈이라고 한다. 나는 그녀의 요리는 다른 어디서도 맛볼 수 없는 고유한 음식이라고 말해준다. 아무리 멀어도 찾아갈 거라고 하자 그녀의 얼굴이 발그레해진다. 언젠가 열 수도 있겠죠. 그녀는 감을 잃지 않으려고 일주일에 세 번 요리를 한다. 레시피는 보지 않는다. 아직 스멘의 기억이 손에 생생히 남아 있어 잃고 싶지 않다고 한다. 그녀는 스멘을 만들 때 몸의 기억과 감을 활용한다. 그런 기억으로 만들 수 있는 요리가 몇 가지나 되냐고 묻자 어리둥절한 얼굴로 나를 보며 말한다. 세어보지 않았는데요.

내가 운영하는 식당에는 우리가 만든 레시피를 전부 모아놓는 바인더가 있다. 나는 가끔 그것을 넘겨보며 레시피가 몇 개나 되는지 세어본다. 아말이 들으면 얼마나 바보 같다고 생각할까.

아말이 식당을 하게 되면 어떻게 변할지 궁금하다. 정체성이 희석될까? 프랭크 같은 사람의 지도를 받으며 번창하게 될까? 이미 굳어진 문화가 지배하는 업계에서 아말은 성공할 수 있을까? 그녀는 주방의 체계나 위계, 컨벡션 오븐에 관해 아무것도 모른다. 하지만 꼭 알아야 할까? 체계와 정해진 양, 획일성을 고집하는 우리는 그 대가로 무얼 잃고 있을까? 여전히 손에 배어 있는, 전통적이면서도 현대적인 무언가를 끝까지 보존할 수 있을까? 나는 이런 생각으로 자주 밤잠을 설치곤 한다. 나는 스멘을 만드는 비법을 배우러 아말의 집에 갔고 다행히 그것을 배웠다. 하지만 해답보다 더 많은 의문을 안고 그녀의 집을 나선다. 물론, 우리가 함께 만든 스멘 병도 잊지 않고 챙겼다. 하지만 여전히 그녀의 마라케시 고향 집 어딘가에 숨겨져 있을 30년 된 스멘을 조금이라도 맛볼 수 있다면 소원이 없겠다.

이제 나는 스멘을 자주 만든다. 찬장에는 내가 만든 스멘 병들이 놓여 있고 냉장고 깊숙한 곳에도 몇 병 보관돼 있다. 로즈메리와 히솝, 버번 위스키 등으로 다양한 변화를 시도해보기도 했다(버번이 가장 맛있었다). 모로코 음식에 술을 넣는 것은 불경한 일일 테니 스멘이 아닌 세정 버터라고 이름 붙였다. 버번 위스키로 세정한 버터는 굴에서부터 채소 구이까지 어디에나 잘 어울린다. 토스트에 발라 아침 식사로 먹어도 좋고 따뜻한 풀먼 브레드^{Pullman bread}[1]를 썰어 그 위에 뿌려도 좋다. 버번 세정 버터는 시간이 갈수록 더 부드러워진다. 더 오래 숙성되면 어떻게 될지는 시간이 지나야 알 수 있을 것이다. 아말과 함께 만든 스멘은 지금도 잘 보관 중이다. 내게는 아주 소중한 것이니까. 어쩌면 앞으로 30년 동안 보관할지도 모를 일이다.

---

1 밀가루에 효모를 넣고 반죽한 뒤 뚜껑이 있는 사각 틀에 넣고 구운 식빵.

사프란과 버번 세정 버터를 곁들인
조개 구이

BAKED CLAMS WITH SAFFRON AND BOURBON-WASHED BUTTER

짭짤한 조개 구이는 버번 세정 버터와 완벽하게 어우러진다. 이 숙성 버터에 사프란만 살짝 넣으면 다른 재료는 필요 없다. 사프란이 이 버터가 지닌 모로코의 풍미를 한층 끌어올려줄 것이다.

버번 세정 버터는 아말에게 배운 전통적인 스멘을 변형한 것이다. 버터를 숙성시킨 전통 스멘은 살짝 쿰쿰하고 발효된 맛이 나지만 버번 위스키를 사용하면 훈연의 맛이 더해진다. 숙성 과정은 간단하지만 시간이 걸린다. 세정한 버터를 밀폐 용기에 넣어 서늘하고 어두운 찬장 같은 곳에 최소 15일간 건드리지 않고 놓아두어야 한다. 그러나 그때부터가 진짜 시작이다. 제대로 만들고 습기나 공기를 차단해 부패를 막기만 한다면 1년 이상 보관할 수 있다. 쿰쿰한 맛이 강해지는 게 싫다면 두 달 정도 숙성하는 것을 추천한다.

전채 4인분 분량

문질러 씻은 무명조개 12개	그레이터에 간 파르메산 치즈 3큰술
사프란 12가닥	웨지 모양으로 썬 곁들임 레몬 약간
버번 세정 버터(레시피는 뒤에) 약 1/4컵	암염 적당량

오븐을 230도로 예열한다. 그사이 베이킹 팬에 암염을 한 층 깐다.

암염 속에 조개를 놓고 입이 벌어질 때까지 약 5분간 굽는다. 조개를 오븐에서 꺼내 위쪽 껍데기를 조심해서 떼어내고 버린다.

조개를 다시 암염에 놓는다. 모든 조개에 버번 버터를 조금씩 올린다. 갈아놓은 파르메산 치즈를 1작은술이 조금 안 되게 얹고 사프란을 한 가닥씩 올려 장식한다. 다시 오븐에 넣고 버터와 치즈가 녹을 때까지 약 90초간 굽는다. 웨지 레몬을 옆에 곁들여 바로 낸다.

버번 세정 버터 BOURBON-WASHED BUTTER | 900g 분량

무염 버터 900g	설탕 1큰술
가급적 5년산 버번 위스키 1병(1L)	소금 4작은술

버번 위스키와 설탕을 크고 깊은 양수 냄비에 붓고 중간 불에서 뭉근하게 한소 끔 끓인 뒤 약 2컵 정도의 양으로 줄어들 때까지 계속 끓인다. 이때 주의할 점 은 알코올에 불이 붙을 수 있으니 딱 맞는 뚜껑을 옆에 놓아두고, 끓이는 동안 냄비 속을 들여다봐선 안 된다는 것이다. 만약 버번에 불이 붙으면 뚜껑을 덮 어 불을 끄고 불이 꺼지면 바로 뚜껑을 열어야 한다. 그러지 않으면 냄비 안의 압력이 올라가 뚜껑을 여는 순간 다시 불이 붙을 것이다. 처음부터 버번에 불 이 붙는다면 불을 줄이고 좀 더 천천히 끓인다. 전체 과정은 15~20분 가량 걸 릴 것이다. 다 끓인 버번은 큰 볼로 옮기고 냉장고에 넣어 시원하게 식힌다.

식힌 버번 볼에 버터를 넣고 두 손으로 잘 치댄다. 버터와 버번을 함께 비벼야 한다. 약 10분 동안 쉬지 않고 치대는데 이때 버터가 너무 따뜻해져서 녹아버리 지 않도록 주의한다. 손에서 버터가 녹는 느낌이 들면 얼음 몇 조각을 넣고 계 속 치댄다. 이 작업이 끝나면 볼에 비닐 랩을 씌우고 실온에 24시간 놓아둔다.

다음 날 볼에서 버번을 따라 버린다. 버터에 소금을 넣고 두 손으로 다시 잘 치 대어 확실하게 섞는다. 잘 치댄 버터를 2L들이 유리병에 담고 면포를 여러 겹 씌운 뒤 뚜껑을 단단히 밀봉한다. 실온의 어두운 곳에서 적어도 15일, 가급적 20일쯤 두었다가 사용한다. 제대로 만들었다면 그대로 오래 두어도 괜찮다. 쿰쿰한 냄새가 나면 좋은 것이다. 버터가 상할 수도 있는데, 이 경우에는 암모 니아 냄새가 난다. 한 번 뚜껑을 열고 나면 냉장고에 넣어 몇 달 동안 숙성시켜 도 좋다.

건자두와 아몬드, 버번 세정 버터를 곁들인
소고기 꽃등심 구이

SEARED BEEF RIB-EYE WITH PRUNES, ALMONDS, AND BOURBON-WASHED BUTTER

아말을 만나기 전까지 건자두와 소고기의 조합은 생각해본 적도 없지만 이제는 이 조합을 머릿속에서 떨쳐낼 수가 없다. 건자두는 때로 너무 달게 느껴지지만 식초와 향료를 넣어 소스로 만들면 풋풋한 맛이 올라와 고기 맛을 환상적인 수준으로 끌어올린다. 소고기를 먹고 있다는 사실도 잊어버릴지 모른다.

메인 2인분 분량

꽃등심 스테이크(280g) 2개	카놀라 오일 2큰술
잘게 썬 양파 1/2컵	닭 육수 2컵
다진 마늘 2쪽 분량	애플 사이다 비니거 2작은술
씨를 뺀 건자두 1컵	고수 가루 1작은술
데쳐서 껍질을 벗긴 통아몬드 1/4컵	생강 가루 1/2작은술
장식용 잘게 썬 신선한 민트 2작은술	시나몬 파우더 1/4작은술
버번 세정 버터(238쪽) 4작은술	소금과 금방 간 검은 후추 적당량

먼저 꽃등심 스테이크의 지방을 제거하고 소금과 후추로 밑간한다. 소스를 만드는 동안 상온에 30분간 둔다.

큰 편수 냄비에 카놀라 오일 1큰술을 두르고 센 불에 올린다. 양파와 마늘을 넣고 자주 뒤적이며 양파가 살짝 갈색이 될 때까지 약 4분간 볶는다. 고수와 생강, 시나몬을 넣고 뒤적이며 저은 뒤 향이 올라올 때까지 약 2분간 익힌다. 닭 육수와 비니거를 넣고 뭉근히 한소끔 끓인다. 건자두를 넣고 뚜껑을 덮어 20분 동안 뭉근히 끓인다.

뚜껑을 열고 소스가 묽은 그레이비처럼 졸아들 때까지 약 10분간 더 뭉근히 끓인다. 불을 끄고 버번 세정 버터를 넣고 잘 저어 소스에 녹인다. 소금과 후추로 간하고 따뜻하게 둔다.

큰 볶음용 팬에 남은 카놀라 오일 1큰술을 넣고 뜨겁게 달군다. 스테이크를 올리고 한쪽 면이 노릇해질 때까지 약 3분간 익힌다. 뒤집어서 3분 더 익힌다. 스테이크 주위에 아몬드를 넣고 갈색이 될 때까지 약 2분 굽는다. 팬에서 스테이크와 아몬드를 같이 꺼내 키친타월에 올려 기름기를 뺀다.

스테이크를 확인해본다. 이때 미디엄 레어 상태가 되어야 한다. 불을 낮추고 팬에 스테이크 하나를 올린 다음 버번 버터를 2작은술씩 얹어 그대로 녹게 둔다. 스테이크를 접시로 옮기고 2분간 놓아둔다.

건자두 소스를 스테이크 위에 숟가락으로 떠서 얹고 구운 아몬드를 위에 뿌린다. 잘게 썬 민트로 장식해서 바로 낸다.

DEATH AND

AQUAVIT

CHAPTER 10

아버지의 죽음과 생명의 물 한 모금

시애틀에 온 것은 이번이 두 번째다. 첫 방문은 『스모크&피클스』북 투어 일정 차였고, 이번에는 내가 각본과 주연을 맡은 〈발효Fermented〉라는 다큐멘터리 영화 개봉 차 왔다. 맨 처음 시애틀에 왔을 때만 해도 나는 이곳에 대해 아는 게 딱히 없었다. 기껏해야 그런지 록과 스타벅스, 마이크로소프트의 본고장이라는 것만 알았을 뿐. 한때 시애틀 슈퍼소닉스 NBA팀의 숀 켐프Shawn Kemp를 좋아하긴 했지만, 결국 그는 1990년대 마이클 조던을 뛰어넘을 거라는 세간의 기대를 저버리고 말았다. 파이크 플레이스 마켓Pike Place Market과 캔리스Canlis 레스토랑은 워낙 유명했고, 또 비가 많이 온다는 사실도 어디선가 들어서 알고 있었다. 당시 『스모크&피클스』를 홍보하기 위해 여러 도시를 도는 중이었다. 새로 식당을 연 지 얼마 안 된 데다 3개월 된 딸도 있어서 하룻밤만 머물 생각이었다. 연어와 소량만 로스팅하는 고급 커피나 왕창 즐기고 와야겠다고 생각했을 뿐. 그때까지만 해도 이 도시가 내게 몇 년 동안 떨치지 못할 기억을 남겨주리라고는 상상도 하지 못했다. 나의 첫 시애틀 여행을 먹구름으로 뒤덮은 것은 아버지의 죽음이었다. 그 후 내게 이 도시는 죽음을 연상시키는 곳이 되었다. 다시 방문해 생의 기운을 찾기까지는 4년이 걸린 듯하다.

내 영화가 개봉한 다음 날 아침, 어젯밤에 들이킨 위스키가 여전히 혈관 속에서 고동치는 것을 느끼며 눈을 뜬다. 그럼에도 일찍 일어난 이유는 스웨디시 클럽Swedish Club에서 아침으로 팬케이크를 먹기 위해서다. 오전 9시 이후에는 줄이 길어진다는 얘기를 들었기 때문이다. 시애틀에는 스칸디나비아와 연관된 풍부한 역사가 있다는 사실을 새로이 발견하고 있다. 이 역사의 중심지인 밸러드라는 지역에는 큰 노르딕 박물관과, 속에는 아몬드 가루와 설탕, 달걀흰자를 섞은 마르지판을 넣고 겉에는 하얀 아이싱을 입힌 프레첼 모양의 바삭한 페이스트리 '크링글kringle'을 파는 라르센 대니시 베이커리Larsen's Danish Bakery가 있다. 스칸디나비안 스페셜티스Scandinavian Specialties라는 작고 환한 가게에서는 치약 같은 튜브 용기에 담긴 훈제 대구알과 크림을 살 수 있다. 레이프 에릭슨 로지Leif Erikson Lodge에서는 스웨덴식 미트볼로 다양한 바이킹의 전통과 스웨덴 하지 축제를 기념한다. 그 밖에 다른 증거는 많지 않지만 밸러드는 1860년대부터 스칸디나비아 이주민들이 세우고 발전시킨 그들의 도시다. 그들을 이곳으로 이끈 것은 주로 새먼 베이[1]와 퓨지트 해협의 어업이었다. 노르웨이인들은 넙치 어장을 발전시켰고 아이슬란드인들은 대구 어업에 더 열을 올렸다. 핀란드인과 스웨덴인들은 견지낚시[2]에 주력했다. 벌목과 농사도 북유럽 사람들에게는 익숙한 중요 산업이었다. 미국에서 북유럽의 관습에 꼭 맞는 곳을 한 군데 꼽으라면 바로 이곳 시애틀일 것이다.

나는 택시를 타고 스웨디시 클럽 앞에서 내린다. 크림색과 푸르

---

1 시애틀을 지나 워싱턴호와 퓨지트 해협을 잇는 워싱턴호 선박 운하의 일부.
2 위쪽에 납작한 얼레가 달린 견짓대로 줄을 감았다 풀었다 하면서 하는 낚시.

스름한 빛이 감도는 건물을 보자 두통이 좀 가라앉는 것 같다. 올림픽촌에 어울릴 법한 현대적이고 실용적인 건물이다. 지하에서 음악과 떠들썩한 말소리가 들려온다. 내려가보니 벌써 200명쯤 되는 사람들이 줄 맞춰 놓은 플라스틱 접이식 테이블에 둘러앉아 있다. 낮은 타일 천정과 밝은 형광등, 리놀륨 바닥이 커뮤니티 센터를 연상시킨다. 나는 팬케이크 줄에 합류한다. 숙취로 인한 두통 때문에 뜨거운 커피 생각이 간절하지만 줄이 점점 길어지고 있어서 섣불리 벗어날 수가 없다.

정면 무대 위에서는 여자 둘이 접이식 의자에 앉아 아코디언으로 북유럽 폴카 음악을 연주하고 있다. 흥겨운 음악이다. 춤을 추는 사람은 한 쌍의 노부부뿐이다. 그들은 노련하게 돌고 행진하며 플로어를 누빈다. 여자의 몸동작에 따라 긴 푸른색 드레스 자락이 펄럭거린다. 드레스 안에 입은 흰색 니트 블라우스가 은빛 머리칼과 잘 어울린다. 그녀는 음악에 맞춰 미소를 짓고 있다. 나는 그녀의 움직임에 잠깐 넋을 잃는다.

내 차례가 되자 팬케이크 여러 장을 말아서 쌓은 접시를 받는다. 팬케이크라기보다는 크레이프에 가깝다. 그 위에는 월귤 잼이 한 움큼 올려져 있고 마무리로 휘핑크림도 한 숟가락 놓여 있다. 나는 스티로폼 컵에 담긴 블랙커피도 함께 집어 들고 넓은 실내 한가운데 선다. 춤추던 부부를 찾아 주위를 두리번거린다. 그들은 이제 무대 근처 테이블에 친구들과 함께 앉아 있다. 그쪽으로 가서 합석해도 되냐고 물어본다.

부부의 이름은 밥과 세라다. 왈츠가 무척 훌륭했다고 하자 세라는 왈츠만 춘 것이 아니라 '함보hambo[1]'와 '쇼티시schottische[2]', '스프링가르springer[3]'도 추었다고 일러준다. 이 테이블에 앉은 친구들은 모두 정기적으로 모이는 무용단의 단원이다. 1970년대 시애틀에서는 사교댄스를 흔히 볼 수 있었다고 한다. 이곳 스웨디시 클럽은 새로운 친구를 끌어들이고 만나는 장소였다. 이런 사교 클럽을 통해 만나서 결혼한 사람도 많단다. 예전에는 덴마크인들과 노르웨이인들을 위한 클럽도 있었다. 지금은 스웨디시 클럽만 남았지만 꼭 스웨덴 사람이 아니라도 누구나 들어올 수 있다고, 스칸디나비아 전통의 일부가 되고 싶은 사람이라면 누구든 환영한다고 한다.

나는 스칸디나비아 사람을 정의해달라고 부탁한다.

"비유하자면 우리는 수프가 아니라 스튜인 셈이에요." 그녀가 강조해 말한다. "스칸디나비아 국가들은 서로 다르지만 합쳐지면 전체적으로 조화로운 하나의 정체성을 이루거든요. 한 그릇 안에서 헤엄쳐 다니지만 똑같은 사람은 아니라는 뜻이에요."

마르고 주근깨가 많은 남편 밥은 머리카락이 거의 남지 않았다. 그는 팬케이크를 깨작거릴 뿐 사람들과 별다른 얘기를 하지 않는다. 이이는 새로운 사람을 만나는 걸 좋아하지 않아요. 세라가 내게 설명한다. 그것은 스칸디나비아인의 특징이라고 한다. 냉랭해 보이지만 무례해서가 아니라 고독을 좋아해서다.

"70년대였다면 누가 이렇게 와서 같이 앉아도 되냐고 했을 때 아무도 쳐다보지 않았을 거예요." 세라가 내게 말한다.

다른 사람들은 왜 춤을 추지 않느냐고 물어본다.

그녀는 모두 준비하고 있는 거라며 내게 춤을 추겠냐고 묻는다. 나는 폴카에 대해 아무것도 모른다고 대답한다.

---

1   스웨덴의 전통 민속 춤.
2   유럽에서 기원한 사교댄스.
3   노르웨이의 전통 민속 춤.

"쉬워요. 스케이트보드를 탈 줄 안다면 내가 기본 버즈 스텝을 가르쳐줄게요."

그녀는 나를 의자에서 일으키더니 익숙하게 춤을 리드한다. 자기보다 35kg쯤 더 나가는 사내를 인형처럼 빙빙 돌리고 있다. 그녀는 먼저 버즈 스텝을 보여준 뒤 간단한 왈츠를 가르쳐준다. 내 리듬은 엉망이다. 그녀는 세상을 잊고 음악에만 귀를 기울이라고 한다. 그녀가 박자에 맞춰 스텝을 밟게 돕지만 난 정작 숙취 때문에 음악조차 또렷이 들리지 않는 상태다. 널빤지처럼 뻣뻣해 보일 게 분명하지만 어느샌가 나는 즐기고 있다. 눈을 감자 세라의 손이 내 손을 꼭 잡는다. 뺨 근육이 절로 움직이면서 미소가 지어진다. 우리가 앉았던 테이블을 흘끗 보니 밥은 우리에게 눈길도 주지 않고 있다.

팬케이크의 맛은 딱히 기억나지 않는다. 팬케이크는 너무 차가웠고 월귤 잼은 너무 달았다는 것밖에는. 그러나 사람들이 이곳에 오는 것은 음식 때문이 아니다. 맑고 청명한 일요일 아침, 300여 명이 지하실을 가득 메운 채 북유럽의 폴카 음악을 듣고 있다. 스웨덴 출신이 아닌 사람도 많다. 그들이 이곳에 모이는 분명한 이유는 알 수 없지만 어쨌든 모두가 같은 무언가를 경험하고 있다. 세라는 스칸디나비아인의 정체성은 말로 표현할 수 없지만 어차피 그런 것은 설명할 수 없는 것이라고, 그저 느끼는 것이라고 한다. 이곳에 오길 잘했다. 팬케이크는 그리 인상적이지 않았지만 세라와 춤을 추었으니까.

밥은 우리 아버지와 닮았다. 늙고 무뚝뚝하며 아무에게도 웃어주지 않는 모습이 아버지를 떠올리게 한다. 그 역시 많은 이야기를 품고 있을 것이다. 다만 쓸데없이 내게 얘기하고 싶지 않을 뿐. 그는 세라를 데리고 다시 무대 위로 나가 그녀를 빙글빙글 돌린다. 추운

잿빛 실내에서 그녀의 드레스가 북유럽의 꽃처럼 넓게 피어난다.

4년 전, 캘리포니아 주 몇 개 도시를 도는 북 투어의 마지막 순회지가 시애틀이었다. 이 도시에 이르렀을 무렵 나는 집에 돌아갈 날만을 고대하고 있었다. 게다가 도착했을 땐 비가 내렸고, 내게는 익숙하지 않은 비였다. 끊임없이 내리는 안개비. 이 도시에서는 이끼 냄새가 났고 서걱거리는 방수복 소리가 들렸다. 심지어 우산 쓴 사람이 아무도 없었다. 이곳 사람들은 비를 하나의 기상 현상이 아니라 자연환경쯤으로 여기는 듯했다.

　내가 이곳에 있는 동안 아버지가 임종을 맞이하는 상황에는 미처 대비하지 못했다. 시애틀은 부모님이 사는 뉴저지 주 외곽의 소박한 도시 레오니아와는 너무도 멀었다. 나는 이 지역에서 음식에 관한 글을 쓰는 기고가와 살루미 아티산 큐어드 미트Salumi Artisan Cured Meats를 운영하는 지나와 함께 늦은 점심을 먹고 있었다. 살루미는 지나가 아버지 아르만디노와 함께 시애틀 최고의 이탈리안 살라미를 판매하는 곳이었다. 식사 도중 갑자기 휴대폰이 울리더니 화면에 누나의 이름이 떴다. 무슨 용건인지 알 것 같았다. 잠시 양해를 구하고 테이블에서 일어나 밖으로 나오는 그 몇 초 사이에 나는 두려움과 불안, 안도, 분개, 수용에 이르는 모든 복잡한 감정의 변화를 겪었다. 안개비 속으로 나왔을 때는 이미 기진맥진했을 정도로.

　"여보세요?"

　아버지가 그날 밤을 못 넘길 것 같다는 소식이었다. 이번엔 다르다며 당장 와야 한다는 말에 나는 그러겠다고 대답했다. 수화기 너머에서 우는 누나에게 어깨 대신 한동안 귀를 내준 뒤 전화를 끊고 안으로 들어갔다. 처음 만난 사람들에게 아버지의 임종이 닥친 사실을 돌려 말할 길은 없었다. 그래서 사실대로 간단하게 얘기했다. 그들은 이해한다며 어서 가보라고 했지만 나는 바로 자리를 뜨지 않았다. 음식을 마저 먹고 싶었다. 허기가 졌다. 짭짤한 지방이 박혀 있고 쫄깃하며 가장자리는 우글거리는 톡 쏘는 고기가 위안이 되는 듯했다. 소금에 절인 올리브와 피클도 먹었다. '코파' 살라미와 '쿨라텔로' 살라미, '피노키오나' 살라미, '몰레' 살라미를 남김없이 해치웠다. 서두르지 않고 천천히, 모든 살라미의 뒷맛까지 음미했다.

내가 떠날 때 지나는 몰레 살라미 한 토막을 싸주었고 나는 그녀에게 내 책 한 권을 주었다. 뉴어크행 비행은 군중 속에서 고독한, 외롭고 긴 여정이 될 것 같았다. 미네소타나 위스콘신, 혹은 그 밖에 나와 아버지가 함께 가본 적이 없는 어딘가를 지날 때 아버지는 눈을 감으리라 생각했다.

아버지는 내가 셰프가 되는 것을 원치 않았다. 그가 떠나온 옛 한국에서 셰프는 그저 주방에서 일하는 사람, 즉 하인이었다. 이민자 부모들이 생각하기에 요리사가 된다는 건 크게 잘못된 선택이었다. 어릴 때 아버지는 내가 커서 회색과 검은색이 섞인 사관학교 제복을 입길 바라며 나를 태우고 웨스트포인트, 즉 미국 육군사관학교에 자주 갔다. 내 이름은 에드워드 "테드" 케네디 대통령의 이름을 따서 지은 것이다. 아버지는 내가 미국 외교관이 되기를 꿈꿨다.

요리를 직업으로 삼고 싶다고 아버지에게 처음 얘기한 날, 분위기가 영 좋지 않았다. 나는 그때 아직 대학생이었다. 1년 동안 휴학하고 여행을 다녀온 뒤, 나를 위해서가 아니라 부모님을 위해서 마지막 남은 학기를 마무리하고 있었다. 진로에 대한 결심을 털어놓았을 때 우리는 싸우거나 절연하지 않았다. 다만 그날 이후 우리는 좀처럼 얘기를 하지 않았을 뿐이다.

뉴어크행 비행기에서는 도통 잠을 잘 수 없었다. 나는 승무원이 주
는 음식을 모두 받아먹었다. 노란 머스터드소스를 뿌린 밋밋한 칠
면조 샌드위치와 짭짤한 땅콩, 시커먼 커피, 심지어 그슬린 모래 맛
이 나는 퀴퀴한 프레첼까지 먹어 치웠다. 하룻밤 사이에 입에서 일
주일쯤 숙성된 냄새가 났다. 병원에 들어가기 전 껌 한 통을 다 씹었
다. 다른 가족은 밤새 병원을 지켰다. 아버지는 기적처럼 아직 생의
끈을 놓지 않고 있었다.

병원에서 멀지 않은 곳에 가짜 폭포와 두꺼비상을 입구에 놓아둔
맛있는 한국 식당이 있었다. 어머니는 내게 조카들을 그리로 데려
가 점심을 먹고 오라고 했다. 아버지는 기력이 없고 진통제 때문에
퉁퉁 부어 있었다. 말은 할 수 없어도 눈으로나마 신에게 자비를 구
하고 있었다. 간호사가 링거를 확인하러 들어왔을 때 심전도 모니
터가 잠깐 꺼졌다. 어머니는 지나치게 열의에 찬 목소리로 물었다.
"가신 건가요?" 간호사는 흠칫 놀라는 듯했다.

누나가 한국말로 어머니에게 소리를 질렀다. 나는 피식 웃음이
났다. 어머니는 몇 년째 아버지의 병간호를 해왔고 죽음이 갑자기
찾아온 것도 아니었다. 잠깐 정신을 놓친 순간, 조금은 마음이 편해
졌을 것이다.

심전도 모니터가 다시 켜지자 어머니는 내게 아이들을 데려가 한
국 바비큐를 먹이고 어머니 몫도 포장해오라고 했다. 아버지의 죽
음은 임박한 듯했고 그 모습을 아이들이 보게 하고 싶지 않았을 것
이다. 그래도 나는 가고 싶지 않았다. 그렇게 오랫동안 나를 멀리한
점, 아버지 노릇을 제대로 해주지 않은 점에 대해 사과받고 싶었다.

나는 침대로 다가갔다. 아버지의 몸에서 유일하게 변하지 않은

것은 손이었다. 아버지의 손은 언제나 크고 강했다. 기력이 쇠했는데도 손만큼은 남자다워 보였다. 나는 아버지의 힘 빠진 손을 올리고 그 밑에 내 손을 넣었다. 손바닥을 마주 잡은 게 아니라 아버지의 손바닥이 내 손마디를 감싸게 한 것이다. 아버지는 내 손을 잡을 힘도 없었다. 나는 그의 이마에 입맞춤을 하며 가셔도 괜찮다고, 우리는 괜찮을 거라고 말해주었다.

그런 뒤 조카들을 데리고 점심을 먹으러 갔다.

아버지는 더 버틸 이유가 없었던 모양이다. 우리가 고기 한 판을 다 구워 먹기도 전에 숨을 거뒀다. 어머니는 우리에게 전화하지 않았다. 그저 우리가 점심을 맛있게 먹기를 바랐다고 한다.

그 후 며칠 동안 나는 어머니를 도와 아버지의 물건을 정리했다. 우는 사람은 누나뿐이었다. 누나가 운 까닭은 아무도 울지 않아서였을 것이다. 우리는 벽장에 있는 아버지의 물건을 모두 꺼내놓았다. 누나는 아버지의 골프화 한 켤레를 간직하겠다고 했다. 오래된 흑백 사진 몇 장을 찾아 "보관"하는 쪽으로 분류하긴 했지만 나머지는 대부분 쓸모없는 물건이었다. 구간 잡지와 영한 사전 몇 권, 한 번도 쓰지 않은 주판도 하나 있었다. 사실은 남몰래 아들을 자랑스러워했다고 쓴 편지도 한 통 없었고 내 옛날 성적표를 모아놓은 상자도 없었다. 아버지는 감상적인 사람이 아니었다. 인생의 많은 시간을 술로 허비했고 말년에는 남은 친구도 거의 없었다.

그나마 우리는 아버지가 수년 동안 1달러 동전과 2달러 지폐를 모아놓은 커다란 상자를 발견했다. 몇백 달러는 되는 듯했다. 어머니가 그것을 은행에 가져가기 전에 나는 슬쩍 지폐 한 장을 빼놓았다. 그 지폐는 지금도 내 지갑 속에서 잘 살고 있다. 왜인지는 나도 모른다. 나 역시 그리 감상적인 사람이 아닌데.

스웨덴 팬케이크는 아버지가 먹던 음식과도 닮았다. 스웨디시 클럽 테이블에 둘러앉은 사람들에게 이 팬케이크를 왜 좋아하냐고 묻자 어린 시절이 떠올라서라고 한다. 어릴 때도 똑같은 음식을 먹었다면서. 그들 중 이 팬케이크가 정말 맛있다고 생각하는 사람은 없을 것이다. 그보다는 그저 추억을 불러일으키는 음식이다. 시애틀이나 스웨덴 문화와 연결고리가 전혀 없는 나조차도 이 팬케이크를 먹으면서 내 아버지가 살았던 시대를 떠올리지 않는가.

아버지는 식도락가와는 거리가 멀었다. 그의 음식은 언제나 실용적이었다. 그저 적당히 배를 채워주는 음식이면 그만이었다. 아버지는 식탐을 부리지도, 식사 자리를 여흥으로 여기지도 않았다. 음식은 생존을 위한 필수품으로 여겼을 뿐 그 외의 목적으로 쓸데없이 음식 얘기를 하지도 않았다. 아버지에게 식사는 그저 하나의 집안일인 듯했다.

하지만 가끔 특별히 찾는 음식이 하나 있었으니 바로 부대찌개였다. 부대찌개는 한국 전쟁 당시 먹을 것이 부족해서 미군 부대의 배급으로 버티던 시절에 만들어진 요리다. 아버지도 한국 군대에 몇 년간 복무했지만 그에 관해 한 번도 얘기하지 않았고 나도 물어봐선 안 된다고 배웠다.

어머니가 부대찌개를 끓여주면 아버지는 말없이 그릇을 깨끗하게 비웠다. 아버지 말고는 다들 부대찌개를 그리 좋아하지 않았다. 어머니가 끓인 부대찌개에는 스팸에서부터 핫도그 소시지, 미국식 가공 슬라이스 치즈까지 잡다한 재료가 들어갔다. 많은 한국인에게 부대찌개는 한국의 빈곤한 시대, 그리 자랑스럽지 않은 시대를 상징

한다. 이제 우리는 이런 검약의 음식을 먹지 않는다. 오래된 한국 식당들이 부대찌개를 좀 더 현대적으로 변형해 팔고 있긴 하지만 이곳 한국인들의 생활 수준이 높아지면서 이제는 잊힌 음식이 되었다.

어릴 때 나는 음식에 그토록 둔감한 사람은 우리 아버지밖에 없다고 믿었다. 그러나 국적과 빈부를 떠나 우리 부모님 세대의 많은 사람이 균형 잡힌 식사를 하지 못했다. 1960년대와 1970년대 가공식품 산업이 미국을 점령하고 패스트푸드가 급증하면서 많은 문제가 생긴 것은 이미 잘 알려진 사실이다. 우리 아버지 역시 그 세대에 속한 사람이다. 아버지에게 맥도널드에 간다는 것은 미국 문화에 동화되기 위한 하나의 노력이었다. 통조림 캔과 TV 앞에서 때우는 저녁 식사, 코카콜라 등을 받아들이는 것 못지않게 미국에 충성하는 행동이었던 것이다. 그 세대의 이민자들은 또한 열심히 일하면 빈곤에서 벗어날 수 있었다. 우리 부모님은 일주일 내내 하루도 쉬지 않고 밤늦게까지 일했다. 저녁 식탁의 즐거움은 그들의 우선순위가 아니었다. 나는 스웨디시 클럽에 둘러앉은 사람들에게 어릴 때 무얼 먹었냐고 물어본다. 가장 많이 돌아오는 대답은 미트볼과 연어와 젤리다.

팬케이크를 먹고 숙취가 조금 해소되자 나는 산책을 나선다. 시애틀에서는 보기 드문 화창한 날씨라 사람들이 삼삼오오 무리지어 나와 있다. 지역에서 만든 아쿠아비트[1]를 파는 올드 밸러드 리큐어 코 Old Ballard Liquor Co(현재 폐업)라는 가게에 호기심이 인다. 워싱턴호 선

---

1   감자나 다른 곡류로 만드는 스칸디나비아산 증류주로, '생명의 물'을 뜻하는 라틴어 'aqua vitae'가 어원이다.

박 운하 부두의 창고 건물에 있는 작은 양조장 겸 카페다. 이쪽 지역은 산업 지대에 속한다. 근처에서는 다인승 자전거를 타고 술을 마시는 투어 상품을 팔고 있다. 맨 정신으로 자전거를 타고 나간 사람들이 술에 취해 기진맥진해서 돌아오는 투어다.

양조장에 가보니 파티 자전거 손님을 사절한다는 표지판이 문에 붙어 있다. 벌써 이 가게가 마음에 든다. 안으로 들어가자 여덟 명이 앉을 수 있는 작은 테이블 하나와 벽장만 한 바가 있다. 이곳에서는 양조 과정 전체를 볼 수 있다. 저장 용기들과 작은 증류기 한 대, 술을 병에 넣는 단순한 펌프 장비가 설치돼 있다. 작은 주방에서는 30대 정도의 웃음기 없는 여자가 절인 고기를 만지고 있다. 그녀의 이름은 렉시다. 주인 겸 양조사 겸 셰프 겸 투어 가이드라고 한다. 그녀는 바쁘게 왔다 갔다 하며 병을 채우고 절인 고기를 썰고 그곳에 앉아 있는 손님 네 명의 질문에 답한다. 책장에 꽂힌 매그너스 닐슨Magnus Nilsson의 『북유럽 요리책The Nordic Cookbook』이 내 눈길을 끈다.

내가 메뉴판을 훑어보는 사이 렉시가 빠르게 설명한다. "여기는 이케아 규칙이라는 게 있어요. 이케아에서 파는 건 여기서 팔지 않는다는 거죠. 이케아를 싫어해서가 아니라 고정관념처럼 각인된 북유럽 요리 다섯 가지만 돌려먹을 필요는 없잖아요. 사람들이 고정관념을 깼으면 하거든요."

그녀는 내게 제인을 소개해준다. 제인은 투입식 히터가 달린 27갤런 용량의 증류기 이름이다. "얘가 없으면 아무것도 할 수 없죠." 렉시가 말한다. 그녀는 켄터키 주 발로의 한 가족에게서 이 증류기를 샀다. "금주법도 개의치 않고 꾸준히 증류기를 만든 밀조업자 집안이라면 그래도 일가견이 있지 않을까 싶어서요."

나도 켄터키에서 왔다고 하자 그녀가 말한다. "알아요." 그녀는

〈마인드 오브 셰프The Mind of a Chef〉¹ 전 시즌을 봤다고 한다. 요식업계는 여전히 좁다. 스웨디시 클럽에서는 그렇게 많은 사람 앞에서 이름 없는 존재로 춤을 추었는데 이곳에 오니 렉시와 나는 그보다 훨씬 작은 클럽의 일원이다.

나는 그녀에게 아쿠아비트 만드는 과정을 보여달라고 한다. 그녀는 자신이 직접 설치한 향신료 바스켓을 가리킨다. 바닥의 그물망이 증류기 수조 위에 꼭 들어맞는다. 그녀는 이 바스켓에 캐러웨이 씨나 신선한 딜 또는 루바브를 넣는다. 아무 맛도 없는 알코올이 끓으면서 증기가 바스켓을 지나 맨 끝에 달린 용기 안으로 들어가기 전에 향신료의 기름과 향을 머금는다. 이렇게 해서 투명하고 향긋하게 증류된 아쿠아비트가 나오는 것이다. 렉시는 이걸 '타펠taffel'이라고 부른다.

"타펠을 80도로 희석해 그대로 병에 담기도 하고 향신료와 과일을 넣어 더 풍부한 맛을 내기도 해요. 그렇게 되면 더 이상 '타펠'이 아닌 아쿠아비트가 되는 거죠. 여기서 파는 건 대부분 그렇게 만들어요. 타펠이 증류주 원액이라면 아쿠아비트는 위스키라고 생각하면 돼요."

나는 그녀가 엄선한 아쿠아비트 다섯 종류를 작은 와인 잔으로 한 잔씩 맛본다. 깨끗하고 향긋한 맛이다. 딜 아쿠아비트는 봄의 푸른 초원을 걷는 느낌을 준다. 가슴에 생의 기운을 불어넣는 것 같다.

렉시에게 무엇을 먹는 게 좋을까 묻자 '실sill' 보드를 추천한다. 다섯 가지 방식으로 절인 청어를 나무 보드에 올려 내놓는 메뉴다. 스

---

1 PBS에서 방영한 여행과 요리, 역사, 과학을 조합한 리얼리티 프로그램으로 2014년에 방영된 시즌 3에 저자가 출연했다.

칸디나비아 음식이라기보다는 회처럼 보인다. 렉시가 하나씩 설명해준다. 양파를 곁들인 고전적인 청어 절임, 고수 크림 청어, 플레이크 솔트를 곁들인 타라곤 청어, 레몬 차이브 크림을 바른 훈제 청어, 딸기 청어 절임이다.

"스칸디나비아에서는 청어 절임을 판다는 식당에 갔을 때 최소한 열 가지 맛이 없으면 그냥 나오거든요." 렉시가 말한다.

가게가 한산해지자 렉시가 내 옆에 앉는다. 그녀는 젊지만 훨씬 성숙한 사람에게 어울리는 지식을 가졌다. 스웨덴에서 6년 동안 살다가 최근에 미국으로 돌아왔다. 말하는 태도가 무척 진지하다. 나는 이 식당의 음식이 아침에 먹은 팬케이크와 왜 그렇게 다른지 물어본다.

"이곳에는 제2차 세계대전 이후 가공식품을 먹으며 자란 스칸디나비아 교민이 많거든요. 지금은 70~80대가 되었죠. 그분들은 대부분 냉동 미트볼과 시판 그레이비 같은 익숙하고 변함없는 맛을 선호해요. 또 그런 맛에는 건강에 좋은 적당량의 향수가 들어 있기도 하고요. 원래 우리 인간은 나이를 먹을수록 과거에 얽매이는 경향이 있잖아요. 그래서 대부분 그렇게 익숙하고 향수 어린 음식이 진짜 표준이 되는 거예요."

스웨덴의 피를 물려받지 않은 렉시는 오늘날 스칸디나비아에서 수입된 전통을 옹호한다. 그녀가 스칸디나비아 식문화에 관해 갖고 있는 지식은 넓고 깊다. 그리고 고집스럽다. 그녀의 태도를 거만하다고 느끼는 사람도 있을 것이다. 밸러드의 옛 이주민 문화와 글로벌 음식 문화에 영향을 미치는 현대의 북유럽 문화 사이에는 분명한 차이가 있으니까. 렉시는 밸러드에 정착한 이주민의 후손이 아니다. 그녀는 그들의 전통을 지킬 필요를 느끼지 못한다. 오히려 그들의 전통을 뒤엎고 있다. 그녀의 가게는 시애틀에서 유일한 스칸디나비아 식당이지만 내가 스웨디시 클럽에서 만난 사람들은 이 식당에 거의 혹은 전혀 오지 않는다.

렉시와 스웨디시 클럽은 둘 다 북유럽 음식 문화를 대표하지만 동일한 음식을 팔지 않는다. 세대 간의 차이는 한 나라의 음식에 대한 유대보다 훨씬 막강하다. 스웨디시 클럽의 음식은 향수가 핵심이라면 렉시의 음식은 잃어버린 기법을 되살리고자 하는 열정을 토대로 한다. 어떻게 보면 둘 다 과거로 손을 뻗고 있다. 지향하는 과거의 시점이 다를 뿐. 렉시는 수백 년 된 전통을 지향한다면 스칸디나비아 스페셜티스 가게에 오는 이들은 자신의 어린 시절과 소통하려 한다. 나는 둘 중 어느 쪽이 더 옳다고 생각하지 않는다. 렉시의 음식이 더 맛있지만 그것은 내 의견일 뿐이다. 요즘처럼 문화가 급속도로 전파되는 시기에 특정 세대 사람들이 익숙하고 위안이 되는 것, 이를테면 얇게 부친 팬케이크와 달콤한 잼의 조합으로 회귀하고 싶어하는 마음도 이해가 된다. 나는 테이블을 내려다본다. 앞에 빈 잔이 열두 개쯤 놓여 있다. 남은 절인 청어와 달콤하고 향긋한 카다멈 케이크 한 조각을 맛있게 해치운다.

나는 올드 밸러드 리큐어 코의 렉시가 하고 있는 일이 좋다. 그런 뻔하지 않은, 반체제적인 일을 나는 사랑한다. 어린 시절 먹었던 음식과 모순되는 길을 가려면 용기가 있어야 한다. 렉시는 자신이 어릴 때 먹은 친숙한 이민자의 음식을 만들지 않는다. 그렇다고 노마 Noma의 음식, 전 세계를 휩쓴 르네 레드제피René Redzepi[1]의 혁신적인 북유럽 음식을 표방하는 것도 아니다. 그녀는 시애틀에서 혹은 미

---

1 1977~, 코펜하겐에서 미슐랭 식당 노마를 공동 운영하는 덴마크 셰프.

국 어디에서든 보기 드문 정확한 기법으로 스칸디나비아의 익숙한 맛을 재현하고자 한다. 그녀는 빈곤한 이민자의 삶이라는 뻔한 틀에 갇혀 있던 스칸디나비아 음식을 해방시켰다. 그녀의 음식은 검약이 몸에 밴 사람의 음식, 필요해서 먹는 음식이 아니다. 타협 없는 기법의 구현, 그것이 그녀가 추구하는 바다.

아이러니하게도 렉시의 가게는 장사가 시원치 않다. 유동 인구가 많지 않은 곳이고 가게 규모도 작을 뿐더러 주변을 오가는 사람이라고는 파티 자전거에서 내려 소변볼 곳을 찾는 술 취한 청년들뿐이다. 이 고된 삶을 그녀는 스스로 선택했다. 렉시는 시애틀 외곽의 농장에서 어렵게 자랐다고 한다. 그녀의 부모도 아쿠아비트 만드는 일을 직업으로 삼겠다는 딸의 결정을 달가워하지 않았으리라. 오랜 시간 일한 세대, 절인 생선 한 캔을 위해 세속적인 삶의 쾌락을 희생한 세대에게는 그녀가 삶에서 내린 결정들이 시시하게 보이겠지만 그녀만의 힘겨운 싸움은 결코 허황되다고 말할 수 없다. 쉽게 부동산을 매각하고, 쉽게 교외의 집을 사들이는 세상에서 스스로 이렇게 어려운 길을 택한 것은 굳은 신념을 토대로 한 숭고한 행동이 아닐 수 없다.

아쿠아비트 때문에 머리가 어찔하다. 나는 취기가 돌면 감상에 젖는다. 렉시에게 몇 가지 레시피를 물어본 뒤 우리는 포옹을 한다. 돌아서는 나에게 그녀가 말한다. "한 나라나 문화의 식생에서는 도덕이 큰 역할을 해요. 스칸디나비아 문화는 오랫동안 음식에 탐닉하는 것을 용인하지 않았어요. 음식은 생존을 위한 것이지 즐기는 대상이 아니었죠. 사치를 부릴 만한 것이 아니었어요."

나는 그녀의 말을 들으며 여러 번 눈을 깜빡거린다. 우리 아버지 세대의 한국 문화이지 않은가? 아버지가 스웨덴 사람이었다면 국물도 없이 마른 미트볼에 달콤한 월귤 소스만 곁들여 먹었으리라.

운하 위에 놓인 다리를 건너면서 다시 아버지를 떠올린다. 앞으로
도 시애틀에 올 때면 아버지 생각이 나겠지만 슬퍼하지 않을 것이
다. 아버지의 삶에도 눈물 흘릴 만큼 감동적인 순간이 있었는지 모
르겠다. 아버지는 힘든 삶을 살았고 자식들에게는 엄격했다. 하지
만 뉴저지의 병실에서 나는 모든 것을 용서했다. 아버지도 지금 나
처럼 소소한 행복을 누렸다면 좋았을 텐데. 나는 아쿠아비트 몇 잔
과 청어 절임만으로 행복하다. 아버지는 끝까지 평온을 찾지 못한,
고집스럽고 복잡한 사람으로 언제나 내 기억에 남아 있을 것이다.

　농구 선수 숀 켐프도 떠올려본다. 재능만 놓고 보면 그는 NBA 최
고가 될 수도 있었다. 잘 뛰었지만 마약을 피하지 못해 결국 경력을
망쳤다. 훨씬 더 잘할 수 있는 사람이었다. 그가 코카인 때문에 체포
되었다는 소식을 들을 때마다 그에게 화가 치밀었다. 하지만 내가
판단할 일이 아니었음을 이제야 깨닫는다. 그는 자신이 가진 것으
로 나름대로 최선의 삶을 살았다. 어렸을 적 내 침대 위에는 그의 포
스터가 붙어 있었다. 시애틀 스카이라인을 배경으로 덩크 슛을 날
리는 모습이었다. 그의 경력은 실망스럽게 끝났지만 몇 안 되는 빛
나는 순간, 그는 최고였다고 지금도 믿어 의심치 않는다.

구운 볼로냐소시지를 넣은
부대찌개

BUDAE JJIGAE WITH FRIED BOLOGNA

부대찌개는 우리 아버지가 가장 좋아하는 음식이었다. 아버지는 스팸과 핫도그 소시지를 넣은 부대찌개를 좋아했지만 나는 튀긴 볼로냐소시지를 넣는다. 슬라이스 치즈는 대체할 재료가 없다. 부대찌개는 맛있기도 하지만 여전히 기발한 음식이 될 수 있다고 생각한다. 이런 음식이 상징하는 실용성을 나는 잊고 싶지 않다. 모든 음식이 화려하고 세련될 필요는 없다. 때로는 장식 없이 그저 정직하게 미각을 충족시키는 음식도 필요하다. 부대찌개는 또한 숙취 해소에 가장 좋은 음식 중 하나다.

메인 4인분 분량

양념장

다진 마늘 1큰술	슬라이스한 볼로냐소시지 170g
고추장 1과 1/2작은술	약 1.3cm 두께로 썬 두부 200g
맛술 2큰술	팽이버섯 110g
간장 1큰술	얇게 썬 표고버섯 머리 85g
고춧가루 2큰술	크게 깍둑썰기한 양파 1컵
설탕 1과 1/2작은술	5cm 길이로 썬 쪽파 2개
금방 간 검은 후추 1/4작은술	한입 크기로 썬 김치와 김칫국물 2컵
	달걀(대) 4개
	슬라이스 치즈 4장
부대찌개	식물성 오일 1큰술
인스턴트 라면 사리 110~140g(라면 2개 분량)	닭 육수 5컵

먼저 양념장을 만들자. 작은 볼에 맛술과 간장, 고춧가루, 마늘, 설탕, 고추장, 후추를 넣고 잘 섞어둔다.

이제 부대찌개를 만들기 시작하자. 중간 크기의 팬을 중간 불에 올린다. 오일을 두르고 달궈지면 볼로냐소시지 두 장을 놓고 한쪽에 약 2분씩 중간에 한 번 뒤집어가며 굽는다. 접시로 옮기고 나머지 볼로냐소시지도 똑같이 익힌다. 익힌 소시지는 손가락 넓이 정도로 길쭉하게 썬다.

중간 크기 스테인리스스틸 냄비 또는 낮은 양수 냄비에 찌개 재료를 차례로 쌓는다. 바닥에 양파를 골고루 놓고 김치와 쪽파를 올린 뒤 양념장을 붓는다. 그 위에 버섯을 놓고 다음으로 두부를 올린다. 그 위에 구운 볼로냐소시지를 올린다. 라면 사리를 쪼개어 군데군데 얹고 닭 육수를 붓는다.

냄비를 센 불에 올려 한소끔 끓인다. 불을 줄이고 면이 거의 다 익을 때까지 8~10분간 뭉근히 끓인다. 끓는 국물에 달걀을 깨트려 넣고 면이 부드러워지고 달걀이 원하는 만큼 익을 때까지 약 2~3분간 더 익힌다.

국자로 떠서 그릇 4개에 나눠 담고 그 위에 슬라이스 치즈를 한 장씩 얹어 낸다.

연어 절임

PICKLED SALMON

렉시의 청어 절임에서 영감을 받은 레시피다. 태평양 북서부 이외의 지역에서는 신선한 청어를 구하기 어려우므로 연어로 대체했다. 치누크 연어나 은연어처럼 지방이 많은 자연산 연어가 좋다. 연어 절임은 간식 또는 애피타이저로도 훌륭하다. 맛있는 흑빵과 사워크림과 함께 내도 좋다. 샐러드 토핑으로 쓸 수도 있고 신선한 양상추를 듬뿍 넣어 오픈 샌드위치를 만들어도 좋다. 파티의 첫 코스로 우아하게 먹고 싶다면 262쪽의 딸기와 딜, 겨자무 크림, 연어 절임을 얹은 팬케이크 레시피를 참고하기 바란다.

참고로 제대로 절이려면 일주일이 걸리니 미리 계획을 세워두는 것이 좋다. 연어 절임의 맛은 그 노고를 배반하지 않는다. 나는 한번에 많이 만들어놓는 것을 선호하지만 상황에 따라 양을 절반으로 줄여서 만들어도 괜

찮다. 완성된 연어 절임은 랩으로 단단히 봉해 냉장고에 몇 주간 보관해도
된다.

전채 8~10인분 분량

비늘과 지느러미, 가시를 제거한,
　　껍질이 붙어 있는 연어 필렛(900g)
　　1개
얇게 저민 작은 양파 1개
딜 작은 1단

소금물
물 4컵
바다 소금 1컵

절임물
설탕 2컵
증류 화이트 비니거 2컵
물 1컵
올스파이스 베리 2큰술
잘게 부순 월계수 잎 4장
정향 1개

먼저 소금물을 만들자. 중간 크기의 편수 냄비에 물과 소금을 넣고 소금이 녹
도록 잘 저으며 한소끔 끓인다. 그릇에 옮겨 담고 완전히 차가워질 때까지 1시
간 이상 냉장고에 넣어둔다.

연어를 얕은 베이킹 틀 같은 비반응성 용기nonreactive container[1]에 놓고 그 위에
소금물을 붓는다. 뚜껑을 덮어 3일 동안 냉장고에 둔다.

소금물에서 연어를 꺼내 다른 용기로 옮기고 깨끗한 찬물을 연어가 잠길 만큼
붓는다. 1시간 동안 냉장고에 넣었다가 꺼내 물을 새로 갈고 다시 1시간 동안
냉장고에 둔다.

그사이 절임물을 만든다. 중간 크기의 편수 냄비에 설탕과 비니거, 물, 올스파
이스 베리, 월계수 잎, 정향을 넣고 설탕이 녹도록 잘 저으며 끓인다. 불을 끄고
30분간 두어 한 김 식힌 뒤 그릇에 옮겨 담고 냉장고에 1시간 이상 넣어 완전히
차갑게 만든다.

물에 담가놓은 연어를 꺼내 다른 비반응성 용기에 담는다. 절임물을 붓고 3일
간 냉장고에 둔다.

1　산이나 염분에 반응하지 않는 스테인리스 스틸이나 세라믹, 유리, 에나멜, 점토 용기를
　　말한다.

연어를 건져 물기를 두드려 닦은 뒤 껍질과 껍질 아래 회색 지방층을 제거한다.

크게 자른 비닐 랩을 바닥에 깔고 얇게 저민 양파와 딜 절반을 연어 필렛과 같은 크기의 사각형 모양으로 펼쳐 올린다. 연어를 그 위에 놓고 남은 양파와 딜을 그 위에 얹는다. 비닐 랩으로 단단히 싸서 냉장고에서 최소 하루 동안 재운다.

랩을 벗기고 양파와 딜은 버린다. 연어를 대각선으로 얇게 썰어서 접시에 담아 낸다. 더 오래 보관하려면 양파와 딜만 제거하고 랩으로 다시 싸서 냉장고에 넣는다.

딸기와 딜, 겨자무 크림, 연어 절임을 얹은 팬케이크

PICKLED SALMON WITH STRAWBERRIES, DILL, AND HORSERADISH CREAM ON SAVORY PANCAKES

연어 절임은 복합적인 맛이 나기 때문에 나는 입맛을 끌어올리는 첫 코스로 즐겨 사용한다. 스칸디나비아의 맛인 딜과 겨자무는 연어의 느끼함을 확실하게 잡아준다.

전채 8~10인분 분량

겨자무 크림
그레이터에 간 신선한 겨자무 2큰술
사워크림 1컵
찬물 1/4컵
설탕 약간
바다 소금 약간
금방 간 검은 후추 약간

팬케이크
그레이터에 간 레몬 껍질 1작은술

녹인 무염 버터 1큰술 + 팬에 두를
   여유분
사워크림 3/4컵
우유(전유) 1컵
미온수(약 44도) 1/4컵
달걀(대) 2개
중력분 1컵
통밀가루 1컵
활성 드라이이스트 2작은술
소금 1작은술

얇게 저민 연어 절임(260쪽) 340g
바다 소금 약간
딜 작은 것 약간

먼저 겨자무 크림을 만들자. 작은 볼에 사워크림과 물, 겨자무, 설탕, 바다 소금, 후추를 넣고 잘 섞는다. 뚜껑을 덮어 사용할 때까지 냉장고에 둔다.

그사이 팬케이크를 만든다. 작은 볼에 미온수와 이스트를 넣고 섞은 뒤 기포가 올라올 때까지 약 10분간 실온에 둔다.

작은 편수 냄비에 우유와 사워크림, 버터를 넣고 약한 불에 올려 부드럽게 젓는다. 버터가 녹고 혼합물이 잘 섞일 때까지만 데우고 보글보글 끓지는 않도록 한다.

중간 크기의 볼에 달걀을 깨트려 넣고 가볍게 푼다. 우유 혼합물을 천천히 부어 부드럽게 섞은 다음 이스트 혼합물을 넣어 잘 섞는다.

큰 볼에 두 가지 밀가루와 소금, 레몬 껍질을 넣고 잘 섞는다. 위의 혼합물을 넣고 어느 정도 반죽이 될 때까지 섞는다.

중간 크기의 팬을 중간 불에 올리고 버터 1큰술을 넣는다. 버터가 부글거리기 시작할 때까지 달구다가 반죽 1/4컵을 붓고 팬을 기울여 반죽이 고루 퍼지게 한다. 그 상태로 한 면을 3분간 익힌 뒤 뒤집어 노릇노릇해질 때까지 다시 1분간 더 익힌다. 완성된 팬케이크는 키친타월을 깐 접시나 베이킹 팬으로 옮긴다. 필요한 만큼 팬에 버터를 추가해가며 나머지 반죽도 똑같이 만든다. 이때 팬케이크가 10~12개 정도 나와야 한다.

접시에 따뜻한 팬케이크를 한 장 놓는다. 팬케이크 위에 얇게 저민 연어 절임 몇 개를 올린다. 얇게 썬 딸기를 연어 위에 올린다. 딸기 위에 바다 소금을 뿌리고 그 위에 고추냉이 크림을 살짝 두른 뒤 딜을 흩뿌려 마무리한다. 나머지 팬케이크도 똑같이 해서 바로 낸다.

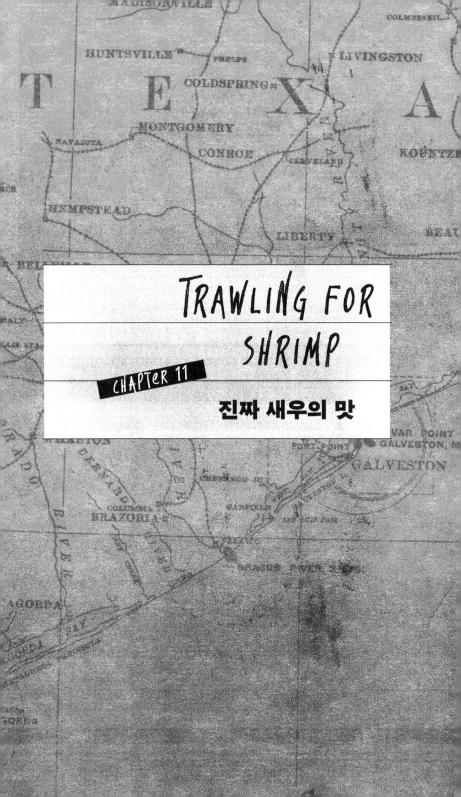

TRAWLING FOR SHRIMP

CHAPTER 11

SHRIMP

진짜 새우의 맛

시브룩을 지나 키마로 건너가자 허공에 붕 떠 있는 기분이 든다. 부두 위로 도로가 급격하게 솟아 있고 왼쪽으로는 갤버스턴만의 깊은 푸른색 물이 훤히 내려다보인다. 그 안에 텍사스 하늘이 그대로 담겨 있다. 지금 나는 우리 식당에서 쓸 멕시코만 새우를 구하러 갤버스턴으로 가는 길이다. 이제 메뉴판에 새우를 올릴 때가 된 것 같다. 새우는 모든 국경을 뛰어넘는 음식이다. 내털리 듀프리Nathalie Dupree의 『새우죽 요리집Shrimp and Grits Cookbook』에서부터 멜라민 접시에 담긴 새우와 돼지고기로 소를 넣은 베트남식 크레이프, 미국 스테이크 식당 어디서든 차가운 마티니 잔에 담겨 나오는 새우 칵테일에 이르기까지, 새우는 많은 이에게 사랑받는다. 우리 식당에서는 그동안 새우 요리를 일부러 피해왔지만 원하는 사람이 너무도 많다. 미국의 연간 새우 소비량은 약 6억 킬로그램에 달할 정도니 말이다. 그래서 새우의 본고장에 왔다. 그토록 비방받는 산업을 내 눈으로 직접 보기 위해서. 어쨌든 새우 요리를 해야 한다면 가장 믿을 수 있는 재료를 찾아야 하니까.

많은 지역에서 소비되는 새우의 대부분은 동남아시아에서 온다. 입에 풀칠하기도 어려운 최저시급 노동자들이 과밀한 진흙 연못에서

잡는 양식 새우다. 그런 새우는 다양한 비료와 항생제가 섞인 독극물에서 헤엄쳐 다닌다. 이런 단종 양식장은 각종 감염에 취약하기 때문이다. 그래도 맛은 나쁘지 않을 것이다. 그도 그럴 것이 동남아시아의 양식 새우는 대부분 이렇다 할 맛이 나지 않는다. 하지만 파프리카와 커민 가루를 듬뿍 뿌리고 주철 팬에 시커멓게 굽거나, 향이 진한 새콤달콤한 소스를 듬뿍 얹으면 새우 맛이 어떻든 다 상관없어진다. 이런 새우가 2kg씩 냉동 포장되어 수출될 때에는 온갖 화학 약품으로 버무려진다는 사실도 간과하기 쉽다. 새우는 물에 사는 해충과 다를 바 없는 싸구려 상품이다.

나는 키마에 있는 어느 베트남 식당 앞에 차를 세운다. 베트남전 이후 수천 명의 난민이 이주하기 시작하면서 시브룩에서부터 갤버스턴과 팔라시오스에 이르기까지 멕시코만 연안 지역 전역에 베트남 어민들이 정착했다. 나는 자리를 골라 앉은 뒤 미국의 베트남 식당 어디서나 인기 메뉴인 '반세오bánh xèo'를 주문한다. 강황과 쌀가루로 만든 반죽 속에 새우와 돼지고기, 숙주 등을 넣고 접어서 가볍고 바삭하게 만들어 달콤한 소스에 찍어 먹는 크레이프다. 식당은 밝고 시원하다. 백인 노동자 손님이 대부분인데 모두 예의가 바르다. 테이블 위에 꼭지를 당기면 뚜껑이 열리는 익숙한 플라스틱 젓가락 통이 있다. 스리라차 병과 간장 병도 플라스틱 쟁반에 놓여 있다. 웨이트리스는 주문을 받고는 다시 교재인 듯한 커다란 책을 들여다본다.

크레이프를 보는 순간 나는 안에 든 새우가 멕시코만산이 아니라는 것을 알아차린다. 웨이트리스에게 물어보니 자긴 모른다고 한다. 배가 고파서 일단 다 먹는다. 그러고 보니 베트남 식당에서는 멕시코만 새우보다 베트남에서 양식한 냉동 새우를 쓰는 것이 더 정통에 가깝지 않을까 싶다. 이곳 식당들 가운데 현지 새우를 쓰는 곳이 있을지, 그러기엔 저렴한 수입 새우의 유혹이 너무도 강렬한 것인지 궁금하다. 웨이트리스는 대학생이라 시험 공부를 하고 있다고 한다. 이곳은 삼촌의 식당이며 요리는 숙모가 맡고 있다. 나는 베트남 새우잡이들을 만나러 왔는데 삼촌에게 아는 사람이 있는지 물어봐달라고 부탁한다. 그녀는 조금도 망설이지 않고 퉁명스럽게 대답한다.

"아무도 나서지 않을 거예요. 다들 그냥 내버려두길 원하죠."

"과거에 있었던 인종 문제 때문인가요?"

베트남에서 온 어민들과 현지 텍사스 어민들의 관계는 오래전부터 이따금씩 논쟁거리로 떠올랐다. 작은 충돌이 들끓다가 큰 싸움이 되기도 했고 심지어 살인까지 일어났다. 베트남전 이후 난민 수천 명이 텍사스 주 멕시코만 연안 지역에 정착했을 때 그중 많은 사람이 가장 잘하는 일, 즉 어업을 생업으로 삼았다. 엄격한 규제가 생기기 전이었으므로 생계 때문에 절박했던 베트남 이민자들은 멕시코만의 수많은 불문율을 위반했다. 그들이 법을 교묘히 피하고 제재를 무시하면서 텍사스의 오랜 산업은 치열한 경쟁의 장이 되었다. 공교롭게도 마침 텍사스 사람들은 베트남전에 참전한 미국 퇴역 군인들을 부당하게 악마화하는 분위기에 분개하고 있었다. 베트남에서는 미국인과 한편이 되어 싸웠던 베트남 사람들이 이곳에서는 백인 어민들과 날카로운 각을 세웠다. 양쪽 사이에는 바람 한 점 없는 여름밤처럼 뜨거운 긴장이 흘렀다. 이 갈등에 기름을 부은 것은 동남아시아의 저렴한 양식 새우 산업이었다. 이 산업이 점점 성장하면서 양식 새우가 미국 시장까지 밀려들어 새우 값이 폭락한 것이다. 텍사스에서 오랫동안 어업에 종사하던 많은 현지인이 생업에서 밀려났다. 멕시코만 연안 지역에서는 단순한 직업이 아니라 전통이었던 산업의 쇠퇴를 베트남 사람들 탓으로 돌리는 이도 많았다. 그런가 하면 베트남 이주민과 상관없이 이미 새우 산업이 쇠퇴하고 있었다고 주장하는 이도 있었다. 어찌 됐든 긴장감은 날로 커졌고 폭력 사태가 일어나기도 했다. 베트남 어민들의 새우잡이 배가 불타고, 총격이 일어나고, 집회가 열렸다. 큐 클럭스 클랜Ku Klux Klan(KKK)[1]이 가담하기도 했다. 그 뒤로 한 세대에 걸쳐 불신과 분노가 이어졌다.

벌써 30년도 더 된 일이라 증오는 이미 가라앉았다고 한다. 그럼에도 어획 제한과 남획, 석유 유출, 늘어가는 환경 규제 등으로 이 지역의 산업은 지속적으로 제약을 받고 있고 그사이 수입 새우는 꾸준히 늘고 있다. 모든 면에서 숨통이 죄여오는 이 산업에서 베트남 새우잡이들도 누구 못지않게 고통받고 있다. 이제는 누구 형편이 더 낫다고 할 수 없어 서로 사이좋게 지낸다고 한다.

"그건 오래전 일이잖아요. 저는 어려서 기억이 나지 않아요." 웨이트리스가 말한다.

그녀의 숙모가 주방에서 나오자 나는 음식이 맛있었다고 어색한 인사를 건넨다. 그녀는 영어를 잘 못하고 대학생 조카는 공부하느라 바빠서 통역하러 나서지 않는다. 수첩을 집어넣고 나가려는데 공부하던 대학생이 불쑥 나를 돌아보며 말한다. "전쟁 때 모두 베트남에 와서 전부 다 태워버렸잖아요. 그러니 떠날 수밖에 없었죠. 그분들은 싸우러 온 게 아니라 일하러 온 거예요."

---

1 백인 우월주의, 반(反)유대주의, 인종차별, 반로마 가톨릭교회, 기독교 근본주의, 동성애 반대 등을 표방하는 미국의 폭력적 비밀결사 단체.

샌 레온은 키마에서 남쪽으로 조금 떨어진 곳에 있는 조용한 연안 도시로, 갤버스턴만을 마치 굴 까는 칼처럼 뾰족하게 찌르는 모양을 하고 있는 반도를 차지하고 있다. 이동식 주택과 기둥을 받친 허름한 집들이 늘어선 이곳은 일상의 소음에서 벗어날 수 있는 한갓진 도시다. 만 연안 쪽에는 식당이 즐비하고, 항해를 테마로 꾸민 바도 여럿 있다. 그중 길훌리 레스토랑&오이스터 바Gilhooley's Restaurant and Oyster Bar는 테킬라와 함께 멕시코만 연안의 굴을 후루룩 들이켜며 한가로이 오후를 보낼 수 있는 완벽한 곳이다. 다른 쪽에는 상업 어선들이 드나든다. 나는 차로 그쪽 해안선을 달리며 얘기할 만한 사람을 찾아본다. 굴 처리 시설 근처에서 하루를 마무리하는 멕시코 노동자 몇 명이 보인다. 위협적으로 주위를 날아다니는 바다 갈매기들의 시끄러운 울음소리가 다른 소음들을 모조리 집어삼킨다. 내가 다가가자 사내들이 우르르 일어선다. 베트남 새우잡이들을 어디서 만날 수 있냐고 묻자 그들을 따라잡고 싶으면 동트기 한 시간 전에 22번가로 가라고 일러준다. 나는 수첩에 메모한다. 사내들은 내가 다시 차에 타기 전까지 자리에 앉지 않는다.

나는 해안선을 따라 갤버스턴 쪽으로 30분쯤 더 내려간다. 19번 선착장에서 케이티 시푸드 마켓Katie's Seafood Market의 케니를 만나기로 했다. 그곳은 작은 가게이지만 멕시코만 연안에서 가장 큰 해산물 조달업체 중 하나다. 가족이 운영하는 자부심 넘치는 이 업체는 지역의 영웅이자 거침없는 대변인인 버디 긴던Buddy Guindon으로 유명해졌고 버디의 형제인 케니는 뒤에서 묵묵히 일하고 있다. 그는 기꺼이 시간을 내주는 사려 깊은 사람이다. 머리는 몇 주 동안 빗지 않은 것 같고 하루 종일 지게차를 운전하는 탓에 손은 검게 그을렸다.

케니에 따르면, 멕시코만 연안 지역에서 돈이 되는 것은 더 먼 연안에서 잡히는 도미와 큰 물고기다. 새우 장사는 이제 가망이 없단다. 우리는 얼음 더미 위에 늘어놓은 다양한 종의 새우를 같이 둘러본다. 이 만에서 나는 흰 새우와 심해에서 온 갈색 새우, 작은 미끼 새우, 루이지애나산 로얄 레드 새우도 있다. 나는 이 갤버스턴만에서 나는 새우를 맛본다. 작고 희고 연하다. 큰 품종보다 나은 것 같다. 이 새우는 대부분 미끼 가게로 가서 큰 물고기를 잡는 데 쓰인다고 하니 안타까운 일이다. 내 반세오에 들어간, 푸석하고 아무 맛도 안 나는 꼬부라진 새우보다 훨씬 나은데 말이다. 케니는 이런 새우는 도매상에 넘겨도 돈을 벌지 못한다고 한다. 싸구려 수입 품종이 넘쳐나는 산업에서 이 맛있는 새우에 대한 수요는 없다. 케니는 조만간 이 만의 상업 어업이 완전히 끝날 거라며 한탄한다.

맥 빠지는 일이다. 내 경험상 어업에 종사하는 사람들은 대개 우울하다. 그들의 세계는 언제나 종말을 코앞에 두고 있다. 케니는 자신이 기억하는 한 아주 오래전부터 그랬다고 한다. 수많은 문제를 거침없이 내게 토로하는 그의 눈동자가 빛나고 있다. 그 빛은 물에서 나오는 것이리라. 그는 형 버디에게 내 주문을 전달하겠다고, 자기는 이제 다시 일하러 가야 한다고 말한다. 지게차가 하루 종일 말을 듣지 않았다면서. 가게로 후진하는 트럭 소리에 그가 움찔 놀란다. 그는 이제 휴스턴에 있는 고객이 대량으로 주문한 옥돔을 실어 가야 한다. 걸어가는 그의 뒷모습은 기운이 살짝 빠진 듯하지만 그의 눈을 보면 어쩐지 무선 인터넷이 끊길 때마다 폭발하는 우리보다 더 오래 살 것 같다는 예감이 든다.

다음 날 새벽 다섯 시에 다시 차를 몰고 샌 레온으로 향한다. 부두에

도착하자 베트남 새우잡이들이 출항 준비를 하고 있다. 아직 컴컴한 밤이다. 어둠에 가려 보이지 않는 바람이 머리 위에서 점점 거세지고 있음을 느낀다. 휘어진 말뚝과 썩어가는 널판으로 된 간이 계류장에 새우잡이 배가 어림잡아 스무 척쯤 보인다. 야트막한 콘크리트 블록 건물에서 유일한 빛이 새어나오고 있다. 새우잡이 배들이 바람에 흔들거린다. 모터는 하나뿐이고 길이는 12m가 채 안 되는 작은 트롤선들로, 장대와 그물망이 하나씩 실려 있다. 하나같이 온전치 못하다. 선실 위 높이 달린 작업등을 켜놓은 배도 애초에 몇 척 안 된다. 그물을 손보거나 커피를 홀짝이는 사내들이 보인다. 그들은 라디오에서 나오는 일기예보를 듣고 있다. 아무도 나와 얘기하려 들지 않는다. 나는 최대한 의심스럽지 않게, 신뢰감을 주려 노력하면서 부두를 걷는다. 끝까지 걸어가서 배 한 척이 요란한 파도를 가르고 연기를 내뿜으며 삐걱삐걱 천천히 나아가는 모습을 지켜본다. 뒤쪽 어디선가 바람에 깃발이 펄럭거리는 소리가 들린다. 만의 반대편 끝에 보이는 불빛은 마치 다른 행성의 것인 양 아득하게 느껴진다. 가망이 없어 보이지만 나는 오늘 꼭 바다에 나가고 싶다. 부두를 한 바퀴 더 돌기 위해 뒤로 돌아선다. 그때 한 사내가 담배를 피우기 위해 배에서 내린다. 나는 슬쩍 다가가 내 담배를 권해본다. 바람 때문에 불이 잘 붙지 않자 그에게 바싹 몸을 기울인다. 바닷바람에 닳은 쭈글쭈글한 얼굴. 나이는 짐작이 가지 않는다. 바다에서 지낸 탓에 실제 나이보다 훨씬 늙어 보일 테니까. 검게 그을린 두 뺨은 늘어졌고 눈은 무표정하며 휴스턴 텍산스 야구 모자 아래 삐져나온 머리카락은 희끗희끗하다. 바람막이 재킷과 폴리에스터 바지, 샌들 차림. 노련한 뱃사람의 복장은 아니다. 그의 성은 톤이고 이 배를 혼자 운영하고 있다. 혼자 일하는 것은 위험하다고 한다. 갈매기들이 주위에서 윙윙거리는 모터 소리에 잠이 깬 듯 배 위로 내려앉는다.

나는 슬쩍 날씨 얘기를 하며 투덜거린다. 그가 오늘은 나가지 않을 거라고 한다. 바람이 너무 많이 분다면서. 옆에 그의 픽업트럭이 서 있다. 그가 잠시 그 안으로 사라지더니 휴대폰을 들고 뭔가를 요란하게 떠든다. 그가 돌아와 다시 배에 올라타려 할 때 나는 그의 팔을 붙잡고 태워달라고 부탁한다. 돈을 내겠다고 하지만 그는 고개를 저으며 턱없는 소리라고 거절한다. 깜빡거리는 작업등을 고치기 위해 배에 타는 것뿐이라면서. 옆에 다른 배 두 척이 나가고 있다. 어쩐다. 내가 배를 타고 나갈 가능성은 갈수록 낮아진다. 새우가 움직이지 않을 때 잡으려면 동이 트기 전 컴컴할 때 나가야 한다. 고기압에서 저기압으로 이동하는 해안의 낮은 바람을 들이마시자 폐 속 깊숙한 곳까지 소금기가 들어찬다. 미스터 톤은 나를 쳐다보지도 않지만 나는 미지근한 커피를 마시며 길 잃은 강아지 같은 얼굴로 배 옆에서 그의 최후통첩을 기다린다.

돌연 그가 나를 올려다보더니 배에 타라고 손짓한다. 그러곤 딱 한 번만 쓸어담을 테니 방해하지 말고 잠자코 있으라고 당부한다. 그가 시동을 걸자 우리는 디젤 연기를 뿜어내는 다른 배를 따라 바다로 나간다. 톤은 내게 윈치와 기관실 옆에 있는 작은 공간에서 기다리라고 한다. 하늘은 여전히 컴컴하다. 철썩거리는 파도 소리가 들릴 뿐 주위에는 아무것도 보이지 않는다. 배 안에서 일어나는 일만 어렴풋이 눈에 들어온다.

톤은 몇 살인지 몰라도 보기보다 민첩하다. 선장석과 배 뒤쪽을 왔다 갔다 뛰어다니며 장비를 내린다. 이런 배의 장비는 멕시코만 연안의 깊은 바다로 나가는 큰 상업 배들과 달리 단순한 편이다. 우리는 부두에서 멀지 않은 지점까지 천천히 나아간다. 톤은 한쪽에 약 180kg씩 나가는 육중한 금속 전개판을 검은 물로 끌어낸다. 나일론 새우망이 배 옆을 넘어가자 그는 전개판을 물속으로 내린다. 이 전개판들은 저인망을 벌리는 역할을 한다. 그물망 앞에 달린 사슬이 먼저 바닥을 휘저으며 진흙 속에 있는 새우들을 깨운다.

톤은 배를 천천히 몰고 나아가며 철썩거리는 파도 속을 들여다본다. 마치 컴컴한 물속의 상황이 보이기라도 하는 듯이. 그런 뒤 차분하게 담배를 피우며 내게 이런저런 얘기를 들려준다. 이 배는 20여 년 전에 4만 달러를 주고 샀다. 그땐 돈벌이가 꽤 되었지만 이제는 아니다. 자녀들이 다 커서 수확이 좋을 때만 나가는데 그리 자주 있는 일은 아니다. 오늘 같은 날에는 누구나 손해를 볼 수밖에 없다. 그러면서 그가 물 위에 떠다니는 코르크들을 가리키는데 도통 무슨 뜻인지 모르겠다. 그는 물을 바라보며 몇 번이고 고개를 젓는다.

수평선 위로 작은 한 줄기 빛이 올라오고 있다. 톤은 나를 옆으로 밀어내고는 윈치를 돌리기 시작한다. 겨우 30분밖에 안 되었는데 그물망을 끌어올리려는 모양이다. 그물망이 물 밖으로 올라오자 갈매기들이 미친 듯이 날아온다. 톤은 그물망을 어획물 통 위로 끌어온다. 그가 그물망 바닥에 묶인 풀매듭을 풀자 얼마 안 되는 새우가 통 안으로 떨어진다. 많지 않다. 기껏해야 10kg쯤이다. 톤은 실망하면서도 그럴 줄 알았다는 듯 어깨를 으쓱한다. 바람이 거세지고 있다. 그는 돌아가고 싶어 한다. 다른 배들을 가리키며 다들 시간 낭비하는 거라고 손짓으로 말한다. 그는 밧줄로 그물을 감아 옆으로 치워놓는다.

매듭은 많은 역할을 한다. 그중 가장 자명한 역할은 두 개의 사물을 연결하는 것이다. 우리가 일상에서 사용하는 매듭은 대부분 항해의 역사에서 기원했다. 기계화가 되기 전까지 뱃사람의 삶은 매듭이 좌우했다. 문제는 조절할 수 있는 매듭을 짓는 것이다. 고정되는 매듭은 누구나 만들 수 있다. 마찰력을 이용해 장력을 만드는 것은 누구나 할 수 있는 일이다. 진짜 기술은 단단히 고정되면서도 필요할 때 쉽게 풀리는 매듭을 짓는 것이다. 강철과 모터의 시대가 오면서 매듭짓기는 지나간 기술이 되었다. 그러나 이런 배에서는 몇 가지 매듭만 알아두면 필요한 일을 모두 해결할 수 있을 것이다. 톤은 감아 매기clove hitch 기법으로 배를 말뚝에 묶는다. 말뚝에 감아 만든 고리 안쪽으로 다시 로프를 넣어 조이는 아주 간단한 매듭이다. 그는 평생토록 수없이 만든 이 매듭의 이름을, 적어도 영어로는 뭐라고 부르는지 모를 것이다.

내가 톤을 도와 새우를 플라스틱 통으로 옮기자 그는 그것을 픽업트럭 뒤에 싣는다. 이 새우는 미끼 가게로 갈 것이다. 내가 시간을 내줬으니 사례하겠다고 하자 그는 처음으로 내게 미소를 보이며 거절한다. 별수 없이 내 남은 담배라도 건네자 그는 무심하게 작별 인사를 하고 떠난다. 트럭의 바퀴들이 내 청바지로 먼지를 차올린다. 날이 밝아오고 있다. 다른 배들도 별 소득 없이 돌아오기 시작한다. 바람이 거세지며 소용돌이치고 있다. 야자수 잎들이 흔들리며 서로 맞부딪친다. 갈매기들은 거세게 항의하듯 끼룩거린다.

이 지역은 악몽 같은 허리케인 아이크의 기억을 아직 떨쳐내지 못했다. 2008년 9월 13일 열대 저기압이 4등급 폭풍으로 발전해 갤버스턴에 상륙했고, 거센 바람이 나무들을 송두리째 날려보냈다. 모든 것이 휩쓸려갔다. 수십 명이 목숨을 잃었고 수십 억 달러의 피해가 났다. 이곳 사람들은 아이크 전과 후로 시대를 나눈다. 아이크가 지나간 뒤 모든 것을 재건한 탓에 새것처럼 보이는 건물이 많지만 한때 집들이 서 있던 곳 중 많은 곳이 여전히 빈터로 남아 있다. 새우잡이 배들도 상흔을 입었다. 무사히 살아남은 배도 있지만 대개는 수리하거나 다시 건조하다시피 했다. 베트남 이민자들에게는 생계수단이었으므로 그들은 배를 땜질해 다시 일을 시작했다. 폭풍이 지나간 뒤 가장 먼저 바다로 나간 것도 그들이었다. 그들의 배는 낡을 대로 낡았지만 여전히 일하고 있다. 삐걱대고 콜록거리면서. 밝아오는 아침 햇살을 받은 배들은 마지못해 둥둥 떠 있는 유령선 같다.

어부들은 급히 각자의 차를 타고 떠난다. 잠시 차로 그들을 따라가볼까 고민한다. 하지만 따라잡아서 무얼 하겠는가? 내게는 그들에게 내줄 것이 없다. 그리고 내가 원하는 것은 그들의 내밀한 삶과 신뢰다. 그 두 가지는 시커먼 바다에서 빠르게 헤엄치는 물고기만큼이나 쉬이 잡을 수 없는 것이다.

샌 레온에는 베트남 식당이 보이지 않아서 할 수 없이 멕시코 식당에 들어가 아침을 먹는다. 메뉴판에서 '미가스^migas'를 발견하고 주문한다. 바삭한 옥수수 토르티야에 달걀을 풀어 섞은 요리다. '피코 데 가요^pico de gallo'[1]와 리프라이드 빈, 즉 삶아서 으깬 콩, 따뜻하고 부드러운 토르티야가 함께 나온다. 든든한 아침 식사다. 다른 테이블에서는 부부가 아침을 먹고 있고 식탁 밑에서는 어린 자녀가 뛰어논다. 주방 통로 위쪽 벽에는 판초 비야^Pancho Villa[2]의 초상이 걸려있고 그 주위가 성소처럼 꾸며져 있다. 요리사가 내게 촐룰라^Cholula 브랜드의 핫소스 병을 건넨다. 그 익숙한 병을 보자 마음이 덩달아 푸근해진다. 끝없이 부는 바람 때문에 일과를 일찍 끝낸 듯한 노동

---

1 토마토와 양파, 고추를 썰어 만든 살사의 일종.
2 1878~1923, 멕시코 혁명을 이끈 지도자.

자들이 식당으로 들어오기 시작한다. 요리사가 주문까지 받느라 더 바빠진다. 그의 아버지는 텔레비전 옆에 놓인 테이블 앞에 앉아 CNN을 보고 있다. 그는 급하게 주문을 받아적는 아들을 속수무책 돌아본다. 작업화를 신은 노동자 한 무리가 들어오자 나는 다 먹은 접시를 치우고 테이블을 닦은 뒤 자리를 내준다.

차 안에서 꽤 오래 낮잠을 자다가 날카로운 갈매기 울음소리에 깨어난다. 점심시간이다. 나는 만이 내려다보이는 9번가 끝자락에 있는 톱워터 그릴Topwater Grill이라는 식당으로 향한다. 낚시도구 장식으로 재미있게 꾸며놓은 전형적인 부둣가 식당이다. 스피커에서는 잭 브라운 밴드Zac Brown Band의 음악이 울려 퍼진다. 건물은 과거에 에이 프릴 풀 포인트로 알려진 부두에 있는데, 여기는 아프리카 노예선 이 들어오던 곳들 중 하나다. 입구를 지나자 판매용 티셔츠와 모자, 맥주병 홀더 따위가 진열되어 있다. 대개 이런 곳에서는 훌륭한 해 물 요리를 기대할 수 없지만 톱워터 그릴은 워낙 평판이 좋아서 확 인해보고 싶었다. 식당 뒤쪽에는 주로 작은 스포츠 낚시 배들이 사 용하는 작은 선적 부두가 있다. 식당 주인은 윌리 선장으로 알려져 있고 샌 레온에서는 그를 모르는 사람이 없다. 이곳에서 만날 수는 있지만 언제 오는지는 아무도 모른다고 한다. 식당을 둘러보러 오 면 그때 붙잡는 수밖에 없다. 매니저는 그가 한곳에 오래 있는 사람 이 아니라고 귀띔해준다.

　나는 직원에게 이름과 번호를 남기고 윌리 선장이 오면 알려달 라고 부탁한 뒤 자리를 잡고 앉는다. 오늘 점심의 첫 요리는 마늘과 오일을 곁들여 구운 멕시코만 굴이다. 다음으로 삶은 로열 레드 새 우 한 바구니를 녹인 버터와 텍사스 페테Texas Pete 브랜드의 핫소스를 조금 곁들여 가뿐히 해치운다. 메뉴판에는 카마로네스 란체로스 Camarones Rancheros[1]에서부터 부댕 볼Boudin Balls[2]에 이르기까지 다양한 음식이 보인다. 폰차트레인 소스를 곁들인 붉은 생선도 훌륭하다. 식사를 끝낼 때쯤 웨이트리스가 오더니 윌리 선장이 왔다고 일러준다. 나는 그가 내 테이블 근처로 올 때까지 한참을 기다린다. 마침내 그가 나타난다. 반바지와 스포츠 바람막이로 깔끔하게 차려입었고, 바다 사람처럼 주름진 얼굴은 인자해 보이며 말투에는 폴란드 억양이 진하게 섞여 있다. 그가 내게 에드워드냐고 묻는다. 내가 그렇다고 하자 경계하는 눈으로 나를 보며 무얼 원하냐고 묻는다. 내가 책을 쓰고 있다고 설명하자 그는 마지못해 내 테이블에 앉는다. 그러곤 먼저 시간이 많지 않다고 한다. 새로 계획하는 일이 있어서 도급업자를 만나야 한다는 것이다.

　음식 얘기가 나오자 나는 그에게 멕시코만 연안에서 나오는 해산물을 쓰는 것에 고마움을 표한다. 그는 내게 수년 동안 받은 표창이 가득한 벽면을 보여준다. 원래 더 많았는데 아이크가 휩쓸어 갔다고 한다. 우리는 낚시와 샌 레온의 삶으로 화제를 옮겨간다. 베트남 새우잡이들과 사이가 좋으냐고 묻자 그는 물론이라고, 그들 모두와 함께 일하며 친구처럼 지낸다고 한다.

　"그래도 옛날 사람들은 어려워요. 그 자식들은 괜찮지요. 미국인이 되었으니까. 하지만 노인들은 고집을 놓지 못해요. 그럼 나는 이렇게 말하곤 합니다. '여긴 미국인데 왜 이곳을 베트남으로 만들려는 거요?' 나도 나름대로 사연이 많지만 여기 온 이상 이 나라를 받

1　토마토와 고추, 양파, 마늘 등을 넣은 매콤한 멕시코식 새우 요리.
2　돼지 피로 만든 프랑스식 소시지 '부댕'으로 만든 요리.

아들여야겠다 다짐했지요."

　내가 어떤 사연인지 묻자 그는 한숨을 쉬며 다 얘기하기에는 너무 길다고 한다.

　"요약해서 얘기해보리다. 소련군이 타르노폴[1]에 온 게 1940년이었어요. 그때 나는 다섯 살이었지. 20분을 줄 테니 짐을 싸라고 하더군. 옷과 간단한 세간만 싸라고 말이오. 그런 뒤 우리를 썰매에 태워 기차역으로 데려갑디다. 2~3주간 기차를 탔지요. 우린 폴란드를 떠나본 적이 없는데 먹을 것도 거의 없고 약이나 잠자리도 없이 몇 주 동안 그렇게 기차에 실려 간 겁니다. 내려보니 시베리아였어요. 우리 부모님은 숲속에 있는 노동 수용소에서 일했지요. 우린 살아남지 못할 거라고 생각했어요. 몇 달 뒤 우리를 다시 기차에 태우더니 시베리아 더 깊은 곳에 있는 다른 노동 수용소로 데려간다고 하더군. 기차 문이 열려 있어서 아버지가 같이 뛰어내리자고 했어요. 아버지가 먼저 뛰고 우리 형제가 뛰고 마지막으로 어머니가 뛰었지요. 우리는 눈을 헤치고 가까운 마을로 갔어요. 한 여자가 우리를 집에 머물게 해줍디다. 참 고마운 분이었지요.

　그때가 1942년, 독일군이 소련을 때려잡고 있을 때였어요. 독일군은 소련군과 맞서기 위해 폴란드 사람들을 모집했고 독일군에 들어오면 폴란드로 돌려보내주겠다고 약속했지요. 그래서 아버지도 자원했답니다. 그들이 아버지를 데려간 뒤로 우리는 오랫동안 만나지 못했어요. 페르시아에서 싸우고 있다는 소식만 들렸지요. 우리는 시베리아에서 폴란드로 돌아갈 날만 기다렸어요. 그러다 어머니가 몇몇 가족이 이란으로 간다는 소식을 들었지요. 그래서 우리도

1　지금의 우크라이나 테르노필로, 당시에는 폴란드 영토였다.

카스피해로 가는 기차에 올라탔어요. 어머니가 어떻게 그런 용기와 힘을 내서 우리 형제를 데려갔는지 지금도 모르겠다니까. 우린 서류도 없고 돈도 없었는데 말이야. 형과 나는 내내 좌석 밑에 숨어 있었지요. 기차에서 내려서는 달구지와 수레 따위를 탔고요. 그러다 아무도 없는 길을 걷고 있을 때 군용 트럭 한 대가 지나갑디다. 폴란드 군인들이 타고 있었는데, 우리가 폴란드 사람인 걸 알고 우리를 트럭에 태워 타슈켄트로 데려갔어요. 거기서 또 어쩌다 보니 카스피해의 어느 항구로 갔고 그곳에서 이란으로 가는 배를 기다렸지요. 결국 이란에 가서 몇 달 동안 천막촌에 살았답니다."

나는 그의 이야기를 빼놓지 않고 받아적으려 빠르게 끄적거린다. 전부 사실인지는 중요하지 않다. 겨우 다섯 살이었던 그가 어떻게 모든 것을 그토록 자세히 기억하는지도 상관하지 않는다. 여러 번 했을 게 분명한 이야기이지만 지금 내겐 너무나도 흥미롭다.

"그사이 아버지를 딱 한 번, 겨우 이틀 만났고 그 뒤로 7년을 못 만났어요. 그러다 테란으로 이주해 난민촌에서 살았지. 사람들이 폴란드 학교도 세워서 반년 동안 거기서 생활했어요. 그런 뒤 트럭을 타고 아주 위험한 지역을 거쳐 페르시아만까지 왔답니다. 거기서 카라치행 배를 탔지요. 지금은 파키스탄이지만 그때는 인도였어요. 카라치에서 넉 달 머문 뒤 또 배를 타고 아프리카 뭄바사로 갔답니다. 그런 다음 나이로비행과 우간다행 기차를 차례로 타고 우간다의 빅토리아호 근처에 있는 폴란드인 마을에서 살았어요. 거기서는 5년 넘게 살았지요. 우리를 위한 학교도 있었고 그럭저럭 대우가 좋았거든. 전쟁이 끝나고 우리는 폴란드로 돌아갔지요. 아버지가 잉글랜드에 있다는 소식을 듣고 그리로 가서 아버지를 만났고요. 거기서 1952년까지 3년 동안 살다가 미국에서 새로운 삶을 살아보기로 했어요. 인디애나 주에 사는 후원자가 있어서 엘리자베스호를 타고 긴 항해 끝에 엘리스섬에 상륙했지요. 거기서 그레이하운드 버스를 타고 인디애나 주 해먼드로 가서 아버지는 용접공으로 일했어요. 나도 커서 전화 회사에 제도사로 취직했고. 1957년에는 미군에 징집되어 기술병으로 워싱턴 D.C.에 파견되었지요. 1959년에 제대하고는 다니던 전화 회사로 돌아갔고. 그 무렵 반도체를 이용한 트랜지스터 라디오가 대중화되어서 내 상사가 그걸로 이러저러한 실험을 하게 해줬어요. 덕분에 특허를 몇 개 내고 승진이 되기도 했고. 1972년 휴스턴에 있는 석유 굴착 장치 회사에서 전기 시스템을 맡아달라는 연락을 받았어요. 그때 이곳 샌 레온에 자주 낚시를 하러 왔지요. 난 여기가 그렇게 좋더군. 작은 새우잡이 배를 마련해 부업을 해서 돈을 좀 벌기도 했고. 1975년에 이곳이 매물로 나와서 매입했어요. 당시에는 곧 에콰도르로 일하러 갈 예정이라 이 부지에 별로 관심을 쏟지 않았지. 1983년부터 좀 더 오래 머물기 시작했다오. 새우잡이 배를 몇 척 사서 한동안 새우잡이 사업을 했어요. 이 식당을 처음 시작했을 때는 우리가 만에서 잡은 해산물을 요리해서 파는 작은 가게였어요. 그런데 2008년 허리케인 아이크가 다 휩쓸어 가버린 거요. 그 뒤에 이 식당을 다시 지었고 이제는 우리 아들이 맡아서 운영하는데 꽤 잘 되는 것 같지요."

나는 정신없이 받아 적으면서도 그와 눈을 맞추려 노력한다. 그의 목에 걸려 있는 금 닻에 관해 물어보자 오래전에 아내가 사주었다고 한다.

"아내랑 만난 얘기도 재밌어요. 내가 미군에 있을 때 친구들 몇 명이 우리 둘 다 폴란드인이라는 이유로 만남을 주선했거든. 첫 데이트 때 대화하다보니 글쎄 우리가 같은 시기에 같은 장소에 있을 때가 많았지 뭐요. 가족도 서로 아는 사이였고 심지어 아내가 생후 8일 되었을 때 내가 본 적도 있지 뭡니까. 아내의 가족도 우리 가족과 똑같은 여정을 거쳤답니다. 내가 시베리아에 있을 때 아내도 거기 있었고 그 뒤에 카스피해를 건너 이란으로 갔답디다. 내가 아프리카에 있을 때 아내도 똑같은 곳에 살았고요. 그 후 나보다 1년 늦게 미국으로 왔더군. 데이트할 때 내가 아프리카에서 찍은 사진을 보여줬어요. 어떤 사내가 큰 악어를 죽여서 그 마을 아이들이 전부 악어 주위에 모여 사진을 찍은 적이 있거든요. 그런데 글쎄, 아내가 그 사진 속에 있는 겁니다."

그는 잠시 침묵하다가 다시 입을 연다. "그 모든 일이 아내를 만나려고 일어난 겁니다. 나는 참 복이 많은 사람이지. 그사이에 죽을 뻔한 적도 많았는데. 지금 이렇게 내 가족이 있잖아요. 그 모든 일이 한 가지 목적을 위해 일어난 것 같아요. 지금 내가 여든세 살인데 그래도 축복받은 삶을 살았답니다."

빠르게 받아 적은 탓에 손이 저리고 손가락이 떨린다. 악어를 죽인 남자와 함께 찍은 사진은 어디 있냐고 묻자 아이크 때 잃어버렸다고 한다. 이곳 사람 모두가 그렇듯 그도 거의 모든 것을 잃었다.

"내가 말을 너무 많이 한 것 같군. 우리 식당 얘기만 물어본 것 같은데."

그의 말에 나는 펜을 내려놓고 수첩을 덮는다. 더는 적을 게 없다. 나는 그와 악수를 하며 건강을 기원한다. 그는 말을 많이 해서 지친 듯 보인다. 그가 일어나서 가는 동안에도 그의 전화벨은 울리고 있다. 나는 그가 식당을 돌며 손님들과 악수를 하고 얼룩진 메뉴판을 닦는 모습을 지켜본다. 식당의 통유리 너머로 그가 계류장으로 걸어가는 모습이 보인다. 그는 한 어부가 배를 물 밖으로 끌어내는 것을 돕는다. 갈색 펠리컨 한 마리가 바위 위에 앉아 그들이 떨어뜨린 찌꺼기를 먹으려고 참을성 있게 기다린다.

이곳에 있는 다양한 문화들 사이에 과연 공통점이 있는지 잘 모르겠다. 모두가 일거리를 내주는 이 멕시코만을 공유하고 있다는 점 말고는. 어쩌면 삶에 대해 보다 깊은 만족을 느낀다는 점도 공통점일지 모르겠다. 그리고 핫소스도. 이곳 사람들은 모두 핫소스를 좋아하는 것 같다. 케니가 말했듯이 물에는 육지의 규칙이 적용되지 않는다. 물에 나가면 잠시 이 행성을 떠난 셈이다. 배에도 문제가 일어나지만 대개는 기계나 날씨, 짜증나는 갈매기와 관련된 것이다. 내가 만나본 어부들에게 가장 큰 문제는 육지의 규칙이 천천히, 그러나 무겁게 배를 침범하고 있다는 것이다. 이제 달콤한 탈출은 거의 불가능해지고 있다.

2017년 허리케인 하비가 멕시코만 연안을 강타해 많은 연안 도시에 큰 홍수가 났다. 아이크 이후 최악의 폭풍이었다. 그러나 연안 사람들은 다시 일어설 것이다. 새우잡이 트롤선뿐 아니라 멕시코 요리와 윌리 선장까지 모든 것이 다시 바다와의 연결을 되찾을 것이다. 이곳 사람들은 다시 이 만에서 삶의 수단을 찾을 것이다.

새우잡이들은 미국에서 배를 운항하는 비용과 규제를 따르는 데 드는 비용, 그리고 값싸고 질 낮은 아시아 수입 새우와의 경쟁 등으로 사방에서 압박을 받고 있다. 새우 값이 내려가자 우리는 새우의 맛도 평가절하하기 시작했다. 이제 우리는 새우를 별생각 없이 소비하는 일상적인 식재료로 여긴다. 그러나 새우를 좋아한다면 언젠가 갤버스턴만의 흰 새우를 꼭 먹어보길 바란다. 이곳의 새우잡이 배들은 하루 이상 바다에 나가 있지 않아서 새우를 냉동하지 않는다. 방금 잡은 생 새우를 그 자리에서 판매한다. 이곳 새우는 희고

깊고 깊은 새우의 맛

연하며 멕시코만 연안의 맛을 품고 있다. 소스를 듬뿍 묻힐 필요도, 까맣게 익힐 필요도 없는 맛이다. 펠리컨은 이미 알고 있었던 거다. 새우는 신선할 때 별다른 조리 없이 먹는 게 가장 맛있다는 사실을.

새우와 돼지고기, 허브를 넣은
베트남식 크레이프(느억 짬 소스를 곁들인 반세오)

VIETNAMESE CREPES WITH SHRIMP, PORK, AND HERBS
(BANH XEO WITH NUOC CHAM)

반세오는 속을 채워 만드는 베트남식 전통 크레이프로, 상추와 허브가 곁들여 나온다. 크레이프를 상추에 싸서 느억 짬이라는 소스에 찍어 먹는 요리다. 그러나 나는 크레이프를 접지 않고 상추와 허브를 올려 먹는 방식으로 변형했다. 산뜻한 맥주와 함께 가벼운 첫 코스로 즐기기 좋다.

전채 4인분 분량

반죽

얇게 썬 쪽파 1/2개

코코넛 밀크 1/3컵

물 2컵

쌀가루 2컵

옥수수전분 2큰술과 살짝 부족한
   1작은술

강황 가루 1/4작은술

소금 1작은술

소

가늘게 채 썬 돼지 앞다리살 340g

작은 새우 340g(가급적 멕시코만 연안의
   흰 새우)

얇게 저민 노란 양파(소) 1/2개

씻어둔 숙주나물 2컵

식물성 오일 1/4컵

피시 소스 1과 1/2작은술

설탕 1/2작은술

소금 1/2작은술

금방 간 검은 후추 1/8작은술

고명

수프림 커팅*한 자몽 1개(커팅할 때 나온
   즙은 별도 보관. 286쪽 '느억 짬' 레시피
   참조)

잘게 썬 로메인 상추 1컵

큼직하게 썬 민트 1단

고수 1단

잘게 썬 타이 바질 1단

느억 짬(레시피는 뒤에)

* 윗면과 아랫면을 자른 뒤 껍질을 돌려가며 곡선을 따라 세로로 깎아내고 한 알 한 알 과육을 웨지 모양으로 자르는 방식.

먼저 반죽을 시작하자. 중간 크기 볼에 쌀가루와 옥수수전분, 소금, 강황, 쪽파를 넣고 섞는다. 코코넛 밀크와 물을 넣고 잘 풀어 섞고 실온에 1시간 둔다. 그럼 반죽이 살짝 걸쭉해질 것이다.

그사이 소에 넣을 돼지고기를 양념에 재운다. 작은 볼에 피시 소스와 설탕, 소금, 후추를 넣고 섞는다. 돼지고기를 넣고 잘 뒤적여 양념이 골고루 묻게 한 뒤 뚜껑을 덮어 냉장고에 넣는다.

조리하기 직전 돼지고기를 양념에서 건지고 돼지고기와 새우, 양파를 모두 4등분한다.

지름 25cm 코팅 팬을 중강 불에 올린다. 식물성 오일 2작은술을 팬에 두르고 나눠둔 돼지고기와 새우, 양파를 1인분씩 넣고 자주 뒤적이며 돼지고기가 살짝 노릇해질 때까지 약 1분간 볶는다. 완성된 소는 용기에 담아 먹기 전까지 따뜻하게 보관한다.

국자로 반죽을 잘 저은 뒤 약 1/3컵 분량을 떠서 중강 불로 달군 팬 가운데 올리고 팬을 둥글게 돌려 바닥을 완전히 고르게 덮게 한다. 반죽을 부었을 때 지글거리면서 기포가 올라와야 한다. 30초간 익힌 뒤 숙주 1/2컵을 크레이프 가운데 올리고 중간 불로 낮춘 뒤 팬 뚜껑을 덮는다. 숙주가 살짝 숨이 죽을 때까지 2~3분간 익힌다.

뚜껑을 연다. 식물성 오일 1작은술을 크레이프 가장자리에 두르고 크레이프 아랫면이 바삭하고 노릇해질 때까지 3분간 더 익힌다. 완성된 크레이프는 팬에서 서빙용 접시 위로 미끄러뜨리듯 그대로 옮긴다. 나머지 반죽도 같은 방법으로 해서 크레이프 4접시를 만든다.

크레이프 위에 소를 1인분씩 균등하게 나눠 올린다. 잘라둔 자몽과 허브, 상추를 크레이프 위에 보기 좋게 쌓아 올린다. 느억 짬 소스를 허브와 크레이프 위에 뿌려 바로 낸다. 기호에 따라 느억 짬 소스를 더 곁들여 낸다.

느억 짬NUOC CHAM | **약 1과 1/2컵 분량**

스프링롤과 양상추 쌈을 찍어 먹기에 좋은 소스다. 자몽은 생략해도 괜찮지만 넣으면 산뜻한 맛이 더해진다.

얇게 썬 태국 고추(프릭키누) 1~2개	신선한 라임 즙 1/3컵
다진 마늘 2쪽 분량	자몽 즙(284쪽 크레이프 고명 레시피
미온수 2/3컵	참고)
피시 소스 5~6큰술	설탕 3큰술

작은 볼에 물과 설탕을 넣고 잘 저어서 설탕을 녹인다. 라임 즙과 피시 소스, 고추, 마늘을 넣고 섞는다. 마지막으로 자몽 즙을 첨가한다.

버번 느억 짬 굴 구이

BOURBON NUOC CHAM – ROASTED OYSTERS

가능하다면 멕시코만 연안에서 나는 크고 통통한 굴을 쓰자. 다른 종에 비해 짜지 않고 육즙이 풍부하며 익혔을 때 맛이 좋다.

굴에 올리는 소스는 284쪽 베트남식 크레이프에 사용한 소스와 동일하지만 물 대신 버번 위스키를 넣어 훈연의 맛과 깊이를 더했다. 물을 버번 위스키로 바꾼다면 알코올을 날려야 한다.

전채 6인분 분량	
암염 적당량	버번 느억 짬 1/4컵(287쪽 참고)
깨끗하게 문질러 씻은 굴 12개(가급적	
멕시코만 연안산)	

오븐을 260도, 또는 최대 온도로 예열한다.

베이킹 팬에 암염을 깔고 굴을 평평한 면이 위로 오게 놓는다. 오븐에 넣고 주의 깊게 지켜보며 익힌다. 3~5분이면 익을 것이다. 껍데기가 벌어지고 가장자리에 육즙이 부글거리면 익은 것이다. 오븐에서 꺼낸다. 방열 장갑을 끼고 굴을 하나씩 들어 위 껍데기를 떼어내면 쉽게 떨어진다. (굴 까는 칼이 없어도 괜찮다. 과도만으로 충분하다.)

깐 굴을 접시에 놓고 버번 느억 짬을 위에 뿌린다. 바로 낸다.

버번 느억 짬 BOURBON NUOC CHAM | 약 1컵 분량

버번 위스키 2컵(가급적 5년산)	피시 소스 5~6큰술
설탕 3큰술	얇게 썬 태국 고추(프릭키누) 1~2개
신선한 라임 즙 1/3컵	다진 마늘 2쪽 분량

중간 크기 양수 냄비에 버번 위스키를 넣고 약한 불에서 뭉근히 끓인 뒤 약 1/2컵 분량으로 졸아들 때까지 천천히 가열한다. 버번에 불이 붙을 테니 딱 맞는 뚜껑을 불 옆에 놓아두고, 졸이는 동안 얼굴을 가까이 해 냄비 안을 들여다봐선 안 된다. 버번에 불이 붙으면 뚜껑을 덮어 불을 끈다. 불이 꺼지면 뚜껑을 바로 연다. 한두 번 더 불이 붙을 수도 있는데 그때도 뚜껑을 덮어서 끄면 된다.

졸인 버번을 내열 계량컵에 붓고 물을 섞어 2/3컵 양으로 만든다.

물 섞은 버번을 볼에 넣고 설탕과 라임 즙, 피시 소스, 칠리, 마늘을 넣어 잘 섞는다. 이 느억 짬은 뚜껑을 덮어 냉장고에 넣어두면 최대 2주간 보관할 수 있다.

CHAPTER 12

THE IMMORTALITY OF PATERSON

불멸의 패터슨

●

폭포는 어째서 뛰어들고픈 충동을 부채질할까? 고요하게 흐르다가 돌연 사납게 쏟아져내리기 때문일까? 자유낙하의 폭발력 때문일까? 태곳적에 시작되어 우리가 떠난 뒤에도 오래도록 지속될 엄청난 에너지 때문일까? 뉴저지 주 패터슨 퍼세이크강의 그레이트 폭포 앞에서 나는 깊은 상념에 잠긴다. 이른 아침, 이따금 조깅하는 사람이 지나갈 뿐 나는 이곳에 혼자 있다. 얼마간 멍하니 폭포를 바라보고 있으려니 착시가 시작된다. 물줄기가 끊임없이 움직이고 있다는 것을 아는데도 멈춘 듯 보인다. 물의 흐름 속에서 영원을 본다.

·

개를 산책시키던 사내가 내게 귀띔해주었다. 지난주에 어떤 사람이 폭포로 뛰어내려 목숨을 잃었다고. 벌건 대낮에 일어난 일이다. 한 남자가 웨인 애비뉴 다리에서 덜컥 뛰어내렸다. 많이 일어나는 일이죠. 사내가 말한다. 폭포 위에는 떨어지는 물을 가까이서 볼 수 있는 보행자용 다리가 있다. 와청 산맥을 굽이지어 흘러온 물이 약 20m 아래 잔혹하게 생긴 바위들 위로 떨어진다. 장엄하고 무시무시한 광경이다. 나는 그 다리를 건너지 않기로 한다. 굳이 나의 충동을 시험할 필요는 없다. 이곳이 이토록 쓸쓸하고 황량하다는 사실이 놀라울 따름이다. 패터슨은 도로 상황이 좋으면 맨해튼에서 차로 30분이면 올 수 있는 곳인데 관광객은 한 명도 보이지 않는다. 이런 폭포가 브루클린에 있었다면 하루 종일 사람들로 북적거렸을 것이다. 쇠락해가는 도시에 깊숙이 들어앉은 이 폭포에서 갖가지 모순을 목격한다. 부동과 운동, 삶과 죽음, 고립과 연결.

바로 이 폭포 때문에 패터슨은 한때 산업 혁신의 중심지가 되었다. 이 폭포는 이민자와 노동자가 북적이는 번영의 도시를 낳았다. 퍼세이크강의 잠재력을 처음 찬미한 사람은 알렉산더 해밀턴 Alexander Hamilton[1]이다. 그는 이 강의 원초적인 힘을 활용해 미국의 제조업이 세계를 선도하게 만들겠다는 야심을 품었다. 공장들이 값싼 노동력과 풍부한 원료를 누리면서도 규제를 받지 않는 땅, 패터슨은 산업 자본가의 낙원이었다. 토머스 에디슨Thomas Edison과 새뮤얼 콜트Samuel Colt, 로저스 기관차 및 기계 제조사Rogers Locomotive and Machine Works, 그 밖의 많은 공학자와 발명가, 기업가가 총기부터 섬유까지 온갖 제품의 수요를 충족시키는 불굴의 미국을 만들기 위해 패터슨으로 모여들었다. 1870년에 이르자 미국에서 만들어지는 실크의 50% 이상이 패터슨에 있는 공장들에서 생산되었고, 이 도시는 실크의 도시로 불리기 시작했다. 공장에서 일하기 위해 유럽에서 몰려온 초기 이민자들이 새로운 동네를 속속 형성했다. 그중 하나가 퍼세이크 동쪽 강변에 있는 아일랜드인 거주지 더블린이다. 이탈리아와 폴란드, 헝가리, 그리스에서도 일자리를 찾아 이민자들이 몰려들었다. 패터슨의 흥망성쇠는 미국 제조업 전반의 역사와 맥을 같이 한다. 파업과 엄격해진 노동법, 노동조합 결성 등은 이곳 노동

---

1   1755~1804, 미국 건국의 아버지로 꼽히는 미국의 정치가.

자들에게 더 나은 환경을 조성해주었지만 한편으로는 산업 거물들이 다른 도시로 공장을 옮기도록 박차를 가한 셈이 됐다. 최저 임금 이민자들의 노동력을 이용한 생산성의 극대화, 바로 이 공식이 패터슨의 산업 시대를 끝장낸 것이다.

오늘날 패터슨으로 유입되는 이민자는 주로 도미니카공화국과 쿠바, 아이티, 인도, 팔레스타인, 페루 사람들이다. 아직 공장 일자리가 있긴 하지만 과거에 비하면 현저히 줄었다. 이제 이곳은 일자리보다 인구가 훨씬 많고 거대한 공장들이 버려져 있는 퇴물 도시로 전락했다. 나는 패터슨 시내에 있는 역사적인 정육 시장을 걷고 있다. 한 모퉁이 상점의 창문을 들여다보니 살아 있는 닭 수백 마리가 사육장 안에 빽빽이 들어차 있다. 가게로 들어가 카운터를 보는 사내에게 무얼 파느냐고 물어본다. 그는 쿠바 출신이다. 흰 러닝셔츠를 입었고 금목걸이를 둘렀다. 그가 가리키는 곳을 보니 닭, 오리, 암뿔닭, 칠면조, 그리고 노계를 뜻하는 "큰 가금"이 손글씨로 적혀 있다. 사진은 찍지 말라고 한다. 나는 좀 더 머물기 위해 어쩔 수 없이 흰 닭 한 마리를 주문한다. 카운터 앞의 사내가 사육장 안으로 손을 뻗더니 닭의 목을 잡고 끌어내 무게를 잰 뒤 처리장으로 보낸다. 내가 서 있는 곳에서는 스테인리스스틸 싱크대와 커다란 식칼을 든 사내 두세 명이 보일 뿐이다. 그러나 이윽고 콘크리트 바닥에 우수수 떨어지는 깃털이 모든 것을 말해주었다. 내가 값을 치르자 사내는 10분쯤 걸릴 거라고 일러준다. 기다리는 공간은 청록색으로 칠해져 있고 플라스틱 의자 몇 개를 제외하곤 아무것도 없다. 갓 죽은 내 닭이 준비되자 사내는 정육점 포장지로 깔끔하게 싸서 갈색 종이봉투에 넣어 내게 건넨다. 이 닭을 어떻게 한단 말인가. 나는 호텔에 묵고 있다. 당장 생닭은 쓸 수가 없다. 가게를 나오면서 잠시 버릴까 고민하지만 차마 그럴 수 없다. 방금 나를 위해 목숨을 바친 닭이 아닌가.

오늘날 패터슨은 범죄율과 실업률이 높기로 유명하다. 이 도시의 역사는 쌩쌩 달리다가 연료가 떨어져 푸푸-거리며 멈춰 선 자동차 같다. 작가들은 더 이상 패터슨을 글감으로 삼지 않는다. 관광객도 오지 않는다. 운 좋게 일자리를 얻은 사람은 박봉으로 일하고 할 일 없는 사람은 빈둥거릴 뿐이다. 패터슨은 내가 어린 시절을 보낸 이주민 지역과도 닮았다. 아이들이 순수한 동심을 개어 콘크리트 아래 깊숙이 묻어버리는 곳. 그러나 이런 이민자 동네의 보도 틈에서 활력이 올라오고 있다. 지금 내 눈앞에는 수십 가지 언어와 다양한 향신료가 뒤섞인 활기 넘치는 패터슨이 보인다. 시내를 달리는 차들에서 패터슨 출신의 래퍼 페티 왑Fetty Wap의 음악이 들려온다. 그는 성공한 사람이자 고향의 영웅이다. 다양한 문화가 공존하는 도시에 그의 구슬픈 노래가 성가처럼 울려 퍼진다.

패터슨에는 사람 못지않게 다양한 식당이 있다. 그리스인 같은 초창기 이민자들은 핫도그를 널리 전파했다. 그들은 텍사스 위너wiener[1]라고 부르지만 흔히 말하는 칠리 치즈 도그와 비슷하다. 리비Libby's(현재 폐업)를 비롯해 여전히 이 맛있는 핫도그를 파는 곳이 몇 군데 있다. 좀 더 최근에 온 이민자들의 식당도 많다. 그중 어느 한 문화를 골라도 이런 글을 쓰기에 부족하지 않았을 테지만 사실 나는 이곳에 페루 음식을 찾아온 것이다.

패터슨은 미국에서 페루 식당이 가장 많이 모여 있는 도시다. 페루 이민자들은 1960년대 공장 일자리를 찾아 패터슨에 오기 시작

---

1   핫도그에 넣는 기다란 '프랑크푸르트 소시지'의 다른 이름.

했지만 그리 많은 수는 아니었다. 그러다 1980년대 '빛나는 길Sendero Luminoso'이라는 반체제 공산주의 단체가 시작한 폭력 테러가 20년 가까이 지속되면서 많은 사람이 목숨을 잃었다. 살아남은 사람들은 두 눈으로 경제 붕괴를 목격했다. 그때부터 패터슨에는 페루 이민자가 급증했다. 공장 일자리가 줄기 시작하자 페루 이민자들은 점점 늘어나는 동포를 겨냥해 가게와 식당을 열었고 그러면서 고국 문화를 모방한 마을이 형성되었다. 이 작은 지역은 리틀 리마라고 불린다. 오늘날 패터슨에 거주하는 페루인의 수는 정확히 파악되지 않지만 1만 5,000명에서 3만 명 사이로 추산된다. 패터슨에 있는 페루 식당은 60여 개에 달한다고 한다.

그렇다면 이곳에서 한 달을 머물러도 매 끼니를 다른 식당에서 해결할 수 있는 셈이다. 내게 주어진 시간은 이틀, 어쩌면 사흘이다. 나는 마음만 먹으면 하루에 다섯 끼쯤은 거뜬히 먹을 수 있다. 어차피 원하는 음식을 모두 맛볼 수는 없으니 몇 가지 작전을 세운다. 먼저 인터넷에서 평점이 가장 좋은 식당을 찾아본다. 역사가 깊고 여행 사이트에서 가장 많이 추천하는 곳은 라 티아 델리아La Tia Delia다. 그곳은 제외한다. 음식의 수준을 정확히 파악하고 관광객을 피하려면 두 번째나 세 번째로 인기 있는 곳, 이를테면 그리셀다Griselda's 같은 곳에 가야 한다. 그곳에서 다양한 음식을 시도해본다. '세비체 ceviche[1]', 양념해서 구운 소고기 꼬치 '안티쿠초스anticuchos', 중국 굴 소스를 사용한 페루식 소고기볶음으로 주로 감자튀김을 곁들여 먹는 '로모 살타도lomo saltado'. 맛있지만 내 입엔 간이 좀 심심하다. 아주 맛있는 음식이 아니면 조금만 먹고 나머지는 포장해서 들고 나온다.

---

1 해산물을 회처럼 얇게 잘라 레몬 즙에 재운 후 차갑게 먹는 중남미 요리.

다른 곳에서 같은 음식을 먹어본 뒤 다시 맛보고 싶을 수도 있으니까. 게다가 나는 음식 남기는 것을 싫어한다. 두 번째 작전은 가급적 많은 현지인과 대화하며 추천을 받는 것이다. 마지막 작전은 시간과 배 속의 공간을 여유 있게 남겨두고 돌아다녀보는 것이다. 딱히 검색하지 않고 아무 데나 들어갔을 때 '맛집'을 발견하는 경우도 많으니까. 그리고 하나 더. 특별한 한 가지 메뉴를 가진 식당을 찾을 것. 이는 언제나 신뢰할 만한 맛의 지표다.

드카본D'Carbon은 페루식 회전 구이 통닭인 '포요 아 라 브라사Pollo a la Brasa' 로 유명한 곳이다. 한 블록 떨어진 곳까지 장작 화덕 냄새가 풍겨온다. 오전 10시 30분인데 벌써 북적거린다. 나는 죽은 닭을 동행 삼아 이른 점심을 먹으려 자리를 잡는다. 모두가 똑같은 메뉴를 먹고 있어서 고민 없이 같은 것을 주문한다. 반 마리를 시킬 수도 있지만 잘려서 나오면 육즙이 다 빠져 있을 테니 한 마리를 주문하는 것도 잊지 않는다. 마늘과 커민, 파프리카, 오레가노, 후추, 라임 즙으로 양념해서 쇠꼬챙이에 끼운 닭을 껍질이 바삭해질 때까지 천천히 회전시키며 익혔다. 단백질 가득한 살코기는 육즙을 한껏 품고 있어 한입 베어 물자 김이 모락모락 난다. 생닭을 옆에 앉힌 채 익힌 닭을 먹자니 어쩐지 죄를 짓는 기분이다. 나는 생닭 봉투를 슬며시 맞은편 자리로 옮긴다. 곁들여 나오는 '아히 베르데aji verde'라는 초록색 소스는 짭짤하고 매콤하며 마늘 향이 난다. 맛있어서 양동이째 들이켤 수 있을 것 같다. 5분에 한 번씩 식당의 화재경보기가 작동해 요란한 경고음이 울리지만 아무도 의식하지 못하는 듯하다. 다들 아랑곳없이 식사를 즐긴다. 나는 트럭 운전사의 손가락만 한 유카 뿌리 튀김에 노란 치즈 소스를 부은 '유카 아 라 우앙카이나Yucca a la Huancaina'를 함께 먹는다. 중간에 멈추기가 어려울 만큼 맛있지만 식욕을 아껴야 한다. 식사를 마친 뒤 웨이트리스에게 혹시 나의 생닭을 받겠냐고 물어본다. 사정을 설명하지만 그녀는 화를 내며 거절한다. 닭의 사체로 팁을 대신하려는 거라고 생각하는 모양이다. 나는 결국 익힌 닭과 생닭을 옆구리에 끼고 나온다.

나는 리카르도 자라테Ricardo Zarate가 로스앤젤레스에 차린 선구적인 식당 모치카Mo-Chica에서 페루 음식을 처음 접했다. 그곳은 몇 년 전에 폐업했지만 나는 그곳에서 먹은 음식을 생생하게 기억하고 있다. 리카르도는 돼지 피로 만드는 소시지 '살치차salchica'를 직접 만들었다. 그의 소꼬리 리소토는 맛이 풍부하고 젤리 같은 식감이었다. 유즈코쇼[1]를 곁들인 연어 티라디토Tiradito[2]는 보기에도 예뻤지만 입에 넣자 천상의 맛이 났다. 그의 요리는 세련되게 다듬은 농부의 음식 같았달까. 그 음식을 먹고 나자 페루 음식의 기원과 리카르도의 이야기가 궁금해졌다. 알아보니 그는 리마 북부에서 자랐고 그의 정체성은 페루만큼이나 복잡했다. 그는 잉카족과 중국계 혼혈인 어머니와 스페인 바스크인 아버지 사이에서 태어났다. 만약 실험실에서 요리에 최적화된 DNA로 인간을 만든다면 딱 리카르도의 유전자일 것이다. 그는 혁명기 때 열아홉 살의 나이로 리마를 탈출했다. 누이의 아파트는 폭격을 당했고 그의 친구들은 총에 맞아 세상을 떠났다. 그는 런던으로 가서 유명한 일본계 호주인 셰프 와쿠다 테츠야의 주방에서 일했다. 1990년대 중반 그가 로스앤젤레스로 이주했을 때 그곳은 이민자들의 문화가 증폭되면서 요식업의 르네상스를 맞이하고 있었다. 모치카 덕분에 자라테는 입지를 군혔고 계속

---

1 유자 껍질과 고추, 소금으로 만들어 발효시키는 일본 조미료의 일종.

2 생선회에 매운 소스를 곁들이는 페루 요리.

해서 미식의 성지로 부상하는 도시에서 페루 음식을 무대에 올렸다.

모치카를 열었을 때 리카르도는 이미 원숙한 셰프였으므로 그의 페루 음식에는 예술가의 붓질이 더해져 있었다. 그는 프랑스 요리와 이탈리아 요리에도 능숙했다. 리마에서 이미 아시아의 맛을 익혔고 런던에서 그것을 다듬었다. 그의 음식은 많은 미국인에게 놀라운 문화적 각성이었지만 그에게는 그저 어린 시절 음식일 뿐이었다. "저는 어린 시절 리마에서 좋아했던 음식을 내 방식으로 변형했을 뿐입니다." 그는 내게 이렇게 말했다. 나는 리카르도가 어릴 때 먹었던 음식, 그의 방식으로 변형되지 않은 원형을 이번 기회에 맛보고 싶었다. 예술가의 붓질을 지우고 미완성의 스케치 상태인 페루 음식을 경험해보고 싶었던 거다. 리카르도의 창의성은 풍부한 원료의 우물에서 길어내는 것이 분명하니 그 우물 안을 들여다보고픈 욕심이 났다. 페루로 갈 수도 있었지만 대신 패터슨을 택했다.

나는 오래전부터 정통이라는 개념에 대해 고민했다. 엄밀히 말해 나는 정통 페루 음식을 맛보기 위해 이곳 패터슨에 온 셈이다. 하지만 정통 페루 음식이라는 것이 무엇을 뜻하는가? 여러 면에서 이민자의 음식은 정통이라기보다는 어느 한 시점, 즉 많은 이민자가 고국을 떠나온 그 시점에 멈춰 있다. 그것은 향수 어린 음식이다. 이민자들에게 고국을 느끼게 해주는 연결고리인 셈이다. 한편 그사이 페루에서는 국가의 정체성과 음식이 끊임없이 진화했다. 리카르도가 리마를 떠날 때만 해도 창의적인 요리를 추구하는 가스통 아쿠리오Gastón Acurio[1] 같은 셰프는 없었다. 리카르도 세대의 페루인들은 그 시대의 음식 문화를 패터슨 같은 곳으로 옮겨왔다. 그사이 진화를 거듭한 리마에는 여전히 옛날 요리를 하는 식당도 있을 테지만 단언컨대 음식의 지형이 많이 바뀌었을 것이다. 이제 그곳은 갈수록 번영하는 부유한 도시가 되었고 미슐랭 식당도 많이 갖추고 있다. 기이한 역사의 장난으로 리카르도 안의 어린 시절 리마는 지금 이곳 패터슨에 살고 있다. 그렇다면 이곳의 음식은 정통 페루 음식일까? 그 앞에 "미국식"이라는 수식어를 붙여야 하지 않을까?

나는 리카르도에게 설명을 구한다. 그는 고개를 끄덕이며 천천히 입을 열지만 이내 유난히 큰 손을 움직이며 점점 빠르게 말을 이어간다.

"페루 음식이 무엇이냐는 질문을 받으면 저도 설명하기가 참 어렵습니다. 저는 이렇게 말하죠. '페루 음식은 500년 동안 뭉근히 끓고 있는 냄비와도 같습니다.' 맨 처음 재료는 잉카족과 스페인 사람들의 문화였지요. 그 후 아프리카와 모로코의 문화를 냄비에 넣었습니다. 다음으로는 이탈리아 음식에 독일과 프랑스 음식을 조금 곁들여 넣었고요. 그런 뒤에는 중국식을 듬뿍 넣었습니다. 마지막 재료는 일식입니다. 그리고 냄비는 지금도 끓고 있죠."

나는 그의 설명이 좋다. 완벽한 비유다. 언젠가 나도 미국 음식을 이렇게 활짝 열린 방식으로 묘사할 수 있다면 좋겠다.

드카본에서 조금 더 가면 같은 거리에 엘 롬페 이 라하El Rompe y Raja(현재 폐업)라는 작고 환한 식당이 있다. 셰프이지만 계산도 함께 맡고 있는 에두아르도와 얘기를 나눈다. 내 이름도 페루식으로 바꾸면 "에두아르도"라고 소개한다. 그의 세비체는 장식이 없고 신선하다. 얇게 썰어 구운 고구마가 차갑게 곁들여 나온다. 그는 틸라피

---

1 1967~, 페루에서 식당을 운영하고 텔레비전 프로그램 진행자 겸 잡지 기고가로도 활동하는 페루 셰프.

아 세비체와 고구마를 번갈아 먹으라고 일러준다. 이렇게 완벽하게 균형 잡힌 세비체는 처음 먹어본다. 고구마의 달콤한 맛이 라임 즙의 산미를 누그러뜨린다. 에두아르도의 아버지는 리마에서 식당을 운영했다. 에두아르도는 청소년기에 가족과 함께 리마를 떠난 뒤 10년 동안 뉴욕의 이탈리아 식당 몇 군데에서 일했다. 이곳에 식당을 연 것은 겨우 지난해의 일이다. 나는 페루 식당이 이렇게 많은 곳에 또 페루 식당을 연 이유를 물어본다.

"정신 나간 짓이죠. 자살 행위라는 건 압니다."

"퍼래머스나 클리프턴[1]에 열어도 됐을 텐데요."

"저도 그런 생각을 했지만 그래도 여기가 좋습니다. 고향 같거든요. 다른 곳에 가고 싶진 않아서요."

나는 식당 이름 "엘 롬페 이 라하"가 무슨 뜻이냐고 물어본다.

"음악이에요. 가끔 클럽에 가면 음악이 요란하게 울려 흥겨울 때가 있잖아요. 그게 바로 '롬페 이 라하'예요. 속어죠."

메뉴판은 패터슨의 다른 많은 페루 식당과 비슷하지만 실제 음식은 좀 더 야심만만하다. 에두아르도처럼 허세가 보인다. 나는 배낭에 손을 넣어 나중에 먹으려고 위스키를 담아온 작은 플라스크를 꺼낸다. 우리는 위스키를 나눠 마신다. 그러고 나자 그가 보라색 옥수수 주스를 한 잔 따라준다. 세상에서 가장 단 청량음료보다도 달다. 그가 다시 주방으로 가더니 '카우 카우cau cau'를 만들어온다. 소곱창과 부드러운 삶은 감자를 녹색 소스에 넣고 끓인 요리다. 곱창이 입에서 살살 녹는다. 나는 보라색 옥수수 주스와 위스키를 더 마신다. 지금까지 먹어본 음식 가운데 최고의 한 입이다.

---

1 둘 다 뉴저지 주의 도시.

"중국인이세요?" 그가 내게 묻는다. 나는 아니라고 한다. "처음 보고 페루에서 온 중국인인 줄 알았거든요."

19세기에 페루에는 광둥에서 온 중국인 노동자들이 있었다. 이들은 사탕수수 농장에서 일하거나 바닷가의 눅눅한 동굴에서 바닷새의 배설물이 퇴적되어 응고된 광물인 구아노를 캤다. 계약 노무자 또는 "막노동꾼", 말하자면 합법적인 노예였다. 대부분 남자였고 인원은 수십만 명에 달했다. 계약이 끝난 뒤 많은 사람이 페루 여자와 결혼해 아내의 성을 따르고 정착했다. 그중에는 식당을 차리는 이도 있었는데, 그런 식당을 '치파'라고 불렀다. 페루 식재료로 만든 중국 요리를 일컫는 말이다. 서반구 최초의 차이나타운 중 하나인 리마의 카에 카폰Calle Capón, 다른 이름으로 바리오 치노 데 리마Barrio Chino de Lima는 그렇게 탄생했다.

패터슨에 이주민이 몰려들던 시기에 이 중국계 페루인 일부가 이곳에 와서 치파를 파는 광둥식 식당을 열었다. 그러나 이 치파 요리는 골드러시에 캘리포니아로 몰려온 초창기 광저우 정착민들이 시작한 미국식 중국 요리에 가려져 있었다. 1882년 중국인 배척법이 통과되면서 사실상 미국은 중국인 이민자들에게 열려 있던 문을 서서히 닫기 시작했다. 1902년 중국인의 미국 이민은 영구 불법이 되었고 이런 상황은 1940년대까지 이어졌다. 요리 문화의 관점에서 흥미로운 사실은 대부분의 미국인이 아는 중국 음식은 그들이 광둥이라고 알고 있는, 사실은 광둥의 일부 지역인 작은 광저우에서 왔다는 것이다. 오늘날까지도 미국의 중국 음식은 사실상 광둥 요리로 알려진 광저우 요리에 한심하게 국한되어 있다. 미국으로 넘어온 '치파' 음식 역시 이곳에서 구할 수 있는 재료의 한계에 부딪혔다. 페루에서 사용하던 많은 식재료를 이곳에서는 구할 수 없었다. 상황이 이렇다 보니 치파 요리사들 역시 미국식 중식 재료를 사용할 수밖에 없었고, 그 결과 치파 식당은 하나같이 광둥식 메뉴를 판매하는 많은 미국식 중식당과 크게 다르지 않게 됐다. 얼핏 보기에는 치파 식당과 미국식 중식당이 거의 똑같은 것 같지만 둘 사이에는 미묘한 차이가 있다. 복잡하게 느껴진다면 어쩔 수 없다. 실제로 복잡한 얘기니까.

에두아르도는 치파 요리를 먹고 싶다면 이트 인 해피Eat In Happy라는 식당으로 가라고 한다. 식당 이름이 좋아서 수첩에 적어놓는다. 거기 치파가 괜찮아요. 에두아르도가 말한다.

나는 죽은 닭과 남은 음식을 포장한 봉투들을 옆자리에 놓는다. 벌써 퀴퀴한 냄새가 나기 시작했다. 이 식당은 어두운 페인트가 칠해져 있고 테이블은 최대한 많은 사람을 수용할 수 있게 배치했다. 벽은 을씨년스러우리만치 황량하다. 메뉴판을 보니 "플라토스 에스페시알레스Platos Especiales[1]" 부분을 제외하고는 여느 미국식 중식당과 비슷하다. 나는 진루윈툰Kam Lou Wantan, 金鹵云吞을 주문한다. 달콤하고 새콤한 돼지고기와 완탕을 곁들인 요리다. 스유지Chi Jau Kay, 豉油雞는 굴 소스를 넣은 닭고기 볶음이다. 그리고 좌종당계General Tso Pollo[2]도 있다. 한 가지 달라 보이는 요리는 페루인이라면 누구나 좋아하고 패터슨의 모든 식당에서 볼 수 있는 로모 살타도다. 소고기를 두툼하게 잘라 양파와 신선한 토마토, 쪽파를 넣고 볶은 뒤 감자튀김을 섞고, 묽고 새콤달콤한 굴 소스로 맛을 냈다. 진한 색의 고기

---

1 '스페셜 요리'라는 뜻.
2 청나라 장군 좌종당이 즐겨 먹었다고 전해지는, 닭을 튀겨 매콤달콤한 양념을 한 미국식 중국 요리.

에서는 감칠맛이 나고 감자튀김도 적당히 촉촉하다. 배가 부른 데도 숟가락을 내려놓을 수가 없다. 짭짤하고 새콤달콤한 맛이 잔혹하리만치 원초적이다. 그리셀다에서 먹은 로모 살타도보다 훨씬 맛있다.

고집스레 버티고 있는 이 페루식 중국 음식은 어려운 질문을 던진다. 이런 음식은 많은 미국식 중식당의 음식과 동일하게 보인다. '치파'의 정의가 중국과 페루의 결합이라면 미국에 치파가 존재한다는 것이 가당키나 한 일인가? 나는 차우파라는 음식을 주문한다. 지금껏 내가 수백 번 먹어본 볶음밥과 똑같다. 이트 인 해피 식당의 창밖으로 한 블록 떨어진 곳에 미국식 중식당이 보인다. 틀림없이 그곳에서도 똑같은 볶음밥을 팔고 있으리라. 하지만 한편으로는 똑같은 볶음밥이 아니다. 라이프니츠가 주장한 '구별불가능자의 동일성 원리identity of indiscernibles'에 따라 이 두 가지가 실제로 동일하다면 나는 그것들을 서로 다르다고 인지하지 않을 것이다. 그러나 나는 이 둘의 차이를 인지한다. 두 요리는 동일한 재료로 만들어졌다 해도 서로 다른 경로로 패터슨에 왔으므로 존재론적으로 다르다. 둘 다 광저우에서 출발해 패터슨에 도착했지만 이곳에 오기 전에는 서로 다른 두 문화로부터 진화했다. 임마누엘 칸트에 따르면 두 대상이 동일하다고 해도 같은 시점에 서로 다른 곳에 있으면 수적으로 다른 것이다. 고로 나는 차이를 느낄 수 있다.

워싱턴 D.C.에 있는 차이나 칠카노China Chilcano의 호세 안드레스José Andrés는 지금 내가 이트 인 해피 식당에서 먹고 있는 것보다 훨씬 맛있는 로모 살타도를 만든다. 아니, 더 맛있다기보다는 더 복잡하고 더 창의적이며 더 집중적이라고 해야 할지도 모르겠다. 그것은 "정통"이 아니다. 하지만 내가 이곳에서 먹고 있는 것도 정통은 아니며 리마에서 파는 로모 살타도도 정통이 아니기는 마찬가지다. 나는 바로 이런 점 때문에 음식에서 정통을 따지는 것이 불편하다. 정통이라는 말에는 옳은 것과 그른 것으로 나눠진다는 의미가 담겨 있어서다. 전통이 멈춰 있는 것이며 진화할 수 없다는 의미, 문화가 정적인 것이라는 의미가 은근하게 들어 있다. 뉴저지 주 패터슨에 있는, 페인트칠이 벗겨져가는 이 식당은 워싱턴 D.C. 펜 쿼터에 있는 호세의 화려한 식당과 닮은 구석이 전혀 없지만 그럼에도 두 식당은 연결되어 있다. 나는 이 노동자 계층 식당에서 프롤레타리아판 로모 살타도를 먹게 되어 기쁘다. 호세가 로모 살타도의 잠재력을 최대한으로 끌어냈다면 이곳은 그 출발지인 셈이다. 나는 접시를 깨끗이 비운다. 짜릿한 MSG가 혈관을 타고 흐르는 느낌이 든다. 나는 MSG와 애증의 관계다. 이 녀석은 입을 즐겁게 하지만 신경계에는 그리 유익하지 않다.

　너무 배가 불러서 눈꺼풀이 감기기 시작한다. 오늘은 더는 먹을 수 없다. 걷기가 괴로워서 택시를 잡는다. 들고 다니던 음식들은 정체를 알 수 없는 역한 냄새를 풍기기 시작했다. 목적지는 없다. 기사에게 두세 동네를 돌아보자고 부탁한다. 까무룩 잠이 들려는 찰나, 한 가게의 베이커리 차양이 눈에 들어온다. 게르만 고딕체와 멕시코 갱단의 체를 섞은 듯한 글씨로 "로스 이모르탈레스Los Immortales"[1]라고 적혀 있다. 나는 택시 기사에게 세워달라고 한다. 그에게 내 닭을 가져가겠냐고 물으려다 그만둔다. 이제 이 녀석에게도 애착이 생겼다.

　로스 이모르탈레스는 고기와 식료품도 판매하는 베이커리다. 선

1　불멸의 존재들이라는 뜻.

반에는 레몬 버베나로 만든 페루 탄산음료인 잉카 콜라가 빼곡히 들어차 있다. 예전에 내기 당구장이었던 곳을 개조한 듯 작은 바가 남아 있고 그곳에서는 한 청년이 맥주와 커피, 복권을 팔고 있다. 바 뒤쪽으로 갓 구운 '판 추타pan chuta'[1]와 '알파호르alfajores'[2], 프랑스 페이스트리와 닮은 듯한 빵들이 가지런히 놓인 쟁반들이 보인다. 남자 몇 명이 모여 맥주를 마시며 떠들고 있다. 벽에는 페루의 과거 축구팀들 사진이 빽빽하게 붙어 있다. 그 밖에도 오래된 사진과 트로피, 비닐에 싸인 운동복들이 박물관처럼 진열되어 있다. 나는 "알리안사 리마Alianza Lima"[3]라고 적힌 흑백 사진을 가까이 들여다본다. 줄무늬 유니폼을 입은 사내들이 진지한 얼굴로 찍은 흐릿한 사진에는 은빛 그림자가 드리워져 있다. 이들이 바로 "불멸의 존재들"이리라. 한 사내에게 이곳에 진열된 물건들에 대해 물어본다. 그는 은퇴한 프로 축구 선수들이 패터슨에 많이 살고 있는데 그들이 고향에 갈 때마다 사진이나 유니폼을 가져와 이 베이커리에 기증한다고 한다. 그 모든 물건이 벽에 걸리는 것이다.

페루에 축구를 소개한 것은 19세기 후반 영국 선원들이었다. 소문에 의하면 이 초창기에 '찰라칸 스트라이크Chalacan strike'가 탄생했다. 이제는 바이시클 킥으로 널리 알려진 찰라칸 스트라이크는 몸을 뒤로 눕혀 허공에서 뜬 자세로 공을 머리 너머로 차는 기이한 기술로, 오늘날 축구에서 가장 현란하고 어려운 동작이다. 페루 사람들은 1927년에 처음 조직된 국가대표팀을 무척 자랑스러워한다. 그들은 월드컵에서 한 번도 우승하지 못했지만 페루인들의 충성은 굉

---

1 페루 안데스 지역에서 많이 먹는 크고 넓적하며 둥근 빵.
2 밀가루와 꿀, 견과로 만드는 남미 지역의 전통적인 쿠키.
3 리마의 축구팀 이름.

장하다. 리카르도 자라테는 살면서 페루가 월드컵 예선을 통과하는 것을 한 번도 못 봤다고 한탄한다. 그는 굶주린 사람의 갈망이 담긴 목소리로 이렇게 말한다. "결승 진출만 하면 만사 제쳐놓고 달려갈 텐데요."

로스 이모르탈레스에서 만난 남자들 중 한 명이 내게 날이 따뜻한 저녁 페닝턴 공원 근처에 가면 은퇴한 선수들이 경기하는 모습을 볼 수 있다고 일러준다. 빅토르 우르타도Victor Hurtado, 프레디에 라벨로Freddie Ravelo, 홀리오 알리아가Julio Aliaga, 그 밖에도 내가 모르는 이름을 끊임없이 열거한다.

"이제 늙었지만 아직도 공 하나는 기가 막히게 찬다니까요. 좋은 구경이 될 겁니다."

페닝턴 공원은 그레이트 폭포에서 퍼세이크강 하류쪽으로 1.5km쯤 떨어진 곳에 있다. 딱히 공원이라고 할 수는 없지만 널찍한 축구장이 있다. 해가 뉘엿뉘엿 넘어가고 있지만 아이들이 아직 뛰어다니며 무리 지어 축구를 하고 있다. 주차장에도 차와 사람이 가득해서 축제 분위기가 난다. 나는 온종일 모은 음식 봉투들을 든 채 관중석에 앉아 곳곳에서 펼쳐지는 경기를 구경한다. 두 남자가 거의 축구장만큼의 거리를 두고 서서 공을 주고받고 있다. 공의 궤도가 내게는 신기하기만 하다. 허공에 잠시 멈췄다가 경로를 바꾸는 것 같다. 저들이 은퇴한 선수들인지 궁금하지만 물어보지 않기로 한다. 어쨌든 좋은 구경이라 방해하고 싶지 않다. 내 시야 왼쪽의 가파른 언덕 위로 패터슨이 솟아 있다. 납작한 집들 너머로 해가 넘어가면서 빛을 드리운다. 오른쪽에는 뿌연 퍼세이크강이 잔잔하게 흐른다. 곧 어둠이 시야를 가릴 것이다. 어둠이 오기 전에 패터슨을 빠져나와야 한다고 들었다. 이곳은 그리 안전한 곳이 아니다.

그러고 보니 생닭이 담긴 봉투에 구멍이 나 있다. 동행했던 닭이 어느새 사라지고 없다. 어딘가에 떨어졌는데 봉투를 여러 개 들고 있어서 몰랐던 모양이다. 왔던 길을 되짚어가며 로스 이모르탈레스까지 가보지만 거기에도 없다. 이제 날은 저물었고 네온사인과 자동차 등이 거리를 밝히고 있다. 나는 생닭을 왜 이렇게 열심히 찾는 걸까? 어차피 계속 갖고 있을 것도 아닌데 말이다. 하지만 하루 종일 들고 다녔으니 녀석의 운명은 내가 결정하고 싶었다. 그러나 때로는 세상이 이렇게 대신 결정을 해준다. 거리에는 사람들이 북적거리고 식당들도 손님들로 가득 차 있다. 도시에 활력이 돈다. 낮보다 더 깨어있는 것 같다. 내친 김에 남은 봉투들도 모두 버리고 나자 비로소 해방감이 밀려든다. 어차피 뭔가를 더 먹을 수도 없으니 목적 없이 자유롭게 돌아다닐 수 있다.

내일도 패터슨에 머물며 식당 다섯 군데를 더 들를 생각이다. 오늘 먹은 것과 똑같다고 느끼는 음식도 있을 것이다. 하지만 그마저도 고대한다. 밤늦은 시각에 이 도시를 걷고 있자니 위대한 미국 시인 윌리엄 카를로스 윌리엄스William Carlos Williams가 떠오른다. 그는 1946년부터 1958년까지 다섯 권에 걸친 서사시 『패터슨Paterson』을 발표했다. 오늘 밤 그중 일부를 읽기로 마음먹는다. 윌리엄스는 미국 시의 방향뿐 아니라 빨간 외바퀴 수레 같은 평범한 사물을 바라보는 우리의 시각까지도 바꿔놓은 실험적인 시인이다. 거의 똑같은 이름이 앞뒤로 반복되는 점도 흥미롭다. 짐 자무시Jim Jamusch의 2016년 영화 〈패터슨Paterson〉은 전편이 이곳에서 촬영되었다. 주인공의 이름은 패터슨이고 우연히도 이 뉴저지 주 도시 패터슨에 살고 있다. 배우의 실제 이름은 애덤 드라이버Adam Driver이며 영화에서 그는 버스 드라이버, 즉 버스 운전사를 연기한다. 멀리서 폭포의 소요가 들리는 것 같지만 그저 혼잡한 도로를 천천히 나아가는 트럭 소리일 뿐이다. 2017년 2월 21일에 다리에서 뛰어내린 남자는 아직 신원이 확인되지 않았다.

처음 치파 요리라는 것을 알게 되었을 때가 기억난다. 그때 나는 중국 음식과 페루의 재료가 만나면 어떻게 될까 상상해보았다. 수십 가지의 새로운 맛과 색, 식감이 떠올랐지만 시도해보지는 않았다. 중국과 페루의 합작은 그 두 역사의 일부다. 내가 건드릴 수 있는 것이 아니다. 하지만 역사의 제약 없이 그 둘의 조합을 자유롭게 상상한다면 어떻게 될까? 전통을 해칠 걱정이 없다면? 패터슨에 와서야 나는 그것을 탐구할 용기를 얻는다. 패터슨까지 오지 않고 허구의 치파 요리를 상상할 수도 있었다. 그러나 거기에는 이곳 사람들에 대한 존중이 담기지 않았을 것이다. 언제나 중요한 건 사람이다. 페루인과 중국인은 함께 셰프들이 응용할 수 있는 음식의 뿌리를 만들었다. 이곳 패터슨에 정착한 사람들은 페루 음식에서 또 하나의 가지를, 리마에 두고 온 것과 비슷하면서도 다른 가지를 뻗어나가고 있다. 오늘날의 치파를 생각하면서 리마를 생각한다. 리카르도와 호세, 그 밖에도 내게 요리를 해주고 존재조차 몰랐던 세계를 열어준 패터슨의 모든 이를 생각한다.

포요 아 라 브라사

POLLO A LA BRASA

포요 아 라 브라사는 원래 숯불에 천천히 익히는 음식이다. 그러니 가능하다면 오븐 대신 숯불을 쓰는 것이 좋다. 그러나 이 요리를 진짜 특별하게 만들어주는 건 바로 양념이다. 닭고기를 밤새 양념에 재워놓아야 살은 연하고 촉촉하게, 껍질은 노릇하고 바삭하며 짭조름하게 구울 수 있다. 닭 껍질은 그래야 제맛이니까. 페루 고추는 구하기 어려워서 가장 비슷한 한국의 고추장으로 대체했다.

메인 2~3인분 분량

닭 1마리(약 1.1kg, 가급적 유기농 사용)	간장 1/4컵
그린 아히 소스(레시피는 뒤에)	커민 가루 2작은술
	훈제한 매운 파프리카 가루 1과
양념	1/2작은술
마늘 5쪽	말린 오레가노 1작은술
다진 신선한 생강 2작은술	말린 로즈메리 1작은술
라임 즙 3개 분량	소금 1작은술
고추장 2큰술	금방 간 검은 후추 1/2작은술
올리브 오일 2큰술	

먼저 양념을 만들자. 푸드 프로세서에 간장과 고추장, 올리브 오일, 라임 즙, 마늘, 생강, 커민, 파프리카 가루, 오레가노, 로즈메리, 소금, 후추를 넣고 부드럽게 간다.

큰 용기에 닭을 넣는다. 가슴과 다리의 껍질을 헤집어 껍질 안팎으로 양념을 바른다. 뚜껑을 덮어 냉장고에서 하룻밤 동안 재운다.

다음 날 오븐에 넣기 30분 전에 닭을 냉장고에서 꺼낸다. 오븐을 230도로 예열한다.

닭을 구이용 팬에 올리고 오븐에 넣어 15분간 굽는다. 오븐의 온도를 180도로 낮춰 껍질이 갈색이 될 때까지 45분간 더 익힌 뒤 익었는지 확인해본다. 다리와 등뼈가 만나는 곳에 칼을 넣어서 맑은 육즙이 흐르면 다 익은 것이다. 오븐에서 꺼내 10분간 한 김 식혔다가 자른다.

그린 아히 소스를 곁들여 낸다.

그린 아히 소스 GREEN AJÍ SAUCE | 1/2컵 분량

씨를 빼고 다진 할라페뇨 3개	마요네즈 1/4컵
마늘 3쪽	올리브 오일 1/4컵
뿌리를 잘라내고 다듬은 고수 1단	소금 1/2작은술

블렌더에 고수와 할라페뇨, 마늘, 소금, 올리브 오일, 마요네즈를 넣고 적당히 부드러운 퓌레가 되도록 간다. (과하게 갈면 소스에 층이 생긴다.) 유리나 플라스틱 용기에 옮겨 담고 먹기 전까지 냉장고에 넣어둔다.

닭고기와 고수, 아히 소스를 곁들인 그린 볶음밥

GREEN FRIED RICE WITH CHICKEN, CILANTRO, AND AJÍ SAUCE

남미의 맛이 담긴 중국식 볶음밥이다. 이 볶음밥이 페루에서 기원했다고 주장하진 않겠다. 그러나 뉴저지 주 패터슨에서 기원한 것은 확실하다. 이 레시피에는 내가 패터슨에서 발견한 다양한 맛, 즉 플랜틴과 아히 소스, 포요 아 라 브라사의 맛이 모두 들어가 있다. 아보카도가 펑키한 초록빛을 내고, 당근 대신 브로콜리를 넣어 초록색을 더 강조했다. 남은 포요 아 라 브라사(307쪽)나 다른 닭 요리를 활용해도 좋다.

단립종 쌀 1컵	잘게 썬 신선한 고수 2큰술
껍질을 벗기고 큼직하게 썬 플랜틴 1개	잘게 썬 쪽파 2큰술
잘게 깍둑썰기한 양파 1/2컵	남은 포요 아 라 브라사(307쪽 참고)*
잘게 깍둑썰기한 빨간 파프리카 1/2컵	2컵
잘게 썬 브로콜리 꽃 부분 1/2컵	식물성 오일 2큰술
완두콩 1/2컵	볶은 참기름 1과 1/2큰술
반으로 갈라 씨와 껍질을 제거하고	피시 소스 1큰술
큼직하게 썬 잘 익은 아보카도 2개	물 1과 1/3컵
그레이터에 간 마늘 1작은술	간장 3큰술
그레이터에 간 신선한 생강 1작은술	소금 1/4작은술

*   당장 남은 닭고기가 없다면 마트에서 파는 로스트치킨을 써도 좋다.

중간 크기의 편수 냄비에 쌀과 물, 소금을 넣고 섞어서 한소끔 끓인다. 약한 불로 줄이고 뚜껑을 덮어 물이 완전히 흡수될 때까지 20~25분간 익힌다. 부드럽고 포슬포슬한 밥이 되어야 한다. 그렇지 않다면 물 2큰술을 넣고 좀 더 가열한다. 불을 끄고 뚜껑을 덮은 채로 10분간 뜸을 들인다.

밥을 베이킹 팬에 넓게 펼친 뒤 냉장고에 넣어 1시간쯤 완전히 식힌다.

웍이나 큰 팬을 센 불에 올린다. 식물성 오일 1큰술을 두르고 뜨겁게 달군 뒤 플랜틴을 넣고 갈색으로 바삭해질 때까지 잘 섞으며 볶는다. 팬에서 꺼내 키친타월을 깐 접시에 담는다.

남은 식물성 오일 1큰술을 팬에 두르고 뜨겁게 달군다. 양파를 넣고 1분간 볶는다. 파프리카와 브로콜리를 넣고 2분간 더 볶는다. 완두콩을 넣고 1분 더 익힌다. 익힌 채소를 접시에 담는다.

웍에 참기름을 두르고 뜨겁게 달군다. 차가워진 밥을 넣고 3분간 볶는다. 마늘과 생강을 넣고 1분 더 볶는다. 간장 절반 분량을 넣고 밥에 색이 배도록 볶는다. 닭고기와 남은 간장, 피시 소스를 넣고 2분 더 볶는다. 볶아둔 채소를 넣고 잘 섞은 뒤 아보카도를 넣고 1분 더 볶는다.

고수와 쪽파를 넣어 가볍게 섞고 바로 낸다.

NIGERIAN HUSTLE

CHAPTER 13

나이지리아 허슬

나는 미국 남부가 시작되는 경계에서 다양한 문화와 그 영향에 둘러싸여 살고 있다. 위에서는 중서부의 가치관이 내리누르고 동쪽에서는 애팔래치아 지역의 영향이 불어닥치고 있으며 밑에서는 남북 전쟁 이전 남부 문화의 잔재가 치고 올라오는 중이다. 이 블루그래스 주Bluegrass State[1] 안에서도 할란에 가면 소금으로 부풀린 빵을 만날 수 있고 오언즈버러 서쪽 지역에 가면 양고기 바비큐가 기다리고 있으며 윈체스터에서는 수수밭을 볼 수 있다. 대대로 이어져온 관습에 따라 훈제해서 절인 시골 햄을 구하려면 어디로 가야 하는지도 이미 알고 있다. 이렇듯 다양한 전통 음식들은 나를 담요처럼 포근히 감싸안아주는 위안이 된다. 그뿐이겠는가. 마음만 먹으면 렉싱턴에 있는 훌륭한 일식당이나 루이빌 곳곳에 있는 수수하고 맛있는 멕시코 식당에 갈 수도 있고, 커빙턴에서는 페르시아 음식을 먹을 수도 있다. 켄터키 주의 다양한 요리를 모두 품을 만큼의 커다란 테이블보는 아마 이 세상에 없을 거다.

켄터키 주는 오래전부터 한 발은 남부에 딛고 다른 한 발은 밖을 향

---

1   켄터키 주의 별명.

하고 있다. 거대한 미시시피강의 주요 지류인 오하이오강은 내륙 항구이자 활기찬 상업 도시 루이빌을 탄생시켰다. 이 도시는 모피와 가죽, 소금 거래의 주역이었던 초창기부터 주요 노예 매매 시장의 역할을 한 암흑기에 이르기까지 다양한 문화의 통관항 역할을 했다. 루이빌은 외지인을 겁내지 않는다. 프랑스인과 유대인, 좀 더 최근에는 페르시아인과 소말리아인까지 모두 포용했다. 이제 300여 년이 지났지만 이 도시는 여전히 정체성을 찾고 있다.

공항에서 툰데 웨이Tunde Wey 셰프를 태우고 오면서 그에게 이런 배경을 설명한다. 툰데는 전국 각지를 돌며 미국의 인종과 정체성을 주제로 한 만찬 간담회를 열고 있다. 이런 행사는 주로 큰 도시에서 진행되지만 나는 규모가 훨씬 작아 친근하며 정치 면에서도 더욱 예의 바른 도시 루이빌에 그를 초대하고 싶었다. 툰데는 자기 의견을 거리낌 없이 표현하고 어휘를 순화하려들지도 않는다. 거침없고 솔직하며 통렬한 사람이다. 그런 그가 내 손님과 친구, 이웃 앞에서 인종에 관한 토론을 이끈다고 생각하면 초조해지는 것도 사실이다. 하지만 바로 그것이 그를 이곳으로 초대한 이유이기도 하다.

나로서는 처음 시도하는 일이다. 나는 늘 식당이 정치에서 자유로운 곳이 되어야 한다고 생각했다. 셰프의 역할은 이데올로기와는 거리가 멀다고 믿었으니까. 내 식당은 지금까지 그랬듯 앞으로도 언제나 모두에게 열린 공간이 될 것이다. 그러나 최근 미국에서 연이어 터지는 슬픈 사건, 이를테면 흑인 청년들을 향한 총격과 청소년 투옥, 성소수자에 대한 공격, 외국인 혐오와 증오 때문에 마음이 편치 않았다. 우리 셰프들도 더는 중립에 서는 호사를 누릴 수 없다고 느꼈다. 그래서 툰데의 도움을 받기로 했다.

툰데는 도착하기 전, 내게 혼자 루이빌을 탐험하며 이 도시를 알아가고 싶다고 했다.

"일주일 동안 차를 내줄 테니 자유롭게 돌아다니세요." 내가 제안한다.

"저는 운전 안 합니다. 법 집행관들에게 빌미를 주고 싶지 않거든요." 그가 대꾸한다.

내가 툰데 웨이를 알게 된 것은 그가 남부 식생활 연구회 회장인 존 T. 에지John T. Edge와 공동으로 쓴 기사를 읽고서였다. 툰데는 음식을 이용해 저항의 목소리를 냈다. 기사에서 그는 백인들이 흑인 음식의 전통을 도용했다고 강편치를 날렸다. 나는 그의 주장에 완전히 동의하지는 않지만 그의 허세에 매료되었다. 그때부터 우리는 전화 통화를 했다. 내가 전화를 걸면 그는 입바른 말을 쏟아놓았다. 나를 괴롭히는 문제들을 터놓고 얘기하면 그는 옳은 방식으로 나를 위로했다. 때로는 그의 선동적인 말에 얼굴이 화끈거리기도 했다. 그러나 나에 대한 질책조차도 정당하게 느껴졌다. 그의 말은 데이트 피싱 사기꾼이 쓰는 메일처럼 상대를 홀리는 구석이 있었다. 툰데는 진지하고 학구적이지만 한편으로는 체계를, 내가 깊이 뿌리 내리고 있는 체계를 뒤흔드는 가혹한 언어의 무기고를 갖고 있었다. 나는 그에게 완전히 넘어갔다. 하지만 가끔은 그가 정말 나를 각성하게 하려는 걸까, 혹시 내게 사기를 치는 것은 아닐까 하는 의문이 들었다.

어느 날 전화 통화에서 그는 타악기와 즉흥 연주, 통렬한 가사가 정신 없이 섞여 있는 음악 장르 아프로비트를 창시한 나이지리아 뮤지션 펠라Fela에게서 요리에 대한 영감을 얻는다고 했다. 펠라의 음악은 제임스 브라운James Brown과 밥 말리Bob Marley, 무하마드 알리,

체 게바라, 프리저베이션 홀 재즈 밴드Preservation Hall Jazz Band의 기운을 한데 모아놓은 광란의 핵폭탄 같다. 식민지 이후 군사 정부와 투쟁하는 시민들이 날마다 충돌하던 시기에 나이지리아 거리 곳곳에 울려 퍼지던 저항의 음악이다. 나는 툰데 때문에 펠라의 앨범을 여러 장 샀고 그가 가르쳐준 방식으로 그것을 듣고 있다.

그중 〈값비싼 똥Expensive Shit〉이라는 13분짜리 곡은 경찰이 집에 들이닥쳤을 때 펠라가 마리화나를 삼키는 바람에 경찰이 비유적으로나 실제로나 그의 똥을 뒤질 수밖에 없었던 사건을 다루고 있다. 곡은 유혹적인 타악기와 건반 연주로 위험한 무언가가 다가오고 있음을 알리며 시작된다. 그러다 2분 지점에서 팽팽한 트럼펫 소리가 끼어든다. 6분 동안 연주가 이어진 끝에 처음 목소리가 나오지만 고통과 배출의 거친 신음일 뿐이다. 가사에서는 영어와 요루바어, 그리고 두 가지가 뒤섞인 언어가 번갈아 사용된다. 펠라의 목소리에 젊은 여자들의 코러스가 이어진다. 듣는 사람의 진을 빼놓는 곡이다. 긴장되고 아찔한 기분에 잠시 쉬며 숨을 돌리고 싶어진다. 그러나 한편으로는 꼼짝없이 사로잡힌다. 펠라의 목소리에는 꼭 손톱이 달려 있어 목구멍을 사정없이 긁어대는 것 같다.

"펠라는 음악을 나이지리아 정부에 저항하는 무기로 사용했어요." 툰데가 내게 말한다. "그런데도 그의 음악은 춤을 추게 만들 만큼 매력적이죠. 저도 음식으로 그런 걸 하고 싶어요. 제 음식은 어떤 식으로든 치장을 하지 않죠. 나이지리아 음식이지만 단순히 먹는 목적 이상의 역할을 했으면 좋겠어요."

펠라는 한꺼번에 스물일곱 명의 여자와 결혼식을 올린 것으로 악명 높은 전형적인 마초에다가 다혈질의 변덕스러운 남자였다. 툰데는 그를 신봉하지만 그와는 많이 다르다. 툰데는 기운을 빨아들인다. '스웨그' 넘치게 걷는 모습은 사춘기 청소년 같으면서도 당당해 보인다. 그는 정치적인 티셔츠를 입고 최신 유행하는 레게머리를 했다. 말하는 목소리에서는 시인의 진중함과 운율이 느껴진다. 그는 단순하면서도 의미 있는 말로 사람을 끌어당기고 매료시킨다. 속에서 화를 돋구다가도 금세 무장 해제시킨다. 급진적인 말은 누구나 할 수 있지만 툰데는 그 말을 진실로 믿게 만든다. 그의 웃음은 수화기 저편에서도 방을 환하게 밝힌다.

나는 매일 아침 차를 몰고 툰데의 숙소로 가서 같이 아침을 먹으러 가거나 마트로 향하며 얘기를 나눈다. 오늘은 함께 아침 식사를 하다가 흑인들이 우리 식당에서 편안하게 식사하면 좋겠다는 속내를 털어놓는다. 매출이나 정치 때문이 아니다. 수년 동안 이른바 '파인다이닝' 레스토랑을 운영하면서 계속 고민해온 문제다. 소울 푸드 셰프들을 방문 셰프로 초청하는 만찬 행사를 열기도 했는데 그때도 흑인 손님이 많이 오지 않았다. 내 방식에 문제가 있는 것인지 툰데에게 물어본다.

"커뮤니티가 문제죠. 셰프님이 혁신이라고 생각하는 건 진짜 혁신이라기보다는 현 상태를 유지하면서 부수적으로 꾀하는 변화에 불과하잖아요. 셰프님의 식당에 흑인이 오지 않는 건 그들이 친숙한 것을 원하기 때문이에요. 음식이 될 수도 있고 커뮤니티가 될 수도 있어요. 셰프님 식당은 거만하잖아요. 친숙한 음식도 없고 친숙한 커뮤니티도 없다니까요."

씹던 크루아상이 목에 턱 걸린다.

툰데와 나는 아프리카 슈퍼마켓으로 향한다. 나는 루이빌에 이런 곳이 있는 줄도 몰랐다. 우리는 내가 한 번도 써본 적이 없는 향신료와 팜유, 곡물을 구입한다. 껍질이 붙어 있는 냉동 염소 고기도 9kg 산다. 툰데는 염소 껍질을 보고 흥분한다. 내가 마트에 와서 이렇게 낯선 재료를 많이 보는 것은 드문 일이다. 내가 조리할 수 있는 재료라고는 우리가 끌고 가는 플랜틴 9kg뿐인 것 같다. 장을 본 뒤 나는 툰데를 내가 좋아하는 프라이드 치킨 식당 인디스Indi's로 데려간다. 쿠바 트리니다드 출신의 가족이 20여 년 전에 시작한 지역의 소규모 프랜차이즈 식당이다. 우리는 프라이드 치킨과 웨지 감자, 브로콜리 치즈 캐서롤, 콜라드찜, 삶은 깍지콩을 주문한다. 툰데에게 이곳의 소울 푸드와 그의 뿌리인 서아프리카의 음식이 비슷한지 물어본다.

"우리는 튀긴 음식을 많이 먹지 않아요. 그게 가장 큰 차이죠. 그래도 비슷한 점이 있긴 합니다. 노스캐롤라이나의 레드라이스red rice[1]는 사실 서아프리카의 '졸로프' 라이스와 똑같아요. 콜라드찜과 남부식 오크라 요리, 채소로 만드는 다양한 스튜에도 비슷한 점이 있고요."

점심을 먹은 뒤 툰데는 속이 안 좋다며 낮잠을 자겠다고 한다. 튀긴 음식 때문이다. 그는 튀긴 음식을 많이 먹으면 소화가 잘 안 되어 힘들어 한다.

우리는 흑인이 많이 사는 루이빌 서쪽 끝에 있는 한 카페테리아에서 툰데의 만찬 행사를 연다. 다양한 사람이 가득 들어찬 실내에는 기대감이 감돈다. 툰데는 졸로프 라이스와 염소 커리 스튜, 카사바

---

1 장립종 쌀에 베이컨과 양파, 마늘, 토마토 페이스트를 넣어 오븐에 익힌 밥 요리.

분으로 만든 찐빵 '푸푸fufu', 참마 수프, 플랜틴 요리를 준비한다. 식사가 끝난 뒤 우리는 음식이 아닌 다른 주제로 대화를 나눈다. 툰데는 미국과 이곳 루이빌에서의 흑인의 삶을 주제로 토론을 이어간다. 그러다가 그가 백인들에게 불쑥 묻는다. "여러분은 저에게 성공의 여지를 주기 위해 기꺼이 무언가를 포기할 의향이 있습니까?" 정적이 흐른다. 툰데는 우리의 손끝에 남은 커리 냄새처럼 끈질기게 이어지는 침묵을 굳이 깨지 않는다.

툰데가 토론을 이끄는 광경을 보고 있으려니 괜스레 불안해진다. 그는 결국 사람들의 화를 돋우는 말을 하고 말 것이다. 지금 그는 누구든 대답하기를 초조하게 기다리고 있다. 나는 그의 의도를 이해하지만 어쨌든 지금 그는 오늘 아침 나를 위해 차를 만들고 자기 요리에 자신이 없다고 농담하던 그 사람이 아니다. 그에게는 이처럼 너그러운 모습과 약한 모습, 재미있는 모습도 있는데 말이다.

나는 뒷줄에 앉아 툰데의 나이지리아인 친구 조시와 속닥거린다. 두 사람은 디트로이트에서 대학을 함께 다녔다. 조시는 이곳 루이빌에 살면서 포드사 엔지니어로 일하고 있다. 그는 럭비를 즐기고 머리를 짧게 깎았다. 그는 툰데의 말을 듣는 둥 마는 둥 하며 데이트 앱에 올라온 여자들을 훑어보고 있다. 음식 얘기가 나오자 조시는 내게 농담을 섞어 말한다. "사실은 제가 툰데보다 요리를 더 잘해요."

나는 깜짝 놀라서 어떻게 그게 가능하냐고 묻는다.

"나이지리아에는 요리 잘하는 남자가 많거든요. 그게 우리 전통이에요. 오해하지 마세요. 툰데도 잘하긴 하지만 제 요리가 더 맛있다는 뜻이에요."

"그런데 왜 툰데처럼 요리사가 되지 않았어요?"

"저는 돈을 벌어 여유롭게 살고 싶거든요. 툰데는 철학자예요. 요

리를 가장 잘하는 사람이 식당을 여는 건 아니니까요. 이쪽 문화에
서는 그럴 수도 있지만 우리는 각자 원하는 삶을 선택하죠."

조시는 내게 정통 나이지리아 음식을 먹고 싶다면 휴스턴으로 가
라고 한다. 휴스턴에서는 상업과 전통의 결합을 볼 수 있다는 것이
다. 그러더니 내게 데이트 앱에서 자신을 만나고 싶어 하는 예쁜 여
자의 사진을 보여준다.

다음 날 툰데는 다른 만찬 간담회를 위해 켄터키 주 동부로 떠난다.
이번에는 애팔래치아 음식 협회Appalachian Food Summit의 공동 설립자
인 로라 스미스Lora Smith와 함께 만찬을 준비하기로 했다. 애팔래치
아 자영업자들을 지원하는 조직인 필캡 펀드PhilCap Fund의 책임자이
자 대마 씨를 재배하고 사회운동을 하며 농부이고 엄마이기도 한
로라는 켄터키 주 이집트에 있는 빅 스위치 농장Big Switch Farm에서 생
활하고 일한다. 그녀는 픽업트럭을 몰고 우리 식당까지 무려 두 시
간 반을 달려와 툰데를 데려간다. 그녀의 차에 오르는 툰데는 마치
마차에 오르는 왕 같다.

나는 몇 년 전부터 로라를 알게 되었다. 그녀는 수줍음이 많고 사
람들 앞에서 말할 때면 얼굴이 빨개지는 타입이다. 하지만 그녀의
말은 사람들을 휘어잡는 구석이 있다. 목소리에서는 활력이 묻어나
고 자주 터트리는 웃음은 냇물이 갑자기 굽이를 돌 때 나는 소리와
비슷하다. 그녀는 툰데처럼 공개 토론장을 활용하기보다는 막후에
서 조용히 저항하고 있다. 자신의 땅과 작물, 사람들을 위해 부단히
일하는 방식으로 말이다. 그녀는 그저 일상의 실용적인 선택을 통
해서도 저항할 수 있다고 말한다.

"옥수수빵을 먹는 것도 저항의 행동이 될 수 있어요. 그 모든 재료

가 어디에서 오는지 파악하고 돈을 쓰는 방법을 바꾼다면 말이죠."

그녀는 애팔래치아 지역의 자원을 보존하는 일에도 관심을 보인다. 그녀의 사명은 사람들을 이 지역에 투자하도록 설득하는 것이다. 로맨스도 기금 마련의 수단이 된다. "저는 사람들이 애팔래치아를 사랑하게 되길 바란답니다. 그래야 그곳에 투자하도록 유도할 수 있으니까요. 그런 식으로 이 땅을 보호하고 보전하려 하죠."

빅 스위치 농장은 바람에 나부끼는 풀과 나지막한 언덕들에 에워싸인 푸르고 비옥한 지역에 있다. 이웃끼리 잘 알고 지내면서도 때로는 며칠씩 만나지 못하는 곳이다. 이런 곳에서 저녁 식사를 하는 방식은 두 가지다. 일하다 급하게 때우거나 여럿이 모여 오랜 시간 즐기며 축하하거나. 중간은 없다.

툰데는 로라와 함께 예술가들과 지역 지도자들, 사회운동가들이 참여하는 작은 모임을 준비하기로 했다. 식사 자리이기도 하지만 더 큰 목적은 대화다. 이후 툰데가 로라와 함께 준비한 이 만찬에 관해 〈옥스퍼드 아메리칸Oxford American〉에 기고한 글을 보면 마치 한 편의 러브레터 같다. 그는 켄터키 주 동부를 농장과 꿈과 좋은 사람들이 있는 목가적인 곳으로 묘사한다. 툰데는 늘 미국을 비판하지만 친절한 이들에게는 보답하는 사람이다. 켄터키는, 적어도 그 안에서 그가 교류한 사람들은 그에게 친절했다. 나는 그 후 로라를 만났을 때 툰데 애기를 한참 주고받았다. 그의 어린 시절 실수와 낮잠 자는 버릇, 그의 위트와 총명함이 화제로 떠올랐다. 나는 농담처럼 그녀에게 말했다. 툰데가 묘사하는 그곳, 그가 기고한 글에서 그토록 다정하게 묘사한 바로 그 켄터키 주 동부에 살고 싶다고.

휴스턴은 텍사스 주에 있지만 텍사스도 남부도 아니다. 이 도시는 남부의 다문화 지역으로 자주 언급된다. 현지 사람에게 휴스턴이 루이빌과 비슷하다고 말하면 이상한 눈총을 받기 십상이다. 물론, 과장일 수도 있다. 하지만 내가 보기에 휴스턴은 수많은 정체성과 다양한 상업, 다국적 커뮤니티가 공존하는 도시다. 루이빌과 마찬가지로 휴스턴 역시 미국 남부에 확실하게 속한다고 말하기 어렵다. 그 둘의 관계는 민들레와 민들레 홀씨만큼이나 덧없고 연약하다.

휴스턴은 미국에서 나이지리아인이 가장 많이 거주하는 도시로, 그들의 인구는 약 15만 명으로 추산된다. 휴스턴의 복잡한 고속도로망 아래 뻗어 있는 비조네트 가에는 번쩍거리는 자동차 매장들 뒤로 아프리카 식당이 점점이 들어서 있다. 내가 아는 휴스턴 주민들은 대부분 이곳에 한 번도 가보지 않았다. 그 지역에서는 이른바 거친 동네로 일컬어진다. 땅거미가 내려앉자 놀랍게도 성 노동자들이 공공연하게 거리를 활보하며 차에 탄 남자들을 유혹한다.

내가 가장 먼저 들르는 곳은 버려진 듯 보이는 상가에 들어선 아프리키코Afrikiko라는 소박한 식당이다. 열다섯 명쯤 앉을 수 있는 곳이다. 나를 제외한 손님이라고는 하이네켄을 마시며 수다를 떠는 남자 둘뿐. 그들에게 음식을 추천해달라고 하자 함께 앉자고 한다. 앤서니와 패트릭, 둘 다 라고스 출신이다. 그들은 나이지리아 사람들이 다정하다고 하지만 나는 성급한 일반화라고 일축하며 딱히 귀담아듣지 않는다. 끈질기게 우기는 그들에게 나는 논쟁의 여지가 있는 내 친구 툰데의 성격을 설명한다. 패트릭은 얘길 듣더니 툰데에게 당장 전화하라고 한다. "내가 그 친구를 바로 웃겨볼게요." 나는 스피커폰으로 툰데에게 전화를 건다. 그가 전화를 받자 패트릭은 내가 알아듣지 못하는 이런 저런 얘기를 떠든다. 요루바어와 변형된 영어가 섞여 있다. 몇 초 만에 두 사람이 농담을 주고받더니 저편에서 툰데가 웃는 소리가 들린다. 패트릭은 툰데의 이름을 갖고 농담하고 있다. 이유는 모르겠지만 툰데의 정체성을 놓고 정말 나이지리아인이 맞는지 묻고 있는 것 같다. 이윽고 두 사람은 서로에게 나이지리아의 어느 지역, 어느 부족, 어느 혈통에서 왔는지 소리쳐 묻는다. 둘은 한참 즐겁게 대화하지만 전화를 끊는 순간 패트릭이 나를 돌아보며 말한다. "이 친구는 진짜 나이지리아인이 어떤 건지 좀 배워야겠네요."

하지만 그는 방금 툰데와 모국어로 소통하지 않았는가. 패트릭은 50대 후반이지만 웃음에서도 어린 시절의 장난기를 떨쳐내지 못한 느낌이 든다. 그는 내게 나이지리아에 대해 더 알고 싶다면 자신과 친구에게 맥주를 한 잔씩 사라고 한다. 농담인 듯하지만 내가 두 사람의 맥주를 주문하자 사양하지 않는다.

음식 주문은 앤서니가 도와준다. 그는 나와 함께 메뉴판을 훑어보면서 메뉴를 일일이 설명한 뒤 염소 고기 고추 수프를 추천한다. 스코치 보닛 고추^{scotch bonnet}[1]와 토마토를 우린 국물에 염소 고기를 넣고 푹 삶은 매콤한 요리다. 땅콩 수프도 같이 주문했는데 이름에서 기대한 것처럼 걸쭉하고 크림 같은 수프가 아니다. 구운 땅콩 냄새가 확연히 나지만 맑고 가벼운 국물에 고추기름이 둥둥 떠 있다. 나이지리아 북부에서 즐겨 먹는 요리라고 한다. 첫 맛은 구수하고 친숙하지만 이내 매콤한 맛이 밀려온다. 몇 숟가락 먹자 낯선 맛의 조합에 혀가 적응되어 중독되기 시작한다.

멜론 씨를 갈아서 만든 '에구시^{egusi}'라는 수프는 거칠고 약초 같은

---

1 아주 매운 고추 품종의 하나로, 스코틀랜드 남자들이 쓰는 납작한 모자와 모양이 비슷해서 붙은 이름.

맛이 난다. 매콤하고 파슬파슬하며 콜라드와 비슷한 익힌 잎채소가 들어 있다. 몸에 좋을 것 같은 맛이다. 이곳에서 나오는 모든 요리에 내 주먹만 한 푸푸Fufu 덩어리가 비닐 한 겹에 싸여 따뜻한 상태로 함께 제공된다. 푸푸는 찐빵의 일종으로 어디에나 곁들여 먹는 주식이다. 카사바와 플랜틴 가루로 만들고, 부드럽고 쫄깃하며 폭신한 식감이 어릴 때 차이나타운에서 먹었던 중국식 찐빵과도 비슷하다. 매운 음식, 예를 들면 멈출 수 없는 졸로프 라이스와 토마토 비프 스튜 등으로 얼얼해진 혀를 달래기에 좋은 짝꿍이다.

오필리아라는 셰프는 젊고 통통하며 알록달록한 두건을 썼다. 그녀는 주방에서 나와 인사를 나누지만 조리법은 알려주지 않는다. 패트릭은 내가 스파이일지도 모르니 조심하라고 하며 모두가 화들짝 놀랄 만큼 요란한 웃음을 터트린다. 그 소리에 텔레비전 앞에 못 박혀 축구 경기를 보고 있던 오필리아의 남편도 움찔 놀란다. 오필리아는 기자가 아니라는 내 말을 믿지 않는 눈치다. 내가 스튜에 들어간 비밀 재료를 공개할까 봐 걱정되는 모양이다. 우리가 함께 사진을 찍는 와중에도 그녀는 자기 레시피를 절대 공개할 수 없다고 강조한다. 패트릭이 옆에서 맥주로 매수해보라고 부추긴다. 내가 맥주를 한 번 더 돌리자 패트릭의 웃음소리가 조그만 식당을 가득 메운다.

다음 날 나는 툰데의 형수 로니를 만나기 위해 아침 일찍 일어난다. 로니는 내가 휴스턴에 있는 동안 나이지리아 요리 몇 가지를 가르쳐주기로 했다. 그녀는 차로 조금 떨어진 케이티에 살고 있다. 내게는 이런 초대가 언제나 소중하다. 로라가 툰데에게 자신의 집을 열어주었듯이 이곳 휴스턴에서 나는 오로지 요리라는 공통분모로 얼굴도 본 적 없는 나를 초대해준 사람의 집에 가고 있지 않은가. 사람들의 친절 앞에서 나는 한없이 겸허해진다. 로니는 바쁜 사람이지만 마치 우리가 몇 년 동안 알고 지낸 사이처럼 나를 맞아준다. 그녀에게는 어린 딸이 있고, 재택근무를 하면서 부업으로 이사와 관련된 사업도 하고 있다. 내게 요리를 가르쳐주는 도중에도 몇 분에 한 번씩 그녀의 휴대폰이 울린다.

로니가 나이지리아 요리는 시간이 오래 걸리니 바로 시작해야 한다고 한다. 그러고는 껍질이 붙은 소고기 덩어리와 썰어놓은 닭고기를 꺼낸다. 큰 냄비에 기름을 살짝 두르고 고기를 노릇하게 굽기 시작한다. 양파를 썰 때는 왼손으로 양파를 들고 오른손으로 칼날을 자기 쪽으로 향하게 해서 자른다. 나이지리아에서는 이렇게 해요. 그녀가 말한다. 우린 도마가 필요 없어요. 그녀는 라고스에서 가져온 크노르Knorr 소고기 육수 큐브를 냄비에 넣는다. 그렇게 하면 고향의 맛이 난다면서. 그런 다음 커리 가루와 말린 백리향, 양파 가루를 넣는다. 냄비 뚜껑을 덮고 센 불에서 고기를 익힌다. 국물은 넣지 않는다. 고기에서 나오는 육즙만으로도 충분하다.

블렌더에 물을 약간만 넣고 빨간 파프리카와 토마토, 스카치 보닛 고추를 갈아 퓨레를 만든 뒤 생 양파를 추가로 넣고 덩어리가 살짝 남을 정도로 간다. 이 혼합물을 다른 냄비에 붓고 30분간 뭉근히 끓인다. 첫 냄비에서는 육즙이 졸아들고 고기가 노릇해졌다. 그녀는 고기를 꺼내고 냄비에 기름을 더 두른 뒤 소 껍데기를 넣어 바삭하게 굽는다. 마지막으로 고기와 껍데기, 뭉근히 끓고 있는 토마토 혼합물을 한 냄비에 모두 합쳐 끓인다. 간을 맞추고 부드러워질 때까지 30~45분 더 익힌다.

내가 음악을 듣자고 하자 그녀는 펠라의 곡을 튼다. 날 선 저항 음악조차도 이 조용하고 기분 좋은 휴스턴 외곽의 집에서는 부드러워지는 듯하다. 나는 나이지리아에 관해 물어본다.

"나이지리아는 큰 나라예요. 요루바, 하우사, 이그보, 발라바 외에도 많은 민족이 있죠. 하지만 하나의 나라로서 나이지리아는 재미있는 곳이에요. 이웃끼리 모두 알고 지내거든요. 가사 도우미조차도 가족의 일원이 되고요. 우리의 옷은 알록달록하고 요란하죠. 우리 역시도 그렇답니다."

이번에는 툰데 얘기를 들려달라고 한다.

그녀는 미소를 지으며 고개를 끄덕인다. "툰데의 부모님은 툰데가 약사가 되길 바라셨어요. 늘 반에서 가장 똑똑한 아이였거든요. 어릴 때부터 호기심이 많았답니다. 우린 모두 기독교도로 자랐는데 툰데는 고등학교 때 갑자기 불교로 개종하겠다지 뭐예요. 욕실에 들어가서 문을 잠그고 몇 시간 동안 웅얼거리는 소리를 내곤 했다니까요." 그녀는 한바탕 웃고는 다시 말을 잇는다. "저는 툰데만큼 솔직한 사람은 못 봤어요. 그는 절대 거짓말을 하지 않죠. 정식 이름은 아킨툰데인데, '돌아온 전사'라는 뜻이에요. 잘 어울리는 이름이죠. 대학 때 여자친구는 윌리라고 불렀지만."

그녀는 '에웨두(그냥 잎이라는 뜻이다.)'라는 푸른 채소를 꺼내더니 말린 생선과 크노르 큐브 하나를 넣고 끓인 국물에 삶는다. 말린 생선은 짤 뿐 아니라 심하게 톡 쏘는 맛이 나지만 물에 넣고 끓이면 부드러워진다. 채소는 오크라처럼 미끈거린다. 섬유질이 많지만 불쾌하게 질척거리지 않는다. 로니는 고기가 연해졌는지 확인한다. 숟가락으로 '에웨두'를 떠서 접시에 담고 이 채소 가운데에 삶은 고기를 올린다. 몇 초 만에 뚝딱 끓인 듯한 푸푸 한 덩이를 냄비에서 건져 곁들여 낸다. 우리는 함께 식탁에 앉아 먹는다. 나는 툰데가 하는 일과 인종에 대해 그녀의 의견을 차례로 물어본다.

"툰데는 우리로선 이해할 수 없는 사람이죠. 하지만 한 가지 확실한 사실은 가슴이 시키는 대로 산다는 거예요. 그는 늘 상황을 복잡하게 만들지만 그래도 저는 존중한답니다. 인종 문제는 단순하게 생각하는 편이에요. 제 아이들은 흑인으로 살면서 불리한 일을 겪지 않았으면 좋겠어요. 편견 같은 게 아예 없는 듯이 살고 싶지는 않아요. 그래도 좋은 면에 집중하고 싶어요. 제 아이들도 아프리카계 미국인이 되겠지만 그건 너무 광범위한 말이잖아요. 저는 아이들이 자신을 나이지리아계 미국인이라고 생각했으면 좋겠어요."

그녀의 딸은 소파에서 아이패드로 만화를 보고 있지만 우리 얘기를 듣고 있을 것이다. 그리고 배경음악으로 울려 퍼지는, 집 안에 활력을 불어넣는 펠라의 음악도 조용히 빨아들이고 있다. 로니와 나는 꽤 오랫동안 대화를 나눈다. 이제 로니는 휴대폰이 울려도 쳐다보지 않는다. 그녀는 나이지리아뿐 아니라 이곳 휴스턴의 삶에 관해서도 많은 이야기를 들려준다. 너무 많아서 기억이 나지 않을 만큼. 흥미로운 대화이지만 마음을 무겁게 짓누르기도 한다. 인종에 대해 허심탄회하게 얘기하고 나자 한편으로는 후련하면서도 불편한 마음이 든다. 미국에 사는 백인과 마주 앉아 백인의 삶에 대해 얘기해본 적이 있던가? 하지만 그것도 필요한 일이리라. 지금껏 우리가 로라의 프라이드 치킨이나 툰데의 졸로프 라이스에 대해 나눈 그 모든 대화도 어떤 면에서는 인종에 관한 얘기였을 것이다. 어쩌면 그것이 존 T. 에지의 오랜 유산이 될지도 모른다. 음식을 통해 미국 인종의 역사를 마주하는 것 말이다.

앞으로 살면서 로니와의 대화가 그리울 것이다. 내가 이렇게 허심탄회하게 대화를 나눈 사람은 많지 않다. 우리는 비행기 옆자리에 탄 승객들처럼 곧 각자의 길을 가리라는 사실을 알기 때문에 부담 없이 얘기할 수 있었다. 나는 그녀와 그녀의 딸을 껴안는다. 가려고 돌아서는데 로니가 사보 수야 스폿Sabo Suya Spot에 가보았냐고 묻는다.

아뇨. 내가 대답한다. 가보려고 적어놓긴 했지만 시간이 없다. 바로 공항으로 가야 한다.

"꼭 가봐야 해요. 가서 아다무를 찾으세요. 그의 음식은 유명하답니다. 그의 졸로프 라이스는 최고예요."

사보 수야 스폿에 도착하자 벌써 줄이 늘어서 있다. 향신료와 구운 땅콩 냄새가 진동한다. 아다무는 주방에 있고 한 여자가 계산대에서 주문을 받고 있다. 나는 세 가지 종류의 '수야', 즉 꼬치를 주문한다. 소고기와 양고기, 콩팥이다. 스티로폼 포장 용기에 생 양파와 토마토를 곁들인 수야가 나온다. '램ram'을 넣은 졸로프 라이스도 주문한다. '램'은 나이지리아에서 염소를 일컫는 말이다. 아다무는 나와 잠깐 얘기한 뒤 나중에 전화로 더 설명해주기로 약속한다.

그의 꼬치 요리는 매콤하다. 점점 뜨거워지면서 흉곽으로 내려가 몇 시간 내내 몸을 화끈하게 만드는 맛이다. 졸로프 라이스는 좀처럼 숟가락을 내려놓기 힘들다. 쌀알 하나하나를 토마토랑 같이 양념에 넣어 익힌 뒤 다시 합친 것 같다. 굵직굵직하게 썬 콩팥에서는 씁쌀한 피의 향이 난다. 염소에는 스카치 보닛 고추의 감칠맛이 가득 배어 있다. 한 입 베어 물 때마다 나도 모르게 코가 벌름거린다. 관자놀이에 작은 구슬땀이 맺힌다. 두세 입 먹는 동안 내가 잠시 숨을 참고 있었다는 사실을 깨닫는다. 그래서 잠시 멈추고 숨을 들이마시자 붉은 고추의 맛이 코로 훅, 요란한 재채기가 터져나온다. 옆

테이블에 앉은 남자들이 웃음을 터트리며 말한다. 우리도 다 그랬답니다.

소고기 꼬치는 홍두깨살을 얇게 저며 만들었다. 아다무의 특제 땅콩 케이크에 커리와 붉은 고추, 생강, 정향, 소금, 마기Maggi를 섞어 양념했다. 마기는 다양한 나이지리아 요리에 두루 쓰이는 큐브 형태의 양념인데, 내가 알기로는 주로 MSG다. 아다무는 꼬치를 양념에 두 시간 가량 재웠다가 굽는다. 그의 특제 땅콩 케이크는 많은 경쟁 식당에서 쓰는 가짜 땅콩버터와는 다르다고 한다. 그는 생 땅콩을 갈아서 페이스트를 만든 뒤 기름은 짜서 다른 데 쓰고 남은 땅콩 페이스트는 바삭해질 때까지 볶고 다시 갈아서 굵은 가루로 만든다. 이 땅콩 가루는 그가 쓰는 모든 양념의 기본 재료이자, 꼬치에 고소한 땅콩 냄새와 부드럽고 편안한 맛을 더해준다.

아다무는 평생 이 페이스트를 만들었다. 그의 아버지는 땅콩기름부터 참기름까지 다양한 기름을 만드는 회사를 운영했다. 할아버지와 삼촌들은 나이지리아 북부에 있는 바데 에미리트Bade Emirate의 왕이었다고 한다. 그렇다면 그는 왕자인 셈이다. 사남매 중 막내였던 그는 늘 어머니 옆에 붙어 다녔다. 어머니가 저녁을 준비하러 부엌에 가면 꽁무니를 졸졸 따라다니며 어머니가 저녁 식사에 사용할 씁쓸한 채소를 따는 동안 옆에서 씨앗을 갖고 놀았다. 요리도 어머니에게 직접 배웠다.

"그러면서 요리를 좋아하게 되었죠. 이제는 제가 어머니보다 잘합니다."

농공학을 공부한 아다무는 1997년 응용 소재 분야에서 일하기 위해 텍사스 주 오스틴으로 이주했다. 몇 년 뒤 그는 나이지리아에서 자동차 관련 사업을 시작했다. 미국에서 일하는 중에도 쉽게 운영할 수 있을 거라는 생각에서였다. 그러나 몇 년 안 되어 그는 모든 것을 잃었다. 우울했고 앞으로 무슨 일을 해야 할지 막막했다. 일이 싫어졌다. 일에만 매진하던 그에게는 친구도 없었다. 미국은 생각보다 힘든 곳이었다.

"자유롭고 행복한 어린 시절을 놓치면 점점 더 친구를 사귀기가 어려워지잖아요. 어쩌다 보니 친구도 없고 돈도 없는 신세가 되었더라고요."

그때 그의 가족이 전부터 하고 싶었던 일을 하라고 격려했다. 그래서 2010년에 사보 수야 스폿을 열었다. 처음에는 손님이 별로 없었고 꼬치 하나에 겨우 1.25달러라 큰돈을 벌기 어려웠다. 그러나 그는 하루도 쉬지 않고 일하며 손님들의 이름을 기억해가며 친근하게 대해주었다. 점점 그의 음식은 소문이 나기 시작했다. 이제는 저녁마다 줄이 늘어선다. 아다무는 런던에 사는 나이지리아인 축구 선수에게도 음식을 배송한다. 토론토와 두바이까지 보낸다고 자랑스럽게 말한다. 그의 꿈은 뉴욕에 식당을 열어 나이지리아 음식을 더 널리 전파하는 것이다.

나는 집에 가져가려고 꼬치를 더 주문한다. 공항으로 급히 차를 몰고 가는 내내 눈에 눈물이 고여 시야가 뿌옇고 혀도 퉁퉁 부었다. 나는 꼬치를 가방에 넣어 수화물로 부쳤다. 게이트로 열심히 달려가보니 비행기가 2시간 지연되어 있었다. 공항 의자에 앉아 메일을 확인한다. 심박수가 점차 안정을 찾는다. 한 나이지리아 공주의 메일이 보인다. 평소 같으면 이런 고전적인 사기 메일은 열어보지도 않건만 어쩐지 오늘은 그럴 수가 없다.

안녕하세요.

메일을 받고 많이 놀라셨겠지요. 하지만 당신과 친구를 넘어 더 친밀한 사이가 되고 싶은 제 마음을 이해해주세요. 제 이름은 아마디아 아바차, 돌아가신 나이지리아의 국가 원수 사니 아바차의 딸입니다. 현재 저는 곤란한 처지이니 부디 친절을 베풀어주세요. 제 가족은 라고스에서 재판을 받고 있고 저는 가택 연금 상태입니다. 정부는 우리 집안의 재산을 모두 동결하고 부동산도 경매에 넘겼습니다.

하지만 모든 것을 빼앗길 수는 없어서 비밀 운반원을 통해 미화 600만 달러를 송금하는 데 성공했습니다. 이 돈은 안전한 계좌에 예치되어 있으며 이 메일에 긍정적인 답을 주시면 그 계좌에 접근할 수 있는 이름과 연락처를 드리겠습니다.

이렇게 메일을 드린 까닭은 당신이 깊은 이해심과 연민을 가진 분이라고 믿기 때문입니다. 긍정적인 답을 주신다면 우리는 행복한 삶을 영위하는 데 필요한 돈을 갖고 함께 새 출발을 할 수 있습니다. 인종이나 교육 수준, 종교, 언어, 국적, 물리적 거리 등은 사랑에 아무런 장벽이 되지 않죠. 중요한 것은 오로지 사랑하는 마음뿐입니다. 변치 않는 사랑만 있다면 우리는 새로운 삶을 꾸리고 결국 우리 둘을 모두 포용하는 아름다운 새집에서 행복하게 살 수 있을 겁니다. 답장 기다릴게요, 나의 사랑.

나는 따뜻한 담요처럼 온몸을 감싸오는 졸음에 결국 굴복한다. 집에 도착해 가방을 열어보니 꼬치는 온데간데없고 미국 교통안전청이 내 가방을 검사했다는 메모만이 붙어 있다. 화가 치민다. 그러다 이내 슬픔이 밀려든다. 아내에게 꼬치 맛을 보여주고 싶었다. 우리 식당 셰프들에게도 가져다줄 생각이었다. 유일한 흔적은 함께 넣었던 옷에 밴 기름과 땅콩과 커리 냄새뿐이다. 루이빌에 있는 내 집의 익숙한 환경에서 오직 그 냄새만이 내가 휴스턴에서 먹은 그 음식이 꿈이 아니라 생시였다는 증거가 된다.

나는 툰데와 친구가 된 덕분에 나이지리아 음식이라는 새로운 세계를 접하게 됐다. 그러나 놀랍게도 나이지리아 음식은 쉽게 닿는 곳에 있었다. 내가 있는 곳에서 조금만 방향을 틀면 휴스턴 서남부에서 번성하고 있는 그 풍부한 문화에 닿을 수 있었던 거다. 휴스턴 시내에서 택시를 타면 금방 갈 수 있는 곳이다. 사람들은 호의적이고 음식에 대해서도 열의 있게 설명해준다. 너무나 가까우면서도 먼 요리다.

한편으로 나는 나이지리아 음식의 복합적인 특성을 온전히 이해하지 못하리라는 사실도 깨닫는다. 툰데 같은 사람의 동기를 끝내 이해하지 못하듯이 말이다. 내가 휴스턴에서 먹은 음식 가운데 맛있었지만 의문이 든 요리는 영국 식민지 시대의 잔재인 고기 파이였다. 그것은 런던의 빵집에서도 쉽게 접할 수 있는 음식이다. 나이지리아 음식은 얼마나 많은 층의 역사를 품고 있을지 궁금하다. 그저 양념과 요리 방법을 메모하는 것으로는 나이지리아 요리를 이해할 수 없다. 더 깊이 알기 위해서는 그 나라에 관해서도 배워야 한다. 그래서 나이지리아 시를 읽고 나이지리아 말을 듣기도 한다. 나이지리아 이름들을 외우고 종교와 역사, 음악도 공부한다. 나이지리아에는 수백 가지 언어와 방언이 있으며 글이 없는 언어도 많다. 나는 추가로 펠라에 대해서도 공부하고 있다.

나이지리아 음식을 공부하다보니 내가 사는 지역의 음식에서도 연결고리가 보인다. 물론, 특정 지역의 향토 음식을 즐기기 위해 반드시 그 지역의 시를 읽어야 하는 것은 아니다. 그래도 이런 접근을 통해서 음식에 대한 존중과 이해를 넓힐 수 있으니까. 내가 사는 켄터키 주 동부의 음식도 마찬가지다. 나는 로라와 켄터키 주 이집트에 있는 그녀의 농장을 생각하면 웬델 베리Wendell Berry[1]가 떠오른다. 마이클 클리블랜드Michael Cleveland[2]와 빌 먼로의 음악이 들리기도 한다. 그들의 저녁 식탁을 장식하는 이야기와 웃음을 생각해본다. 로라의 음식은 그녀의 문화를 떼어놓고 얘기할 수 없다. 그것은 내가 이 여정을 시작한 이유이기도 하다. 다른 문화에 관해 배우면서 얻게 되는 통찰 하나하나가 모두 내가 몸 담고 있는 문화에 더 가까이 가게 해주기 때문이다. 이 프로젝트, 이 책을 쓰기 위한 발견과 모험의 과정에서 가장 중요한 목표는 나의 미국, 내가 속해 있는 미국을 찾는 것이다. 나처럼 다양한 문화를 아우르는 사람에게는 그것이 그리 명확하지 않으니까. 그래서 나는 이따금씩 켄터키 주 동부의 푸른 언덕을 돌아다닌다. 때로는 휴스턴에 있는 나이지리아 카페처럼 낯선 곳을 여행한다. 이 두 여정 모두 나를 같은 곳으로 데려간다.

---

1   1934~, 켄터키 주에서 나고 자란 농부 겸 철학자, 시인, 소설가.
2   1980~, 청각 및 시각 장애가 있는 미국의 블루그래스 바이올리니스트.

캐슈와 커리, 검은 후추를 곁들인
소고기 꼬치

BEEF SKEWERS WITH CASHEWS, CURRY, AND BLACK PEPPER

식당에서 먹어본 요리를 재현하는 것은 늘 어려운 일이지만 아다무의 꼬치처럼 정교한 음식은 특히 더 그렇다. 그가 평생에 걸쳐 완성한 기법을 똑같이 재현했다고 주장하진 않겠다. 하지만 그의 땅콩 가루가 너무나 매력적이라 제대로 흉내 내보려고 몇 주 동안 연구했다. 결국 캐슈 가루의 맛이 가장 마음에 들어서 캐슈를 사용해 아다무에게 배운 기법으로 만들었다. 캐슈 가루가 핵심이니 최대한 거기에 집중하자. 이 양념에 익숙해지면 모험을 시도해도 좋다. 소고기 대신 양고기를 사용하면 더 진한 맛을 느낄 수 있다.

숯불이 있다면 꼬치는 숯불로 굽는 게 좋지만 오븐에 구워도 손색이 없다. 대나무 꼬치를 물에 담갔다가 사용하면 최상의 결과물을 얻을 수 있다.

전채 4인분 분량

뼈 없는 소갈비살 450g	소금 1큰술
무염 생 캐슈 1/2컵	백후추 1큰술
식물성 오일 2큰술 + 팬에 두를 여유분	
마늘 가루 1큰술	**고명**
양파 가루 1큰술	얇게 썬 양파 적당량
훈제한 매운 파프리카 가루 1과 1/2작은술	웨지 모양으로 썬 레몬 몇 조각
카이엔 페퍼 조금 부족한 1작은술	

오븐을 200도로 예열한다. 대나무 꼬치를 따뜻한 물에 20분 이상 담가둔다.

캐슈를 푸드 프로세서에 넣고 순간 작동pulse 기능을 사용해 작은 알갱이로 분쇄한다. 분쇄한 캐슈를 작은 베이킹 팬(또는 파이 팬)에 놓고 오븐에 넣어 3~5분간 굽는다. 수분을 날리되 너무 많이 구워지지 않도록 유의한다. 오븐에서 꺼내어 다시 푸드 프로세서에 넣고 순간 작동으로 분쇄하거나 다져서 좀 더 고운 입자로 만든다. 다시 팬에 펼쳐 오븐에 넣고 2분 더 굽는다. 만졌을 때 파삭하고 향긋한 고운 가루가 될 때까지 이 과정을 반복한다. 거친 옥수숫가루 정도면 된다.

소고기를 가늘게 채 썰어 큰 오븐 냄비나 베이킹 팬에 올린다.

작은 볼에 소금과 백후추, 마늘 가루, 양파 가루, 파프리카 가루, 카이엔 페퍼 가루를 넣고 섞는다. 라텍스 장갑을 끼고 이 혼합물을 소고기에 골고루 묻힌 뒤 실온에 두어 20분간 재운다.

오븐을 200도로 예열하거나 숯불 그릴을 뜨겁게 달군다.

작은 볼에 캐슈 가루와 식물성 오일을 넣고 잘 섞어 캐슈 페이스트를 만든다. 캐슈 페이스트를 재운 고기에 바르고 다시 10분간 재운다.

재운 고기를 S자 모양으로 꼬치에 끼운다. 이때 고기에 묻힌 캐슈 페이스트가 최대한 떨어지지 않도록 조심한다.

오븐을 사용한다면 꼬치를 베이킹 팬에 올리고 식물성 오일을 살짝 두른다. 10분 간 구우면서 중간에 한 번 뒤집는다. 고기가 완전히 익고 캐슈 가루가 노릇해지고 향긋해지면 완성된 것이다. 숯불을 사용한다면 불판에 오일을 바르고 한쪽 면에 3분, 한 번씩 뒤집으며 굽는다. 고기가 금방 탈 수 있으니 너무 많이 익히지 않도록 조심해야 한다.

꼬치 위에 얇게 썬 양파와 레몬 웨지를 곁들여 따뜻할 때 낸다.

강황과 캐슈를 곁들인
매콤 토마토 닭고기

SPICY TOMATO-BRAISED CHICKEN WITH TURMERIC AND CASHEW

휴스턴에 있는 거의 모든 나이지리아 식당에는 이와 비슷한 매콤한 토마토 스튜가 있다. 먹어본 곳마다 조금씩 달랐지만 모두 친숙한 맛이었다. 그러다 이 색다른 스튜를 만났다. 매운 편이니 조금 덜 맵게 만들고 싶다면 하바네로 고추[1]의 양을 줄이면 된다. 하룻밤 재우면 맛이 훨씬 좋아진다. 가능하다면 하루 전에 만들어 다음 날 데워 먹는 게 좋다.

이 닭고기는 흰밥에 올려도 좋지만 좀 더 모험을 하고 싶다면 카사바 가루로 만든 나이지리아 찐빵인 인스턴트 푸푸를 준비해보자. 인터넷에서 쉽게 구할 수 있다. 포장지에 적힌 조리법대로 익히면 된다. 푸푸는 단 몇 분만에 조리되는 데다 맛은 밋밋하지만, 소스의 풍부한 맛을 빨아들이기에 아주 제격이다.

메인 4인분 분량

뼈와 껍질이 있는 닭 다리 4개	토마토 페이스트 3큰술
채썬 백양파 1컵	카놀라 오일 1/4컵
채썬 셀러리 1컵	닭 육수 1과 1/2컵
다진 마늘 2쪽 분량	코코넛 밀크 1/2컵
큼직하게 썬 플럼 토마토 3개	생강 가루 2큰술
작은 하바네로 고추 3개(통째)	강황 가루 2작은술
신선한 백리향 5줄기	소금 2작은술
가루로 분쇄한 무염 생 캐슈 1/4컵(앞의 레시피 참조)	금방 간 검은 후추 1작은술

먼저 닭 다리를 소금과 후추로 밑간해둔다.

---

1   멕시코산 고추의 일종.

큰 무쇠 팬에 카놀라 오일 2큰술을 두르고 중강 불에 올린다. 닭 다리를 껍질이 팬 바닥에 닿도록 넣고 갈색이 될 때까지 한쪽에 약 3분씩 굽는다. 구운 닭 다리들을 꺼내어 접시에 옮겨둔다.

팬에 남은 카놀라 오일 2큰술을 두르고 양파와 셀러리를 넣어 2분간 익힌다. 토마토 페이스트와 마늘, 생강, 캐슈 가루, 강황 가루를 넣고 2분간 계속 저으면서 향이 올라올 때까지 익힌다.

닭 육수와 코코넛 밀크를 팬에 붓고 잘 젓는다. 잠시 둔 닭 다리를 다시 넣는다. 토마토와 하바네로 고추, 백리향을 넣고 뚜껑을 덮은 뒤 닭이 연해질 때까지 30분간 약한 불에서 뭉근히 끓인다.

닭 다리를 꺼내 베이킹팬에 놓고 알루미늄 포일을 덮어 따뜻하게 둔다. 남은 국물은 센 불에서 한소끔 끓인 뒤 양이 거의 절반으로 졸아 걸쭉해질 때까지 가열한다.

닭 다리를 접시 4개에 하나씩 나눠 담는다. 닭 위에 소스를 떠서 얹는다. 밥이나 푸푸와 함께 낸다.

GERMAN
MUSTARD
독일식 머스터드

●

새해 첫날이 되면 아내는 언제나 행운을 기원하며 양배추와 동부를 섞은 스튜[1]를 잔뜩 만든다. 나는 한국식 떡볶이를 만든다. 전통은 달라도 이유는 같다. 또한 우리는 설마다 항상 슈니첼에 장모님이 만든 자우어크라우트를 곁들여 먹는다. 내가 좋아하는 조합이다. 음식을 얼마나 만들지를 놓고 옥신각신하기도 한다. 그게 우리들의 설날 전통이다. 저녁이 되면 나는 혼자 인근의 바로 향한다. 매년 새해마다 이 바에서는 타운스 밴잰트[Townes Van Zandt][2]의 추모식이 열린다. 밴잰트는 새해 첫날 세상을 떠났다. 그 뒤로 새해 첫날이 오면 그를 추모하는 뮤지션들이 바에 모여 그의 노래를 흥겹게 바꿔 부른다. 내가 좋아하는 노래 중 하나는 〈독일 머스터드[German Mustard]〉다. 노래라기보다는 이따금 무의미한 가사가 섞인 두서 없는 기타 연주곡이다. 나는 혼자 안쪽 테이블에 앉아 차가운 맥주를 홀짝인다. 새해 첫날 숨을 거둔 사람을 생각하면 언제나 목이 멘다. 새해의 시작, 모두가 희망을 가득 품는 그날에 죽음을 맞다니 얼마나 얄궂은 일인가. 우리 할머니도 새해 첫날 세상을 떠났다. 그래서 해마다 그날이 되면 나는 할머니에게 그동안 어떻게 지냈는지 몇 분씩 이야기하곤 한다. 타운스의 노래는 뜬금

1　미국 남부에서 새해 첫날 행운을 기원하며 먹는 전통적인 요리.

2　1944~1997, 미국의 싱어송라이터.

없는 가사로 끝난다. "청바지 가랑이에 독일 머스터드……."

·

독일 음식은 왜 그토록 평판이 안 좋을까? 미국에서 독일 음식이 이탈리아 음식이나 프랑스 음식, 스페인 음식, 심지어 스칸디나비아 음식보다도 주목받지 못한다는 점이 내겐 너무 의아하다. 독일 음식은 유럽 음식 가운데 훌륭한 편에 속한다. 1800년대에 600만 명이 넘는 독일인이 미국으로 이주하면서 가져온 많은 문화가 여전히 우리 문화에 각인되어 있다. 유치원, 아미시Amish 가구[1], 산타클로스 등이 좋은 예다. 우리의 맥주 문화 역시 팹스트Pabst, 슐니츠Schlitz, 밀러Miller 같은 독일 맥주 부호들에게 신세를 졌다. 이들 모두가 밀워키 출신이다. 독일 이민자들은 또한 프레첼과 소시지, 프랑크푸르트 소시지, 햄버거를 미국에 소개했다. 피클과 머스터드, 얇게 두드려 튀긴 고기 등의 전통은 말할 것도 없다. 모두 내가 너무나 사랑하는 것들이다.

　아내와 나는 여행을 다닐 때면 늘 독일 식당을 찾아본다. 그렇게 해서 훌륭한 곳을 몇 군데 발견했다. 미시간 주 앤아버에 있는 메츠거Metzger's와 일리노이 주 디모인에 있는 헤센 하우스Hessen Haus, 인디애나 주 재스퍼에 있는 슈니첼방크Schnitzelbank, 시카고에 있는 라셰트 인Laschet's Inn, 로스앤젤레스에 있는 부르스트퀴헤Wurstküche 등이다. 안타까운 사실은 우리가 탐험하는 대부분의 독일 식당이 슈퍼마켓에서 산 자우어크라우트와 질긴 고기 튀김, 가죽 반바지를 입

1　17세기 후반 스위스와 알자스에서 종교 박해를 피해 미국 펜실베이니아 주로 이주한 독일계 재침례파 신도들의 후손이며 과거의 생활 방식을 따르는 아미시파가 만드는 가구로, 다른 재료를 섞지 않고 원목으로만 만드는 것이 특징이다.

은 무뚝뚝한 웨이터 등을 특징으로 하는 캐리커처로 전락했다는 점이다. 자우어브라텐sauerbraten[1]에 양념이 제대로 배지 않았거나 슈트루델strudel[2]이 손으로 반죽해 만든 것이 아니란 사실을 깨닫고 실망한 적도 수없이 많았다. 나는 가장 이상적인 형태의 독일 음식이란 어떤 것일까 평생 고민해왔다. 한 가지 확실하게 말할 수 있는 것은 가짜 골동품 맥주잔과 독일 국기로 장식한 어두운 맥주 홀에서는 절대 찾을 수 없다는 것이다. 초창기 독일 이주민들이 미국 각지의 도시에 정착한 이후 너무도 오랜 세월이 지난 탓에 오늘날 미국에 있는 대부분의 독일 식당에는 독일 음식의 희미한 흔적만 남아 있다. 반면, 캄보디아 음식이나 페르시아 음식은 비교적 최근까지 고국과 연결되어 있었으므로 수세대에 걸쳐 미국에 동화된 독일 이주민들의 음식처럼 크게 희석되지 않았다.

음식 문화가 고도로 발전한 이 시대에 어째서 셰프들은 독일 음식에 다시 활력을 불어넣는 시도를 하지 않는 것일까? 지금이야말로 독일 음식의 부흥을 꾀하기에 최적의 시기인 것 같은데 말이다. 나는 여러 셰프와 음식 평론가, 저술가, 애호가에게 의견을 구했다. 그리하여 독일 음식에 관한 일반적인 오해 다섯 가지를 아래에 정리해보았다. 순서는 무작위다.

이유 1: 독일 음식은 무겁고 투박하며 세련되게 다듬어지지 않아서 식욕을 돋우지 않는다.

아내 다이앤과 커피를 마시다가 문득 그녀를 돌아보며 위스콘신에

---

1 양념에 며칠 동안 재운 고기를 구워내는 독일의 전통 요리.
2 속에 과일을 넣고 말아서 구운 독일식 또는 오스트리아식 페이스트리.

가자고 제안한다. 거긴 왜? 아내가 묻는다. 독일 음식 먹으러. 나와 함께 미식 여행을 이미 해본 적 있는 그녀는 회의적인 눈으로 나를 본다. 미식 여행은 생각만큼 흥겹거나 즐겁지 않다. 일정은 빠듯하고 괴로울 정도로 과식하게 되며 내비게이션에도 등록되지 않은 식당을 찾느라 한참을 돌아다녀야 한다. 게다가 나는 음식을 먹을 때마다 맛과 재료를 메모하느라 아내를 내버려두기 일쑤다. 다 먹고 난 뒤에는 셰프를 만나러 주방으로 사라져버리고 위스키도 한 잔씩 마신다. 속은 더부룩하고 아침이면 후회에 잠겨 다시는 그렇게 먹지 않으리라 공허한 다짐을 하는 여행이다.

난 이번 여행은 무척 재미있을 거라고 설파한다. 게다가 이번 미식 여행에서는 아내의 의견도 듣고 싶다. 아내의 집안은 주로 독일의 흑림과 알자스 지방에 뿌리를 두고 있다. 뒤르홀츠 가문의 후손이지만 이곳에서 벌써 일곱 세대를 거친 그녀는 자신을 독일인이라고 생각하지 않는다. 그녀뿐 아니라 그녀의 집안에서 아무도 독일어를 쓰지 않는다. 휴가 때 독일로 여행을 가지도 않고 구세계의 의식이나 전통을 따르지도 않는다. 그러나 그들의 정신에는 독일 음식에 관한 무언가가 굳건히 남아 있다.

해마다 가을이면 다이앤의 어머니는 뒷마당에서 키운 양배추로 자우어크라우트를 만든다. 그리고 해마다 겨울이면 어머니가 새로 담근 자우어크라우트를 처음 맛보는 아내의 눈에 묘한 빛이 어린다. 장모님의 자우어크라우트는 내가 먹어본 가운데 단연 최고다. 다이앤은 선조들의 나라에 관해 다른 것은 모두 잊고 살지만 음식에 대해서는 여전히 모종의 연결을 느낀다. 우리는 슈톨렌(달콤한 독일 빵)으로 크리스마스를 기념하고 아스파라거스와 감자만두를 곁들인 양고기 구이로 부활절을 기념한다. "옛날에 오마¹가 그렇게 해주셨거든." 아내는 농담 삼아 말하곤 한다.

위스콘신으로 달려가는 차 안에 따뜻하고 즐거운 분위기가 흐른다. 네 살배기 딸아이가 유아용 카시트에 앉아 노래를 흥얼거린다. 나는 갈 곳을 열두 군데쯤 골라놓았다. 운전을 좋아하는 다이앤이 운전대를 잡고 햇살 가득한 옥수수 밭을 날아다니는 새처럼 고속도로를 달리고 있다. 나는 15여 년 전 다이앤을 처음 본 날부터 그녀와 사랑에 빠졌다. 게르만인 조각상처럼 꾸밈없는 겉모습 속에 한없이 순수한 사랑을 품고 있는 모습은 여전히 나를 미치게 한다.

나는 딸과 인형극을 하며 놀아준다. 딸아이의 코는 나를 닮아서 작고 통통하다. 우리에게는 아이를 키우는 일이 쉽지 않다. 둘 다 일을 많이 하고 출장도 많이 다니기 때문이다. 그리고 둘 다 이렇게 바삐 굴러가는 쳇바퀴에서 내려오고 싶어 하지 않는다. 나는 다이앤에게 파리 여행을 데려가겠다고 약속했다. 그것도 벌써 2년 전에 말이다. 위스콘신은 파리와는 너무도 멀지만 그래도 오랜만에 온 가족이 함께하는 시간이다. 게다가 우리 딸도 며칠이나마 엄마 아빠를 모두 누릴 수 있다.

첫 번째로 들르는 곳은 피치버그에 있는 바바리아 소시지Bavaria Sausage라는 독일 슈퍼마켓이다. 밖에는 "구세계 독일 소시지를 만드는 곳"이라고 적힌 꾸밈없는 간판이 걸려 있다. 안으로 들어가자 바닥부터 천정까지 독일 제품이 빼곡히 들어차 있다. 독일산 공산품은 물론이고, 머스터드와 치즈, 냉동 슈트루델, 훈제 생선, 현기증이

---

1 독일어로 '할머니'를 뜻한다.

날 만큼 다양한 소시지와 포스미트forcemeat[1]가 선반을 가득 메웠다. 모든 상품은 깔끔하게 정돈되어 있고 확실한 라벨도 붙어 있다. 아내는 기쁨의 탄성을 지른다. 그녀는 깔끔하게 라벨을 붙인 가게를 보면 유난히 행복해 한다. 고기도 종류별로 구분되어 있다. 말린 소시지와 훈제한 고기는 입구 바로 옆에 있는 냉장 식품 코너에 진열되어 있다. 미리 포장해놓은 소시지들은 조리 식품을 넣어놓은 유리 진열장 뒤에 있다. 그 옆에는 햄과 지방육이 있다. 티 한 점 없는 유리 진열장을 훑어보다가 살라미 소시지 코너를 발견한다. 헝가리 살라미와 페퍼로니, 집시 살라미라는 것도 있다. 그 옆에는 헤드 치즈head cheese[2]와 크림 같은 포스미트 코너가 있다. 빌 로프veal loaf[3]와 플레이슈케제Fleischkäse[4]도 볼 수 있다. 그 옆에는 신선한 브라트부르스트bratwurst[5]와 비엔나소시지를 비롯한 다양한 소시지가 갖춰져 있다. 육포와 훈제 간이 대미를 장식한다. 이 진열장에 있는 음식은 모두 이 가게에서 직접 만든 것이다.

　나는 가능한 한 모든 것을 맛보기 위해 진열대를 처음부터 훑으며 조금씩 구입한다. 늦은 오전이라 가게가 붐비기 시작했다. 카운터의 여자는 다음 손님을 받으려고 나를 급하게 보낸다. 현지인도 있지만 독일 제품을 한꺼번에 사놓으려 멀리서 오는 사람도 있는 것 같다. 나이 지긋한 여자들이 독일어로 대화하는 소리가 들린다. 아

1　고기나 생선을 곱게 다져 양념과 채소 등과 섞은 혼합물로, 다른 음식의 속을 넣거나 완자를 만드는 데 사용된다.
2　송아지나 돼지머리로 만든 고기 젤리.
3　송아지 고기로 만든 포스미트의 일종.
4　고기 치즈라는 뜻으로, 고기를 곱게 갈아 뭉친 뒤 겉면이 노릇해지도록 구운 음식. '레버케제Leberkäse'라고도 한다.
5　주로 돼지고기로 만드는 독일 소시지의 일종.

내는 양념 코너에서 1년 동안 먹어도 남을 만큼의 독일 머스터드를 챙기고 있다. 딸은 곰 모양의 독일 젤리, 이름하여 '구미베르헨'을 열심히 씹고 있다.

소시지는 전부 맛있지만 그중에서도 특히 '란트예거Landjäger'가 내 미각을 자극한다. 소고기와 돼지고기, 라드를 가늘게 잘라 레드 와인과 양념을 넣고 섞은 뒤 훈제하고 과발효해서 시큼한 맛이 두드러지게 만든 소시지다. 란트예거는 냉장 보관할 필요가 없어서 과거 사냥꾼들이 오래 나가 있을 때 간식으로 즐겨 먹던 것이다. 내가 독일 음식에서 가장 좋아하는 부분은 산이 아니라 복잡한 발효 방식에서 나오는 공격적인 신맛이다. 시큼함에 감칠맛이 더해진 이 풍미는 맛있다고밖에 달리 묘사할 길이 없다. 입에 침이 고이는 맛이다. 다이앤에게 내 란트예거를 한 입 준다. 여러 세대를 거치는 동안 활동을 중단한 DNA가 막 깨어난 듯하다. 아내는 내 팔을 찰싹 때린다. 무척 마음에 든다는 그녀만의 표현이다. 우리 딸조차도 이곳 곰돌이 젤리가 평소 먹던 것보다 맛있다고 한다.

최고의 소시지를 만드는 기술이 바로 여기에 있다. 독일 음식이 투박하다고 생각하는 사람이 있다면 독일의 절인 고기를 모두 맛보라고 하고 싶다. 기름기와 시큼한 맛, 소금의 맛, 각종 양념 맛 사이의 절묘한 차이를 느낄 수 있을 것이다. 비율을 살짝만 달리해도 맛과 식감이 크게 달라진다. 맛없는 독일 음식을 파는 식당이 있다면 독일 음식이 문제가 아니라 만드는 사람이 문제라고 본다. 내가 바바리아 소시지에서 발견한 재료들은 모두 완벽하다. 프로 레이싱카처럼 정교하게 튜닝되어 있다. 나는 따뜻한 프레첼과 훈제 소시지, 머스터드 한 숟가락에 흡족해 하며 가게를 나선다.

이유 2: 독일 음식이 미국 대중에게 가닿으려면 홍보 대사가 있어야 한다.

우리는 밀워키에서 두 번째로 오래된 독일 식당 카를 라치Karl Ratzsch
에 일찍부터 예약을 해뒀다. 이 식당은 1904년에 문을 열었지만 최
근 음식 맛이 떨어지고 있고, 여기저기서 모은 정보에 따르면 주로
향수에 젖어 찾아오는 노인 단골들 덕분에 겨우 버티고 있다고 한
다. 많은 구세계 독일 식당과 마찬가지로 카를 라치도 폐업 위기에
처했다. 그러나 최근 밀워키에서 가장 성공한 젊은 셰프 중 하나인
토머스 하우크Thomas Hauck가 이곳을 인수해 메뉴를 바꾼 뒤로 이 역
사적인 식당은 새로이 활력을 찾고 있다. 밀워키에서 자란 하우크
셰프는 이 식당에 좋은 추억이 있었고, 그런 곳이 퇴물로 전락하는
모습을 두고 볼 수 없었던 거다. 그는 가죽 반바지 유니폼을 없애고
옛 것과 새 것 사이에 다리를 놓는 메뉴들을 개발했다.

식당의 모습은 인상적이지만 꼭 박물관이나 유적지를 보는 것 같
다. 어두운 오크 목재는 묵직해 보이고 볼링 레인처럼 반짝반짝 윤
이 난다. 벽난로 위에 그려진 빛바랜 쓸쓸한 풍경 벽화가 단단한
목재 모서리에 부드러운 느낌을 더한다. E.T.A. 호프만Ernst Theodor
Amadeus Hoffmann 동화에 나오는 한 장면처럼 홀 한가운데 설치된, 복
잡한 조각이 새겨진 괘종시계가 눈길을 끈다. 아내는 이곳을 무척
좋아한다. 아내의 취향은 단순하고 소박한 것에서부터 교회처럼 성
스러운 분위기까지 매우 광범위하다. 아마 그녀가 생각하는 최고의
인테리어는 잘 짜인 관과 비슷한 모습일 것이다.

앞쪽 테이블 서너 개에서 어느 80대 노인의 생일 파티가 열리고
있지만 다른 손님은 아무도 없다. 웨이터들은 체크무늬 셔츠를 우
아하게 차려입었다. 원숙한 안내인은 마치 사감 선생님처럼 식당을
돌아다닌다. 주인은 아니지만 이곳에서 오래 일했단다. 정확히 얼

마나 오래되었는지는 알려주지 않지만 이곳에서 많은 것을 보았다고, 이제 젊은 사람은 많이 오지 않는다고 한다. 젊은이들은 유행만 따라가죠. 그녀는 질렸다는 듯이 말한다. 그렇다. 젊은이들은 전통적인 독일 요리에 등을 돌렸다.

이 식당의 메뉴는 전통적이라고 할 수는 없다. 적어도 내가 주문한 요리들은 그렇다. 하우크 셰프는 전통적인 요리와 새로운 요리 사이에 다리를 놓는 놀라운 시도를 하고 있다. 우리는 따뜻한 프레첼부터 시작한다. 뻔하게 들리겠지만 지금껏 먹어본 프레첼 가운데 최고다. 깃털처럼 얇은 껍질을 살짝 건드리자 잘 부푼 이스트 반죽이 드러나고 구운 건초와 스카치 캔디 같은 냄새가 풍긴다. 우리 딸의 머리만 한 크기다. 표면엔 기버터와 불투명한 하얀 소금 덩어리가 발라져 있다. 손끝에 소금과 버터가 잔뜩 묻어서 손을 깨물어 먹고 싶을 정도다. 함께 나온 소스는 톡 쏘는 머스터드가 아니라 절인 갈색 겨자씨가 박힌 사워크림 혼합물이다. 어딘지 이단처럼 느껴진다. 의외의 맛이지만 맛있다.

다음으로 나온 자우어크라우트는 지금껏 먹어본 것과 사뭇 다르다. 완전히 발효되지 않아서 아삭하고 신선하며 가볍고, 점점이 박힌 캐러웨이 씨가 보인다. 돼지고기 슈니첼과 완벽하게 어울린다. 자우어크라우트에서 은은하게 퍼지는 주니퍼 베리와 꽃의 향기가 돼지고기 맛을 절묘하게 돋운다. 전통적인 자우어크라우트를 산뜻하게 재해석했다고 할까. 나는 얼른 한 접시를 더 주문한다.

드디어 내가 찾던 독일 음식을 만났다. 세련됐지만 존중이 담겨 있으며 터무니없게 과하지 않은 혁신을 꾀한 요리. 허브향이 나는 라드와 돼지 껍데기를 올린 한입 크기 호밀빵은 독일의 맛을 자랑스럽게 외치는 동시에 우아하고 아름다운 느낌이다. 지금 이 순간 나는 너무도 설렌다. 이 세상 누구도 본 적 없는 음식을 새로이 발견한 기분이랄까! 하우크 셰프의 메뉴판에는 베이컨과 란트에거를 넣은 자우어크라우트 튀김도 있다. 콜라비와 겨자무 샐러드는 톡 쏘면서도 조화롭고 위트 넘치는 맛이 난다. 생굴과 블러드 메리 칵테일에만 갇혀 있던 겨자무가 드디어 해방되었다. 수선화 향이 나는 산뜻한 리즐링 와인 한 잔까지 곁들이자 정말이지 완벽한 식사가 탄생됐다. 나는 여전히 휑한 식당을 둘러본다. 밀워키 사람들은 이런 보물을 두고 어디서 식사를 하고 있을까?

이 식당의 특제 요리는 크니스테른 슈바이네플라이슈 샤프트 Knistern Schweinefleisch Schaft 즉, 저온에서 장시간 익혀 껍데기와 함께 내는 커다란 돼지 정강이 요리다. 양이 어찌나 많은지 꽤 먹었는데도 좀처럼 줄지 않는다. 이 요리는 모든 단골손님이 찾는 것이라 메뉴에서 뺄 수 없었다고 한다. 다섯 명이서도 충분히 먹을 수 있을 것 같다. 내 입에는 오늘 저녁 먹은 음식 가운데 가장 별로였다.

우리가 이렇게 훌륭한 식사를 즐기고 3주 후, 토머스 하우크 셰프가 메뉴를 뜯어고친 지 1년도 안 되어 110년 넘는 역사를 자랑하는 카를 라치는 완전히 문을 닫았다. 나는 하우크 셰프에게 연락해서 어떻게 된 사정인지 물어본다. "사람들은 변화가 마음에 들지 않았나 봅니다." 그는 딱히 얘기하고 싶은 기분이 아닌 것 같다. 그럴 만도 하다. 어떤 식당이든 폐업하는 것은 슬픈 일이지만 이 식당의 폐업은 특히 더 비극으로 와닿는다. 어떻게 하면 카를 라치의 폐업을 막을 수 있었을지 고민해본다. 그런 요리는 좀 더 현대적인 지역에서 시도했어야 하나? 음식만큼 실내장식도 혁신적으로 바꿨어야 했을까? 공격적인 홍보가 필요했을까? 유명 인사를 동원해야 했을까?

가죽 반바지 유니폼을 고수했어야 했나?

나는 독일 음식을 전파하려면 홍보 대사가 필요하다는 얘기를 여러 번 들었다. 내가 좋아하는 독일 식당의 입구에는 이런 문구가 적혀 있다. "아이들을 방치하면 팔아버립니다." 농담이지만 아닐 수도 있다. 독일인들은 여러 훌륭한 자질을 지닌 것으로 알려져 있지만 그중 따뜻함과 유연함은 상위권에 들지 않는다. 게다가 위와 같은 농담은 미국 대중에게 잘 통하지 않는다. 사람들은 프랑스 음식을 미국에 대중화한 줄리아 차일드 같은 사람이 있어야 한다고, 그런 사람이 나서서 독일 음식에 대한 냉랭한 반응을 바꾸고 대중화해야 한다고 말한다. 하우크는 똑똑하고 영리한 셰프다. 다정하고 겸손하며 온화한 사람이다. 방송에 나오는 유명인을 중심으로 돌아가는 세계에서 하우크 같은 셰프가 이런 상황을 돌파하고 독일 음식의 새로운 시대를 열 수 있을까?

정말 한 문화의 음식은 그것을 홍보하는 유명인의 목소리가 닿아야만 전파되는 것일까? 줄리아 차일드처럼 영향력 있는 홍보 대사가 없었다면 미국에서 프랑스 음식이 얼마나 사랑받을 수 있었을지 궁금하다. 그러나 한편으로 나는 르 베르나르댕Le Bernardin 같은 고급 레스토랑의 완벽한 요리에서부터 르 주Le Zoo나 라카주L'Acajou, 카페 누아르Café Noir 같은 편안한 동네 식당의 음식에 이르기까지 전통적인 요리를 미국인들이 이해하고 사랑할 수 있도록 바꿔놓은 한 세대의 프랑스 요리 셰프 모두에게 공을 돌려야 한다는 것도 알고 있다. 하우크 셰프 역시 전통적인 독일 음식의 정의에서 멀리 가지 않고도 새로운 변형을 추구할 수 있음을 입증했다.

"독일 사람들은 허세가 없어." 아내는 내게 이렇게 설명한다. 나는 좀 허세가 있다는 듯이. 아내의 말에는 언제나 숨은 뜻이 있다.

"우리 민족은 성실하고 정직하거든. 허세를 떠는 건 저속하다고 여기지." 나는 어깨를 으쓱하고는 스마트폰으로 내가 나오는 유튜브 영상을 본다.

밀워키 외곽에 있는 케겔 인Kegel's Inn의 외벽에는 한 손에는 지팡이를, 다른 한 손에는 고풍스러운 맥주잔을 들고 있는 성난 천사를 묘사한 벽화가 그려져 있다. 사순절에 속한 금요일 오후라 내부는 식당이라고 생각할 수 없을 만큼 시끄럽다. 이곳 사람들은 금요일마다 여기로 생선튀김을 먹으러 온다. 모두가 아는 사이처럼 보인다. 어디선가 아코디언 연주 소리가 들리지만 연주자는 보이지 않는다. 1924년부터 운영된 이 식당은 미국에 있는 전형적인 독일 맥주 홀과 다르지 않다. 어두운 목재와 목가적인 사냥 장면을 묘사한 페터 그리스Peter Gries의 묵직한 벽화들, 스테인드글라스 등이 어우러져 교회에 와 있는 것 같기도 하다. 물론, 교회라면 이렇게 시끄럽지 않겠지만. 음식은 그럭저럭 괜찮지만 감탄할 정도는 아니다. 단순하게 빵가루를 입혀 튀긴 민물 농어에 코울슬로와 타르타르 소스, 웨지 모양으로 썬 신선한 레몬이 곁들여 나온다. 사이드는 사과 소스를 곁들인 감자 팬케이크다. 이곳의 특별한 점은 분위기가 좋다는 것이다. 여러 세대에 걸쳐 형성된 친숙함과 편안함이 느껴진다.

독일어 '게뮈틀리히카이트Gemütlichkeit'는 정감과 명랑한 분위기, 따뜻함, 환대의 느낌을 뜻한다. 이 맥주 홀의 분위기를 묘사하기에 꼭 맞는 말이다. 그것은 일종의 공동체 의식이다. 영어에는 같은 뜻의 단어가 없다. 독일인들만 느끼는 감정이라고 하지만 생각해보면 누구나 공감할 수 있는 감정이다. 낯선 사람이 가득한 곳에서 술을 마시면서 그 안에 있는 모든 사람과 연대하는 듯한 묘한 느낌이 든다면 그것이 바로 게뮈틀리히카이트다.

이곳의 서비스는 빠르고 협조적이다. 음식 맛도 괜찮고 벽을 과하게 꾸미지도 않았다. 특별히 잘해주려고 나서는 사람도 없는데 떠나고 싶지 않다. 여느 식당에서는 좀처럼 누릴 수 없는 이 느낌을 좀 더 만끽하고 싶다. 바로 이 '게뮈틀리히카이트'에 모두가 기여하고 있다는 느낌이다. 우리는 식당의 일방적인 환대를 바라는 수동적인 관찰자가 아니라 참여자가 되고 있다. 식당에 활력을 불어넣는 주체는 바로 우리다. 그러니 설사 기분 나쁜 경험을 하더라도 식당을 탓할 수가 없다. 즐기느냐 마느냐는 나 자신에게 달려 있다. 묘하게 가슴이 후련해지며 해방감이 든다.

언젠가는 미국에서 독일 음식이 재기하는 날이 올 것이다. 잘 만든 슈니첼과 자우어브라텐과 슈패츨Spaetzle[1]을 어렵지 않게 만나는 영광스러운 날이 오리라 믿는다. 이를 선도하는 사람이 유명 인사일 필요는 없다. 심지어 독일인이 아니어도 좋다. 단, 게뮈틀리히카이트를 추구하는 사람이길 바란다. 그런 곳이 생긴다면 먼 길도 마다하지 않고 달려갈 것이다.

이유 3: 독일 음식은 양차 대전이 야기한 부정적인 인상에서 벗어나지 못했다.

나는 밀워키 카운티 역사 학회 건물을 둘러보고 있다. 이곳의 위층에는 책이 보관되어 있다. 이 서가를 관리하는 사람은 스티브다. 찾아오는 사람은 많지 않다고 한다. 독일 음식에 관해 물어보자 그는 나와 함께 앉아 얘기를 나눈다. 그는 온화하고 학구적인 중년의 신사로, 특색 없는 푸른 셔츠를 입고 가슴 주머니에 똑같은 펜 두 자루

---

1 주로 고기 요리에 소스와 함께 제공되는 중유럽의 달걀 파스타.

를 꽂았다. 그의 어깨 너머로 수세대의 독일 이주민들이 거칠고 차
가운 땅을 개척해서 일군 번영의 도시, 밀워키 시내가 보인다. 스티
브는 오래된 책 몇 권을 꺼내와 나와 함께 훑어보며 한 세기 전 독일
이주민의 생활상을 묘사한 단락을 찾아본다. 그가 가져온 책은 대
부분 수백 년 만에 처음 사람 손이 닿은 화석마냥 뻣뻣하다.

나는 카를 라치의 안내인이 해준 얘기를 떠올려본다. 그 식당의
메뉴는 제1차 세계대전 당시 반독일 감정을 고려해 바뀌었다고 했
다. 독일 식당이 아니라 오스트리아 식당처럼 위장하려 한 것이다.
헝가리 음식인 굴라시가 메뉴에 올랐고 자우어크라우트는 "자유의
양배추"로 이름을 바꿨다. 나중에는 치킨 파르메산이 메뉴에 올라
가기도 했다. 스티브에게 얘기하자 그도 비슷한 이야기를 들었다고
한다.

"당시 이민자들은 독일인의 신분을 딱히 숨길 필요는 없었지만
과시하지도 않았습니다. 독일인으로 살기가 녹록지 않은 시절이었
죠."

제1차 세계대전 당시 미국이 공식적으로 중립적인 입장을 취한
1914년에는 밀워키에 사는 많은 독일인이 고국의 전쟁 희생자들을
위해 집회를 열었다. 1916년 3월 밀워키에서 일주일 동안 열린 자선
바자회에는 고국민의 전쟁 구호를 돕기 위해 15만 명이 넘는 사람
이 모였다. 그러나 1917년 미국이 전쟁에 뛰어들면서 반독일 감정
이 불거지고 독일인 반역자를 색출하는 마녀사냥이 시작되었다. 음
악당에서는 더 이상 바흐와 베토벤의 음악이 연주되지 않았다. 독
일 클럽은 위스콘신 클럽으로 바뀌었다. 당시 독일 문화의 중심지
로서 미국의 게르만 아테네로 알려진 밀워키에서 독일과 관련한 모
든 것을 지우는 운동이 일어났다. 많은 사람이 이 히스테리를 피해

서부의 시골로 도피했다. 그 결과 밀워키에서 번영하던 독일 문화는 숨통이 끊어졌다.

뒤이어 히틀러가 부상하고 제2차 세계대전이 일어나자 독일과 관련된 모든 것에 대해 미국인의 태도는 훨씬 부정적인 쪽으로 굳어졌다. 그러나 그 무렵에는 독일 이민자 가운데 대다수가 이미 미국에 동화되어 엄연한 미국인이 되어 있었다. 그 뒤 몇 세대에 걸쳐 너무 "독일적인" 것은 무조건 지양하는 경향이 우세해졌다.

밀워키에서 술을 마시기에 가장 멋진 곳 중 하나는 1970년 영화 세트장 같은 공간에서 획기적인 칵테일을 마실 수 있는 복고풍 바 브라이언트 칵테일 라운지Bryant's Cocktail Lounge다. 맨해튼에 이런 술집이 있었다면 무례하고 돈 많은 사람들이 가득했을 테지만 오늘 나는 그저 술을 한잔하러 온 평범한 사람들에게 둘러싸여 있다. 밀워키에서 가장 맛있는 식당이 어디인지를 놓고 현지인 몇몇과 대화를 나누기 시작한다. 그들은 베트남 식당과 타파스 바, 바톨로타 식당들[1]을 추천한다. 아무도 독일 식당을 언급하지 않자 내가 이유를 물어본다.

"이제 그런 건 아무도 먹지 않죠." 알딸딸하게 취한 20대 후반의 여자가 내 왼쪽 귀에 대고 소리친다. "독일 식당은 노인네들이나 그쪽 같은 관광객만 간다니까요."

나는 그녀에게 모두가 동의할 만한, 위스콘신을 정의하는 음식 하나를 얘기해보라고 한다. 그녀는 조금도 망설이지 않고 브라트부

---

1 미국 셰프 겸 레스토랑 운영자로 유명한 폴 바톨로타Paul Bartolotta가 형제와 함께 밀워키에서 운영하는 몇몇 식당을 말한다.

르스트를 댄다.

"그건 독일 음식 아니에요?"

그녀는 어깨를 으쓱하고는 탄산이 섞인 칵테일을 마저 마신다.

시간이 꽤 늦었다. 아내는 딸과 함께 예스러운 호텔 방에서 자고 있다. 더 늦으면 아침에 아내가 화를 낼 것 같아서 위스키 칵테일을 반이나 남긴 채 바를 나선다. 그 앞에 BMW 한 대가 주차되어 있다. 우리 미국인은 독일 차를 몰거나 독일 칼을 쓰거나 독일 영화를 보는 것은 전혀 불편해 하지 않는다. 그러면서도 독일 음식은 꺼린다니. 역사에서 잃어버린 어떤 순간이 있었던 걸까? 충분히 발전할 수 있었던 이 음식 문화에 훼방을 놓은 사건이 있었던 건 아닐까? 음식을 고르는 데에는 자동차나 칼을 살 때보다 감정이 훨씬 많이 개입된다. 그러나 역사도 감정이다. 그것은 기억이며 기억은 논리적으로 설명할 수 있는 것이 아니다. 기억은 살아 있고 두려움과 분노, 증오를 유발하지만 화해와 기쁨의 수단이 되기도 한다. 미국이 또다시 분노와 증오의 사이클에 휩쓸려가는 지금, 과거의 교훈으로 편견을 막기는 어렵다는 점이 속상할 뿐이다. 미국의 삶에는 언제나 옛 이주민과 새로운 이주민 사이의 긴장이 있었다. 포용을 믿는 것은 순진한 생각일지 모르지만 그래도 음식에 관한 편견을 극복하면 포용력을 넓힐 수도 있지 않을까?

이유 4: 우리는 이미 최고의 독일 음식을 도용해 미국 음식이라 부르고 있다.

다음 날 우리는 레투알L'Etoile의 수석 셰프인 토리 밀러Tory Miller를 만나기 위해 매디슨으로 향한다. 토리는 한국에서 태어났지만 어릴 때 독일계 미국인 부모에게 입양되어 위스콘신 주 러신에서 자랐다. 그가 최근에 한식을 바탕으로 하는 식당을 열었다는 소식을 접하고 어떤 메뉴가 있는지 궁금해졌다. 식당은 사람들로 북적거린다. 밥 위에 나물을 얹은 비빔밥과 라면 그릇이 주방에서 빠르게 나오고 있다. 나는 바 자리에 앉아 떡볶이와 국수, 만두를 먹는다. 이틀 내내 독일 음식만 먹다가 매콤한 한국 요리를 먹으니 속이 풀리는 것 같다. 토리가 내 옆에 앉아 나와 얘기를 나눈다.

그는 모호크족처럼 머리를 짧게 깎고 세련된 안경을 썼으며 왼팔 전체에 문신을 했다. "사람들은 제가 아시아인처럼 보이니까 이 모든 음식을 자연스럽게 만든다고 생각해요. 하지만 이건 제가 어릴 때부터 먹은 음식이 아니에요." 그는 빠르고 열성적으로 말을 이어간다. 나와 대화하면서도 주방에 있는 요리사들을 지켜보고 있다. "아시아 사람들은 항상 여기 와서 평가를 하죠. 이런 음식은 정통이 아니라고 하는데, 저는 정통 아시아 음식을 하려는 게 아니거든요. 한국 음식을 제 방식대로 변형했을 뿐이죠."

나는 그에게 어릴 때 어떤 음식을 먹었냐고 물어본다. 전통 독일 음식이었을까?

"브라트부르스트와 자우어크라우트 같은 것을 먹었지만 딱히 독일 음식이라고 부르지 않았어요. 그냥 음식이었죠."

우리는 핫도그를 먹거나 맥주를 마시거나 혼합 곡물 빵을 자르면서 그런 음식이 독일에서 왔다는 점을 의식하지 않는다. 미국에서 독일인은 초창기 이주민에 속한다. 그들이 음식 문화에 기여한 것들은 이제 너무도 깊이 흡수되어 우리 대부분은 그것을 미국 음식이라고 여기기에 이르렀다. 그것이 동화의 궁극적인 목적일까? 그저 사라지는 것? 독일 음식이 우리의 음식 문화에 깊이 침투했다는 것은 그저 동화에 성공했다는 뜻일까? 그 과정에서 자국의 문화적, 역사적 정체성을 새기는 데 실패했다는 뜻은 아닐까? 그렇다면 비빔밥도 지금으로부터 100년쯤 뒤에는 미국인들이 기원을 모른 채 미국 음식처럼 먹게 되는 건 아닐까? 이미 타코와 피자 같은 음식도 그렇게 되지 않았는가? 새로운 이민자가 대거 몰려올 때마다 우리가 사랑하는 음식을 다시 그 뿌리와 연결해 새롭게 바꿀 수도 있지 않을까?

나는 토리에게 독일 음식이나 한국 음식이 매디슨 같은 곳에 들어와 어떻게 변화하는지 물어본다. 토리는 사람들이 관건이라고 한다. 사람들은 이제 좀 더 다각적인 맛을 원하고 있다.

내가 먹고 있는 음식은 한국의 맛이 나긴 하지만 어릴 때 할머니가 해준 음식과는 완전히 다르다. 하지만 이것도 좋다. 한국 음식에 한 가지 방식만 있는 건 아니니까. 토리는 한국 음식에 독특한 정체성을 부여했다. 그의 떡볶이에는 위스콘신 체다 치즈가 들어가 있으며 볶음밥에는 미국식 훈제 양지머리가 들어가 있다. 이 음식은 나를 미소 짓게 한다. 할머니가 보셨다면 역정을 냈을 테지만 음식의 진화를 억압할 수는 없다. 여러 가지를 종합해볼 때 독일 음식은 미국 음식에 흡수되었거나 미국에서 유기적으로 진화할 기회를 갖기도 전에 억압되었다. 그러나 나는 이 이야기가 아직 끝나지 않았다고 생각한다. 미국의 독일 음식은 아직 끝나지 않았다. 잠시 휴면기에 들었을 뿐이다.

이유 5: 새로워진 음식 문화를 미국으로 가져오는 새로운 이민자가 없다.
이민자들은 음식과 전통을 가져온다. 이곳 미국에서 그들은 끝없이 진화하는 음식의 이야기를 만들고 또 만든다. 그러나 독일은 캄보디아나 시리아와는 다르다. 독일은 더 이상 위기에 빠진 나라가 아니다. 이제 미국으로 독일 이민자들이 대거 몰려오는 일은 없다. 이

독일식 머스터드

곳으로 오는 독일인들은 소위 교육받은 사람들이다. 그들은 수익성 좋은 직업을 택할 가능성이 높다. 소박한 식당을 차리기 위해 오는 것이 아니라.

그렇다면 미국으로 유입되는 음식 문화를 결정하는 것은 가장 가난한 이민자들이라는 뜻이 아닌가? 식당은 이민자들이 가장 손쉽게 시작할 수 있는 장사 중 하나다. 공식 학위나 제도적인 교육이 필요치 않기 때문이다. 하지만 그것이 미국으로 들어오는 음식에 관해서는 무엇을 의미하는가? 세계 각지의 비극이 우리에게는 세계 각지의 음식을 배울 기회가 된다는 뜻인가?

지금껏 내가 만난 이민자 중 많은 사람은 전쟁이나 기근, 박해를 피해 미국으로 왔다. 안전한 삶과 일자리, 새 출발의 기회를 얻은 그들은 우리에게 갖가지 새로운 음식 문화를 접할 기회를 주며 보답했다. 덕분에 우리는 나이지리아 음식과 위구르 음식, 버마 음식을 비롯해 수없이 다양한 음식 문화를 접하게 되었다. 나로서는 그 점이 좋지만 그들의 삶은 비극으로 점철되었다. 우리가 앞으로도 계속해서 세계 각지의 음식을 탐험하려면 세계 각지에서 비극이 계속되어야 한단 말인가? 과연 그것이 지속 가능한 방식일까? 우리 해안으로 피신해야 하는 절망적인 상황이 벌어지지 않고도 먼 나라의 음식을 기리고 배울 방법은 없을까? 독일 음식이나 다른 나라의 음식을 진정으로 진화시킬 다른 방도가 있다면 또다시 전쟁 희생자들이 미국에 지식을 가져오기를 기다리지 말고 당장 그 길을 택해야 한다.

여행의 마지막 밤, 다이앤과 나는 위스콘신 주 소크 시티 바로 외곽에 있는 서퍼 클럽 도르프 하우스$^{\text{Dorf Haus}}$를 찾아간다. 1852년 독일 이민자들이 외딴 소도시들로 에워싸인 이곳의 드넓은 농지 한복판에 종교 공동체를 세웠다. 이 클럽은 그 공동체의 이름을 땄다. 메뉴는 버거와 스테이크, 해산물로 나뉘어 있고 각 부분에 독일 특제 요리 몇 가지가 포함돼 있다. 도르프 하우스는 주말에 금관 악기 라이브 공연을 여는 것으로 유명하다. 오후 5시 30분인데 실내가 꽉 찼다. 여직원은 한 시간쯤 기다려야 빈 테이블이 생길 거라고 한다. 바 앞에서 부산스럽게 빙글빙글 도는 딸아이를 보니 그렇게 오래는 기다릴 수 없을 듯하다. 나는 슈니첼과 자우어브라텐, 팬케이크, 자우어크라우트를 포장해달라고 한다. 아내는 바에서 한 커플과 얘기를 나누고 있다. 그들이 나를 힐끗 본다.

여직원이 내게 작은 스티로폼 용기를 건네며 샐러드바에서 원하는 것을 담으라고 한다. 나는 샐러드바를 넘겨다본 뒤 고맙지만 괜찮다고 정중하게 말한다.

"하지만 식사를 주문하면 무료로 드리는 거예요." 그녀가 천천히 설명한다.

"알지만 괜찮습니다."

"그렇다고 값을 깎아드릴 수는 없어요."

"그걸 원한 건 아니에요. 괜찮습니다."

"그냥 받으세요. 나중에라도 드실 수 있잖아요."

"정말 괜찮아요."

그녀는 답답해 하는 얼굴로 나를 본다. 이해할 수 없는 모양이다. 주문한 음식이 비닐봉지에 담겨나오자 우리는 그것을 갖고 차로 간다. 내가 안에서 있었던 일을 설명하자 아내는 당연한 반응이라고 한다. 독일인들은 빚지기를 싫어한다는 것이다. 게다가 독일인들은 공짜를 거절하지 않는다.

"그런 법이 어디 있어." 내가 말한다. 다이앤은 음식이 담긴 봉지를 들여다보더니 아이스버그 상추와 양배추, 얇게 썬 당근이 든 작은 스티로폼 용기를 꺼낸다.

그 직원은 어쨌든 내게 샐러드를 준 것이다. "독일인들은 고집도 세거든!" 아내가 킬킬거린다. 우리도 늘 그런 이유로 싸운다. 우리는 둘 다 황소고집이다.

황량한 농지의 지평선으로 해가 넘어가고 있다. 우리 딸은 차에서 곤히 잠이 들었다. 내가 읽은 글에 따르면 이곳 주민들은 어렵게 살고 있고 많은 청년이 더 나은 삶을 위해 대도시로 떠나고 있다. 그들은 선량한 사람들, 세상의 소금 같은 존재라고 한다. 그들은 전쟁과 박해를 피해 이곳에 와서 땅을 경작했다. 정성스레 돌보고 양분을 주었다. 한 세기 넘게 지난 지금, 그들은 더 나은 삶을 원한다. 누군들 그러지 않겠는가? 그들은 정직하다. 지나치리만큼. 아까 그 직원은 식사 값에 미미하게 포함된 샐러드조차도 주지 않고는 견디지 못했다.

나는 잠든 딸아이를 본다. 젖소들이 달을 뛰어넘는 꿈을 꾸고 있을 것이다. 한국 아이 같지만 독일인의 피가 절반 섞였다. 그 애는 아내와 나의 결합체다. 미국과 다르지 않다. 그 애가 한국 음식에 대해 아는 만큼 독일 음식에 대해서도 알게 되었으면 좋겠다.

아내는 운전하는 내게 슈니첼을 먹여준다. 좀 싱거워서 독일 머스터드를 뿌려달라고 부탁한다. 치약 같은 튜브에 담겨 있는 톡 쏘는 독일 머스터드는 무엇과도 견줄 수 없다. 그녀가 머스터드를 뿌려주자 나는 한 입 먹는다. 머스터드의 톡 쏘는 맛에 코가 뻥 뚫린다.

"슈니첼에는 이 머스터드를 뿌리면 안 돼." 다이앤이 질책한다. 하지만 그녀도 맛있긴 하다는 걸 인정한다. 나는 그렇게 규칙을 어기는 건 독일인답지 않은 행동이라고 면박한다.

"그래서 우리가 잘 맞는 거야." 그녀가 내게로 몸을 기울이며 말한다.

아이를 키우는 것은 힘든 일이다. 최근 다이앤과 나는 싸움이 잦아졌다. 이렇다 할 이유도 없이 싸운다. 삶이라는 게 그렇다. 그녀는 이런 여행을 좀 더 자주 하자고 한다.

"그러자. 같이 요리도 더 많이 하고." 내가 말한다. 집에 있는 시간을 늘리겠다는 뜻이다. 밖이 어두워지고 있다. 우리는 손을 잡고 텅 빈 도로를 달려 호텔로 돌아온다.

하젠페퍼

Hasenpfeffer

하젠페퍼는 산토끼와 주니퍼 베리로 만드는 유명한 독일 음식이다. 고기를 오랜 시간 시큼하게 절여 풍미를 높이는 동시에 육질을 연하게 만드는 독일식 기법을 잘 보여준다. 만드는 법은 간단하지만 시간이 오래 걸리니 미리 계획해야 한다. 토끼 고기는 이틀 동안 재워놓아야 하지만 시간이 빠듯하다면 24시간도 괜찮을 것이다. '하제hase'는 사육한 토끼가 아니라 산토끼를 말한다. 토끼를 사냥해서 조달해줄 친구가 있다면 훨씬 맛있는 하젠페퍼를 만들 수 있다. 여건이 안 된다면 사육한 토끼도 괜찮다.

메인 2~3인분 분량

마리네이드

앞다리와 뒷다리를 자르고 몸통을 반으로 잘라 총 6조각을 낸 토끼 1마리(약 1.1kg, 정육점에 이렇게 주문하면 된다.)

마늘 2쪽

주니퍼 베리 1큰술

올스파이스 베리 2작은술

백리향 작은 1단

월계수 잎 3장

레드 와인 2컵 + 여분(가급적 피노 누아 사용)

애플 사이다 비니거 1과 1/2컵

진 1/4컵

물 1컵

소금 1과 1/2큰술

검은 통후추 1큰술

찜

다진 베이컨 1/4컵

굵게 썬 양파 2컵

반으로 자른 양송이버섯 1과 1/2컵

껍질을 벗기고 잘게 썬 순무 1컵

잘게 썬 양배추 1컵

닭 육수 1~2컵

함께 낼 쌀국수 또는 에그누들 적당량

잘게 썬 신선한 딜 1큰술

사워크림 1/2컵

소금과 금방 간 검은 후추 적당량

마리네이드를 만든다. 큰 편수 냄비에 레드 와인과 비니거, 물, 진, 소금, 주니퍼 베리, 통후추, 월계수 잎, 올스파이스 베리, 마늘, 백리향을 넣고 한소끔 끓인 뒤 3분간 더 끓인다. 고기가 완전히 담기는 큰 비반응성 용기로 옮겨 냉장고에 넣고 완전히 식힌다.

마리네이드에 토끼 고기를 넣는다. 이때 고기가 완전히 잠겨야 한다. 마리네이드가 부족하다면 레드 와인을 더 넣는다. 냉장고에서 48시간(시간이 없다면 하룻밤) 재우면서 중간에 몇 번 뒤집어준다.

조리할 때가 되면 마리네이드한 토끼 고기를 건져 키친타월로 물기를 톡톡 두드려 제거한다. 마리네이드 국물은 체에 걸러 보관하고 건더기는 버린다.

이제 찜을 만들자. 중간 크기 양수 냄비에 베이컨을 넣고 중간 불에 올려 기름이 나오고 겉면이 살짝 바삭해질 때까지 약 5분간 익힌다. 뜰채로 베이컨을 건져 접시에 옮겨 담는다.

기름이 남아 있는 냄비에 양파와 버섯, 순무를 넣고 익기 시작할 때까지 약 3분간 익힌다. 양배추를 넣고 1분 더 익힌다. 마리네이드한 토끼 고기를 넣고 건져놓은 베이컨도 다시 넣은 뒤 고기가 살짝 노릇해질 때까지 3~5분간 익힌다.

보관해둔 마리네이드 국물과 닭 육수 1컵을 붓는다. 이때 토끼 고기와 채소가 국물에 완전히 잠겨야 한다. 국물이 부족하면 닭 육수를 조절해가며 최대 1컵 정도 더 넣는다. 약한 불로 줄이고 뚜껑을 덮어 가끔 확인하면서 고기가 뼈에서 떨어질 때까지 약 1시간 정도 끓인다.

토끼 고기와 채소를 건져내 서빙용 접시로 옮겨 담고 국물이 식지 않도록 뚜껑을 느슨하게 덮어놓는다. 센 불로 올리고 국물이 반으로 졸아 살짝 걸쭉해질 때까지 끓인다.

볼에 걸쭉해진 국물 2컵을 옮겨 담는다. 사워크림을 넣고 잘 섞은 뒤 소금과 후추로 간한다.

토끼 고기와 채소 위에 이 소스를 붓는다. 딜로 장식하고 쌀국수나 에그누들과 함께 낸다.

머스터드 크림소스 스쿼시 크라우트를 곁들인
로스트 버터넛 스쿼시 슈니첼

ROAST BUTTERNUT SQUASH SCHNITZEL WITH
SQUASH KRAUT IN A MUSTARD CREAM SAUCE

슈니첼은 아주 단순한 요리다. 망치로 두드려 얇게 만든 고기에 빵가루를 묻혀 튀기면 끝이다. 주로 돼지고기나 닭고기로 만들며 텍사스에서 즐겨 먹는 치킨 프라이드 스테이크[1]처럼 소고기를 튀겨 만들기도 한다. 여기서는 색다르게 채소로 만든다. 버터넛 스쿼시는 내게 고기만큼 귀한 재료다. 이 슈니첼에는 버터넛 스쿼시로 만든 크라우트도 곁들인다. 크라우트를 만드는 데는 5일이 걸린다. 그래도 슈니첼의 맛을 아름답게 끌어 올려주니 미리 계획해서 준비해보자.

메인 4인분 분량	
버터넛 스쿼시 1개	**머스터드 크림소스**
버터넛 스쿼시 크라우트 (레시피는 뒤에)	잘게 썬 샬롯 2큰술
달걀(대) 2개	그레이터에 간 신선한 겨자무 1/2작은술
무염 버터 2큰술	
볶을 때 쓸 식물성 오일 적당량	차가운 무염 버터 1/2작은술
우유 2큰술	매운 독일 머스터드 1큰술
물 2큰술	닭 육수 1/4컵
중력분 1컵	생크림 1/4컵
빵가루 1컵	화이트 와인 1/4컵
소금과 금방 간 검은 후추	소금 약간
	금방 간 검은 후추 약간

오븐을 160도로 예열한다.

---

1 소고기에 빵가루를 묻혀 튀기는 남부식 커틀릿. 닭고기를 튀길 때 쓰는 기법을 사용해서 이런 이름이 붙었다.

버터넛 스쿼시의 목을 자르고 꼭지는 잘라버린다. 둥근 부분은 버터넛 스카시 크라우트(레시피 뒤에)에 쓸 수 있도록 보관한다.

버터넛 스쿼시의 목 부분을 사각형 알루미늄 포일 위에 놓는다. 버터를 넣고 소금을 1/2작은술 뿌린다. 포일로 단단히 감싸 약 45분간 굽는다. 눌렀을 때 연한 느낌이 들되 모양이 무너지지 않고 유지되어야 한다. 오븐에서 꺼내 포일을 풀고 한 김 식힌다.

버터넛 스쿼시를 약 2cm 두께의 원형으로 자르고 껍질은 벗긴다. 손바닥으로 하나씩 눌러 납작하게 만든다. 다시 원형으로 모양을 잡아서 접시에 놓고 15분간 냉장고에 넣어둔다.

그사이 머스터드 크림소스를 만든다. 작은 편수 냄비에 와인을 넣고 끓인다. 샬롯과 소금을 넣고 불을 줄여 액체가 거의 증발할 때까지 약 4분간 뭉근히 끓인다. 닭 육수와 생크림을 넣고 약 1/2컵으로 줄어들 때까지 5분쯤 뭉근히 끓인다. 머스터드와 겨자무, 후추를 넣고 맛이 잘 배도록 2분 더 뭉근히 끓인다. 버터를 넣고 잘 저으며 녹인 뒤 잠시 놓아둔다.

얕은 볼에 밀가루를 붓는다. 다른 얕은 볼에는 달걀을 깨뜨려 넣고 우유와 물을 넣어 잘 섞는다. 또 다른 얕은 볼에는 빵가루를 붓는다.

냉장고에 넣어둔 스쿼시를 꺼낸다. 하나씩 밀가루를 묻히고 달걀물에 담갔다가 여분을 한번 털어낸 뒤 빵가루를 입혀 접시에 놓는다. 필요하다면 평평하고 둥글게 다시 모양 잡는다.

큰 팬에 식물성 오일 3큰술을 두르고 중간 불에서 뜨겁게 달군다. 빵가루 묻힌 버터넛 스쿼시를 몇 개씩 올려 한 번씩 뒤집어가며 한쪽에 약 2분씩 양쪽 모두 노릇하게 굽는다. 키친타월로 기름기를 빼고 소금과 후추로 간한다.

서빙용 접시에 버터넛 스쿼시 슈니첼을 놓는다. 버터넛 스쿼시 크라우트를 곁들이고 위에 머스터드 크림소스를 뿌린다.

버터넛 스쿼시 크라우트^{BUTTERNUT SQUASH KRAUT} | 2컵 분량

버터넛 스쿼시로 크라우트를 만들면 산뜻하고 풋풋하며 고소하고 아삭한 크라우트를 즐길 수 있다.

버터넛 스쿼시 둥근 부분 1개(361쪽 버터넛 스쿼시 슈니첼에서 떼어놓은 부분)	바다 소금 1큰술
얇게 저민 양파 1/4컵	캐러웨이 씨 1작은술
그레이터에 간 마늘 1쪽	올스파이스 가루 1/8 작은술

버터넛 스쿼시를 세로로 반 잘라서 씨와 막을 제거한다. 껍질을 벗기고 박스 그레이터를 사용해 가늘게 채 친다.

중간 크기의 볼에 양파와 바다 소금, 캐러웨이 씨, 마늘, 올스파이스를 넣고 버터넛 스쿼시를 넣어 약 8분간 양손으로 주무르고 치대며 잘 섞는다.

버터넛 스쿼시와 즙을 적당한 크기의 유리병에 담는다. 이때 크라우트가 즙에 완전히 잠기지 않으면 물을 반 컵 넣는다. 입구를 면포로 여러 겹 덮은 뒤 고무 밴드로 고정한다. 실온에 48시간 둔다.

크라우트 병을 냉장고로 옮겨 3일 더 재운다. 그 후 최대 한 달 동안 냉장고에 넣어두고 먹을 수 있다. 면포를 벗기고 딱 맞는 뚜껑을 덮는다.

CHAPTER 15

THE PALACE OF
PASTRAMI

파스트라미 궁전

미국 최고의 유대인 델리커테슨이 뉴욕 로어이스트사이드의 카츠 델리나 샹들 리에가 달린 로스앤젤레스 랜거스 델리커테슨Langer's Delicatessen-Restaurant이 아니라 이 둘 사이 인디애나폴리스에 있다면 믿어지는가? 이름은 샤피로 델리 커테슨Shapiro's Delicatessen, 100년 넘게 유대교 율법에 따라 만든 코셔 절임 고기 의 전통을 고수해온 파스트라미 궁전 같은 곳이다. 나도 이곳의 얘기를 처음 들 었을 때 믿어지지 않았다. 인디애나 주는 유대인 문화의 중심지로 선뜻 떠오르 는 곳이 아니다. 그리고 '최고'는 어떻게 정의한단 말인가? 나 역시 샤피로의 마 초 볼[1] 수프를 로스앤젤레스의 캔터스 델리Canter's Deli나 뉴욕의 바니 그린그래 스Barney Greengrass의 마초 볼 수프와 나란히 놓고 평가해보지 않았다. 솔직히 말 하면 나는 러스 앤드 도터스보다 청어를 잘 다루는 가게는 본 적이 없다. 그리고 진저맨 델리커테슨Zingerman's Delicatessen의 크레플라크kreplach[2]는 아무도 따라 올 자가 없다. 그러나 촌구석이라 불리는 인디애나 주 한가운데, 문화적 다양성 의 낙원에서 탄생한 뒤 관광 산업의 무분별한 발전과 젠트리피케이션에도 흔들 리지 않고 수십 년 동안 음식 문화의 변덕에도 바래지 않은 채, 4대 넘게 집안의

---

1 발효하지 않고 만드는 유대인의 빵 '마초'를 으깨어 달걀과 닭고기 등을 넣고 만든 경단.
2 치즈나 다진 고기를 넣은 작은 만두로 끓인 동유럽 수프.

전통을 고수하는 코셔 델리커테슨이 있다. 그곳이 바로 샤피로다.

––––––––––––––––– • –––––––––––––––––

샤피로 델리커테슨은 두 구역으로 나뉘어 있다. 한쪽은 포장육을 판매하는 곳이고 한쪽은 300명을 수용할 수 있는 카페테리아 스타일의 널찍한 델리커테슨이다. 늘 길게 줄을 서기 때문에 점심 손님이 몰리기 전인 오전 11시 30분쯤 가는 것이 가장 좋다. 이곳의 식사 경험은 뷔페 앞쪽에서 플라스틱 쟁반과 식기를 집어 드는 것으로 시작된다. 가장 먼저 냉장 진열장에 있는 디저트와 샐러드를 골라야 한다. 처음 오는 사람은 혼란스럽겠지만 몇 번만 와보면 아주 영리한 전략임을 알게 된다. 어떤 식당에서든 디저트를 먼저 골라야한다면 주문하는 과정이 훨씬 재미있어지지 않겠는가? 애피타이저를 고르기도 전에 후식으로 딸기 치즈케이크를 먹을지 바나나 푸딩을 먹을지 고민해야 한다. 이곳의 디저트는 모두 깨지지 않는 플라스틱 접시에 놓여 있고 하나씩 비닐 랩으로 싸여 있다. 포장 코너 안에 우리 할머니가 있는 게 아닐까 싶을 정도다.

줄을 따라가다보면 샌드위치 메뉴판이 보인다. 오늘날 델리커테슨 세계의 특이한 유행 중 하나는 샌드위치에 유명인의 이름을 붙이는 것이다. "우디 앨런" 샌드위치 속에 무엇이 들어 있는지 어떻게 알겠는가? 그리고 콘드 비프를 얹은 호밀빵과 뽀얀 코울슬로를 먹으면서 굳이 우디 앨런을 생각해야 할까? 그에 반해 샤피로의 메뉴판은 실용적이다. 단순하고 명료한 이름이 붙어 있다. 콘드 비프 샌드위치는 그냥 콘드 비프 샌드위치다. 메뉴는 여느 델리커테슨과 비슷하지만 샌드위치에 들어가는 파스트라미가 눈앞에서 썰릴 때의 냄새를 맡아보면 특별한 곳에 와 있음을 깨닫는다.

샌드위치 고기가 썰리기를 기다리는 동안 스팀 테이블에서 사이드 메뉴를 고를 수 있다. 독일식 감자샐러드부터 사워크림 누들과 라트케latkes(감자 팬케이크)까지 온갖 음식이 기다리고 있다. 경험으로 배운 교훈은 디저트를 두 가지 골라야 한다는 것이다. 줄이 길 때는 내 샌드위치가 완성되기를 기다리는 동안 시나몬 루겔라흐라도 먹고 있어야 하니까. 줄 끝에 이르면 음료수 기계에서 음료수를 받은 다음 계산대에서 값을 치른다. 빠르고 저렴하고 쉽다.

브라이언 샤피로Brian Shapiro는 샤피로 가문에서 4대째 이 식당을 운영하고 있다. 포장육 판매 구역 안쪽에 그의 사무실이 있고 그곳에는 매장 상황이 보이는 큰 창문이 갖춰져 있다. 그의 아내 샐리는 매장 웹사이트와 미디어 홍보를 전담한다. 지점이 몇 군데 있지만 이 남쪽 카페테리아 본점이 주력 매장이다. 어느 날 오후 나는 카운터 뒤에서 샐리가 커다란 카메라로 흰 도마에 올린 콘드 비프 샌드위치를 찍고 있는 모습을 보았다. 카메라는 체구가 작은 그녀의 몸통만 하다. 샌드위치는 그저 샤피로의 수수한 접시 위에 자랑스럽게 우뚝 놓여 있다. 접시 아래 손으로 뜬 리넨 냅킨을 무심하게 놓은 듯 깔지도 않았고 방금 누가 점심을 먹으려다가 로제 와인 한 잔을 따르러 간 듯 빈티지 포크를 접시 가장자리에 올려놓지도 않았다.

나는 집중하고 있는 샐리를 방해한다. "샤피로의 역사에 대해 다시 말씀해주실 수 있을까요?" 내가 묻는다. 매장의 메뉴판과 웹사이트에도 나와 있지만 샐리에게 직접 듣고 싶다. 그녀는 내가 이미 알고 있는 중요한 사건들을 쾌활하게 설명하면서 중간중간 팸플릿에서 볼 수 없는 작은 일화를 끼워 넣는다.

샤피로 코셔 스타일 델리커테슨은 1905년에 문을 열었다. 창립자인 루이스와 레베카 샤피로는 오데사 출신으로, 당시 러시아 전역을 휩쓴 유대인 집단 학살을 피해 도망쳐 왔다. 루이스는 이곳에 와서 고철 사업을 시작했다. 철강 처리 방식의 혁신으로 고철 재활용이 활성화되면서 당시 많은 유대인이 이 일에 뛰어들었다. 고철 사업은 초기 자본이 많이 들지 않았다. 수레 한 대와 장시간 일하고자 하는 의지만 있으면 누구나 시작할 수 있었다.

그러나 루이스는 그 일을 좋아하지 않았다. 오데사에 살 때 시장에서 음식과 꽃을 팔았던 그는 손수레에 생필품을 놓고 팔기 시작했다. 처음에는 커피와 차를 팔다가 밀가루와 설탕도 추가했다. 나중에는 고기와 농산물로 품목을 늘렸다. 루이스와 레베카는 그 당시 소유한 머리디언 가 808번지의 작은 아파트에 판매하는 물건을 모두 보관했다. 그러던 어느 날 마룻바닥이 물건의 무게를 견디지 못하고 움푹 패였다. 그래서 그들은 아래층 가게를 매입해 식료품점 겸 빵집을 운영하기로 했다. 장사는 꽤 잘 되었다. 대공황 시기에도 식료품점은 꾸준히 이윤을 냈다. 이윽고 금주법이 폐지되자 루이스 샤피로는 맥주를 한 병당 10센트에 팔기 시작했다. 손님들이 와서 맥주를 두세 병 마시면서 먹을 것이 없냐고 묻곤 했다. "빵도 팔고 고기도 파는데 샌드위치라도 만들어주면 안 돼요?" 손님들의 불평에 루이스는 샌드위치를 만들기 시작했던 거다. 레베카는 주로 수프나 감자샐러드 같은 음식을 만들어 팔았다. 얼마 후 그들은 탁자와 의자 몇 개를 들여놓았다. 주로 주택가였던 주변 지역은 공업 지대로 바뀌고 있었다. 식료품 사업은 쇠퇴하는 반면 식당 사업이 번성했으므로 샤피로 부부는 카페테리아를 키우는 데 주력했다.

1940년 루이스는 노령과 허리 통증으로 은퇴했다. 그는 세 아들에이브와 이지, 맥스에게 가게를 맡겼다. 그중 맥스는 20년 동안 샤피로의 성장에 중요한 역할을 했다. 이지는 공식적인 사장을 맡고 에이브는 주로 주방에서 조리 과정을 감독한 반면, 맥스는 매장을 담당했다. 그는 여든 살이 넘어서까지 일했고 오래된 손님 중에는 오늘날까지 그를 기억하는 사람이 많다. "여기 있으면 1분도 안 돼서 맥스가 와서 물잔을 채워주거나 음식이 괜찮냐고 물어보곤 했어요." 한 손님은 그를 이렇게 회상한다.

맥스는 공식적으로 은퇴하기 전에 친척인 모트 샤피로와 모트의 아들 브라이언을 설득해 가게 운영에 합류하게 했다. 1984년의 일이다. 가게를 믿음직한 손에 맡긴 그는 그해 10월에 눈을 감았다. 1999년 모트 샤피로마저 세상을 떠나고 지금은 아들 브라이언이 단독 소유주이자 샤피로 가문에서 4대째로 가게를 운영하고 있다.

"여기 있는 사진들 보이죠?" 브라이언은 벽에 걸린 오래된 사진들을 가리키며 묻는다. "그냥 전시용이 아니에요. 이 사진들 속에 제 DNA가 있지요. 맥스 종조부를 아직도 기억한답니다. 저는 그분이 열심히 일하시는 모습을 직접 목격한 마지막 세대예요."

브라이언은 머리 전체가 희끗희끗하고 곱슬거린다. 60대인 그의 얼굴에는 큰 식당을 수십 년 운영한 사람의 피로가 비친다. 내가 점심을 먹으면서 인터뷰를 하고 싶다고 하자 그는 순순히 내 앞에 앉더니 어느 신문사에서 나왔냐고 묻는다. 책을 쓰고 있다고 하자 못마땅한 얼굴을 한다. 그는 수의사와 통화하고 있다. 키우는 개가 아파서 먹일 약에 대해 걱정하고 있다. 잠시 수의사를 기다리는 동안 그는 내 쟁반을 내려다본다.

"그걸 다 먹을 거예요?" 그가 믿을 수 없다는 듯이 속삭인다.

나는 샤피로에 오면 푸짐하게 먹고 싶다. 마초 볼 수프, 루벤 샌드위치[1], 다진 간 샌드위치, 훈제 혀 샌드위치, 양배추 롤, 데블드 에그, 삶은 채소, 바나나 푸딩이 쟁반 두 개에 펼쳐져 있다.

브라이언이 전화 통화를 마무리하는 동안 나는 모든 음식을 조금씩 먹어본다. 다진 간 샌드위치는 칙칙하고 부루퉁해 보이지만 시원하면서도 너무 차지 않은 완벽한 온도다. 점점이 박힌 지방은 매끈하며 간은 신선하고 고급스러운 맛이 난다. 이 샌드위치는 이를 쓰지 않고도 먹을 수 있을 것 같다. 말 그대로 입안에서 사르르 녹아 없어진다. 훈제 혀는 정반대다. 식감이 도드라지고 짭짤하며 속삭임처럼 은은한 연기 향이 배어 있다. 얇게 저며 5cm 두께로 쌓은 기름진 혀의 질감이 심히 관능적이다. 양배추 롤은 달콤하고 어린아이의 눈물처럼 촉촉하다. 파스트라미는 지금껏 먹어본 가운데 최고다. 이렇게 말하면 평생 항의 메일을 받을지도 모르겠지만 이 정도면 카츠Katz's보다도 낫지 않나?

브라이언에게 이토록 훌륭한 맛을 내는 비결을 물어본다.

"우리는 모든 것을 직접 만들거든요. 옛날 방식 그대로 재료를 일일이 손으로 자르지요. 날마다 닭 육수를 아주 많이 만들어서 여기저기에 넣습니다. 슈말츠도 많이 쓰고요." 슈말츠는 음식을 튀길 때 쓰거나 빵에 바를 용도로 정제한 닭기름이다.

그가 일어나더니 벽에 걸린 사진 액자 하나를 매만진다. 모트의 사진이다.

"이전 세대는 고국에서 손맛을 그대로 가져왔어요. 모든 것을 손으로 직접 만들었지요. 고된 일도 마다하지 않았고요. 저는 그분들을 생각하면 어떤 의무감을 느낀답니다."

---

1 콘드 비프와 스위스 치즈, 자우어크라우트를 넣은 그릴 샌드위치.

"어떻게 이렇게 오래 갈 수 있는 걸까요?" 내가 묻는다.

"혹시 셰프인가요? 직접 식당을 운영합니까?" 그가 내게 묻는다.

"네." 내가 대답한다.

"요즘 셰프들은 예술가에 가까운데 그것도 나쁘지 않지요. 하지만 그런 식당은 전통과 연결되기보다는 하나의 개인과 연결되는 겁니다. 이제 100년 넘게 운영되는 식당은 없을 겁니다. 셰프들은 유행에 따라 메뉴를 바꾸니까요. 우리는 그러지 않습니다."

"그럼 여기엔 셰프가 없습니까?"

"우린 셰프라고 부르지 않아요. 집안 대대로 내려온 레시피로 모두가 함께 만들지요. 여기에는 한 개인이 아니라 한 집단의 문화가 반영되어 있습니다. 개인의 표현이 우선시되는 음식을 만드는 식당은 그 예술가의 변덕이나 대중의 관심이 운영 기간을 결정합니다. 이곳은……" 그는 실내를 가리키며 덧붙인다. "이런 곳은 언제까지고 지속될 수 있지요." 브라이언은 디저트 진열장의 깜빡거리는 조명을 고치려고 일어선다.

나는 앞서 말한 카츠의 파스트라미와 콘드 비프, 세컨드 애비뉴 델리Second Avenue Deli의 피에로기pierogi[1], 요나 시멜 크니시 베이커리Yonah Schimmel's Knish Bakery의 감자 크니시knish[2]를 먹으며 자랐다. 내가 유대인 음식을 먹고 있다는 것은 잘 알고 있었다. 자주 가던 이 오래된 가게들이 메뉴판에 다윗의 별을 자랑스럽게 내보였기 때문일 것이다. 어쩌면 그런 곳에서 일하는 사람들이 음식에 뉴욕 유대인 특유

---

1 이스트를 넣지 않은 반죽으로 소를 감싸 물에 삶는 동유럽식 만두.
2 반죽 속에 소를 넣어 굽거나 튀기는 아슈케나지 유대인의 전통 간식.

의 억양을 살짝 뿌리고 가벼운 책망과 심적 부담도 곁들여 내주었기 때문인지도 모른다. "이 연어 파스트라미를 만드는 데 시간이 얼마나 오래 걸리는 줄 알아요?" 언젠가 러스 앤드 도터스에서 급하게 점심을 주문했을 때 이런 꾸지람을 들은 기억이 난다.

오늘날 파스트라미 샌드위치와 루벤 샌드위치, 베이글 등은 미국 어디서나 볼 수 있다. 이제 그런 것은 유대인의 전유물이 아니다. 오랜 전통의 일부로 인정받는 동시에 문화적 정체성을 딱히 생각하지 않고 일상적으로 먹는 음식의 범주에 들어갔다. 유대인 음식이면서 비유대인 음식이 된 셈이다.

"이런 음식을 유대인 음식이 아니라 미국 샌드위치로 판매하는 가게도 수없이 많은데, 화나진 않으세요?" 내가 브라이언에게 묻는다.

"아뇨. 그저 현실이 그런 거지요. 그리고 유대인 음식이라는 게 정확히 뭡니까? 우리는 코셔 음식이라고 부르긴 합니다만. 우리가 파는 음식은 동유럽에서 왔고 게르만 음식에 뿌리를 두고 있지요. 양배추 롤은 헝가리 음식입니다. 이스라엘 음식은 곡물이 많이 들어가는데 그것은 세파르디 유대인[1] 음식에서 기원했고요. 그것도 유대인 음식이지만 완전히 다르지요."

"이런 음식이 더 이상 정통 유대 음식으로 여겨지지 않으면 장사도 타격을 받지 않을까요?"

"아비스Arby's[2]가 루벤 샌드위치 광고를 시작할 때마다 우리 매출이 올라간답니다. 기름까지 그대로 붙은 진짜 소 양지머리를 쓰는 데가 요즘 어디 있습니까? 우리 거가 더 맛있다니까요. 내가 살아

---

1   이베리아 반도, 즉 스페인과 포르투갈의 디아스포라 유대인.
2   미국의 햄버거 및 샌드위치 패스트푸드 프랜차이즈.

있는 한 지금 방식을 고수할 겁니다."

브라이언은 가야 할 곳이 있다며 악수를 청한다. 나는 마지막으로 하나만 더 묻겠다며 그를 붙잡는다.

"이곳 음식에 대해 유대인의 소유권을 보존할 생각은 없으신가요? 완전히 빼앗기기 전에 말입니다."

"이미 빼앗겼어요. 코셔냐 아니냐 따지는 사람은 엄격한 유대인들뿐입니다. 나머지는 그저 맛있는 샌드위치를 먹으러 오는 거지요. 하지만 오래전부터 그랬어요. 존재하지도 않는 향수를 찾고 있는 겁니다. 사우스사이드는 유대인뿐 아니라 다른 많은 민족의 고향이었지요. 그런 사람들도 대대로 이곳에 오고 있고요."

나는 나오면서 파스트라미 900g을 포장해달라고 한다. 냉장고에 넣어도 오래가지 않을 것이다. 차마 브라이언에게는 말하지 못했지만 파스트라미에 김치와 그레이비를 곁들여 푸틴poutine[1]을 만들어 먹을 생각이다.

나는 옛 사우스사이드 지역을 차로 천천히 돌아본다. 이제 이곳은 베이브 데니라고 불린다. 샤피로는 흑인과 이탈리아인, 유대인 이민자들이 많이 살던 사우스사이드의 대들보 같은 곳이다. 한때 이 지역은 소상공인들이 상생하며 번영하던 동네였다. 오늘날까지 기억에서 지워지지 않은 그 지역사회는 안타깝게도 이제 존재하지 않는다. 지금은 공장 몇 개와 빈터, 무너져가는 단독 주택들만 남았다. 주간 고속도로 북쪽의 집들은 대부분 비어 있다. 소유주들은 다른 곳에 살고 있고 부동산 개발자를 찾아 집을 내놓은 상태다. 이 지역

---

1 치즈 커드와 감자튀김에 그레이비를 뿌려 먹는 요리.

은 곧 인디애나폴리스의 다음 개발지가 되어 콘도와 소매점, 푸드 코트 등이 어우러진 익숙한 풍경을 갖출 거라는 얘기가 돌고 있다. 무너져가는 집들 위로 우뚝 솟은 루카스 오일 스타디움에는 가을이면 일요일마다 인디애나폴리스 콜츠팀의 경기를 보러 사람들이 모여든다.

여러 세대에 걸쳐 이 지역은 공장 일자리를 찾아 떠돌던 애팔래치아 지역 사람들과 남부에서 도망친 흑인들, 유럽에서 건너온 유대인과 이탈리아인, 아일랜드인, 그리스인 들이 섞여 있는 곳이었다. 인디애나폴리스는 과밀한 뉴욕에 신물이 난 이민자들에게 적당한 위치와 다양한 기회를 제공했다. 흑인 대이동 시기[1]에 200만 명이 넘는 흑인이 짐 크로법[2]이 시행되는 남부를 떠나 산업화된 북부로 이주했다. 1927년 미시시피 대홍수와 목화 병충해가 겹친 시기에 북부 도시들은 새 출발에 대한 약속과 희망을 주었다. 그중 하나인 인디애나폴리스는 시카고로 넘어가는 기착지였다. 많은 사람이 이곳에 눌러앉았다. 미국에서 인종차별의 긴장이 끓어오르던 시기에 사우스사이드는 상대적으로 평화를 누렸다. 유대인과 흑인 모두가 이 시기를 협력과 상호 존중의 황금기로 기억한다.

어느 작은 집 앞을 지나가다가 현관 앞에 성조기를 달고 있는 흑인 노인을 발견한다. 열린 현관문으로 휑한 거실이 보인다. 덮개들은 낡았고 벽에는 사진 액자 몇 개가 걸려 있다. 고관절이 노쇠한 탓인지 노인은 한쪽으로 몸을 기울이고 기이한 자세로 성조기를 올린

---

1   대략 1910년부터 1970년까지 약 600만 명의 흑인이 서부와 북부의 공업 도시로 이주한 현상을 말한다.
2   1876년부터 1965년까지 흑인과 백인의 분리 및 차별을 유지할 목적으로 미국 남부에서 시행된 법.

다. 나는 차를 세우고 말을 건다. 그의 이름은 페리 모리스다.

"예전에는 좋은 동네였지요." 그가 자랑스러운 듯이 말한다. "집집마다 과일나무와 뽕나무가 있었어요. 저기 빈터엔 내 친구나 친척의 집들이 있었지요. 전부 여기 살았답니다. 거리에서는 아이들이 뛰어놀았고, 유대인, 이탈리아인, 흑인, 모두 함께 어울려서 살기에 좋은 곳이었지요."

"어떻게 그렇게 사이좋게 지냈을까요?"

"우린 서로의 자식에게 일자리를 주기도 하고 서로의 물건을 사기도 했으니까. 못되게 굴 필요가 없었어요. 한 집이 잘 살면 다 같이 잘 살았지."

"그런데 어쩌다 이렇게 됐습니까?"

"고속도로가 생기면서 모든 게 변했어요. 저기 저 언덕은 내가 어릴 때 뒹굴며 놀던 곳이에요." 그가 가리키는 곳에는 고가로 이어지는 경사면이 보이고 고가 위 I-70 주간고속도로에서는 차들이 쌩쌩 달리고 있다. 1970년대 초반에 이 도로가 생기면서 번성하던 동네가 갑자기 두 동강 났다. 도로가 지나가는 부지에 집을 갖고 있던 사람들은 토지 수용권에 따라 돈을 받고 집을 내주었다. 많은 사람이 그 돈을 갖고 북쪽으로 이주했다. 세입자들은 쫓겨났다. 아이들도 다니던 학교를 갑자기 옮겨야 했다. 주민들은 다니던 교회도 갈 수 없었다. 길이 넓어지면서 서로의 집에 걸어서 가는 일도 어려워졌다. 이제 이 동네는 I-70 주간고속도로로 이어지는 일련의 진입차선에 불과하다. 고속도로 밑에는 도보로 건널 수 있는 길이 몇 안 되고 그마저도 위에서 쌩쌩 달리는 차들 때문에 심하게 흔들리는 컴컴한 콘크리트 길을 통해야 한다. 토사와 빗물이 흘러내려 흙과 함께 거리를 뒤덮었다. 경사면의 비포장 구간은 잡초와 엉겅퀴, 인동이 웃자라 있다.

한때 이곳에 낙원 같은 사회가 있었다는 흔적은 거의 찾아볼 수 없다. 이곳 풍경의 중심은 고속도로다. 아무도 없는 조그만 놀이터와 오래된 침례교 교회가 낡은 공장 두세 채와 덩그러니 있을 뿐. 그리고 머리디언 가와 매카티 가가 만나는 모퉁이에 샤피로가 우뚝 서 있다. 그곳은 지금도 날마다 북적거린다. 나는 샤피로에 갈 때마다 새로운 사람을 만나고 그런 사람은 제각기 사우스사이드 이야기를 들려준다.

최근에 갔을 때는 레오라는 나이 지긋한 유대인과 함께 점심을 먹었다. 과거에 온 나라가 인종 간의 깊은 불화로 골머리를 앓을 때 이 동네는 화합하며 평화롭게 지낼 수 있었던 비결을 그에게 물었다.

"모두가 조그만 장사를 하고 있었거든요. 예를 들어 '파소'라는 가게에 백인이 들어가서 흑인과 나란히 앉아 청량음료를 마셔도 아무 일도 일어나지 않았어요. 곳곳에 과일 가게와 구두수선 가게, 시계 수리점, 모자 가게, 꽃 가판이 있었지요. 모두가 서로 사고파는 사이였어요. 생존하려면 서로가 필요했지요."

"그런 사회를 다시 만들 수는 없을까요?"

"이제는 많은 게 달라졌지요. 그때는 사람들이 돈을 어떻게 버는지 훤히 보였답니다. 다들 나란히 살고 일하고 했으니까. 요즘은 시내를 걷다보면 사람들이 죄다 사무실에 앉아서 컴퓨터를 두드리고 있어요. 대체 하루 종일 뭘 그렇게 두드리는 겁니까? 난 이해가 안 된다니까요."

현대 경제를 이해하지 못하는 그의 구식 사고 방식에 웃음이 나면서도 한편으로는 그와 똑같이 서글퍼진다. 10년 뒤 이 동네에는 화려한 호텔과 고층 콘도들이 들어차 있을 것이다. 그래도 아직은 옛 동네의 환영이 남아 있다. 아직은 옛 사우스사이드의 이야기를 들려줄 사람을 만날 수 있으니까. 나는 샤피로의 유리문을 드나드는 최후의 한 사람까지 모두 만나보리라 다짐한다.

샤피로가 살아남은 것은 단순히 음식 맛 때문이 아니라 그곳이 과거 우리의 모습과 아직 남아 있는 가능성을 상기시키기 때문이다. 이런 곳이 있는 한 우리는 옆자리에 앉은 사람과 이야기를 나눌 수 있다. 유대인이 아니라도 이 음식을 즐길 수 있고 인디애나폴리스 출신이 아니라도 사우스사이드의 의미를 이해할 수 있다. 어느 날 갑자기 사라진 고대 문명처럼 인디애나폴리스의 사우스사이드는 겸손하고 우아하게, 서로를 존중하며 함께 사는 방법을 가르쳐준다는 점에서 기억하고 연구해야 할 곳이다.

브라운스타운 자동차 경주장은 잭슨 카운티의 호수와 작은 농장들 사이에 들어앉은 400m 타원형 비포장 트랙이다. 여름이면 매주 토요일 밤마다 인디애나 주 각지의 사람들이 신형 차와 완전히 개조한 차, 기능을 최고로 높인 스톡카[1], 순정 스톡카, 허드슨 호닛 등이 경주하는 광경을 보러 몰려든다. 이 경주장은 60살이 넘었고 그만큼 오래돼 보인다. 목제 관람석은 가운데가 움푹 들어갔고 트랙과 관객 사이를 가르는 철망은 1톤짜리 경주차는 고사하고 굶주린 개 한 마리도 막지 못할 듯이 허술해 보인다.

세계에서 가장 유명한 자동차 경주인 인디애나폴리스 500을 한 주 앞두고 온 도시가 행사 준비에 여념이 없다. 나는 파스트라미 샌

---

1 일반 시판 승용차의 외관을 유지하고 경주용으로 내부 구조와 부품을 개선한 맞춤 제작 차.

드위치를 사서 브라운스타운에서 먹기 위해 샤피로에 왔다. 브라운스타운에서 먹을 데라고는 핫도그와 버거, 감자튀김, 치킨 핑거를 파는 매점뿐인데 전부 다 별로다. 티셔츠를 파는 트럭은 남부연합기와 개조 차를 표시하는 스티커로 뒤덮여 있다. 사람들은 맥주와 마운틴듀를 가득 담은 아이스박스를 들고 온다. 나는 샤피로 샌드위치를 들고 간다.

브라운스타운 자동차 경주장은 가족 단위로도 많이 찾는 곳이라 나도 몇 차례 딸을 데리고 경주를 보러 갔다. 차들이 곡선 코스를 지나 가속할 때면 귀가 먹먹해진다. 비포장 트랙 경주는 모두가 좋아하지는 않는다. 좋아하거나 싫어하거나 둘 중 하나다. 네 살배기 우리 딸은 좋아하는 쪽이다. 나는 소리를 줄여주려고 두 손으로 아이의 귀를 막곤 한다. 아이는 트랙을 오가는 알록달록한 차들을 따라 머리를 좌우로 돌린다. 그러다가 흑백 격자무늬 깃발이 펄럭거리면 허공에 주먹을 흔든다. 짜릿한 광경이다.

이곳에 오는 유색 인종은 거의 항상 나뿐이지만 그런 이유로 걸음을 돌린 적은 없다. 이곳에서 인종이 장애물이 된다는 느낌은 받지 못했다. 환영받지 못한다고 느낀 적도 없다. 평소 나는 낯선 상황에서도 편안해 하는 사람이다. 오히려 그런 상황에서 더 당당해진다. 이곳 브라운스타운에서도 아주 좋은 사람들을 만났고 그들은 내 피부색을 크게 상관하지 않고 나를 편안하게 대해주었다. 그러나 늘 궁금했다. 피부색이 어두운 사람이 이런 곳에 와서 어색함 없이 즐기려면 어떤 변화가 일어나야 할까?

샤피로에 줄을 서 있다가 레이싱 재킷을 입은 키 큰 흑인 남자를 발견한다. 그와 나는 똑같이 파스트라미 샌드위치를 주문한 뒤 함께 기다리면서 대화를 시작한다. 내가 저녁에 브라운스타운 경주장에 가보려 한다고 하자 그는 그곳을 알긴 하지만 잘 가지 않는다고 한다. 그는 이곳 인디애나폴리스의 주민이며 여가 시간에는 흑인 자동차 경주를 홍보하고 있다고 한다.

"자동차 경주는 백인 스포츠 아닌가요?" 나도 모르게 튀어나온 대담한 질문에 스스로도 놀란다.

그는 웃으면서 고개를 끄덕인다. 내 말을 인정하면서도 아무것도 모르는 얘기라고 생각하는 것 같다. "인가받은 경주는 그렇죠. 하지만 토요일 저녁에 사우스사이드에 가면 온갖 개조한 경주차와 오토바이로 경주하는 사람들을 볼 수 있어요."

그는 찰리 위긴스Charlie Wiggins라는 이름을 들어보았냐고 묻는다. 처음 듣는 이름이다.

"찰리 위긴스는 한때 인디애나폴리스 전체를 통틀어 최고의 정비공이었어요. 손이 워낙 빨라서 인디 500 출전자들은 그를 자기네 팀에 영입하고 싶어 했죠. 하지만 흑인이라는 이유로 허락을 받지 못했어요."

나는 위긴스에 대해 나중에 좀 더 찾아보기 위해 수첩에 빠르게 메모를 한다.

"골드 앤드 글로리 경주Gold and Glory Sweepstakes도 찰리 덕분에 시작되었죠. 미국 최초의 흑인 자동차 경주였답니다. 찰리는 거기서 세 번 우승했어요." 그는 내가 메모하는 것을 기다리려는 듯 천천히 말을 잇는다. "재키 로빈슨Jackie Robinson[1] 이전에 찰리 위긴스가 있었답니다. 그는 이곳 사우스사이드에서 가게를 운영하기도 했죠."

---

1   1919~1972, 흑인 최초로 메이저리그에 진출한 야구선수.

우리는 샌드위치를 받아 계산대로 향한다. 계산을 한 뒤 나는 그의 얘기를 들으며 자연스레 그의 테이블로 따라간다.

찰리 위긴스는 1897년 인디애나 주 에반스빌에서 광부의 아들로 태어났다. 그는 자동차 수리점 앞에 있는 구두닦이 노점에서 일했다. 어머니가 세상을 떠난 뒤 그는 자동차 수리점에 견습공으로 취직했다. 위긴스는 자동차 수리에 뛰어난 소질을 보여 곧 수석 정비사로 진급했다. 이로써 그는 에반스빌 최초의 흑인 정비사가 되었다. 그의 솜씨는 금세 소문이 났고 1922년 그는 아내 로버타와 함께 자동차 정비사들의 메카인 인디애나폴리스로 이주했다. 사우스사이드에 정비소를 연 위긴스는 곧 자동차 경주 마니아들에게 이 도시 최고의 정비사로 인정받게 되었다. 여가 시간에는 자동차 고철 처리장에서 부품들을 가져와 "위긴스 스페셜"이라는 자신의 차를 만들었다. 그는 이 차를 인디 500에 출전시키려 했지만 미국 자동차 협회는 그가 흑인이라는 이유로 허락하지 않았다. 이후 위긴스는 흑인 레이서들을 모아 직접 경주 모임을 시작했다. 이러한 노력이 당시 인디애나폴리스에 살던 부유한 흑인 사업가 윌리엄 러커^{William} ^{Rucker}의 관심을 끌었다. 러커는 인디애나 주 박람회장의 1600m 타원형 비포장 트랙에서 흑인 레이서들이 경주를 할 수 있도록 지원했다. 이로써 흑인을 위한 연례 1600m 경주인 골드 앤드 글로리 경주가 시작된 것이다.

　1925년 골드 앤드 글로리 경주에는 59대의 자동차가 출전해 20대가 예선에 통과했다. 찰리의 위긴스 스페셜도 그중 하나였다. 위긴스는 모터오일과 비행기 연료의 조합으로 구동되는 저연비 엔진을 만드는 법을 발견했는데, 그해 경주에서 이런 엔진을 장착한 차는 위긴스 스페셜이 유일했다. 위긴스는 차 옆면에 숫자 23을 페인트로 써넣었고 그 옆에는 고양이 펠릭스Felix the Cat[1] 이미지가 그려져 있었다. 곧 레이서들 사이에서 그의 차는 "검은 고양이"라는 별명을 얻었다.

히긴스의 차는 멋진 경주를 보여주었다. 다른 차들은 중간에 정차해 연료를 채워야 했지만 찰리의 엔진은 한 번도 멈추지 않고 끝까지 달렸다. 찰리는 두 바퀴 이상 차이를 두고 우승했다. 그날 밤 트리니티 홀에서 그를 위한 성대한 파티가 열렸다. 위긴스는 사우스사이드의 자랑이었다. 지역 곳곳에 그의 얼굴이 그려진 포스터가 걸렸다. 이후 10년 사이에 그는 같은 경주에서 두 번 더 우승했다. 그러다 1936년 13중 추돌 사고가 일어나 그는 한쪽 다리를 잃었다. 그 자신에게도 비극이었지만 골드 앤드 글로리 경주에는 재앙이 되었다. 이 경주는 그해를 마지막으로 다시 열리지 못했다.

찰리 위긴스는 나무로 의족을 만들어 끼우고 계속 차를 만들거나 수리했지만 자동차 경주에는 두 번 다시 나가지 못했다. 1991년 윌리 T. 립스Willy T. Ribbs가 흑인 최초로 인디 500에 공식 출전했지만 찰리 위긴스는 그보다 훨씬 오래전에 흑인 레이서 챔피언이 되었다. 찰리 위긴스는 1979년 인디애나 폴리스에서 82세의 나이로 세상을 떠났다.

"역사를 기념하기 위해 단발성으로 골드 앤드 글로리 경주가 열리거든요."내 점심 동행이 말한다. "여기 인디애나폴리스에서요."

그렇다면 가야지.

---

1 흑백 무성 영화 시절에 만들어진 만화 주인공으로, 의인화된 검은 고양이.

나는 차에 올라타 브라운스타운으로 질주한다. 무스카터턱강을 건너 뒷길로 질러간다. 다행히 예선 경기가 열리기 전에 레이서들을 만날 시간이 있어서 가장 재능 있는 젊은 레이서 중 하나인 저스틴 쇼Justin Shaw와 신나게 얘기를 나눈다. 그가 모는 2번 차는 400마력을 자랑하는 604 크레이트 엔진을 장착한 신형 쉐보레다. 400m 트랙에서 시속 130km까지 낼 수 있다. 이런 차는 비포장 트랙에서 최대 속도로 커브를 돌면 내내 트랙 밖으로 미끄러진다.

"이탈하는 것처럼 보이지만 사실은 통제하면서 직선 코스로 들어가고 있는 거예요." 저스틴이 내게 말한다.

저스틴은 평일에 일을 하고 주말에 경주를 한다. 이곳에 온 레이서 대부분이 마찬가지다. 저스틴은 비포장 트랙 경주차의 차대를 고안한 전설의 정비공이자 레이서 C. J. 레이번Carl Jerome Rayburn의 손자다. 덕분에 그는 인디애나 주 화이트랜드의 정비소에서 경주용 차에 에워싸여 어린 시절을 보냈다. 스톡카 경주의 스타 레이서인 토니 스튜어트Tony Stewart도 그의 집에 들락거렸다고 한다.

저스틴이 레이서가 되는 것은 자명한 일이었다. 그저 언제 될 것인가의 문제였을 뿐. 그는 열여섯 살에 자동차 경주를 시작했다. 그는 우승한 기록이 있고 높은 기대를 받고 있지만 침착한 태도를 잃지 않는다. 차분하고 조용하며 떠벌리지 않는 사람이다. 그는 경주용 차에 들어가는 공정과 장식을 내게 보여준다. 무척 아름답다. 그의 차는 검은색으로 도색하고 분홍색 테두리를 둘렀는데 둘 다 그의 딸이 무척 좋아하는 색이란다.

저스틴은 이제 그만 가야 한다고 정중하게 말한다. 곧 경주가 시작될 것이다. 나는 얼른 관람석으로 돌아가 켄터키 주에서 온 사내들 옆에 앉는다. 그중 보비는 자동차 경주 마니아로, 레이싱복을 입고 아이스박스에 맥주를 가득 담아왔다. 그가 내게 밀러 라이트 하나를 건넨다. 초록 불이 켜지자 차들이 요란하게 비포장 트랙을 달려 나간다. 보비는 바퀴들이 어떻게 회전하는지 보라고 한다. 그런 뒤 바깥 트랙의 차가 선두 차량을 따라잡으려 하는 광경을 가리킨다. 이런 차에는 룸미러가 없고 운전자가 고개를 많이 돌릴 수도 없으므로 바로 오른쪽 어깨 뒤에 있는 차만 보인다고 한다.

엔진들이 잔뜩 성난 소리를 내는 것 같다. 등줄기로 울림이 전해진다. 나는 등을 깊숙이 기대고 배낭의 지퍼를 연다. 예선 경기는 짧고 짜릿하다. 배낭에서 파스트라미 샌드위치를 꺼낸다. 닥터 브라운 블랙 체리 소다도 아직 시원하다. 나는 맥주 하나를 더 건네는 보비에게 내 파스트라미 샌드위치 절반을 나눠준다. 그는 이 물물 교환을 기꺼이 받아들인다.

"와, 이 샌드위치 맛있네요." 그가 엔진들의 포효 사이로 내게 소리친다.

"인디애나폴리스 샤피로에서 사왔어요." 내가 외친다.

"들어봤어요. 가보지는 못했지만."

"4대째 파스트라미를 만드는 곳이에요. 가족이 운영하는 곳이죠."

"가족은 정말 중요합니다."

우리는 이따금 음식과 자동차 얘기를 소리쳐 주고받으며 저녁을 보낸다. 경주는 날이 저문 뒤에야 끝난다. 모두가 빈 맥주 캔을 챙겨 주차장으로 향한다. 귀가 응응 울리고 뺨에는 미세한 먼지가 한 겹 덧씌워져 있다. 빛이 쏟아지는 곳마다 벌레들이 미친 듯이 날아다닌다. 떡갈잎풍뎅이들이 무늬를 그리며 느릿느릿 사람들 속을 휘젓는다. 베짱이들은 엔진 포효와의 경쟁이 끝나서 즐거운 듯 시끄럽게 노래한다. 저스틴은 본선에 올랐지만 결승에서 우승하지 못했다. 그는 우아하게 패했다. 당연히 그럴 수밖에. 이곳에서 그는 경주계의 왕족이니까.

"저스틴은 또 기회가 있을 겁니다." 보비가 떠나기 전에 내게 말한다. "레이서의 피를 타고났잖아요."

우설 파스트라미

BEEF TONGUE PASTRAMI

혀를 먹는다고 기겁하지 마시라. 혀는 오랜 역사에 걸쳐 많은 문화권에서
즐겨 사용한 고급 재료다. 오히려 요리하기도 쉽고 입에서 살살 녹는 황홀
한 부위다. 단, 냉동이 아닌 생 우설을 판매하는 좋은 정육점을 찾는 것이
관건이다. 또 다른 문제는 혀를 절이는데 꼬박 일주일이 걸린다는 것이다.
우설은 양이 꽤 많은 편이니 두 가지 레시피를 소개한다. 하나는 간단한 샌
드위치고 다른 하나는 코스의 첫 요리다. 또 얇게 저며 타코를 만들어도 좋
고(멕시코에서는 대중적인 요리다.) 깍둑썰기해서 볶아 먹어도 좋다. 소금에
절여 익힌 혀는 냉동하면 최대 한 달 동안 보관할 수 있다.

얇게 저민 우설 약 1.5kg 분량

통 우설 1개 (1.8~2.3kg)	**찜**
	잘게 썬 양파 1/2컵
절임	굵게 썬 당근 1개
마늘 5쪽	굵게 썬 셀러리 2줄기
주니퍼 베리 1작은술	마늘 2쪽
월계수 잎 2장	월계수 잎 2장
물 3.8L	닭 육수 8컵
코셔 소금 700g(2와 1/4컵)	화이트 와인 1컵
황설탕 350g(1과 1/2컵)	
검은 통후추 1과 1/2큰술	**바르는 양념(럽)**
레드 페퍼 플레이크 1큰술	고수 가루 2큰술
	금방 간 검은 후추 2큰술
	훈제한 매운 파프리카 가루 1큰술

먼저 절임을 만들자. 큰 양수 냄비에 소금과 황설탕, 통후추, 레드 페퍼 플레이
크, 마늘, 월계수 잎, 주니퍼 베리, 물을 넣는다. 소금과 설탕이 녹도록 잘 저으

며 한소끔 끓인다. 불을 끄고 한 김 식혀서 냄비째 냉장고에 넣고 차가워질 때까지 약 3시간 둔다.

우설이 들어가는 비반응성 용기에 소금물을 붓고 우설을 담가 절인다. 접시나 적당한 물건으로 우설이 완전히 잠기도록 눌러두고 냉장고에 5일간 넣어둔다. 이때 표면에 골마지가 끼지 않는지 매일 확인한다. 뒤집을 필요는 없다.

5일 후 찜을 만든다. 오븐을 150도로 예열한다.

절인 우설을 건져서 찬물에 헹궈 후추나 다른 양념을 제거한다. 절임 국물은 버린다. 우설을 구이용 팬에 올리고 닭 육수와 화이트 와인, 양파, 셀러리, 당근, 마늘, 월계수 잎을 넣는다. 알루미늄 포일을 덮고 육질이 연해져 포크로 쉽게 찢어질 때까지 오븐에서 약 3시간 익힌다. 팬째 꺼내어 실온에서 1시간 식힌다.

그사이 바르는 양념을 만든다. 작은 볼에 고수 가루와 후추, 훈제 파프리카 가루를 넣고 잘 섞는다.

우설은 내기 전에 껍질을 벗겨야 하는데 따뜻할 때 벗기는 것이 좋다. 우설을 국물에서 건져 도마로 옮긴다. 거친 겉껍질을 벗겨서 버린다. 이때 남은 지방이나 연골도 발라낸다. 국물에 도로 담그고 냉장고에 넣어 완전히 식힌다.

국물에서 우설을 건져 접시로 옮기고 남은 국물은 보관한다(진한 수프를 만들 때 육수로 쓰면 좋다). 키친타월로 두드려 물기를 제거한다. 우설 위에 바르는 양념을 골고루 발라서 완전히 덮이게 한다.

비닐 랩에 싸서 냉장고에 넣고 적어도 하루 이상 그대로 둔다. 하루가 지나면 먹을 수 있는 파스트라미가 된다. 랩을 벗겨 얇게 또는 두껍게 저며 낸다. 우설 파스트라미는 냉장고에서 최소 일주일 동안 보관할 수 있다.

에브리싱 스파이스 샐리 런
우설 샌드위치

BEEF TONGUE SANDWICH ON EVERYTHING-SPICE SALLY LUNN BREAD

샐리 런은 브리오슈와 비슷하고 만들기 쉬운 빵의 일종으로, 잉글랜드에서 기원했지만 식민지 시대에 미국 남부 전역에 전파되었다. 가볍고 푹신해서 샌드위치를 만들기에 좋다. 빵틀에 굽는 것이 전통이지만 나는 우설을 넣고 한입 크기로 썰어 맛있는 애피타이저로 활용할 수 있도록 바게트 모양으로 구웠다. 전국의 모든 유대인 델리커테슨에 경의를 표하기 위해 뉴욕 베이글의 고전 토핑인 "에브리싱 스파이스"[1]로 만들어보았다.

6인분 분량	
얇게 저민 우설 파스트라미(385쪽) 700g	활성 드라이이스트 3/4작은술
곱게 썬 쪽파 2큰술	설탕 2큰술
홀스래디시 소스 3큰술	코셔 소금 1큰술
마요네즈 1컵(가급적 듀크 제품 사용)	
	에브리싱 스파이스
	참깨 1과 1/2작은술
빵	양귀비 씨 1과 1/2작은술
달걀(대) 2개	회향 씨 1과 1/2작은술
녹여서 미지근하게 식힌 무염 버터 4큰술	양파 플레이크 3/4작은술
미온수(약 44도) 1/4컵	마늘 플레이크 3/4작은술
우유(전유) 1/2컵	코셔 소금 1/2작은술
중력분 3컵 + 작업대에 뿌릴 여유분	

먼저 반죽을 만들자. 작은 볼에 이스트와 미온수를 넣고 기포가 생길 때까지

---

1 마늘과 양파 플레이크, 양귀비 씨, 참깨, 소금 등의 향신료를 모두 얹어 구운 베이글을 "에브리싱 스파이스 베이글", 줄여서 "에브리싱 베이글"이라고 부른다.

10분간 둔다.

우유와 녹인 버터를 이스트 혼합물에 넣고 잘 저어 섞는다. 달걀을 깨트려 넣고 완전히 섞일 때까지 젓는다.

큰 볼에 밀가루를 체 쳐서 담고 설탕과 소금을 넣어 잘 섞는다. 이스트 혼합물을 넣고 질척한 반죽이 될 때까지 휘젓는다. 기름을 발라둔 깨끗한 볼 안쪽에 반죽을 옮겨 담고 비닐 랩을 씌운다. 따뜻한 곳에 두어 약 두 배 크기가 될 때까지 1시간 동안 부풀린다.

밀가루를 뿌린 작업대로 반죽을 옮긴다. 반죽을 반으로 잘라 밀가루를 뿌린 베이킹 팬에 올린다. 두 덩이를 제각기 가로 5cm, 세로 18cm의 바게트 모양으로 만들고 두 덩이 사이에 간격을 둔다. 다시 따뜻한 곳에서 반죽을 45분간 부풀린다. 크기가 거의 두 배가 될 것이다.

반죽이 부푸는 동안 에브리싱 스파이스를 만든다. 작은 볼에 참깨와 양귀비 씨, 회향 씨, 양파 플레이크, 마늘 플레이크, 소금을 넣고 잘 섞어 옆에 놓아둔다.

오븐 가운데 선반을 올리고 오븐을 160도로 예열한다.

부푼 반죽 윗면에 물을 조금 바르고 윗면 전체에 에브리싱 스파이스를 골고루 뿌린다.

겉면이 바삭해지고 연한 갈색이 될 때까지 약 15~18분간 굽는다. 온도를 190도로 올려 겉면이 금빛이 될 때까지 4~5분 더 굽는다. 꺼내서 약 15분간 식힌다.

작은 볼에 쪽파와 홀스래디시 소스, 마요네즈를 넣고 포크로 잘 섞는다.

따뜻한 빵을 썰어서 벌리고 양쪽 단면에 방금 만든 홀스래디시 마요네즈를 듬뿍 바른다. 가운데 우설을 넣고 샌드위치를 닫는다. 2.5cm 두께가 되도록 가로로 잘라서 바로 낸다.

사우전드 아일랜드 드레싱을 곁들인
우설 조니 케이크

BEEF TONGUE ON JOHNNYCAKES WITH THOUSAND ISLAND DRESSING

우아한 첫 코스가 될 이 요리는 387쪽 우설 샌드위치와 달리 우설을 너무 얇게 썰지 않는 것이 중요하다. 약 1.3cm 두께가 이상적이다. 두껍게 썬 우설은 뜨겁게 달군 팬에서 양쪽 겉면은 노릇하되 안쪽은 아주 부드러운 상태를 유지하도록 굽는다. 플랫브레드와 팬케이크의 중간쯤에 속하는 조니 케이크는 미국 남부에서 많이 먹는 옥수수빵의 일종이다. 톡 쏘는 사우전드 아일랜드 드레싱이 풍부한 육질의 고기와 잘 어우러진다. 남은 것은 감자샐러드와 치킨 샐러드에 넣어도 좋고 감자튀김에 색다른 소스로 곁들여도 좋다.

전채 6인분 분량

약 1.3cm 두께로 저민 우설
 파스트라미(385쪽) 340g
장식용 잘게 썬 신선한 파슬리 또는
 차이브 적당량

드레싱
그레이터에 간 양파 1큰술
잘게 썬 신선한 넓은 잎 파슬리 1큰술
다진 딜 오이 피클 1큰술 + 피클 국물
 1큰술
그레이터에 간 신선한 겨자무 1작은술
고추장 1큰술
마요네즈 1컵(가급적 듀크 제품 사용)
케첩 1큰술
우스터 소스 1작은술
신선한 레몬 즙 1큰술

설탕 1큰술
카이엔 페퍼 1/2작은술
소금과 금방 간 검은 후추 적당량

조니 케이크
달걀(대) 1개
녹여서 미지근하게 식힌 무염 버터
 2큰술
구울 때 사용할 식물성 오일 적당량
버터밀크 1과 1/4컵
옥수숫가루 1과 1/4컵
중력분 1/4컵
캐러웨이 가루 1과 1/2큰술
베이킹파우더 1/2작은술
베이킹소다 1/4 작은술
소금 1/2작은술

먼저 드레싱을 만들자. 중간 크기 볼에 마요네즈와 케첩, 고추장, 양파, 파슬리, 피클, 피클 국물, 레몬 즙, 설탕, 겨자무, 우스터 소스, 카이엔 페퍼, 소금과 후추 각각 한 꼬집을 넣고 섞는다. 잘 섞이도록 저은 뒤 뚜껑을 덮어 먹기 전까지 냉장 보관한다.

다음으로 조니 케이크를 만든다. 중간 크기 볼에 옥수숫가루와 밀가루, 캐러웨이 가루, 베이킹파우더, 베이킹소다, 소금을 넣고 포크로 잘 섞는다.

다른 중간 크기 볼에 버터밀크와 녹인 버터, 달걀을 깨트려 넣고 부드러워질 때까지 잘 섞는다. 위의 가루 혼합물에 넣고 반죽이 되도록 잘 저어 섞는다.

큰 팬을 중간 불에 올리고 식물성 오일 1큰술을 두른다. 조니 케이크 하나당 반죽을 약 2큰술씩 올리고 서로 붙지 않게 사이사이 간격을 둔다. 팬의 크기에 맞게 여러 개씩 굽는다. 아랫면이 노릇하고 바삭해질 때까지 약 3분간 익힌다. 뒤집어서 반대편이 갈색이 될 때까지 1분 더 익힌다. 키친타월을 깐 내열 접시로 옮긴 뒤 나머지 조니 케이크를 마저 구울 때까지 온도가 유지되도록 180도로 예열한 오븐에 넣어놓는다. 남은 것은 실온에서 식힌 뒤 냉동했다가 나중에 먹어도 좋다.

큰 볶음용 팬을 중간 불에 달구고 식물성 오일 1큰술을 두른다. 썰어둔 우설을 올려 양쪽 면이 노릇해지고 안쪽까지 데워지도록 약 2분간 굽는다.

조니 케이크를 접시에 하나씩 놓고 그 위에 우설 한 조각을 올린다. 우설 위에 드레싱을 조금씩 떠서 얹는다. 잘게 썬 파슬리로 장식해 바로 먹는다.

CHAPTER 16

A TALE OF TWO CORNBREADS

두 옥수수빵 이야기

루이빌 서부에는 재니스라는 여성이 운영하는 호산나 키친Hosanna's Kitchen이라는 소울 푸드 식당이 있다. 작은 흰색 단층 건물인 호산나 키친은 겉에서 보면 식당처럼 보이지 않는다. 최근까지 간판도 없었다. 어느 날 오후 나는 그곳에서 프라이드 치킨을 먹다가 재니스로부터 간판에 얽힌 재미있는 이야기를 듣는다. 이 식당 앞에 정차하는 버스의 운전 기사가 간판을 선물했다는 것이다. 그는 수년 동안 그 버스를 운전하면서도 이 작고 하얀 집이 식당이라는 사실을 전혀 몰랐다고 한다. 어느 날 음식 봉지를 들고 버스에 오른 승객에게 그는 어디서 이렇게 좋은 냄새가 나는 음식을 가져오냐고 물어보았다. 승객이 이 하얀 집을 가리키자 그제야 운전사는 버스를 세우고 식당 안을 들여다보았다. 재니스는 다시 운전대를 잡아야 하는 그에게 돼지갈비와 스파게티를 들려주었다. 기사는 너무도 고마운 마음에 간판 회사에서 일하는 아내에게 식당 간판을 만들어달라고 부탁했다. 어느 날 식당 문이 닫혀 있는 사이에 그는 깜짝 선물로 간판을 달아놓았다. 나는 재니스에게 사진을 찍고 싶으니 간판 앞에 서달라고 부탁한다. 그 버스 기사는 어떻게 그토록 오랫동안 이 식당의 존재를 몰랐냐고 묻자 그녀는 이렇게 대답한다.

"아마 백인이라서 그랬겠죠."

호산나 키친의 음식은 루이빌 최고의 소울 푸드에 속한다. 아니, 사실 호산나 키친의 음식은 루이빌 최고의 음식에 속한다. 그러나 루이빌 서쪽 지역에 살지 않는다면 가본 사람이 거의 없을 것이다. 어떤 식당은 특정한 인종이나 계층에만 국한된다는 점이 내게는 참으로 안타깝다. 호산나 키친은 모든 메뉴가 10달러가 채 안 되는 저렴한 식당이다. 그러나 재니스의 음식 가운데 싸구려이거나 맛이 별로인 것은 하나도 없다. 그녀의 음식은 걸쭉한 그레이비와 함께 사랑이 듬뿍 들어가 있으며 풍미가 넘친다. 이곳에서 식사를 해보면 세상 가장 허름한 식당에서도 가장 풍부한 음식을 맛볼 수 있다는 것을 깨닫게 된다.

재니스에게 "호산나"가 누구냐고 묻자 모른다고 한다. 식당을 열었을 때 그저 그 이름이 멋지게 느껴졌다는 것이다. 재니스는 스스로 표현하길 "자기만의 규칙대로 춤을 추는" 사람이다. 자기가 마음에 드는 사람은 두 팔 벌려 환영하지만 그렇지 않은 사람에게는 음식을 팔지 않는다. 실제로 그녀는 처음에는 나를 좋아하지 않았다. 나를 수상한 사람이라 여겼다. 내가 질문을 너무 많이 한 탓이었다. 그러다가 그녀와 잘 아는 사람이 동행하여 내 보증인이 되어준 뒤에야 내게 마음을 열었다. 벌써 몇 년 전의 일이다. 요즘 재니스는 내가 가면 시간을 내서 주방을 비우고 나와 얘기를 나눈다.

그녀의 식당에는 테이블 두 개와 구석에 설치된 오래된 텔레비전 한 대, 수년 동안 손님들이 메시지를 남겨놓은 화이트보드 하나가 놓여 있다. 주문 창구 옆의 벽면에는 택시 회사에서부터 디제이 서비스, 세무 서비스에 이르기까지 온갖 사람이나 기업의 명함이 붙어 있다. 호산나 키친은 단순한 식당이 아니라 지역민들이 함께 텔레비전을 보거나 정치 얘기를 하거나 이웃의 뒷얘기를 떠들면서 관계를 맺는 곳이다. 나는 느긋하게 점심을 먹으며 이따금씩 들어오는 사람들을 구경한다. 그들은 이러저러한 사람은 어떻게 지내는지, 아무개의 어머니는 아직 병원에 있는지 따위를 물어본다. 호산나 키친 같은 곳이 있다면 인스타그램을 들여다볼 필요가 없지 않을까?

재니스는 평생 루이빌에 살았다. 그녀는 어릴 때 어머니의 저녁 준비를 도우며 요리를 시작했다. 아버지는 웨이터로 일했고 어머니는 가정주부였으니 늘 음식의 세계와 가까이 있었다. 요리를 어떻게 배웠냐고 묻자 그녀는 기억나지 않는다고 한다. 그냥 자연스럽게 배웠다는 것이다. 사실은 어머니와 언니가 요리를 더 잘했고, 어머니가 세상을 떠난 뒤 친척에게서 어머니의 젊을 때 꿈이 식당 운영이었다는 얘기를 들었단다.

재니스는 스물네 살 때 집에서 음식을 만들어 팔기 시작했다. 프라이드 치킨, 생선튀김, 돼지 목뼈 자우어크라우트 찜뿐 아니라 고구마와 콜라드찜, 크림 완두콩 같은 사이드 메뉴도 함께 팔았다. 사람들은 그녀의 음식을 좋아했고 장사는 꽤 잘 되었다. 그러던 어느 날 누군가가 보건부에 밀고하는 바람에 문을 닫게 되었다. 그 사람이 누구인지 거의 확신하고 있지만 괜한 소란을 피우고 싶지 않다고 한다. 딱히 화가 나지도 않는다며, 그녀는 많은 일을 겪은 사람답게 그저 희미하게 웃을 뿐이다. 이제 예순일곱 살인 그녀는 20대 후반의 딸 앤트워네트와 함께 식당을 운영한다. 딸은 몸집이 크고 혈기 왕성하며 금빛 곱슬머리를 당당하게 내보이고 다닌다.

재니스는 멋을 부리지 않는다. 머리는 남자처럼 짧고 볼 때마다 똑같은 군청색 티셔츠를 입고 있으며 앞치마도 두르지 않는다. 바쁘지 않을 때면 나를 주방에 들여보내준다. 그녀는 이곳에서 화구 위에 걸린 찌그러진 냄비 네 개와 커다란 팬 두 개로 모든 음식을 조리한다. 재니스는 언제나 문장을 완성하지 않고 시나 가사를 읊조리듯 말한다. 가끔 나는 그녀의 말을 받아 적은 뒤 시를 만들어본다. 한번은 그녀에게 소울 푸드의 정의에 대해 물었다. 그녀의 대답을 그대로 받아 적은 뒤 시처럼 행을 나눠보았다.

> 찜도 있고 맥앤치즈도 있고
> 튀긴 요리도 많이 있고
> 콩이며 전분이며
> 몸에 안 좋은 지방도 많고
> 아주 기름지고
> 아주 많이 짜고
> 아주 달지는 않지만
> 옥수수빵과 차는 달고
> 쿨에이드는 양념이죠.

재니스는 1950년에 태어났다. 그녀가 어린 시절을 보낸 루이빌 시내의 월넛 가는 오히려 지금처럼 인종 구분이 심하지 않았다. 그녀는 동네에서 백인 아이들과 함께 자랐다. 그러나 모두가 가난했다. 마틴 루터 킹이 암살되었을 때 많은 사람이 가게마다 불을 질렀다. 시 당국은 도시 재개발 정책이라는 명분으로 건물들을 허물었고 동시에 인종 분리 체계를 만들었다. 그 뒤로 많은 것이 달라졌다고 한다. 재니스는 제너럴 일렉트릭사에서 일하다가 개인 간병인이 되었다. 집 앞 보도에서 인권 운동이 펼쳐지는 것을 지켜보기도 했다. 현재 그녀는 어릴 때 살던 곳에서 1.5km쯤 떨어진 곳에 산다. 예전 동네와 지금 사는 동네, 흑인과 백인 모두에 대해 좋은 추억이 많다고 한다.

나는 혹시 그곳에서 자우어크라우트로 요리하는 법을 배웠냐고 물어본다. 자우어크라우트는 소울 푸드 식당에서 흔히 보는 음식이 아니기 때문이다. 내가 묻자 그녀는 어릴 때 흑인들이 모두 자우어크라우트를 먹었다고 한다. 돼지 목뼈 자우어크라우트 찜은 흔한 저녁 메뉴였다. 식당에서도 가끔 만든다고 한다. 호산나 키친의 메뉴에는 없지만 부탁하면 다음 주에 만들어줄 테니 다시 오라고 할 것이다. 내가 정말 좋아하는 음식 중 하나다. 뼈에서 떨어져 나오는 풍부하고 기름진 고기를 익힌 자우어크라우트와 국물과 함께 떠먹으면 입안에서 사르르 녹아 없어진다. 쌀쌀한 가을밤이면 나는 이 요리를 꿈꾸며 잠이 들곤 한다.

호산나 키친이 문을 닫는 날 나는 이 요리를 배우기 위해 돼지 목뼈와 자우어크라우트를 들고 찾아갔다. 내 부탁에 그녀는 사뭇 놀란다. 그저 계속 끓이기만 하면 된다고 몇 번이고 되풀이해 말한다. 그녀의 주방은 작고 복잡하다. 스팀 테이블도 없다. 주문할 때마다 모두 새로 데워서 낸다.

"여기서 음식을 갖고 부산 떠는 게 싫어서요. 스팀 테이블에서 이것저것 가리키며 퍼달라고 하는 건 딱 질색이거든요. 이해하죠?"

나는 이해한다고 한다. 사실, 매번 음식을 데워서 내보내면 일이 더 많아지기도 하고 공간도 비좁지만 그녀는 그 방법을 선호한다. 그래야 음식이 더 맛있으니까. 손님이 기다리는 건 상관하지 않는다.

"가끔 욕하는 사람들도 있지만 그래도 음식이 맛있으니까 아무렇지 않게 다시 온다니까요."

나는 재니스 같은 사람이 좋다. 손님에 대한 태도도 마음에 든다.

항상 친절하거나 다정한 것은 아니지만 언제나 솔직하다.

그녀는 하루 종일 시간을 내줄 수는 없다며 재료를 빨리 꺼내라고 성화다. 내가 썰어온 돼지 목뼈를 풀어놓자 그녀는 일단 찬물에 헹구라고 한다.

그녀는 먼저 물을 한 냄비 끓인 뒤 목뼈를 넣고 물이 다시 끓어오를 때까지 기다린다. 끓기 시작하면 10분쯤 놓아둔다. 그런 뒤 물을 버리고 새 물을 넣는다. 소금과 레몬 페퍼를 손바닥에 대충 계량해서 넣는다. 마늘 가루를 조금 넣고 양파 가루를 듬뿍 넣은 뒤 월계수 잎 두세 장을 넣는다. 물이 다시 끓어오르자 뚜껑을 덮고 약한 불로 줄인다. 다 됐어요. 그녀가 말한다. 30분쯤 끓이다가 자우어크라우트를 넣고 포크로 찔렀을 때 고기가 풀어질 때까지 끓이면 된다고 한다.

놀랍도록 간단하다. 내가 정확히 무얼 기대했는지는 몰라도 입에서 살살 녹는 부드럽고 풍미 좋은 요리가 이렇게나 간단하게 만들어질 줄은 몰랐다. 정말 그게 다인지 한 번 더 물어본다.

"그렇다니까요. 무슨 마법이라도 부리는 줄 알았나. 그냥 음식일 뿐이에요."

우리는 고기가 익는 동안 테이블에 앉아 이야기를 나눈다. 재니스는 결혼했다가 앤트워네트를 낳고 이혼했다. 전 남편과 여전히 친구로 지내지만 결혼 생활이 싫었다. 그녀는 예전부터 누군가와 함께 사는 것보다 혼자 있는 게 편했다.

"하느님이 나를 사각형으로 만들어 둥근 세상에 넣으신 거죠."

무척 서글픈 얘기지만 재니스는 날씨 얘기를 하듯 태연하게 내뱉는다. 친구가 있느냐고 묻자 손님들이 친구라고 한다. 그럼 쉬는 날에는 무얼 하느냐고 묻자 일하지 않을 때는 요리하지 않는다고 한다. 음식은 닭 날개와 스트롬볼리^{stromboli}[1]를 좋아한다. 나름 무언가를 한다고 하는데 정확히 무엇인지는 말해주지 않는다. 일주일에 나흘씩 이곳에서 일하면서 그녀를 원하는 손님들에게 둘러싸여 있기 때문에 쉬는 날에는 혼자 있는 것이 좋다고 한다.

"사람들은 내가 무뚝뚝해서 좋아하는 거예요. 이곳에 와 현실을 깨닫는 데서 위안을 얻겠죠. 나는 거짓말할 이유가 없으니까. 우리 딸보다 나랑 얘기하고 싶어 하는 사람이 더 많아요. 한 주를 그렇게 보내고 나면 사람들한테 아주 질려버린다니까요."

나는 그녀가 하는 많은 이야기에 공감한다. 내 삶과 재니스의 삶은 여러 면에서 너무도 다르지만 식당을 운영하는 데에는 보편적인 고충이 따른다.

내가 말한다. "저도 사람이 지겨울 때가 있어요. 가끔은 당근 하나만 있어도 굳이 친구가 필요 없다니까요." 내 말에 그녀는 웃음을 터트린다.

우리는 골치 아픈 손님들 얘기를 주고받으며 서로를 위로한다. 식당을 운영하는 사람이라면 절대 질리지 않는 주제다. 그런 다음 이 동네와 루이빌 서부의 삶이 변화한 과정으로 화제를 돌린다. 텔레비전에서 뉴스가 흘러나온다. 사회부 기자가 그리 멀지 않은 곳에서 일어난 총격 사건을 보도하고 있다. 재니스에게 어릴 때보다 세상이 좋아졌는지 나빠졌는지 물어본다.

"경제적으로는 좋아졌지만 정신적으로는 나빠졌죠." 그녀는 게임 프로그램으로 채널을 돌린다.

돼지고기가 다 익은 냄새가 나자 우리는 냄비를 들여다본다. 재

---

1 빵 반죽에 모차렐라 피자와 살라미 등을 넣고 말아서 구운 음식.

니스는 포크 하나를 꺼내 고기를 찔러본다. 잘 익었네요. 그녀가 말한다. 그녀는 음식을 접시에 담더니 내게 앉으라고 한다. 자기는 별로 생각이 없다면서.

대신 이 요리는 옥수수빵과 같이 먹어야 한단다. 그녀는 후다닥 반죽을 만들더니 달군 팬에 한 숟가락씩 떠 넣는다. 옥수수빵이라고 하지만 옥수수 팬케이크에 가깝다. 가볍고 폭신하면서도 거친 식감이 집에서 만든 음식 같다. 금세 김이 모락모락 나는 뜨거운 옥수수빵이 나온다. 재니스가 위에 올린 약간의 버터가 금세 황금빛으로 녹아 빵 속으로 스며든다. 그녀는 이런 점이 좋다고 한다. 게다가 빨리 만들 수 있어서 하루 종일 만들어도 지치지 않을 것 같다.

나는 수백 가지 옥수수빵을 먹어보았다. 소울 푸드 식당들은 대부분 달콤한 옥수수빵을 만든다. 로니 룬디 같은 사람은 옥수수빵에 설탕을 넣는 것을 질색한다. 프랜차이즈 식당들이 파는 옥수수빵은 사실 옥수수 머핀이다. 고급 식당들은 앤슨 밀스Anson Mills[1] 같은 회사에서 나오는 맷돌에 간 옥수숫가루를 사용한다. 동네 식당들은 식료품에서 파는 가장 저렴한 옥수숫가루를 사용한다. 저렴한 식재료는 무조건 나쁘다고 생각하기 쉽지만 나는 루이빌 서쪽 끝에 있는 크로거Kroger 매장에 갔을 때 아주 저렴한 옥수숫가루가 날개 돋친 듯 팔리는 것을 보았다. 가격이 저렴하든 아니든 이렇게 빠른 속도로 팔리면 신선할 수밖에 없다. 이 슈퍼마켓 브랜드는 재래종을 쓰지 않을 테지만 달콤한 냄새가 오래 남는 것을 보면 옥수수를 빻은 지 얼마 안 되었다는 것을 바로 알 수 있다.

재니스의 옥수수빵은 그녀를 닮았다. 효율적이고 맛있으며 플라

---

1 맷돌에 간 옥수숫가루와 곡물가루 생산에 주력하는 전통적인 유기농 곡물 생산 회사.

스틱 접시 하나에 가득 담겨 나온다. 달콤하지만 많이 달지 않다. 짭짤하고 저렴한 버터와 약간의 돼지기름 냄새가 난다. 멋부리지 않은 요리다. 먹을 때는 특별한 게 없는 듯하지만 다음 날이 되면 계속 생각나는.

나는 순식간에 음식을 먹어 치운다. 옥수수 팬케이크는 접시에 남은 국물에 적셔 먹기에 꼭 맞는 양이다. 재니스는 한참 사라졌다가 다시 나타나더니 이제 그만 가야 한다고 한다. 태도가 달라졌다. 쉬는 날인데 이 정도면 자기 시간을 충분히 빼앗지 않았냐고 따진다.

"알았어요, 재니스. 다음 주에 올게요." 나는 그녀를 껴안지만 그녀는 뻣뻣하게 버틴다.

재니스는 내게 자꾸 늙은이들과 어울리지 말라고 이른다. 딸을 키우는 방법도 조언해준다. 나는 문 닫는 것을 도와준 뒤 그녀가 잰걸음으로 어디론가 가는 모습을 지켜본다. 혹시나 돌아볼까 싶어 모퉁이를 돌 때까지 보고 있지만 그녀는 끝내 돌아보지 않는다.

호산나 키친에서 동쪽으로 정확히 13.5km 떨어진 곳에는 셜리 메이Shirley Mae가 운영하는 셜리 메이 카페 겸 바가 있다. 스모크타운으로 알려진 루이빌 이쪽 지역은 벽돌 공장이 많기로 유명했던 곳이다. 한때는 이 공장들이 바쁘게 돌아가면서 높은 굴뚝들이 하늘을 가득 메운 채 끝없이 짙고 어두운 연기를 뿜어냈다. 이후 수년 동안 부침을 겪었지만 최근 시에서는 이 지역을 보다 안전하고 살기 좋은 곳으로 만들기 위해 다시 노력하고 있다.

셜리 메이는 주방에 있지 않으면 식당의 작은 로비에서 말보로 담배를 피우며 콜라를 마시고 있다. 은빛 머리에는 머리망을 썼고 손은 평생 농작물을 따고 분류한 사람답게 드세 보인다. 담배에 불을 붙일 때면 손가락이 가늘게 떨린다. 식당에 들어가는 사람은 누구나 그녀에게 인사를 한다.

셜리 메이는 재니스보다 반 세대쯤 위다. 그녀는 테네시 주 칼리지 그로브에 있는 농장에서 외동딸로 자라면서 많은 농장 일을 도맡아 했다. 화구에 쓸 장작을 날랐고 돼지와 닭의 먹이를 주었으며 들에서 채소를 따기도 했다. 농장의 작물 가운데 가장 수익성이 좋은 것은 담배였다. 셜리 메이는 아버지를 따라다니며 그가 놓친 작은 담뱃잎을 땄다. 이 담뱃잎은 헛간에 펼쳐놓고 말렸다. 2주에 한번 시내에 있는 담배 가게에 내다 팔면 꽤 큰 돈이 되었다고 그녀는 회상한다.

나는 셜리 메이의 가게에 갈 때면 늘 시간을 여유롭게 잡는다. 뜨거운 물로 만드는 옥수수빵은 주문에 따라 만드는데, 때로는 20분이 걸리기도 한다. 그녀는 먼저 작은 냄비에 물을 끓이고 볼에 옥수숫가루를 넣은 뒤 설탕을 조금 섞는다. 여기에 뜨거운 물을 천천히 부으면서 손으로 적당하게 반죽한다. 이 반죽을 조금씩 떼어 뜨거운 기름이 담긴 주물 팬에 넣고 튀긴다. 셜리 메이는 한 조각 한 조각 세심하게 살피면서 숟가락으로 뒤집고 다 익으면 꺼내서 몇 초 동안 기름을 뺀 뒤 종이 접시에 담는다.

"너무 많이 건드리면 못써." 셜리 메이가 내게 말한다. 그녀는 입이 거친 편이다. 내 질문이 못마땅하면 꼭 정신 나간 사람을 대하듯 노려보며 담배에 불을 붙이고 고개를 절레절레 흔든다. 속으로 저놈이 뭐라는 거야, 하고 생각하는 듯이.

옥수수빵은 겉면이 노릇하고 바삭하며 달콤하고 쫄깃하다. 잠시 식히지 않으면 입천장을 데기 십상이다. 반으로 쪼개면 김이 모락모락 올라온다. 속살은 밀도가 높고 잘 바스러진다. 나도 이 옥수수빵을 몇 번 만들려 했지만 이렇게 완벽한 식감은 흉내 낼 수가 없다.

"나도 원래는 옛날식 옥수수 머핀을 만들었어요. 그런데 초창기 시절 어느 날 술에 취한 손님 두 명이 가게에 들어와서는 돼지족발과 슬로를 시키더군. 그러다 내 머핀을 하나 먹어보더니 한 명이 이렇게 말하는 거예요. '뜨거운 물로 만든 옥수수빵이면 좋았을 텐데.' 그러자 다른 한 명이 이어서 '저 여자는 그런 걸 못 만들걸' 하더군요. 그 말을 듣고 오기가 생겼지. 다시 주방에 들어가 뜨거운 물로 반죽한 옥수수빵을 튀겨 앞에 딱 놓아줬어요. 둘 다 기겁을 하더구만. 그러더니 나중에는 마지막 한 조각을 서로 먹겠다고 싸우더라니까. 그 뒤로 줄곧 이렇게 만들었어요."

날이 어두워지고 있다. 가게 앞 클레이 가를 오토바이들이 쌩쌩 달린다. 맞은편 바의 문이 열리면서 어둠 속으로 음악이 새어나온다. 몇 분에 한 번씩 지나가던 사람이 기웃거리며 셜리 메이에게 먹을 게 남아 있냐고 물어본다. 셜리 메이는 매일 밤 9시에 문을 닫는다. 영업이 끝났다고 하면서도 안에 있는 딸에게 물어보겠다고 덧붙인다.

그녀는 담배를 끄고 심호흡을 한다. "다 우리 엄마가 해주던 음식이에요. 눈으로 보고 배웠죠. 엄마가 요리할 때 이런 팬을 쓰셨거든. 그래서 나도 그렇게 하고 있어요. 그리고 엄마는 감으로 요리를 하셨어요. 부엌에서 나한테 이것저것 많이 시키셨죠. 내가 똥줄 빠지게 일했다니까. 그래도 어린 시절을 행복하게 보낸 편이에요. 부모님이 내게 사랑을 가르쳐주셨으니까. 난 부모님과 함께 있는 게 좋았어요. 항상 둘 중 한 분과 함께 있었죠."

어릴 때 그녀는 교실이 하나뿐인 학교에서 약 40명의 아이들과 함께 공부했다. 화장실은 밖에 있었고 난방기구는 가운데가 불룩한 옛날 난로 하나뿐이었다. 애니 메이 스톰이라는 선생님 한 명이 모든 수업을 맡았다. 그러다가 고등학교 때 가족과 함께 내슈빌로 이사했다. 그녀는 농장의 삶을 내게 들려주며 미소를 짓는다. 하지만 그 삶은 고되었고 지금은 도시에 사는 게 좋다고 한다.

주방에서 다투는 소리가 들린다. 셜리 메이의 딸은 영업시간이 끝났는데 자꾸 물어보는 사람들에게 질린 모양이다. 한참 지나서야 큰소리가 잦아든다. 손님들은 모두 식당에서 쫓겨난다. 밤마다 있는 일인 것 같다. 다정한 셜리 메이는 손님을 내치지 못한다. 그리고 손님들은 그녀의 음식을 좋아한다. 모두가 들러서 그녀를 껴안고 입맞춤을 하며 음식이 정말 맛있다고 말해준다.

그녀는 내게 하던 얘기를 이어간다. "남편 이름은 템플턴 심슨이에요. 우리는 애를 다섯이나 낳았지. 달리 할 일이 없었거든. 그때는 텔레비전 채널도 세 개뿐이었고 토요일 밤 11시가 지나면 텔레비전이 안 나왔어요. 날은 컴컴한데 뭘 하겠어? 그냥 그렇게 즐기는 거지. 이제 그이도 가고 없어요. 가끔 보고 싶지만 그래도 일하면서 바쁘게 사는 거죠."

셜리 메이는 30년 가까이 이 식당을 운영하고 있다. 대단한 일이다. 그녀의 음식은 단순하다. 그녀는 너무 단순하다고 말한다. 순무청찜에 무얼 넣느냐고 묻자 어이없다는 듯이 나를 보며 말한다. 순무청을 넣지. 돼지족발의 재료는 돼지족발과 소금, 물이 전부다. 하지만 모든 음식이 그녀가 설명하는 것보다 복합적인 맛을 낸다. 셜리 메이의 재능은 재료 본연의 맛을 살리는 것이다. 그녀는 향신료와 양념으로 "장난칠" 필요가 없다고 한다. 족발의 근육과 연골, 껍데기, 지방이 제각기 다른 맛을 내기 때문에 다른 것을 넣지 않아도 충분히 복잡한 맛이 난다는 것이다.

"난 이렇게 오래 요리하면서 계량을 해본 적이 한 번도 없어요. 작은술이 뭔지도 모른다니까. 전부 손으로 계량하죠. 여기서부터 여기까지 재는 법밖에 몰라요." 그녀는 오른손 검지로 왼손바닥을 훑으며 말한다.

그녀의 식당 어디에도 소울 푸드라는 표시는 없다. 그녀는 자기 음식을 그렇게 부르지 않는다.

"나는 내가 만드는 음식을 '흑인 음식'이나 '소울 푸드'라고 부르지 않아요. 그냥 음식이지. 다른 걸로 복잡하게 만들 필요가 없다니까. 순무청찜을 만들 때는 그냥 순무청만 찌면 되지 햄은 왜 넣어? 마늘이나 다른 건 왜 넣고? 그리고 누가 내 음식이 이런 거다 저런 거다 이름 붙이는 것도 딱 질색이야."

재니스의 식당에 가보았냐고 묻자 몇 년 동안 못 갔다고 한다. 사는 게 너무 바쁘다는 것이다. 재니스에게 셜리 메이의 식당에 가보았냐고 물어도 똑같이 대답하지 않을까 싶다. 수십 년 동안 전통을 지키는 두 여인은 잡지에 실린 적도, 상이나 포상을 받은 적도 없지만 루이빌에서 가장 중요한 셰프에 속한다.

나는 남부 음식이나 옥수수빵이 유행하기 훨씬 전부터 수년째 이 두 식당에 다니고 있다. 내가 처음 루이빌에 왔을 때만 해도 프라이드 치킨이나 콜라드찜, 옥수수빵을 파는 고급 식당은 없었다. 셜리 메이 카페나 호산나 키친, 빅 마마 소울 푸드 키친Big Momma's Soul Food Kitchen, 제이 카페테리아Jay's Cafeteria 등이 유일한 선택지였다. 이제는 조금만 가도 옥수수빵을 굽는 식당이 나온다. 게다가 신문들도 옥수수빵 조리법을 앞다퉈 소개한다. 나는 전통의 진정한 수호자인 두 여인이 주목받지 못하는 게 속상하다. 요식업계가 유럽 음식이나 캘리포니아 음식을 칭송하느라 정신이 없을 때 두 사람은 이런 음식의 명맥을 이었다. 재니스와 셜리 메이에게 음식은 유행이나 어떤 콘셉트를 따르는 것이 아니다. 그들에게 음식은 유산이었고 앞으로도 그럴 것이다. 그리고 이런 여자들이 있기에 지금 우리가 돼지 목뼈 찜이나 순무청찜 같은 음식을 얘기할 때 실제로 존재하는 맛의 기준을 참고할 수 있는 것이다. 역사책에 실린 기록이 아니라 살아 있는 음식을 참고할 수 있다는 얘기다. 나는 호산나 키친에서 돼지 목뼈 찜을 처음 맛보았다. 제이 카페테리아에서 남부식 콜라드찜을 처음 먹었고 지금은 없어진 핀리스Finley's라는 작은 바비큐 식당에서 돼지갈비 끝부분을 구운 요리를 처음 먹었다. 나는 이런 식당들 덕분에 성공할 수 있었다. 그리고 오늘날까지도 나는 셜리 메이가 만든 것보다 맛있는 옥수수빵은 먹어보지 못했다.

이 두 여인의 요리를 비교해보면 이론상 두 사람은 똑같은 일을 하고 있다. 그들은 소울 푸드를 만들고 있다. 그러나 그렇게 넘겨짚는 것은 잘못된 것이다. 나는 재니스와 셜리 메이를 통해 사람마다 옥수수빵을 다르게 만든다는 사실을 배웠다. 루이빌에서 식당을 운영하는 두 흑인 여성이 꼭 같은 음식을 만드는 것은 아니라는 사실도 알게 되었다. 둘은 다른 삶을 살았다. 셜리 메이는 테네시의 시골 농장에서 자랐고 재니스는 인권 운동이 한창이던 시기에 루이빌 시내에서 자랐다. 재니스는 소울 푸드의 전통 안에서 자신에 관해 자유롭게 얘기하는 반면 셜리 메이는 소울 푸드라는 말을 거부한다. 두 사람의 삶은 접점이 전혀 없으며 두 사람의 음식도 그만큼 개인적이고 개별적이다. 둘은 같은 부류로 묶이기 쉽지만 그것은 진실과 거리가 멀다. 만약 이 둘 사이의 차이가 보이지 않는다면 더 공부하고 더 질문하고 더 존중해야 한다는 뜻이다.

뉴욕에서 청년 요리사로 일하던 시절 나는 다른 요리사들이 내가 만약 식당을 열면 아시아 식당을 열 거라는 듯이 말하는 데 화가 나곤 했다. 그들이 그렇게 넘겨짚은 것은 오로지 내가 아시아인이라는 이유 때문이었다. 그들의 머릿속에서는 내 민족성이 논란의 여지 없이 합당하게 내 경력의 방향을 정하는 요소였다. 그래서 나는 반대쪽을 택했다. 언제나 그랬다. 부모님이 교회에 다니라고 하자 나는 머리를 기르고 마리화나를 피웠다. 고등학교 선생님들이 내게 아시아인이라는 이유로 수학을 잘해야 한다고 하자 나는 일부러 낙제하고 문학을 열심히 공부했다. 아버지가 법률가나 의사가 되라고 끊임없이 가르쳤으나 나는 요리사가 되었다. 어머니는 참한 한국 여자와 결혼해야 한다고 충고하곤 했지만 결국 그 부분도 어머니의 뜻대로 되지 않았다.

나는 서른 살에 켄터키 주 루이빌로 이사했다. 그때만 해도 술과 담배를 즐겼고 돈도 계획도 없었다. 어머니는 그런 내게 여러 번 화내고 눈물을 흘리며 왜 항상 당신이 원하는 방향의 반대로만 가냐고 물었던 기억이 난다. 그때마다 심한 죄책감이 들었다. 겉으로 보기에 내 인생은 반항적인 선택의 연속인 듯했다. 어머니는 그저 반항하기 위해 내 삶을 망치지 말라고 애원했다. 나는 뉴욕을 떠나 전혀 모르는 곳으로 이사했다.

그러나 어느 순간 나는 어머니를 피해 온 것이 아니라 가슴이 시키는 대로 한 것임을 깨달았다. 나는 어릴 때부터 책을 좋아했다. 동네 아이들이 마이클 잭슨을 들을 때 나는 조니 캐시를 좋아했다. 그리고 언제나 수학은 젬병이었다. 그보다는 늘 시에 자연스레 끌렸다. 그리고 아내를 처음 만나 루이빌의 어느 바 주차장에서 그녀의 입술을 훔치던 그날 밤부터 사랑에 빠졌다. 또 브루클린의 공동주택 세탁실에 앉아 다른 아이들이 만화책을 읽을 때 나는 구간 〈고메 Gourmet〉 잡지를 읽으며 요리사의 꿈을 키웠다.

나는 지금까지도 어머니를 설득하고 있다. 일부러 어머니를 속상하게 하려고 한 것이 아니라고. 그저 나의 꿈을 좇았을 뿐인데 안타깝게도 그 꿈이 어머니가 생각하는 이상적인 한국계 미국인의 모습과는 달랐던 거라고. 지금도 나는 미국에 사는 이상적인 한국계 이민자의 모습에 거부감이 든다. 말끔한 외모의 회계사이자 모범 시민 같은 모습 말이다. 그런 사람이 되어야 한다는 고정관념은 부정적인 것도 아니고 악의에서 나온 것도 아니다. 다만 다년간의 수많은 경험과 선택으로 형성되는 한 인간의 정체성을 지나치게 단순화한다는 점이 문제다.

나 역시 똑같은 죄를 지었다. 나는 재니스와 셜리 메이를 보고 두 사람이 같은 요리를 하고 있다고 넘겨짚었다. 둘 다 흑인이고 여성이며 루이빌에서 요리하고 있다는 이유로 말이다. 둘 사이에는 비슷한 점도 있지만 차이점이 훨씬 많다. 그들의 정체성, 음식과 관련해 그들이 내리는 결정은 바로 이러한 차이가 좌우하는 것이다. 두 사람이 다른 방식으로 옥수수빵을 만든다는 사실은 단순히 둘이 서로 다른 기법을 쓴다는 의미가 아니다. 그것은 두 사람이 자라온 환경의 차이를 드러낸다. 한 사람은 도시에서 자랐고 한 사람은 시골에서 자랐다. 두 여인과 깊은 얘기를 해보지 않았더라면 나 역시 이러한 차이를 알지 못했을 것이다. 그저 별다른 이유 없이 무작위로 서로 다른 방식을 택했다고 멋대로 생각했을 것이다. 각자의 옥수수빵 레시피는 과거의 개인사를 얘기한다는 사실을 이해하기까지 오랜 시간이 걸렸다.

그러나 내가 아주 어렵거나 대단한 무언가를 통해 이런 사실을 깨달은 것은 아니다. 그저 시간을 들여 재니스와 셜리 메이를 알아갔을 뿐이다. 두 사람 덕분에 나는 레시피라는 것이 놀라우리만치 개인적인 표현이 될 수 있음을 깨달았다. 어느 한 레시피를 어떻게 택하게 되었는지 얘기하다보면 이 단순한 대화가 테네시에서 보낸 어린 시절 이야기로 이어져 반나절이 훌쩍 지나가기도 한다. 옥수수빵을 만드는 일이 대단히 어려운 것도 아니다. 나는 셜리 메이의 레시피를 한 단락으로 소개할 수도 있었다. 하지만 그러면 중요한 무언가를 놓치게 될 것이다. 사실, 이 책에는 셜리 메이와 재니스의 레시피를 넣지 않았다. 한편으로는 말로 옮기기가 쉽지 않아서다. 두 사람 모두 기억을 되살려 요리할 뿐 정해진 조리법을 따르는 것은 못 견뎌 한다. 내가 정확한 재료의 양을 알아내려 했다면 그들은 비웃었을 것이다. 하지만 여러분은 실망하지 말고 자신만의 레시피를 찾길 바란다. 바라건대 여기까지 내 글을 읽은 독자라면 가장 훌륭한 요리는 완벽한 요리가 아니라 실수하면서 원하는 맛을 찾아가는 과정이라는 것을 알았을 테니까.

옥수수빵을 만들고 싶다면 옥수숫가루와 소금, 설탕 한 꼬집, 버터만 있으면 된다. 뜨거운 물을 써도 좋고 우유를 써도 좋고 원한다면 기름을 조금 넣어도 좋다. 단, 달걀을 넣어선 안 된다. 정제 밀가루를 너무 많이 섞는 것도 추천하지 않는다. 비율을 조절하며 여러 번 만들다보면 원하는 조합이 나올 것이다. 나도 집에서 그렇게 옥수수빵을 만든다. 매번 조금씩 달라지지만 그게 색다른 묘미다.

나는 거의 20년 동안 옥수수빵 실험을 거듭한 끝에 최근에야 마음에 드는 비율을 찾았다. 그것을 기꺼이 공유하려 한다. 어느 날 재니스의 식당에서 점심을 먹은 뒤 집에 돌아와 부엌에서 이런저런 시도를 하다가 찾아낸 방법이다. 재니스의 팬케이크를 재현하려 했는데 깜빡하고 가루 재료에 이스트를 넣지 않았다. 덕분에 납작하고 바삭한 팬케이크가 나왔다. "망한" 셈이지만 오히려 마음에 들었다. 그 뒤로 줄곧 이 방법으로 옥수수빵을 만들고 있다. 엄밀히 말하면 옥수수빵이라기보다는 레이스처럼 구멍이 숭숭 뚫린 납작한 쿠키에 가깝다. 이 쿠키는 예측할 수 없고 날씨에 민감하다. 날씨가 좋으면 놀라운 맛이 나지만 날씨가 안 좋으면 고무 맛이 난다. 내가 이 쿠키를 좋아하는 것은 나를 닮았기 때문이다. 빵도 아니고 바삭한 크래커도 아닌 무엇. 그 사이에 있는, 정의하기 어려운 존재. 그게 바로 나다. 옥수수빵에 쌀가루를 쓰는 건 전통적인 방식이 아니지만 지금쯤이면 내가 "전통적인"이라는 말이 무슨 뜻인지 모른다는 사실을 눈치챘으리라 믿는다.

레이스 옥수수빵과 루바브 잼

LACY CORNBREAD WITH RHUBARB JAM

질척한 옥수숫가루 반죽을 뜨거운 기름에 부으면 반죽에 구멍이 숭숭 뚫린다. 그 모양이 레이스를 닮아서 레이스 옥수수빵이라고 이름 붙였다. 나는 만족하지만 빵이라기보다는 스낵이나 크래커에 가깝다. 옥수숫가루와 물의 비율을 잘 맞춰야 구멍이 뚫려 레이스 같은 결과물이 나온다. 사용하는 옥수숫가루의 종류에 따라 비율을 조절해야 할 것이다. 또 조금은 까다로운 기법이라 단번에 성공하지 못할 확률이 높다. 그러나 한번 성공하면 쉬운 레시피가 될 것이다.

나는 이 레이스 옥수수빵에 루바브 잼을 곁들여 간식으로 먹는 것을 좋아하지만 이 과자 같은 옥수수빵은 어디에나 잘 어울린다. 얇게 저민 햄이나 피망이 박힌 치즈를 얹어 먹어도 괜찮고 좋아하는 소스를 찍어 먹어도 좋다.

12개 분량

녹인 라드 1컵(튀기는 동안 기름이 너무 뜨거워지면 추가로 넣어 온도를 낮출 수 있도록 여분을 더 준비하는 게 좋다.)
물 3/4컵
체 친 노란 옥수숫가루 1/2컵

쌀가루 2큰술
소금 1/4작은술
곁들임 루바브 잼(411쪽)

중간 크기 볼에 옥수숫가루와 쌀가루, 소금, 물을 넣고 잘 저어 섞는다. 옥수숫가루가 물을 먹을 때까지 10분간 두었다가 튀기기 직전에 다시 젓는다.

불 옆에 물 한 컵과 티스푼을 준비한다. 큰 팬을 중강 불에 올리고 라드 1/4컵을 넣어 연기가 나지 않을 만큼 뜨겁게 가열한다. 팬에 반죽 1큰술을 천천히 넣고 곧바로 반죽 한가운데 물 1작은술을 넣는다. 바로 지글거리면서 반죽에 레이스처럼 구멍이 뚫려야 한다. 그대로 3분간 익힌다. 가장자리가 노릇해지기 시작하면 뒤집어서 1분 더 익힌다. 키친타월에 올려 기름기를 뺀다. 필요한 만

큰 팬에 기름을 넣어가며 남은 반죽도 똑같이 튀긴다. 루바브 잼을 곁들여 바로 낸다.

루바브 잼RHUBARB JAM | 2컵 분량

나는 루바브가 제철인 초여름에 이 잼을 잔뜩 만들어서 가을까지 먹는다. 나는 루바브의 감미롭고 시큼하며 풋풋한 맛이 좋다. 약간의 매운맛으로 단맛을 보완하기 위해 검은 후추도 조금 넣는다.

다듬어서 깍둑썰기한 루바브 900g	바닐라 익스트랙트 2작은술
꼭지를 떼고 깍둑썰기한 신선한 딸기 450g	설탕 2와 1/2컵
신선한 오렌지 주스(즙) 1컵	코셔 소금 1작은술
레몬 즙 1개 분량	금방 간 검은 후추 1/2작은술

중간 크기 양수 냄비에 루바브와 딸기, 오렌지 주스, 설탕, 소금, 후추, 바닐라 익스트랙트, 레몬 즙을 넣고 약한 불에 올려 저으며 뭉근히 끓인다. 자주 저어주며 과일이 무를 때까지 20~25분간 익힌다.

나무 숟가락으로 남은 덩어리를 짓이겨 으깬다. 잼을 중간 크기 볼에 옮겨 담고 실온에서 식힌다.

잼을 병에 담고 뚜껑을 덮어 하룻밤 냉장고에 넣었다가 사용한다. 잼은 냉장고에 넣어두면 최소 1달 동안 보관할 수 있다.

EPILOGUE

에필로그

이 책에서 나는 평소 목소리를 내지 못하는 이들의 이야기를 담고자 노력했다. 내가 잘 몰랐던 문화를 더 깊이 살펴보고 낯선 요리도 일단 시도해보려 노력했다. 다른 문화의 음식을 요리하는 것은 도용이 될 수도 있지만 배움이 될 수도 있다. 이 여정에서 수없이 혼란을 겪었고 해답보다 더 많은 의문을 품고 집으로 돌아오기도 했다. "무엇이 나이지리아 음식인가?" 이런 질문에는 간단하게 답할 수 없다. 나이지리아 사람들조차도 끝없이 논쟁을 벌일 것이다. 이토록 수많은 불확실성 앞에서 누가 어떻게 무언가의 권위자가 될 수 있겠는가? 때로는 답답하고 막막하지만 그렇기에 나는 여전히 이 넓은 세상에 존재하는 새로운 문화와 음식을 발견하고 배우기를 갈망한다.

나는 이야기의 힘을 믿는다. 이 책을 쓰면서 만난 사람들은 나를 믿고 자신의 이야기를 맡겨주었다. 나는 그들의 요리뿐 아니라 말 한마디 한마디를 존중하려 노력했다. 그들의 다양한 전통이 복잡하게 얽혀 있는 미국 음식 문화의 가계도는 우리가 앞으로도 끊임없이 주변의 음식과 연결을 맺으면서 더더욱 흥미로워질 것이다. 음식은 한 민족 또는 한 나라의 정체성을 반영한다. 나의 작은 여정이 미국 음식 문화의 판도를 조금이나마 보여주는 지표가 되었기를 바란다. 그리고 실제로 내가 제대로 짚은 것이라면 우리는 지금 더없이 아름답고 놀라운 시대와 장소에 살고 있는 셈이다.

누구나 저마다의 이야기와 역사가 있다. 누구나 연결을 모색할 수 있다. 그리고 어디에나 좋은 음식이 기다리고 있다. 미각의 모험을 시도할 용기와 호기심만 장착하면 된다. 기억 속에 있는 음식을 끄집어내도 좋다. 이러한 연결의 실타래는 손을 뻗어 당기는 순간 생각지도 못한 곳으로 우리를 인도한다. 뜻밖의 장소로 데려가기도 하고 상상하기 어려운 이야기를 소개해주기도 한다. 서로 연관성이 전혀 없다고 여겼던 두 가지를 연결시키기도 한다. 버터밀크와 그래피티처럼 말이다. 모험을 해보자. 새로운 길을 탐험해보자. 새로운 음식을 시도해보자. 그 길에 절대 후회는 없을 것이다.

감사의 말

이 책은 여러 면에서 저에게 새로운 모험이었습니다. 이 훌륭한 사람들이 곁에 없었다면 결코 쓸 수 없었을 겁니다.

진정한 멘토이자 스승이자 친구인 딘 크로포드.

내가 자유롭게 방랑하고 여행하며 글을 쓰게 해준 주디 프레이.

나를 멋져 보이게 하려고 부단히 노력하는 앨리슨 맥기언.

고맙게도 나를 아티산의 가족으로 받아준 리아 로넌.

내가 이 여정에 뛰어들도록 현명한 조언을 해준 킴 위더스푼.

최고의 사진을 찍어주고 프라이드 치킨을 좋아하는 켄 굿맨.

그리고 이 글을 쓰는 동안 모든 일을 맡아준 나의 식당 식구들, 온 마음을 다해 감사드립니다.

이 책을 쓰는 과정에서 만난 모든 분들, 이 책은 여러분의 것입니다. 웃음과 감동을 주고 아울러 시간과 이야기와 감정을 나눠주셔서 고맙습니다. 충고와 고함, 가르침, 지도, 무엇보다도 귀한 지혜를 내주신 여러분께 깊이 감사드립니다.

옮긴이 | **박아람**

전문 번역가. 영국 웨스트민스터 대학에서 문학 번역에 관한 논문으로 영어영문학 석사 학위를 받았다. KBS 더빙 번역 작가로도 활동했다. 『대놓고 다정하진 않지만』, 『빙하여 안녕』, 『재가 된 여자들』, 『신들의 양식은 어떻게 세상에 왔나』, 『프랑켄슈타인』(휴머니스트 세계문학), 『마션』, 『내 아내에 대하여』, 『해리 포터와 저주 받은 아이』, 『이카보그』를 비롯해 70권이 넘는 영미 도서를 우리말로 옮겼다. 2018년 GKL 문학번역상 최우수상을 공동 수상했다.

버터밀크 그래피티

초판 1쇄 인쇄 2025년 3월 20일
초판 1쇄 발행 2025년 4월 9일

지은이 에드워드 리
옮긴이 박아람
펴낸이 최순영

출판1 본부장 한수미
컬처 팀장 박혜미
편집 김수연
디자인 이세호

펴낸곳 ㈜위즈덤하우스　**출판등록** 2000년 5월 23일 제13-1071호
주소 서울특별시 마포구 양화로 19 합정오피스빌딩 17층
전화 02) 2179-5600　**홈페이지** www.wisdomhouse.co.kr

ⓒ 에드워드 리, 2025

ISBN 979-11-7171-386-8 03840

최화정(방송인)

에드워드 리 셰프의 요리에는 이야기가 있다. 나는 그의 이야기를 참 좋아한다. 지금도 해삼 내장을 볼 때마다 엄마가 귀한 음식이라며 젓가락으로 톡 찍어 입안에 넣어 주시던 어린 시절 추억이 떠오르는 것처럼, 음식은 추억이 되고 그리울 때마다 꺼내어볼 이야기가 된다. 『버터밀크 그래피티』에는 다양한 사람들의 이야기가 등장하고, 그 흥미진진한 이야기를 따라가다보면 그들의 음식이 궁금해진다. 언젠가 기회가 된다면 뉴올리언스 '카페 뒤 몽드'에 줄 서서 입 주변에 슈거 파우더를 잔뜩 묻힌 채 푹신한 '베녜'를 한입 가득 넣고 싶고, 브루클린 브라이튼 해변에 있는 '오션 뷰 카페'에서 딜과 마늘, 고추 냄새에 코털이 오그라들 것 같았다는 강렬한 신맛의 '수박 피클'과 '버터롤'을 함께 즐기고 싶다. 그리고 이 맛있는 이야기를 들려준 에드워드 리 셰프를 향해 조용히 "치얼스"를 외치겠지.

백수린(소설가)

이것은 틀림없이 음식에 관한 책이다. 하지만 처음 몇 장만 읽어도 당신은 그게 전부가 아니라는 사실을 깨닫게 될 것이다. 어느새 삶에 대해서, 문화에 대해서, 무엇인가를 취하고 남기면서 구성되는 정체성에 대해서 성찰하고 있는 자신을 발견하게 될 테니까.
셰프가 쓴 글 중 페이지를 넘기는 게 이만큼이나 아까웠던 책이 또 있었나? 세상을 바라보는 저자의 시선은 사려 깊고, 음식을 매개로 그가 들려주는 이야기들은 하나같이 흥미롭다.

박찬일(작가, 요리사)

요리책 추천사인 줄 알고 원고를 받았다가 곧 후회했다. 풍성한 글맛, 대상에 대한 한없이 따스하고 깊이 있는 태도, 무엇보다 사람을 사랑하는 방식에 의자를 고쳐 앉았다. 이 책이 받은 제임스 비어드 상을 흔히 요리계의 노벨상이라고들 한다. 글쎄, 그 말을 좋아할 사람은 많지 않을 것 같다. 비어드 상이라는 말로 이미 충분하기 때문이다. 책을 펼치면 빠져든다. 이 사람, 매력적이다. 아름답고 충만한 문장으로 독자의 마음 깊은 곳을 마구 흔든다. 울